AQUARIUS

AQUARIUS

AQUARIUS

AQUARIUS

每個人心中都有一座島嶼，

藉文字呼息而靜謐，

Island，我們心靈的岸。

尖叫連線
陳栢青

推薦文

發達視覺文明時代的黑暗之心

陳國偉（國立中興大學台灣文學與跨國文化研究所副教授）

《尖叫連線》這本小說出現在二〇二〇年這個時間點，可以說是一個極其驚人的巧合，故事從一個突發而極易傳播的HLV病毒席捲台灣開始，而且包括總統在內超過七成的台灣人已經感染，三天內便會死亡。國安高層能夠想到的唯一辦法，就是透過經典日本恐怖片《七夜怪談》中，那卷看了七天後就會死亡的錄影帶，延宕所有人死亡時間的來臨；而好巧不巧，存放這部電影的地方，就是一個明星培育高中，而許多曾在恐怖片中登場的演員，包括貞子，也在這所高中就讀。

當然在我們慶幸現實發展真的比小說驚奇，台灣獨步全球守住了肺炎病毒的威脅之際，雖然作者的初衷並非把小說發展成一個末日災難預言，但無庸置疑的，這部作品的成功，正是建立在滿滿的恐怖片既定套路之上。然而陳栢青這些安排，又不是真的要講述一個完全服務類型愛好者、讓讀者冷汗直流的恐怖故事，反而更多時候要藉著這些原本應該提供恐懼滿足感的戲劇性結構與橋段，去再現一個根植於日常的、更為恐怖與殘酷的生命經驗，那便是霸凌無所不在的高中生活。

其實用類型的框架去講述純文學關心的主題與意義，在戰後台灣文學史中早已班班可考。姑且不論反共文學中那些間諜之間的爾虞我詐，一九八〇、一九九〇年代開始，包括張大春、平路、黃凡、林燿德、楊照等有自覺地運用推理與科幻類型，去演繹解嚴前後蠢蠢欲動的政治批判與認同辯證；而到了洪凌與紀大偉手上，則更進一步將性別政治與推理、科幻與奇幻混搭，甚至吸血鬼、怪物等次類型也同步登場，進一步解放純文學的敘事秩序。進入二十一世紀，類型更成為炙手可熱的敘事裝置，不僅屢屢在吳明益、高翊峰、張耀升、伊格言、朱宥勳、洪茲盈的創作中現蹤，甚至五年級的駱以軍、陳雪，也加入了將類型文學組裝入純文學的行列。解嚴以來台灣小說所謂的眾聲喧譁，不僅只是各種認同政治的主體表述，更是純文學與大眾文學疆界的曖昧化與相互內化。

也因此，在二〇一二年五月《聯合文學》雜誌「20位40歲以下最受期待的華文小說家」專輯的導論中，當時我特別指出對新一代的作家而言，大眾文學類型已經具有高度的正當性，成為他們重要的創作利器。而在其中，陳栢青更是善於進行各類創新實驗的佼佼者，從他早年獲得文學大獎的〈武俠片編年史〉

（2004）、〈手機小說〉（2007），或是後來以葉覆鹿為筆名撰寫的《小城市》（2011），都可以看到他透過大膽挑戰純文學與新大眾類型的嵌合可能，來回應新的科技媒體與視覺文明所造就的倫理新景觀。

在〈武俠片編年史〉與〈手機小說〉的階段裡，陳栢青勾勒出橫亙在代際之間的，是新型態的科技載具與社群媒體，但他也同時探問著，這是對倫理關係重新縫合的機會？還是更加鑿刻的深淵？然而才不過幾年，他已在《小城市》中驚覺到，即便在橫向的同世代之間，網路也已經過度催化關係的密度，而讓人際無可扼抑地疲憊軟癱。甚至彼此之間所以為獨有的世代記憶，卻可能只是隨處可見的視覺媒介大規模的擬象，每個人都早已將主體交付給無處不在的權力機制，毫無出路可尋。

同樣的關懷延續到《尖叫連線》的恐怖青春群象劇，在這個看似充滿聲響的書名中，講述的卻是視覺如何宰制我們的所有感官與記憶，甚至生命的存廢都由視覺所誘發的一連串吞噬身體慾望所左右。唯一的存活之道，正如書中的角色所言，「不是吃人，就是被吃。不過，學校就是這樣的地方，我們不都知道了嗎？」陳栢青以表演性的狂亂與後設敘事（那無處不在的導演在場與指示），悲傷地指出在那看似最純真的校園空間中，傷害是主體存活必要的一種表演，或是預演。因為要活下去，所以必須要霸凌，必須要犧牲他者，一如所有恐怖片共享的敘事邏輯，啟動救援（救贖）的前提，是必須有人要先死。若沒有第一名受害者來吸引殺戮者的目光，將其引開，那麼就無法啟動救援，打開救贖其他人的出路。

不過，陳栢青的警覺不僅止於校園暴力的生產邏輯，更在於提出這背後整個時代的景深中，潛藏的情感機制。從《小城市》到《尖叫連線》，他不斷質問在這個數位媒體已然全制霸的時代，牽動大規模群眾愛憎的，究竟是什麼？特別是台灣這幾年歷經了各種網路平台所進行的政治與情感動員，無論是文字或影像為媒介，都以視覺的願（怨？）力向我們襲來，將我們席捲其中，成為召喚黑暗之心的基本配置。弔詭的是，早已習慣被科技載具裝載的我們，身體與心靈都被這些數位原生資訊所穿透與浸潤，我們陷入同時來自於「看不見」與過度「看得見」的恐懼，一如小說中透過視覺的感染者，仍必須透過視覺治療，彷彿完全無法逃脫。

然而，難道我們就這麼束手就擒？陳栢青在這本小說告訴我們，既然最恐怖的，是來自於那無法逃脫的，日常的重複，但卻又是我們追尋的，悲劇的，喜劇的，魔術的戲劇時刻，那麼我們就如演員般，投入這個時代的日常恐怖大片吧，一同去經歷那些恐怖片中最驚心動魄的歷程。透過擬仿、錯置、接肢、寄生一個又一個的恐怖片情節，角色與我們才能有機會不斷地重來，延宕時間，在恐怖片中找到解答，延後死亡的到來。這是主體的選擇，角色與我們的能動性，只要能找到出路，就有生機。

也因此，終究還是得回到類型小說的本體。曾經我們以為所有的人生與故事都是原創的，都是那麼獨一無二，這是啟蒙主義之後、文學現代性肇始所帶來的啟示，但也是桎梏。但進入現代沒有多久，人類便已發現自己的身世並沒有那麼獨特，更不用說在這個高度科技擬仿複製的二十一世紀，真實與虛擬可能互為副本，唯有在重複中才有可能找到真理。

而這就是大眾類型揭示的最大意義，因為在重複中，我們才能找到差異，覓得出口。陳栢青在《尖叫連線》中最傑出的創意，是他有別於過往的台灣作家，另闢蹊徑地選擇了鮮少人會處理的恐怖類型，讓它成為通往我們這個世界真相的可能甬道，視覺文明時代的黑暗之心。繼續迷途或尋覓出口，一切都是我們的選擇。嚴肅文學？經典雅正？通俗流行？它們各自掌握世界真相的A面與B面，看似一體，卻有著不同的臉。

「『看來你也懂了。親愛的薛丁格。』明蒂用激賞的眼神看著我……」

是啊，如果你還不懂，那就表示你還沒進入這個小說的內面，傷害與被傷害的風景內面，我們世界的核心。

我想栢青（國青）有義務再重複一次來告訴你。

（導演，我們再來一次。）

那麼，我們在這本書的最後，謎底見。

目次

Oh oh at the late night,
喔——喔——就在今晚，
Double Feature, picture show.
一票兩片，午夜電影。
I wanna go.
好想去喔。

——《洛基恐怖秀》（*The Rocky Horror Picture Show*）

序曲

柏油路上殘留幾條剎車痕，開道警車半空旋出紅藍光線，摩托車居首，特勤車輛壓陣，後頭保持距離不快不慢跟上幾輛黑頭車，浩浩蕩蕩這麼長車隊，鳴笛聲震天價響，也只能堵在這。

熱天午後，大街兩旁店鋪鐵捲門拉下，墨鏡前映出緩緩上升的蒸氣，柏油路望去皆歪斜，空曠的三線道中央，人車皆無，只有那輛嬰兒推車橫斜柏油路中央。

摩托車踢起腳架。警車車門大開，擋不住後頭的幾顆頭顱。金魚缸一樣的全罩安全帽朝對方望去，彼此眼裡都是黑色遮光罩上那只小小的嬰兒車倒影。

但沒有一個人敢向前。

「前導車隊，確認。」

胡鐵軍對著耳機下方麥克風低聲說道。

耳邊迴盪只有無線電低頻回音。

胡鐵軍人中盈滿汗水，想要叫司機把冷氣開強一點，伸出手拍拍椅背，這才發現，整條手臂早都起了雞皮疙瘩。冷氣像煙霧一樣打在他臉上。也許，無關冷熱。是緊張的關係。

「前導車隊，邀邀八，洞洞拐，你們去確認。」

兩顆黑色安全帽回望，跟著對黑頭車做了手勢，外人不知道「老太太」在第幾台車裡，但所有人都知道國安局的胡隊長坐在第一輛。

「鐵軍，『老太太』問為什麼？」

為什麼要停下來？

因為要保住你的命啊。也就保住我的職位。胡鐵軍還沒回答呢，耳機裡先傳來一陣頻道切換雜訊：「天龍 A 呼叫天龍 B，老太太問，她能否喝點水？」

不行——

耳機裡先傳來另一個聲音，很尖銳，應該是疾管署長羅胖子的聲音。胡鐵軍一手抓著耳機，任羅胖子在那頭嘮嘮叨叨複述各種可能傳染途徑，天啊真像是老太太，不，比我們選出的那個「老太太」還多話，胡鐵軍正要插話講個兩句，面前筆電螢幕畫面迅速吸引他注意，鏡頭裡出現嬰兒車影像，拱起的遮陽棚上蕾絲鉤花多細緻，安全帽上別著攝影鏡頭的洞洞拐正在靠近。

「食物和飲用水也可能是傳染源……」

耳機裡羅胖子的聲音斷斷續續，對，但誰知道到底是怎麼造成傳染的呢？胡鐵軍盯著影像，螢幕畫面晃動，洞洞拐小心翼翼，那麼短距離，此刻在胡鐵軍眼裡被走得多漫長——可能就是生與死的差別——胡鐵軍覺得自己也正走著，走在一條看不見的鋼繩上，他分神對著麥克風交代：「可以喝。」

水可以喝。

「可是……」

「我也喝了。」胡鐵軍一句話擋掉。我喝了也沒事。「老太太」可以喝。胡鐵軍的意思是這樣。而胡鐵軍沒說的是。Lv3 發動之前，那人就死了。

漂浮在水塔裡。

腦海影像還如此鮮明。水中散開的頭髮。鬆軟的四肢。他住那棟大樓喝了整整兩天屍體浸泡過的水。直到胡鐵軍扭開水龍頭，在嘩嘩作響的水流裡發現一根很長的頭髮。

打撈後檢驗，雖然屍體因泡水而腫脹，但由胃部鼓脹並且被食物撐破的情況研判，屍體在生前已經感染 HLV，並且進入 Lv2 末期。

HLV 從感染到死亡最長不過三天時間，而從撈起屍體那刻到今天為止，喝下屍水的胡鐵軍身上並沒有出現任何 HLV 相關症狀。別說到達 Lv1 級別，就連感冒都沒有。胡鐵軍想，少數能證明的事情就是，我他媽的走運。以及，水不會傳染。

但ＨＬＶ到底是怎麼傳染的？

那暫時不重要，重要的是，必須讓車隊繼續往前。

電腦裡畫面鏡頭猛然拉近，「現在我要檢查嬰兒車內部。」耳機才傳來這樣的聲音，下一秒，畫面猛晃。

應該是洞洞拐往後一退。

這時前方出現騷動，大隊人馬蟻群一樣猛地散開。

胡鐵軍按下筆電暫停鍵。回放，螢幕裡畫面快速倒轉，他對著麥克風大吼：「報告，快報告，那裡頭有什麼？」

而電腦影像先一步告訴他答案。

倒轉。定格。回到嬰兒車頂蓋掀起那一刻。

畫面裡，嬰兒車裡頭，空空的，什麼都沒有。

「有，那裡面有……」而洞洞拐牙齒打顫，像一台老式打字機，答答答，敲擊半天，沒一個字有意義。

胡鐵軍再度審視影像。

沒有東西啊。

放大五十％，再放大三十％。滑鼠拉出縮放框局部放大。再放大。

只見嬰兒車的絨墊軟布上，剩下一具很精緻的，粉紅色的下顎。上面黏著一兩顆珍珠般，或者玉米似的顆粒。

那是人類兩歲大時的牙齒。

是ＨＬＶ進入Lv3的症狀。

「防疫人員呢？」胡鐵軍問，而耳機裡羅胖子先一步喊：「請老太太不要搖下車窗，不能排除空氣感染。」

聲音實在太大了，鐵軍忍不住要把耳機拔下，卻在這時，光線探入，車門猛地被拉開。

老太太就這樣坐了進來。

「我可以坐這裡吧。」

當然，你可以坐在任何地方，因為你是老闆。

「當然不行，」胡鐵軍說：「太危險了，如果恐怖分子或是失控的民眾針對車隊，遭殃的通常是第一台。」

「現在還在意恐怖分子嗎？」老太太瞇著眼，有一種貓的神情。鐵軍發現老太太縮得更小了。雖然臉上妝容完整，鼻影打得極好看，讓臉部變得更深邃，但整體表情卻透露一股疲倦。

「列車翻覆。塑膠炸彈。」老太太說：「毒氣。水庫金屬汙染。食安問題。那些都比不上這個。」

「HLV。」胡鐵軍接話。必死的疾病。無解的傳染病。

「不，就算是HLV，也比不上的是，」老太太說：「恐懼。」

「我要車隊繼續往前開，不要再停下來，讓我們把這件事情了結了吧。」

胡鐵軍不知道要了結的，是HLV？是這趟任務？或者，是恐懼？

「車隊依照原定計畫，繼續往行天宮前進。」老太太說了算，前導警車重新發動引擎。

沿路店家的鐵捲門都拉下了，且路上幾乎沒有行人。仔細看的話，甚至連流浪的貓貓狗狗都沒有。只有樹影斑駁，日光是那麼強，太強了，打在鐵捲門和路邊停放的汽車車身上會閃出一種甲殼蟲般的金屬光讓人目盲。有幾秒胡鐵軍甚至有錯覺，這其實是午夜。或者，自己被養在水族箱中，一切都是造景而已。台北城已經沒人了。

「進入Lv2時，感染者會有嚴重的暴力傾向……目前沒有辦法透過檢驗確認感染與否，只能透過發作的癥狀判讀，加上……我判斷這嬰兒車可能是有心人所放置，建議改變行程……」耳機裡羅胖子的聲音斷續傳來。胡鐵軍望向老太太，卻發現他早就把耳機拿下，手指壓著嘴唇，給胡鐵軍一個共謀者般的笑。

司機點開駕駛座旁小螢幕：「新聞已經有報導了。」

「總統親往行天宮祭天。以行動破除疾病傳染謠言。」主播正報導本節重點新聞。

「……為了破除HLV爆發大規模感染已經無法遏止的傳言，總統預計今天正午前往行天宮祭天，要以行動表示，HLV疫情並沒有如坊間謠傳已經失去控制。總統並將發表演說，宣示防疫決心，據疾管署羅署長表示，他們已經初步掌握感染人數和相關防治措施，相信在……」

真的嗎？「已經初步掌握感染人數和相關防治措施」？胡鐵軍無聲望向老太太，他心裡想，為什麼主播都比我篤定，為什麼新聞知道的比我還多？

「這條路不能走。」然後他開口。

車隊必經的道路前方出現一輛嬰兒車，嬰兒車裡有感染者遺骸？這是巧合，還是示威？這是否代表已經有人掌握老太太的行蹤？

「可我必須要去。必須出現在所有人面前，這很重要。」老太太嘆了一口氣，「傳染途徑、治療方法、疾病生成原因，這些我們都還不知道，但我唯一知道的是，毀滅人類的，不是疾病，而是，恐懼。」

「所以我必須要去，只要我出現在人民面前，就能安撫他們。」

領導人必須去做一件事情，讓所有人的心像繩結一樣團結在一起。

「可是這條路……」

胡鐵軍回頭望，車窗外只有一式一樣的黑頭車緊隨在後，而這麼多武裝精良的特殊人員，燒掉幾百萬武裝起來的防護配備，卻讓一輛嬰兒車給擋下。那像是一個警告。總讓他心神不安。

「不然，」胡鐵軍說：「我有個建議。」

「反正只是要祭天，要總統露面安定人心，那去哪都是一樣的。」胡鐵軍說：「不如，改往，龍山寺如何？」

◊◊◊

胡鐵軍還看著自己的筆電，但不管怎麼切換，不同的新聞其實播放一樣的畫面。只是角度不同罷了。應該所有的媒體都緊急移動了，在鏡頭轉播下，那個人，「老太太」正踏上龍山寺台階。在他身後跟著的是副總統。螢幕雖然小，但螢幕裡的龍山寺顯得比平常大多了，也許是因為人的關係，沒有人了。甚至不需要維安人員前往淨空，紅漆寺門後是空蕩蕩的廟埕，就算各家電視台出動記者和相關人員，但包含維安人員在內，胡鐵軍怎麼覺得，廟裡的神第一次比裡頭的人多。

但這麼多神，可有一尊，正護祐著這座島？

希望我今天依然他媽的走運。胡鐵軍想。

講台應該是臨時搭上去的，很簡陋，把廟裡宣道的檯子放上，老太太——鐵軍到現在還這樣稱呼他，但此刻應該改口了——女總統用他一貫冷靜的口吻說：

「……很多人說，HLV的擴散已經控制不住了，這個國家正處於危險邊緣。而我在這裡告訴大家，確實，這個國家身處危難中。但是，我也要告訴大家，事實是，這個國家無時無刻不暴露於危境之中，各種天災，可能的人禍，我們從來沒有鬆一口氣過，而這次HLV的爆發，是我們百年來所面臨眾多危機之一，不一樣的是，這一回，它迫在眉睫。」

老太太的聲音一貫強而有力，副總統遞過一杯水，總統舉起杯子仰頭就灌，並在鏡頭前刻意拉長喝水的時間，然後，她將杯子擺在鏡頭拍得到的地方：「作為一名領導人，我站在這裡，就是一個活生生的事實。以我作為防線，你們看，水，沒有問題。食物，也沒有問題。事實是，HLV疫情，已經控制住了。我們需要的，是信心，在下一波危難擊倒我們之前，我們要對抗的，是對彼此的不信任，是恐懼。」

「同胞們，我們必須要團結。讓我們信任這個政府。信任彼此。」

「收視率聽說已經破七十八％了。」車門開了又關，光線乍亮陡暗，胡鐵軍身旁冒出一顆胖大的頭顱，車體都因為乍陷入後座沙發的體重而搖晃，但羅署長的聲音一逕高亢而快速：「這表示兩千三百萬人，至少有一千多萬在收看這個畫面。總統發言竟然比當紅偶像劇還要多人看，這本身就是新聞吧！」

「沒問題吧。」而胡鐵軍說。

「沒問題？」羅署長拎著領口抖了又抖，分不出是熱，還是要鬆口氣：「是說你車上的冷氣也太弱了吧。老太太這邊問題不大，我現在比較掛心的，還是不知道如何解釋捷運上的事件。」

「只能把消息先封鎖。」胡鐵軍點點頭。

五天前，捷運列車駛入劍潭站，當車廂門向兩旁劃開，卻沒有一個人踏出車廂。

怎麼可能？那時正是下班時刻下午六點，劍潭站又鄰近夜市，人流量從來沒小過，為什麼列車上卻沒有半個人。

只有一些，人類曾經存在的痕跡。

胡鐵軍想起自己進入車廂時所看見的。隔離衣擋住大部分視線，口中呼出熱氣。抬眼望去，捷運車體是乳膠白，椅子是湖水綠，厚重護鏡框住的一切都是糖果色的。所以椅子上幾塊人類的下顎骨才顯得明顯。

而車廂地板上，滿地都是散落的牙齒。

像是珍珠一樣。

怎麼可能發病如此迅速？而且在同一時間，整輛列車的乘客都同時進入 Lv3 狀態？身體消失，只留下殘骸。

──「我們要更團結，要相信政府，就像過去我們挺過多少苦難，這一次，我們一定可以化解。」老太太的聲音是那麼堅定。

「到底傳染原是什麼？傳染途徑又是什麼？」羅署長搔著頭。「不可能死了這麼多人，我們卻連怎麼感染都弄不清楚！」

胡鐵軍看著老太太演說，心裡忽然想到，說到劍潭站，前一站不是圓山嗎？

圓山是列車通往地面的第一站。想起這件事的同時，眼皮底下浮現光照，大面積的日照光爆弄得人睜不開眼，捷運列車轉進戶外。這樣說來，列車從圓山再經劍潭，那一帶偶爾可以看到山嵐，不遠處煙霧瀰漫。

「等等，你知道劍潭為什麼叫劍潭？」胡鐵軍忽然問。

羅署長抓頭抓得更用力了，「因為裡頭挖出過劍龍？」

「史載有巨大魚精在潭中作怪，使大霧瀰漫，惡癘之氣阻礙行軍，鄭成功遂拔劍一插，擲入潭中……」

「啊？」

「別這樣看我，怎麼，國安局的不能懂這些嗎？拜託教育部長都未必知道咧。這是我小兒子之前做作業，我幫他用 Google 查到的……」

「那鄭成功跟 HLV 的關係是？」

「不，鄭成功跟我們說了答案！」胡鐵軍雙手一拍，原來如此：「也許，HLV 傳播途徑是……」

「難怪嬰兒車出現在這裡。」他對署長說：「總統因為安全疑慮不去行天宮，而改到龍山寺，這一切是設計好的。」

羅署長搖搖頭。

「跟氣象局調五天前台北地區的詳細氣象報告。」胡鐵軍喊道。

「啊？」羅署長抓抓頭，「你不是教育部，是國安局，我也不是氣象局，是疾管署啊。」

胡鐵軍已經推開車門了，他回頭丟出一句：「你知道龍山寺和行天宮最大的差異是什麼？」

黑頭車就停在龍山寺旁巷子，胡鐵軍快步往廟裡跑去，外頭空蕩蕩的，平常會擺花賣糕點與香燭的攤販都消失了。胡鐵軍想，我還有機會，要阻止這一切發生的話，現在還來得及。

「是香。」胡鐵軍對著對講機說。

鄭成功告訴胡鐵軍可能性。他想，是啊，我怎麼第一時間沒想到呢。圓山過劍潭，雖然周旁山林已經開發了，而且過度開發——他媽的房地產公司，他媽的高房價——但日照生輝，有時可以看到遠方山霧瀰漫，那就是鄭成功投劍傳說的原始版本。霧氣反射日照。

車過圓山。駛往劍潭站的列車有沒有可能在天氣良好的黃昏下午看到遠方霧氣？

傳染途徑會不會隱藏在煙霧之中？

這樣說來龍山寺和行天宮哪裡不一樣？胡鐵軍自問。

行天宮自二〇一六年後，不能再於寺中燒香。而龍山寺到二〇一九的今天仍然可以。

香煙裊裊，那瀰蓋的煙氣，就像當時捷運由圓山過劍潭的山嵐，混雜了什麼，可能會引發

HLV。

對了，只有這個可能。

如果製香的過程在香中添入感染源。當它被點燃，當它霧化……

如果總統吸入……

（湖水綠椅子上散落著人類的下顎骨。）

（捷運車廂中散落著牙齒。）

胡鐵軍推開前方大型攝影機，人往寺廟內埕跑去。

這就是疾病的真面目嗎？傳染途徑隱藏在煙霧裡？

而透過新聞即時連線傳播，全島正有一千多萬人在看著總統祭天，如果在這一刻，宣示對抗疾病的總統點起香，煙霧竄入口鼻的那刻，會不會立刻感染……

總統提振民心的那刻就是HLV爆發的最高潮！多諷刺。他想。

胡鐵軍繼續跑著，後頭羅署長跟著跑起來，嘴裡不知在喊什麼，廟口周旁黑頭車和警車車門被推開，更多人跟在他身後。

不可以。

胡鐵軍已經奔上台階了。雖然還沒靠近，但他鼻腔幾乎浮現那個味道。指間殘留紅色色素，煙氣讓人眼睛微瞇，忍不著想撇開頭。

要阻止老太太。

廟裡眾多媒體也注意到胡鐵軍，幾台攝影機陸續轉向狂奔向廟埕中央的他。

這會造成人們恐慌。胡鐵軍意識到。

但他顧不了那麼多了。

如果總統出事……

如果總統在螢幕上出事。

火苗啪的從胡蘆形狀的瓦斯爐上點起。

空氣中有一股微微的焦香。

老太太正從副總統手上接過線香。

等等，來不及了嗎？

胡鐵軍一個箭步，來到老太太面前，只見他一伸手，大掌一抓。

空氣中只聽見「嗤」的一聲。

在線香點起，煙將蒸吐之際，胡鐵軍手掌包覆而上，硬生生按熄了線香火苗。

鼻尖浮現微微的焦味。

痛啊。

日頭烈照，聚焦凸透鏡一樣在胡鐵軍心中燒出一個洞。此刻他忽然發現一件事情。

應該不可能聞到才對，但一瞬間，不只是胡鐵軍，包括胡大隊長身後正狂奔而來的維安人員、各家電視台記者，以及電視機前的一千多萬收視戶，所有人，好像都嗅到皮膚遭燒灼的氣味。微微的焦臭。

以及耳邊那彷彿嘆息的聲響。嗤的一聲。

那麼近，幾乎以為發生在身旁。

下一秒，胡鐵軍猛然回頭，在他和老太太身旁，副總統忽然潰散成液狀，原本由衣服固定住的形體乍然空了，還溫熱的體液在空氣中爆散而開，有三秒鐘，在總統眼裡，在胡鐵軍眼中，世界只剩下面前那一小塊，彷彿在空氣中飄浮著，張大了口彷彿正訴說著自己無辜的，森白的下顎骨。

◊◊◊

那一天，人們重新想起自己的原罪。

現在，我們明白致死的疾病如何傳染的。

不是因為空氣。不是接觸傳染。也不是因為特定媒介。

疾病的關鍵在於，「當人類知道自己犯過最大的罪。」

人類犯過最大的罪是什麼？

現在我們知道了，是吃人。

吃掉你的同類。

煙與血。飽含脂肪的肉在高熱下微微捲縮並冒出聲響。

嗤的一聲——

0506爆發日中，維安人員的手掌接觸到線香。雖然電視台轉播理應無法接收到肌肉被燒灼的輕微聲響。但所有看到這個畫面的人們耳邊確實浮現那個聲音。

鼻尖好像嗅到一股氣味。

那時候，來自遠古以來的埋藏在內心最深的愧疚便被啟動了。

是畫面的關係。一旦有相關畫面、氣味，或是動作觸動。便會啟動HLV感染機制。

一旦重新想起了，關於食人的渴望。以及其愧疚。

從內心。
從集體潛意識。
從每一個細胞內核。
從粒線體核心。
從身體蕊心。
那時，HLV 相關機制就被啟動了。
那不免讓人思考，細胞也會思考嗎？
那不免讓人思考，人的最小單位是什麼？身體？靈魂？大腦皮質？細胞？
在細胞感受到愧疚的一瞬間，HLV 發動，一切將以邁向死亡作為最終目的，人體會不顧一切邁向死亡。HLV 疾病爆發第一期，又稱 Lv1，細胞變異快速擴散，以細胞為單位互相感染，此時期無特定癥狀，較難察覺。但體溫會快速上升，呈現發燒癥狀，感染者會兩頰潮紅，手腳發熱，身體莫名疲倦。與感冒類似。
Lv2，身體變得異常飢餓。0506 爆發日前多起大規模暴動和無法理解之暴力事件應該是因為感染者進入此時期的緣故。人體細胞缺少水分，並因為電解質異變而無法進行溶氧反應，也無法吸收養分。身體會產生一股飢餓感，因此對旁人產生莫名想以牙齒齧咬之衝動。那飢餓感超越理智，人類彷彿回到口腔期，以食慾為出發點，從而對旁人進行無差別攻擊。其異變特色是，微小血管收縮，血液自爆破的血管縫隙排出，所以人體支節末端會稍微腫大，而眼睛密布許多細小血管，感染者眼睛會如諸多細小蟲類在裡頭鑽動一樣，直到雙眼變為紅色。PTT 和 DCARD 上暱稱進入 Lv2 狀態的人為「食客」。以此描述他們異變時癲狂的進食狀態。相關「食客」表現可以參見本報告末附錄一到十四。
Lv3，終極狀態。從躁狂與暴食中短暫醒覺，人類身體無法承受巨大之食人愧疚，而由肌膚自器官產生崩解，一切會細胞化回到最初，體現為原本就占據人體百分之七十的水分，人類形體會因為無法維持而消失，只會留下人類的下顎骨，根據推測，這是因為人類進化中，為了飲食，下顎骨最為堅硬的緣故。附帶說明，從 Lv1 到 Lv3，各期推進時間並無一定。估計是因為個人體質、刺激度強弱，或是個人愧疚感大小而使各期徵候時間不一，也有直接從 Lv1 進入 Lv3 的例子，例如副總統。也有長期停留在 Lv2 的案例。但ＨＬＶ最長感染時間為七十二小時。七十二小時後，強制進入 Lv3。本報告附錄三中所指出台北市「封區不封城」政策即以此為考量。

以上所言，便是ＨＬＶ的真面目。

傳染途徑也在此確立，不需要接觸。只要透過視覺引動。０５０６爆發日證實，一旦出現相關畫面，人體燒灼、啃食，或一切足以引起食人聯想的影像或動作、氣味……，便會啟動ＨＬＶ感染機制。ＨＬＶ可以透過視覺、嗅覺、聽覺等引起。

治癒方式：目前暫無相關方法。

疾病源頭：不詳。

防疫建議：有關當局應該立刻停止美食節目。禁止電視電影之暴力畫面。並慎防用火。但此時暫不宜對國民宣達相關感染途徑，以免造成恐慌。相關建議請見附件一。

另外，針對總統感染，啟動最高維安機制，以令她昏睡的方式，強制將疾病癥狀停留在 Lv1。

以上摘自中華民國疾管署羅頂均署長《ＨＬＶ人類滅絕症候群相關防治報告》第二十三版。

本報告相關密件等級為極密。

鏡頭停下時，電線桿下已經圍著一小撮人，一開始會以為那是街頭表演，等推開人群並將鏡頭拉近，前方會出現一台小攤車，攤車上掛著「水果新鮮現切」、「時價計算」等中文。

鏡頭聚焦在爭執雙方。小攤車前兩個人彼此正互相推搡著。透過收音麥克風可以清楚聽到「太貴了」、「怎麼可能才一顆水果就要……」、「已經跟你說是時價了聽不懂嗎？」

鏡頭拍攝左右人群。熱的天，皮膚上都是濕亮亮的汗，一雙又一雙眼睛興致勃勃，鏡頭發現攤車後那個看來像老闆的人最鎮靜，只是好整以暇在砧板上切著什麼。

人群越聚越多，有人幫腔，有人出來協調。對峙的兩人被推開，但隨即分開的胸膛又湊在一起。如果這時能把鏡頭拉近，小攤車後頭老闆站在那，彷若未聞，正拿著刀子在砧板上切著。喀喀。喀喀喀。砧板規律的顫動。

如果這時鏡頭拉到最近，砧板上汁液淋漓。可以發現，水果早切完了，老闆一節一節切開的，是自己的指節。

但遊客沒注意到這個細節。他持續拍著前景兩個爭吵的人。他們推擠著，用胸膛彼此碰撞，越靠越近，近得可以聞到對方嘴裡的氣味，可以感覺到撲出的鼻息。

在他們靠得最近的那刻，是誰的臉欺近誰的，總之，他們臉頰貼著臉頰，嘴已經貼上去了。

喔——

群眾一時沸騰。

以為接吻呢，但下一秒，背對鏡頭那個回過頭來，嘴是吐出熱氣的嘴，眼裡擴散是猩紅的線，臉頰上淌落下來都是紅。

鏡頭一晃，人群喧譁，「快拉開他們！咦，怎麼會……」一開始還能聽到鏡頭旁誰喊。緊接著，鏡頭轉向身旁，劈頭一張臉湊過來，紅著的眼球對準鏡頭，血絲逐吋填滿眼白，而臉在眼睛成為一片血糊之前便已經占滿整個螢幕。

攝影機落地。鏡頭前剩下慌亂的腳步亂錯。一如動物園大遷徙。慌亂中還能聽見鐵器撞擊砧板的聲音。喀喀。喀喀喀。

鏡頭被踩踏。螢幕破裂。

最後攝入鏡頭的，是遊客自己的臉。他看了一眼鏡頭，轉頭回去蹲身撿起什麼繼續吃，吃的可不是水果……

●附錄二：0504中正紀念堂攻防戰

夜色茫茫／星夜無光／只有砲聲四野迴盪／只有火光到處飛揚。所以他奶奶的那是什麼，那就是夜襲啊。那晚的情況是，警察早已經舉牌兩次。拒馬也確實有拉出來，擋在大中至正牌樓下呈翼形——什麼你說現在改名「自由廣場」了，你什麼顏色的你——總之，等俺回過神的時候，「他們」已經衝過拒馬了。

拒馬沒有倒。但有拒馬也沒用。俺看到的是，後面的人把前頭的往前推，前頭的人又把更前面的往前擠，拒馬上掛滿了人，再有什麼刀片也沒什子卵用。有人當即撲將上去，俺以為那是要救拒馬上的人，結果那是，他在吃他啊，這不是形容詞——俺知道，後面跟上的都踩著前面的人往上爬，再是什麼革命都一個樣——但那是真的「吃」，手捧起來就嘴吃，牙齒戳進堅韌的皮囊，這就是你們說的「食客」對吧。

「食客」不怕痛，「食客」只是往前直奔。「食客」看到什麼就往嘴裡放，你不看還真以為是戰爭時的飢民啊。人潮跟著就湧進廣場，之後沿著中央大道挺進，什麼你說現在叫做民主廣場？叫民主大道，拜託那都只是個名字，俺就一路跑。事後聽人家說，兩邊池塘，那個雲漢池和光華池，池水都變成紅的。

更早之前俺就知道會出事，汽笛與喇叭響好幾個晚上了。廣場上遍地都是帳棚，「他們」輪流拿大聲公互罵，「他們」彼此推擠，你說他們那時已經是「食客」了嗎？在俺看起來，就算不是，也不遠啦。這一波包圍中正紀念堂——什麼，你說現在是叫民主廣場，還是自由博物館？——連你也混亂了是吧。總之，一開始是「抗議」吧。但很快出現「對這波抗議的抗議」，一開始是要求正名，但很快是「對正名的正名」，於是字體被換上去又立刻被拿下來。人群包圍了中正紀念堂。後來這波人又被另一群人包圍。可以說是包圍的包圍。幾輪攻防下來，你看那工程車甚至都沒撤，工具都在啊，反正貼上去的石膏大字又要被拿下來了。廣場到底該叫什麼還是不清楚，但俺真正清楚的只有「群眾」存在的本身，他奶奶的人多就會亂，一開始誰不知道要理性，但你待久了看看，廣場空氣裡一股子騷味，耳朵嗡嗡嗡都是麥克風和擴大器的回音，他和他和他後來變成他們，本來堅持什麼不是重點，重要的只有，打倒對方。打倒不夠，要啃咬，要撕裂，要吃對方的肉，要啃對方的骨頭。你原本的理念是什麼沒關係，最後會發現，大家都有同一個堅持，就是關於反對。

所以他們變成「食客」俺一點也不意外。俺打過的戰比你們吃過的飯要多，早就看出來了。這些小兔崽子。那你說俺這時在廣場上該往哪裡跑？當然是中正紀念堂主堂啊，就是你眼中那個寶藍琉璃瓦的主殿。拜託俺是什麼人，要打戰當然要先占領制高點。而且，主堂裡有誰啊你說。好不容易奔上台階，俺一把推開衛兵，青天白日十二道日輝從天花板上當頭曠照，　委員長銅像氣象莊嚴端坐堂中央，他奶奶的什麼小鬼都挾著尾巴要嚇走的。

對，俺知道憲兵喊關上大門。但關上門，就是死守啊。就是死啊。　委員長可是說過「犧牲未到最後關頭，決不輕言犧牲」。當下我先踢了個正步，恭恭敬敬行了個禮，俺說，報告　委員長，分別經年，俺來跟你打這最後一戰啦。

俺先要那幾個年輕體壯的憲兵用電鋸。反正做工程的留下那些還沒搬走。電鋸上鋸齒都崩了，就改用線鋸。你瞧　委員長就是硬頸啊。俺好不容易爬上銅像後抓住線鋸一前一後的拉，耳邊嘎吱嘎吱，痛的是俺的心啊。最後還用上鎚子。有那麼一度，俺從上面往下看，從　委員長的高度往下看去，喔，活了這把年紀，原來這就是　委員長的視野啊。廳堂外天是黑的，廣場地磚是玉白的，透明一樣會反光，上頭人都小小的，在奔跑，在跌倒，衝上來又倒下去，掃去多少也是不在意的……

直到食客們衝進來，是抗議者，還是抗議抗議者，反正都是沾血的牙齒，都是紅色的嘴。俺分不清楚啦，俺大喊一聲「　委員長顯靈啦」，用頭一磕，你猜怎麼著，真是碧血感動天啊，　委員長銅像的頭就這樣斷啦。那麼大一顆頭顱直直往下滾，先是壓倒闖進主堂那些領頭的，頭型大小剛好夠滾出大門，然後就沿著台階往下，　委員長真夠猛啊，就算只剩下頭，鼻子碾碎台階，嘴唇像他的後代一樣最愛親吻這片土地，一瞬間壓扁多少追上來的食客。那巨大的頭顱不停往前滾，沿著傾斜的坡道往下，沿著長長的民主大道往前碾壓過去，要擋的就粉身碎骨，敢迎向前的就讓他面目全非，偌大的廣場上只聽見碎骨與哀號，開出一條活路，還是骨血之道……

所以俺算是合法自衛吧。什麼？要以毀損文物辦俺？你什麼顏色的你？你誰啊你……

「這個齁，事情是這樣啦，針對議員的質疑，我這邊回答是，台北並不會——也不能戒嚴，或封城。那是對於我們堅信的政體的傷害。因應市民所稱『食客』的出現，台北市擬採行另一種方式。以『封區不封城』的方式應對疫情。

「我們會按照台北的行政區進行暫時性的斷水斷電，同時阻斷瓦斯與天然氣，並中斷當地交通。目前傾向是中斷『士林』和『大安』、『信義』、『南港』這四區的一切機能。並協助疏散該區居民。如果居民不願意撤離，那在宣布封區後，該區居民不得外出三天。而軍警會進入『士林』和『大安』、『信義』、『南港』四區進行武裝配置，針對遊蕩在外的一切移動物體進行掃蕩。

「欸，這個齁，這幾區議員先不要激動。那不是針對你們，我是針對在座各位，我是說齁，你們先看看台北區域圖，封鎖『士林』和『大安』、『信義』、『南港』並不是因為該區機能或是人口，而是，只要封鎖『士林』就能隔斷北投區和其他區的連結，同樣的，封鎖『大安』、『信義』、『南港』三區，就能讓中山、大同、松山和內湖、萬華孤立。並隔斷文山區。也就是說，只要封鎖上述四個行政區，就能把台北分為獨立的三部分。而封鎖三天，是考慮到感染ＨＬＶ後七十二小時內必然會致死。就算感染者進入Lv2，變身為『食客』而狂暴化，透過分區的限制，可以有效隔絕彼此，直到感染者自然滅絕為主。而就算某一區爆發大規模群聚感染，因為『食客』橫行而淪陷，分布在封鎖區的軍警也可以快速壓制，阻食客於其他感染區外。這是防疫期間不得不為的策略。為了活命，必須犧牲部分自由。欸，王議員你不要再打斷我，你到底想幹麼？」

「上帝就要降臨了。市長，你睜眼說瞎話，你的虛耗不作為，比天方夜譚還離譜欸。你現在出示的封區政策，只是整個『封區不封城』策略的一部分吧。是計畫A吧。你有蓋牌齁，你怎不出示計畫

台北市行政區劃
北投區
士林區
內湖區
中山區
大同區
松山區
中正區
信義區
南港區
萬華區
大安區
文山區

B給我們看看？市政府裡有人看不下去，他有跟我爆料。你們大家看看，我手上另一張『封區不封城』的計畫圖。同樣是封區，市政府計畫B打算封鎖的是『萬華』、『中正』、『文山』、『南港』、『內湖』、『士林』，只要封鎖這幾個行政區，斷水斷電斷瓦斯，阻礙交通，讓軍警進駐，那台北變什麼？台北就會被圍起來。成為一個大碗，不，我是說大監獄。就是這麼簡單，如果『食客』攔不住，我們市長暗黑性格，助紂為虐，乾脆就把大台北封起來，把食客和所有市民都關在裡面，不讓HLV散布，要吃就吃到飽。以犧牲台北為主，他想幹麼？他就想選總統嘛！犧牲大台北，把『食客』封在裡頭，換台灣安全。想登大位就要靠各位市民的血肉了。你們大家聽了後嘴裡，不是，心裡不覺得毛毛的嗎？」

「議員你從哪裡得到這個消息的？你才是為了選票著想危言聳聽，我們一切都是出於對防疫著想……」

「想吃掉市民換選票，你先 over my dead body！我t#$hreu#u$hku%……」

「什麼吃掉？欸欸，議員你講什麼我聽不懂，你不要靠過來，你靠那麼近幹麼！你眼睛怎麼了？你的衣服上怎麼有血？欸欸，警衛，警衛……」

（市議會直播因爆發大規模肢體衝突而中斷。）

（暫時未能判斷是因為食客入侵還是單純派系鬥毆。）

●附錄四、附錄五、附錄六……

◊◊◊

此刻島上人口：兩千三百萬人。

感染人口：加上總統祭天收看轉播後人數，保守估計一千九百萬人。

那時，因為消息封鎖，島嶼還在沉睡，人們尚不知道，

全島滅絕倒數已經開始。

七十二小時。三天。

上部

含在嘴巴裡多硬。咬不斷，滿滿的，在口腔撐出一個空間，變成以牙齦為天頂的拱頂大教堂，牙齒像是鯨魚肋骨那樣沿著嘴內空間往旁撐開，回音空洞，幾萬信徒在裡頭仰頭讚嘆，好硬。好滿。好脹。

「再往裡面吞一點啊寶貝！」

「再深一點，寶貝，對，就是這樣！」

「去感覺他的大。」

「夠硬吧寶貝。」

這是問句嗎？但想回答也沒有辦法啊。聲音的空隙都被那物體占滿了。口腔大教堂裡如果有人，應該也被氾濫的口水淹死了。一整批。屍體漂浮在牙齒間隙和舌下，並從雙唇之間沿著透明的唾液不停流出。

——在我的嘴巴裡讚嘆。在我的嘴巴裡禮讚。管風琴奏鳴，萬人仰首，日光從齒間間隙彷彿透過七彩玻璃射入。結果傳出來是我此刻的聲音嗚嗚哀嗚……

——神啊——

但神不會聽到我的。而我現在代替全人類被釘在十字架上，或者，只是代替歪豬。雖然此刻歪豬也掛在我對面。他嘴裡含著另外一根十七公分。原本就讓鼓鼓的頰肉撐得滿滿的臉可以看到凸起物的形狀，在色情影像裡那是女優男優的臉，在教堂裡是神之子的臉，而在這間廁所裡，我們在彼此臉上看到自己的臉。

歪豬就是我的鏡子——但就算是，也是哈哈鏡——縱然臉頰顏線和身形都被拉寬拉大五倍，可我們的姿勢分毫不差，一樣踮著腳，一樣拉長了身子。一樣的動作，可我這麼瘦，或僅只是細，站成一個I字形，歪豬卻是L。變形了，凸出來的不是腳，是肚子。那坦出來的腸胃和體脂肪正將他身體往下拉，而我陪著他，整個世界的重量將我們一起向下拉。

「對了對了，就是這樣，好好的把它吞下去。」聲音還在下方叫囂。

原理是這樣，你站在椅子上，當椅子越低，你嘴巴又被規定要含著天花板上的消防灑水口，你腳趾要踮起才能勉強觸到地，時間一長，你只好更努力仰頭，並伸展腹部，卻只感覺身體被節節拉長，而宇宙裡唯一存在的，只有嘴巴裡的硬物，你會把它當成一切那樣吸吮它，叼著它，只希求地球重力不要把你扯落……

——神啊——

「腹肌要用力啊。」技安狠狠的對我肚子就是一拳。腹部出現隕石坑，那個痛，沿著落下的重擊延展成萬千蜘蛛裂痕朝身體各處延伸。

但不能鬆口，一張開嘴，含不住那根出水口，手又沒地方抓，立刻就會失去平衡掉下來了。

啪咖。

「要頂住啊，baby～高潮就要來囉。」技安在下面喊。但那聲「啪咖」比他低沉的嗓音更引動我們的神經。

啪咖。

打火機打火石撞擊。

啪咖啪咖。

半空浮現青藍色火苗。

啪咖。

空氣裡微微的焦味。

技安高舉打火機，當火苗靠近煙霧感應警報器。消防噴水口會像草皮上灑水器那樣唏里嘩啦湧出無數水線，可我們嘴巴不正含著它嗎？以後跟我們面臨同樣情況的學校新人會問，如果水出來了怎麼辦？啊啊啊啊啊，要射了，射出來了 Yeeee——
現在就回答你，學弟們，就把它吞下去啊。那噴水口會一直射，從管線的噴水口裡，從我們努力閉緊的嘴裡，我們會因為喉嚨的搔癢感而本能性想把頭往後仰，但不行的啊，一動，水就會噴出來了。遊戲結束。一動，身體就會往下掉，遊戲結束。
導演會喊卡——
到時候，飛過來的拳腳，身體在濕漉漉的地上蜷縮起來。嘴邊混雜著吐出來的水和自己的唾液，有時候是嘔吐物。
——神啊——
這就是現代的十字架。神並不理會我們的呼喚。而技安他們把這招叫做「掛大腸」。
「你不是紅過嗎？怎麼演這麼爛！」技安在下面喊。這是他一定會說的老台詞了。
我是紅過啊，但此刻我在學校廁所的這齣戲裡，只是配角，我只是來友情串場。
不，我甚至不是演出人。我和歪豬在此刻，在此地，不是會痛的人。是桌子、椅子。
就是這樣。練習再三。反覆又反覆。永無止境的一場戲。
「啊啊啊要去了！」技安喊。「再多一點啊啊！」
導演說，給我耶穌受難的神情。
你看，如果只是演戲的話，就不會痛了。
啪咖。
「要來囉，baby～要出來囉。」
但確實有什麼要來了！
——血液裡隆隆彷彿沸騰，好像有什麼燒起來了。在那更深、更暖，看不見的管壁裡，有什麼正在湧上。

這時技安用手掌呵著打火機火焰，哄著它，深情款款，好虔誠，就像他在那齣賣座電影裡凝視女主角的表情一樣。

他第一次看著我們也是這樣。

也許他的惡意和他的愛情一樣。

然後，他踮起腳，舉高了手，打火機靠近煙霧感應器。

啪咖。

感應器受熱，金屬微微散發出的氣味。那似乎引起人們食慾，讓人想起什麼肥嫩嫩的油脂。燒紅的鐵烙。發燙的鐵板上炭烤著肉片。

——為什麼眼前忽然閃現這樣的影像？

——有什麼就要來了。

想要警告誰，但嘴巴被封住了啊。

我凝視著歪豬，在大水湧出前，一瞬間，我看到歪豬的眼睛以瞳孔為中心，紅色的絲線從他瞳孔中大舉爆出，像沿著縱橫的管線走，一下子，血絲覆蓋他的眼睛，瞬間充血，一片鮮紅。

比煙霧警報器感應還快。

比排水管閘口切換還快。

歪豬眼球變紅的瞬間，他身體抖動起來，鯊魚一樣整個臉往前咬去。撞，再撞，那力道之大，噗哧，一下子，椅子倒地，他的腳尖離開椅面。

但歪豬的身子卻還懸在半空。

若這時有攝影機，鏡頭該是技安順著歪豬懸起的腳尖往上看。

然後，在我們所有人眼前，我們會看見，消防排水口直直貫穿歪豬的咽喉，十七公分完美的從他頸後方刺出，他懸空的身體仍不時顫動著，同一時間，煙霧警報器終於啟動，天花板上縱橫的排水管都在震動，水流轟轟，順著他的血從頸子貫穿的洞裡噗哧噗哧的冒出來。

那一刻，磁磚染紅，洗手台搖晃濃稠液體，鏡子被沾糊了，所有人仰頭，整個廁所都下著紅雨。

◊◊◊

我這才真正醒來。

卡——

這樣喊的話，就是電影中的一幕了吧。導演會坐在導演椅上。一旦發出這道指令，一切會停下來，死掉的人會站起來，停下的鳥再飛起，破碎的花瓶被掃掉，混亂的房子被收拾。

一切都會沒事的。

然後是下一幕。

卡——

誰在我耳邊喊，我這時才真正的醒過來。

瞳孔要在幾秒後才聚焦，面前卻是歪豬的臉，以一比十的比例被拉寬。

沒事了。他還在。

「鼻要一直盯著我，你是不是想上人家！」歪豬問。

我痴痴凝視著他的臉五秒，他鼓起的臉和半空中消下的臉頰對上了線，眼白的血絲倒帶似往後退，和此刻面前那清澈的瞳孔重疊，臉上的血汙冒出又吸回，吸回又冒出，終於得到結論，「喔，那不是被螢幕拉寬，而是，他的臉本來就這麼寬。」

「啊？講三小？」他問。

下一秒，猛然抓起他的手，然後，就給他一口狠狠用力咬下去。

牙齒感受到堅硬的骨節。舌頭可以舔到指甲，鹹鹹的。苦苦的。

這就是人肉的味道嗎？

「喔嗎？」而我發出的聲音是這樣。

因為叼著他的手指的關係。他的指頭又實在太粗了，幾乎要把我的嘴填滿了，舌頭調整好幾次才能說話，

「痛嗎？」我要問的是這樣。

「白痴喔。不然你給我咬咬看啊。」

他會痛，但我還在。沒有醒來。所以，這裡是現實了嗎？

反正不是我在痛。

在我們以他的手指第二指節和我的嘴唇為中線拉扯之際，一張臉就橫在我的嘴和他的手指之間，苗歌綠雙手捧著頰，好像觀眾在看拔河一樣，你看，以第二指節為中線，手指要越過他的鼻子了，要往他左眼靠過去了，哎呀，到底哪一邊會勝利呢？

白痴。我以為苗歌綠會說。

結果苗歌綠只是捧著臉頰把他那雙鳳眼瞇得更細，發自內心的說：「啊，BL啊。真甜蜜。好久沒看到好看的BL電影了。」

欸，苗歌綠，我跟歪豬之間，只有逼哀，沒有BL啊。

但這才是苗歌綠該有的反應。

苗歌綠得以入學的原因，是因為他演過一部豬會說話，並跟小女孩發展出友情的電影。他說這部戲什麼都有，農庄大家族複雜情感糾葛，小女孩的成長，當然，還有，保護豬豬不被殺掉的感人跨物種之間情誼。

「但你知道就是有一樣東西沒有嗎？」

什麼？

「沒有愛情啊。」

豬豬會說話的電影裡什麼都有了，就是缺愛情橋段。所以苗歌綠之後特別想演。

等等，可是，戲裡有小女孩，又有長得那麼好看的你，照理說會有一段愛情戲啊。

「可是，我演豬啊。」

苗歌綠是頭套演員。整部戲除了真豬上鏡外，拍豬的特寫與細部表情時，就由他戴上豬頭面具，以一種人性化的面部表情演繹，好供電腦捕捉，再後製修圖。

當觀眾說：「豬好有人性喔。」「他替茉莉傷心的表情，讓我以為他是真的。」

真相是，那就是真的人沒錯。

當觀眾說：「豬怎麼可以演這麼好。」

真相是，因為那是人演的。

苗歌綠應該得到頭套界的奧斯卡獎或金馬獎。

真相是，其實就是演出有人類表情的豬而已。所以誰戴上豬頭套都可以取代苗歌綠。

真是浪費他好看的臉了。這時候苗歌綠坐的位置逆著光，教室外頭日照打進來，他瞇起的鳳眼上有長長的睫毛，像可以煽動光。

但坐在絕教高校這間教室裡，誰不是可以被取代的？

苗歌綠坐在第三排，他身後有個空位，那位子上擺著小小的瓶子，是玻璃牛奶罐吧——「售價55元」——標籤撕得沒很乾淨。因為小瓶子上頂著花，姑且就叫它花瓶吧。畢竟是用來懷念那個死掉的學年第一名魏明蒂的。售價55元的懷念。是因為厭食？感情問題，還是讀書讀到腦筋斷線？聽起來都是校園電影裡會出現的情節。但再有戲，都是為了讓別人有更多機會演出，魏明蒂不可能出場了。

如果這是一部電影，卡。魏明蒂的人生已經喊卡了。再過幾天，她的位子就會被人坐走了。

不，這不是一部電影，這是戴著頭套的日常。而這日常會持續下去。

所以更無聊。

日常。校園的日常。

會被導演剪掉的過場片段。

問題：你知道在哪部電影裡會保留大量日常嗎？

侯孝賢？楊德昌？

大概吧。反正掛這些人名字的電影我一部也沒有看。也沒機會演出。

答案是，恐怖片。

像這類電影，前頭越日常，才越能襯托後面的恐怖……

（但那個夢……）

（在廁所裡……）

這時候，一團紙條從教室邊界被傳過來，丟到歪豬桌上。

那一刻，太陽忽然有了陰影。室內明顯暗了下來。

（我好像看過這一切。）

「不要打開。」我想對歪豬說。

「第八節課下課後，廁所見。」沒有打開都知道上面會寫這個。

（不要。）

但歪豬還是用他那肥肥的手指，像拆金莎巧克力一樣把它打開。

昨天也有這個橋段。昨天的昨天也是這樣。今天也該是這樣。

情節是這樣的。

（別打開。）

奇怪，夢中似乎也是這樣。

這一切，好像經驗過了……

「第八節課後。二樓男一廁。演技特別訓練。」紙條上寫。我明明沒有看到。但我已經知道。

（別打開。）

「沒關係，我會陪你。」我這樣拍拍歪豬的肩膀，聲音像是從自己嘴巴發出，但耳邊同時傳來看不見的導演喊，Action。

◊◊◊

導演喊卡——

舌頭貼著水栓。那麼硬，也就有點鹹。

導演喊卡——

但打火機打火石發出命運交響曲。

啪咖。

「高潮就要來囉，baby～」技安在下面喊。

咦？

腦海的黑暗中浮現打火機火苗幽幽的，鐵藍色的火焰。

這畫面我一定看過。但到底是哪裡呢？我似乎知道接下來會發生什麼。

感應器受熱，金屬微微散發出的氣味。那似乎引起人們食慾，讓人想起什麼。

——肥嫩嫩的油脂。燒紅的鐵烙。發燙的鐵板上炭烤著肉片。

——某張人類張大的嘴，利齒之間帶出晶瑩的唾沫。

——有什麼就要來了。

（不要。）

心底有一點什麼像是柴薪被點燃。

血管裡湧出洶湧洪流。

（我一定看過這些畫面。對了，那好像是在……）

「啊啊啊要去了！」技安喊。

（不可以。）

（還不可以去。）

（不可以讓他點燃打火機。）

（一定要阻止他！）

我嘴一鬆，十七公分離口。身體垂直落下，嘩啦拉金字塔垮囉。倫敦鐵橋垮下來垮下來，我這一捽，還不忘拖著努力把自己繃直拉緊的歪豬。

「混帳東西！」

導演喊卡。

技安說繼續。

「你們就是欠訓練。」技安說。「我是在幫你們。」

「第八節課後。二樓男一廁。演技特別訓練。」那不是很感激你的紙條了。我躺在地上笑著。口水正從嘴巴流出來。

但我知道，技安是對的。技安演過真正暢銷的電影。票房的數字就是真理，也就是一切，現在是他的年代了。技安紀年。你一定也看過吧。《黑學院》，他在《黑學院》裡叫靳飛宇。聽這名字也知道，典型出現在校園電影裡，那叫少女心碎、叫少年嫉妒的男主角姓名。靳飛宇演校園老大哥，他在大銀幕上不停抽菸，用很帥的姿勢把菸夾在耳邊造成一股模仿潮，據聞電影上映期間，耳朵燙傷看診的案例較平常多出三百四十件。還有，電影裡他騎重機，用很帥的姿勢在高速公路上奔馳，電影裡他剎車還兼甩尾，飛越公路路橋，飛進教室裡，燙人家的耳朵，撩撥別人眼球，從此進入這一代少年少女心中。

太好看的人做什麼都合理。別人眼中的靳飛宇是我們生命裡的技安。技安說幫我們磨練演技。他帶我們到廁所。「掛大腸」，他們如此稱呼這個嘴巴含著消防出水口然後踮腳站在椅子上的動作。椅子越搬越低，身體越站越直，然後點火，噴水，轟隆一聲，倫敦鐵橋垮下來。一次，一次，又一次的。

那就是校園的日常。

導演說，要拍日常，那就找一個胖子來被欺負吧。

導演說，要拍日常，一個胖子是不夠的。那就再找一個怪咖挾來配吧。

這就是我們在這裡，在教學大樓三樓廁所的理由。

甚至不要理由。

場景：教學大樓三樓側翼廁所。

道具：全新環保空氣觸媒消臭白瓷小便斗。

人物：我、歪豬。技安。小嘍囉若干。

我想像此刻鏡頭應該由上往下俯拍。越過技安帥氣的頭顱，掠過他耳邊夾著的淡菸，滑過他挺拔得像是外國人鷹鉤鼻的臉，更往下看。

我和歪豬各自蜷縮在地上，恭喜我們，入鏡了。一個是胖子，沒演過戲。而比沒演過戲的素人更慘的，則是過氣的明星。那就是我。

呵呵。只是講個笑話而已。我怎麼可能過氣呢！我只是在等戲演。

下一秒，肚子又成為隕石坑，技安鞋尖作子彈衝擊爆破點，以最大出力直衝而來，爆破力沿痛感神經擴張，可是，怎麼說呢，聲音逼到嘴邊，卻怎麼，嘻嘻，好想笑啊。是吧。就把它當是演出吧。把這一切當成一幕戲就可以了。反正一切只是場景。一切只是演技。翻白眼是戴隱形眼鏡。瘀青是特殊化妝，傷口是食用糖漿混紅色顏料，而身體的痛是……

是……

是什麼？

「你真的很噁心欸。這樣還笑得出來。」技安說：「像你演的那部片一樣噁心。」

你也承認了吧。至少我也演出過電影啊。而且比你技安早，還是真正大紅過國際的片。不輸你的《黑學院》！

導演說，給我一尊奧斯卡獎。

導演說，方法演技。

「媽的有病！」

連歪豬都用奇怪的眼神望著我。在我還沒作回應前，頭髮被拽著，整個人被往前拖，拖出了廁所，像一袋大型垃圾被棄置在洗手台前。

太好了，這裡是我最愛的地點前三名。

大樓呈現H字形，我們在左棟，中間僅以橫廊為連結。把大寫H中間那一橫視為走廊就對了，而這兩邊空間的結構，無論教室的分布、窗戶的對位，到排水管線的迂迴曲折，一切都是一樣的。一切都是對位的。

我們在這裡的時候，她們也在那邊。

我趴伏在洗手台下方，那下頭朝內挖空，可以放些水桶啦洗潔劑啦，而牆面是鏤空的，上頭線條橫斜，日光正從縫隙中篩落。透過那些細縫，可以一眼望見對面。

在對面，在大樓另一邊有女生廁所，所以是女生的地盤。同樣是洗手台下方空洞，同樣可以放些水桶洗潔劑。

一切都是對位的。像是現實與鏡子。

我半張臉貼在地板上，可以感覺到細沙顆粒摩擦著我的臉頰。從我的視角望去，穿過洗手台後方牆壁，穿過大樓天井，穿過對面大樓牆壁凹槽，再進去，那裡，是無限。是一片黑。

那是另一個人的眼睛，也正直直的望向我。像是星球對接，在引力牽引之下，我們彼此望見對方。一切都是對位的。像是我與你。

這裡是男生廁所，那裡是女生廁所，那雙眼睛是女孩的。

男孩與女孩。

而此刻技安的影子覆蓋著我，不用抬頭，他的影子透露他的動作。也許他就是影子，那麼黑，那麼扁薄，可是逃不掉，他總是跟來。這時地面上黑色的手揚起，像獨裁者正在陽台跟他子民揮手，我可以聽到技安的聲音變得溫和，是電影裡那種發聲方法，共鳴從肚子裡冒出來，這時他又變成靳飛宇。

「呦齁」，他喊。

什麼「呦齁」，老土死了！

呦齁——

一切都是對位的。像是招呼與回音。

雖然看不到，但我聽到，在走廊那端，是靜學姊的聲音。她就在大樓另一側，應該也舉起手跟技安打招呼。

一切都是對位的。像是人生與電影。

在電影裡，技安，不，靳飛宇這樣的不良少年總有個漂亮馬子。最好長直髮。最好能耍狠。要長裙搭泡泡襪。最好泡泡襪裡有把蝴蝶刀，最好她還能在漂亮的耍玩一輪刀鋒後，用舌頭舐過刀刃。最好她這樣不會流血啦。

如果電影裡有演出這一切，在現實裡就應該也有。

於是有了靜學姊。絕教高校的女神。她的頭髮長長垂落，高純度的黑，有限度反射日光時像蓋著金色的頭紗。但就算她真的蓋上頭紗，也遮不住她完美的心形的臉。

靜學姊高翹的睫毛根根分明，搭配她藍色的眼珠。

靜學姊故意穿小一號的制服，彎腰時微微露出肚臍。

靜學姊的制服短了，裙子卻長了。但這麼長，遮不住她的長腿。

靜學姊看起來很豔。不像是學生。不，就是要她穿著學生制服，百褶裙，白上衣，多假啊，偏是真的，她像是生活的演員。她應該活在電影裡。

但那是技安才看得到的風景。

我則緊盯我的鏡像。那邊也有一個我。她也看到我了。是那位此刻也趴在地上的女孩。

以我的頭顱為安放點，技安的腳不輕不重踩在上方。而在大樓側翼，另一面，靜學姊的腳應該也以那個女孩的頭顱為安放點，不輕不重踩在上方。

如果我是那女孩的鏡像，那我就不會痛了。就像我在廁所裡只是歪豬的鏡像，那時我就不會覺得羞恥。因為我只是電影。我是虛空。我不會痛。我沒有任何感覺。

如果我找不到表情，如果我做不出反應，我就學習對面那女孩就好了。

學習她眼眶泛紅。

學習她嘴唇顫抖。

學習她以人中為湖泊，鼻涕慢慢積累成湖水拍岸。

對面女孩的臉從走廊縫隙中消失了，下一秒，她後腦著地，飛機迫降那樣朝後方滑行。

我立刻跟上她。

也跟著起飛，也跟著落地。

我看著女孩。而女孩也看著我。那空洞的黑色的眼睛凝望著我，她是不是也把我當作鏡像。她是不是也在學習著我。

導演說，給我痛楚的表情。

導演說，幫我詮釋西瓜從十五層大樓落下。

一切都是鏡像。

今天也只是昨天的鏡像。

明天也只是今天的鏡像。

我只是歪豬的鏡像。我只是那女孩的鏡像。

就是這樣，曾經我是電影巨星。但現在，我要把生活變成電影，這樣一切只是演出而已，我才不會痛。

而這就是，我的日常。

◊◊◊

我的日常。

正這樣想。洗手槽下方空隙裡失去了女孩的臉。

咦，人呢？

導演說，給我一個茫然凝望鏡頭的眼神。

我像蛇一樣努力撐起了頭。沿著技安的視角望過去，在另一邊走廊，那本來應該是我的鏡像底女孩竟然站起來了，面對面與靜學姊對峙著。

欸，情節不是這樣的。

尊重一下導演好不好？

下一秒，那女孩忽然回過頭，本來便散開的頭髮這會兒完全遮住了臉。風中吹開黑色的薄霧，薄霧中有一隻眼睛，卻是狠狠的瞪向我。

欸。搞錯劇本了吧？

她為什麼那麼憤怒？

不，她為什麼對我那麼憤怒？她為何要瞪我？

但無須我回應，女孩俯下身子，以頭顱為彈頭，身體砲彈一樣往靜學姊方向射去，狠狠就對著靜學姊肚子來上一擊。

因為那速度太快，或者，因為根本無法預料，連鏡頭都追不上她，現實和虛構的裝置在此時發生動搖。

下一秒，理所當然，女孩又回到她原本的位子上。她狠狠的被踹回來了。

你還想反抗咧，拜託，我早知道會這樣了。你終究只能重新成為我的鏡像。

所以才要你……

才正要在心中說她兩句。女孩已經不見了。靜學姊也不見了。

欸？怎麼回事，剛看到的是幻影嗎？

從我的角度望去，對面大樓只剩下欄杆線條沿著水平面延伸。水平面之上，什麼都沒有。

不，等等，有東西。有隻手，很纖細的手指，正搭在走廊的欄杆上。然後，是一顆頭顱，溢出水平線的黑髮。

那是……

在確認那是誰之前，我已經知道那是誰。

在知道發生什麼之前，我已經明白會發生什麼。

女孩把靜撞倒了。KO，靜再起不能。

怎麼回事，她怎麼做到的？

怎麼回事，女孩竟然沒有因此停下來。

她過來了！

心中竟然有一點害怕。但又無比期待。

此刻，我聽見什麼聲音。

轟隆轟隆。

大水一樣。

草原上動物遷徙一樣。

頭顱不見了。

頭顱還在。

那過長的黑髮沿著走廊牆壁上鐵欄杆像是蛇一樣有生命的在動。來了來了，它標誌出女孩的位置，來了來了，頭髮旋在欄杆上那麼顯眼，一下子已經在大樓H形彎角的轉折處。來了來了。沿著銜接兩翼的中央走廊，欄杆上那洶湧的黑髮正快速朝我們這湧來。

女孩要過來了。

潮水一樣。

迅雷一般。

閃電一般。

甚至來不及回頭。

技安剛要喊什麼，鏡頭給我一個特寫，他的舌頭旋在漂亮的白色牙齒之間，喉頭滾動，氣音將吐未吐，人已經朝後飛去，牙齒叩在舌尖咬出好幾滴血。

血珠還停留在半空，技安已經躺在走廊那一邊。

導演喊卡——

「你是白痴嗎？」

這是我第一次聽到女孩的聲音。

閃電的聲音。

裙襬撕裂的聲音。

她應該是罵技安吧。

「我在講你啊。」一抬頭，女孩看著我，臉在陰影裡，黑霧裡的眼睛更亮了。那就是剛剛她在對面走廊瞪我的眼神。

「被推倒，你就這樣咻的撞回去不就好了嗎？」女孩說。

「拳頭打過來，你就這樣啪的打回去不就好嗎？」

「趴下了，站起來不就好了？」

欸，這一切只是演戲啊。我們只是一個裝置。你把自己當成一面鏡子，你要將自己看成是一名演員……

就在這樣想的時候，女孩被打飛了。

那確確實實是被打飛。有零點幾秒的時間，女孩的身體違反地心引力騰空飄起，然後重力加倍，她已經像張貼紙貼在地上。

在我身旁，技安正誇張的甩著自己的拳頭。

「不准越界，你不懂嗎？」

就這樣一拳，像是電影裡斬飛宇所用出的轟炸拳。原來現實裡真的如此，重磅炸彈似的威力，完全的壓制。
女孩扭動身體，竟然又站起來了。
「欸欸欸，」技安說：「你演過哪部電影？比電影裡的人還有種喔！」
通常當紅才敢囂張，我看著那女孩，原來她一直用頭錘的原因是，她的雙手被用童軍繩綁住，難怪只能用身體用頭顱衝撞。
等等，我真的見過這女孩，她是——
女孩似乎想掙開手上的繩子，她雙手往外擰扭，力道之猛，彷彿能聽到空氣中繩子纖維綳緊的聲響。
後頭有個想扯住童軍繩的龍套笑道，「打不開的啦，那是優香學姊打的結欸，她演過龜甲縛的那部什麼捏！」
女孩雙手又掙動了一會兒，忽然間，沒電一樣，她跟著低下頭，頭髮覆蓋整張臉，就不動了。
「認輸了嗎？」
「靜真是不夠力！看來我們男生班要代替靜，好好教訓你這所學校的規矩！」
「讓我們來幫幫你，做個演技特訓如何？你啊，可要好好感謝我們知不知道！」
技安的台詞就是這麼無聊，刻板。正這樣想，女孩忽然一轉身往牆壁上撞去。
欸欸，要跳樓嗎？但這樣你的故事就像桌上放花瓶的魏明蒂那樣，永遠喊卡了啊。
女孩站起身，卻是朝牆壁狠狠一撞。
下一秒，又一撞。
「瘋了嗎！」
「她在幹麼？」
走廊上以女孩為中心，跑龍套的嘍囉像困住野獸一樣，將她團團圍住，但沒有一個人敢靠近。

很清脆的聲響。
啪嗤。
是骨頭的聲音。
然後，童軍繩鬆拖在地上。
劉謙變魔術？
不，我明白了，她讓自己脫臼了。透過撞擊，女孩讓骨頭移開位置。就是這樣，她的手才能脫離束縛。
這女人，瘋的嗎？
童軍繩落地。女孩也跟著跌倒地上。她的黑髮像是潑翻的水一樣在地上散開。她的裙襬擴散成扇形。因為脫臼的關係，她的手似乎無法舉起，於是她試圖以肩膀支撐立起身，但太短的施力軸根本撐不起她的身子。從我的方向望去，女孩又變回一隻大蟲子，奇怪的扭動著。
這一秒，蟲子又不動了。
下一秒，蟲子猛然抬頭，頸項拗折成漂亮的弧度，頭髮半空飛散，看不見她的臉，但好像可以聽到她深長的嘆息。
又像是野獸對著月亮哮叫。
猛然，她昂起頭，扭著身體以全身為支點，快速的朝技安方向而去。
來了來了。
女孩雙手拖地，因為爬行而甩著擰著，且因為關節錯位而扭動著。
來了來了。
女孩黑髮成為地上大滴墨點，但不規則的變形移動。

來了來了，根本看不見她的臉，但感覺到她的存在。那麼巨大，避無可避。

等等，我知道，這一幕，我看過。

關節扭動的少女。白衣黑髮，撲伏地上以違反人體力學之姿前進，耳邊響起關節的聲音。

那是恐怖片裡的女王貞——

下一秒，只見女孩飛彈起來，整個人像是一塊破布，已經蓋在技安身上。

從技安的視角望去，是否看見黑髮下那一隻眼睛。

那我曾見過的空洞。

或者，那空洞張大了，水面長出月牙，是尖尖細細的犬齒，緊接著，一口咬下。耳邊響起技安的叫喊。

女孩正大口往技安耳朵咬下去。

比火箭拳更厲害。

比什麼都有殺傷力。

比起死，我們更怕的是傷到臉啊。

而就在那一刻，應景一般，警報聲響起了。我們從沒聽過的警報聲，一聲又一聲，在技安持續的尖叫之上，將我們完全覆蓋。

◊◊◊

「瘋子！」

「妖怪，是妖怪。」
「快把她弄下來。」
「瘋女人。」
走廊上像打翻的熱水，一群人水珠濺開似慌作一團。我好像是個外人一般，只是靜默的看著這一切。
我們在這裡相遇。在慌亂的人群裡，在洪水一般淹來的巨大警報聲響中。
嗨，你好，讓我做一個遲來的自我介紹，我以前演過戲喔。
我演的電影是——逼——。啊，因為版權的緣故不能說出來嗎？——逼——。——逼——。說出來，也會被消音。太好了，那我就沒有忌憚了。
我演的是——逼——中的角色。在這部電影裡，我所有出場幾乎都是全裸的。只穿一件內褲。
我只需要張開嘴巴發出聲音就好了。
啊啊啊啊啊啊啊啊啊——
只要這樣叫著。
不，不是色情片啊。我演出過的這部電影的劇情很有巧思。那時我還小，電影裡演出一名叫做俊雄的角色。俊雄和媽媽——當然是電影裡的媽媽——住在一棟屋子裡。爸爸把我們殺死了。媽媽被塞在垃圾袋裡。我也是。但我們並沒有離開，從此以後，只要住進這房子的人，就會遭受一連串恐怖詛咒，被我和媽媽殺死。電影一拍四五六集，版權還賣到國外。好萊塢都拍了。基本上就是倒垃圾電影，成千上百的角色住進房子，像是掉進垃圾桶，被滅掉了，我們的工作就是用腳踩一踩，等更多角色走進屋子好被整包倒掉。
高潮總是，媽媽從櫥櫃掉下來，從榻榻米上方的隔板掉下來，從樓梯上一格一格摔下來，緩慢卻有效率的逼近誤闖的倒楣鬼。

她會在地板上爬。用喉頭發出聲音，像是壞掉了猛敲手上小鼓的猴子玩偶，或是斷弦的小提琴。

啊啊啊啊啊啊啊啊——

媽媽是鬼片的另一個女王。

我輕鬆多了，我就是她的孩子俊雄。

而且我只需要穿著內褲，全身塗上白色。在攝影機帶到我時張大嘴巴就好了。

我是女王之子。

我是鬼片的王子。

這就是為什麼我可以就讀這間以培育明星出名的高中的緣故。

從我入學開始，所有人都知道我的名字。他們在認識我之前，就已經看過我。他們在見到我之前，就已經恐懼過我。

我的角色是俊雄。

俊雄縮成一團，在你掀起桌布時，由桌子下頭張大了嘴露出黑忽忽的咽喉。

俊雄雙手抱膝，在拉門刷開時於浴缸中發出貓叫。

我是俊雄。

我曾經是俊雄。

但俊雄不是我。

俊雄不會老。他死透了。永遠的十歲。或是十二歲。誰知道呢？能穿著內褲到處走又不會被警察捉走的，除了色情片，就是鬼片了。

但我會老。會長大。有一天，我穿著內褲，那裡已經會隆起。那裡裝不下我。

我不能一直演出俊雄。

誰都知道俊雄，但沒人知道我真正叫什麼。

我才是俊雄的本體。但後來卻變成俊雄的影子。是鬼的影子。

這一生，我的壽命只有一小時五十六分，剛好是一部電影的長度。那之後，再活下去，長大了，我的人生也只是電影被剪掉的部分，像是沒活過。

直到我遇見了你。

你，就是演出——逼——這部電影的女孩。

喔，——逼——也因為版權不能說嗎？那就太可惜了。早在我演出——逼——之前，你演出的那部——逼——可是啟動整個日本恐怖片輸出國際的火車頭。

比起我演出的電影，你演出——逼——真正帶起九〇年代恐怖片風潮。你的——逼——拍了一集又一集，賣出外國版權，你所演出的——逼——是真正的恐怖，——逼——中存在著鬼后。她是鬼中之鬼。

「看了錄影帶後七天，你的生命會被貞子取走」，你演出的電影——逼——是這樣設定的。

而我知道那就是你。你曾經演出——逼——中鬼后的小時候。

你是那個長大變成了鬼中之后的小女孩。在電影中，你的媽媽是超能力者，能預言，死在火山中。而你會長大，卻又不夠大，死在井裡，留下恐怖的怨念，和一卷錄影帶。

你是萬鬼之后貞子。

從你剛剛攀爬的姿勢我就知道了。你從電影中爬出來了嗎？雖然跟我一樣，也只能在現實中匍匐。在走廊上被打趴。

你也長大了嗎？你也跟我一樣，終於不能演出了嗎？

鬼還會繼續在電影中出現。但我們還會長大，我們將永遠離開那些電影。我們才是這個世界的鬼。

歡迎你，鬼片王子歡迎鬼片之后。

◇◇◇

「靠，是裝了磁鐵嗎？這女人的嘴巴扳不開。」

咬吧。我想。

把世界咬出一個缺口吧。

喬治．羅密歐說給我一個殭屍咬掉肉塊的表情。

「完全扯不掉。」

好像進入一部恐怖片，不，其實是搞笑片的橋段。怎樣拉扯，都只是讓技安疼，「痛痛痛，耳朵會被扯下來！」隨著技安大喊，跟班們便加重拳毆打，每一下搥擊，女孩便更用力咬下去，「會斷掉掉。」那活脫脫是搞笑片，黏著的口香糖，總是在轉角出現卻永遠會踩到的香蕉皮。

「你給我下來！」

不，那就是詛咒本身啊。永遠黏附在別人身上，讓別人感覺到痛。

「讓我來。」

這時候，有人說。

導演說，給他一個特寫。

「我知道方法喔。」那個自稱有方法的人說。他靠近女孩，他的手指爬上女孩的身體。以為要被毆打，女孩反射性皺緊額頭。下一秒，眼淚都流出來，卻不是痛，嘴露出細縫洩漏出微微的愉悅底笑聲。

呵呵。

呵呵不要啊啊啊不可以……

手指滑過女孩的肩膀，手指在女孩胳肢窩跳舞，手指在旋轉，手指擦過皮膚表層又磨又挑……

竟然是用搔癢讓人鬆口。可是身體比意志誠實，呵呵哈哈……不……不要……哈哈哈……嗯嗯嗯不可以我我我……女孩鬆口的瞬間，整個人被拽下，口水帶著血絲還連在唇邊，那嘴邊噙著笑，卻又無比憤怒。露出黑髮的臉頰既繃緊又放鬆，微微閃現紅暈，又同時有一種不甘心的蒼白。

「臭三八！」接著就是一腳踹過來。

「你這鬼女！」

技安捂著耳朵，他說：「你做得很好，胖子。」

從女孩身上把手抽回來，卻依然抽動著像是翻過來甲蟲的腳，那身體也像是甲蟲膨脹的，這可不正是歪豬嗎？

欸，叛徒。我想大聲吼出。

「你忘了是誰欺負我們嗎？」

你忘了我為了你，每天陪伴你在廁所掛大腸嗎？我是這樣的大明星，雖然暫時等待演出……

但你竟然……

好想也咬歪豬一口啊，但警報聲把一切淹沒了。那是我們從沒聽過的警報聲，一聲又一聲，彷彿在女孩張開嘴的那一刻從播放器中流瀉。

「不是早就下課了，怎還打鐘？」有人問。

「白痴，是火災警報。」

「防空警報？」

「開始了，Lv1 防治作戰。」歪豬望著看不見的天空，喃喃的說。

「什麼意思？」技安問。

「你們，都看了吧。昨天總統前往龍山寺祭天的新聞？」歪豬問。望向技安，又看向其他人，就是沒看我。

「不是有廣告嗎？」

「新聞有播啊。」

「只瞄到幾眼。」

「總之，因為某種原因，HLV 發動了。對全國人民。」歪豬說。

警報持續響著。聽在我們的耳裡卻一切靜止。歪豬說的是什麼意思？HLV 不是原因不明嗎？HLV 不是被政府控管住了嗎？昨天新聞裡不是說，總統祭天，並宣誓處理一切。

「你說清楚一點！」歪豬領口一緊，被人往上拉起。

「今天上課的時候不是來了很多軍人嗎？」歪豬說：「他們啊，可不是單純來做演習的，而是因為，我們學校，藏了可以對抗 HLV 的東西。」

「怎麼可能？」

「因為他們在找『那個』。」

哪個？

「那個啊，錄影帶。」明明被人勒住了領子，但誰都認真聽那被迫直起的喉嚨裡噴湧出的聲音：「正確的說，是那卷『被詛咒的錄影帶』。」

不，我完全聽不懂他在說什麼。

總之，是這樣，「我聽到爸爸說的，你知道我爸在國安局工作吧。他突發奇想，有一部電影，電影的劇情是，世界上存在一卷錄影帶，只要看過七天，人就會死掉。」

我望向女孩。她也正望著我，我對她眨了眨眼，你知道吧，這就是你曾演出的電影。關於錄影帶與詛咒。

「可是，那是電影啊。」

但我們所在的世界，寧可它是電影。

我們和影像學習。

我們這一代，一切都是從影像中學習。從第四台。從MOD。從網路電視。從YouTube。無論穿著，化妝。愛人的方式。接吻。流行用語。這一切，我們才是影像的複製。

今天是昨天的複製。

「你知道嗎？其實我們都會死掉。HLV被啟動了，在三天後。」

導演說，給我一個特寫。

導演說，在表情和表情之間安插一個核子彈爆炸的畫面。

那為什麼，你知道這些事情，在這一天，依然跟我處在日常裡呢？

「但如果，有一種方法，可以拯救世界呢？」歪豬拍開技安扯著領子的手，還是，其實是技安自己放手了？歪豬在他心中變重了，他抓不住他了。

「根據電影——逼——抱歉因為版權的關係，我說出來會被消音，總之，在那部電影裡，被錄影帶詛咒的人，七天後，會被從電視裡爬出來的貞子取走生命。」

啊？這跟拯救世界，對抗HLV有什麼關係？

「笨蛋，那部電影裡不是有演嗎？在這七天內，你連死掉都沒辦法。因為貞子不會讓你死。」

「你敢罵我笨蛋？」技安說。

唉，那個不是重點吧。

「只要有那個的話，就能對抗病毒了。只要全台灣有感染ＨＬＶ的人都看了被詛咒的錄影帶的話，那貞子就不會讓你在三天內死掉。」

「但七天後你還是會死掉啊。」

「笨蛋，三天死掉，和七天後死掉，你選哪一個？」

「第二次了！」技安連捂著耳朵都忘了，他的臉頰滴血，猛然踏前一步：「你再罵我一次笨蛋試試看。」

歪豬則說：「笨蛋笨蛋笨蛋。我是給你機會啊！如果我說，那卷被詛咒的錄影帶在學校，而我知道它在哪裡呢？」

在這一刻之前，靳飛宇因為《黑學院》而站在學校頂層，但這一刻之後，歪豬看起來反而最高，「如果，我把可以拯救台灣的方法告訴你呢？」

但他不是對著我說，是對著技安說。

「如果，我把錄影帶在哪告訴你呢？」歪豬說。

要讓別人慾望。這就是電影的祕訣。

「如果，由你來拯救台灣呢？」

◊◊◊

「絕教高校是這樣的地方。它蒐集演員。它培養電影製作人才。它提供場景。它本身就是一個博物館，蒐集各種電影演出的道具和人才。那麼，有那卷錄影帶存在，不是很合理嗎？」

歪豬說：「你聽，現在警報響起，代表已經開始有人發病了。」

HLV進入第一期，身體莫名的虛弱。意志衰退。臉上偶爾有像是戀愛的粉紅色。熱病一樣的燃燒感。

「該不會，食客出現了。」歪豬喃喃的說。

HLV進入第二期，患者具有高度攻擊性，有磨牙行為，並會試圖以嘴齧咬周旁的人。

警報聲中，技安哈哈的笑起來了。「有趣，有趣極了。這個瘋狂世界。也不錯啊！世界末日。拯救世界的危機。不會治好的病。Zombie。這一切不就是電影了嗎？現在只差一個少年主角了啊。」

如果那個人是你。

「如果，那個人是我呢？」歪豬指著自己：「我可是電影社的社長欸。全校只有我最明白，那卷錄影帶藏在哪裡。」

「憑你？」走廊上誰都想這樣說吧。

憑你這副模樣。

憑你沒演過任何一部電影，獨立製片和小成本短片都沒有。連電視都沒上過。

憑你身高和體重數字相減少於一百。臉不需要寬螢幕就被拉大十倍。

憑你，我心裡也這樣說著。拜託，你連被欺負都要我陪著。我才是主角啊。是我陪著你，不然就你被技安欺負。

「但如果，主角是你呢？」歪豬問。凝視著技安。

「喔？」技安這可露出興趣了。

「你不想當主角，那你要什麼？」

慾望。

導演說，給我一個引起人慾望的表情。

技安問：「我一直都是主角啊。倒是你，你不想成為主角，那你，你想要什麼？」

作為高中生，作為永遠不可能成為主角的高中食物鏈的底層，作為滿臉青春痘的胖子，你想要什麼？

「我想要的是……」歪豬連思考都沒有，立刻就開口。拜託你也演一下好嗎？這下表現得好像你本來就這樣想。已經這樣想好久了。

慾望。

導演則說，給我一個引起人慾望的表情。

「朋友。」歪豬說。他只是望著技安，但並不看向我。

「你不是有了嗎？那個，趴在地上的，嗯，麻吉？現在軟趴趴變麻糬了。」

呵呵，這是冷笑話吧。你們在把我當笑話看吧。那我是不是應該先笑？對了，只要我跟著笑的話，我就是個笑話了。只是個笑話。就不會是真的了。

「他嗎，嗯，是朋友，」到了這時候，歪豬似乎都在考慮我的感受：「但不是很重要的那種。」

技安一愣，隨即哈哈大笑起來，「我明白了，哈哈哈哈，真有趣。比起他，你真的老實得讓人害怕。我以前真的小看你了。」

叛徒！要不是我陪著你。那一刻，我內心閃過憤怒，但嘴卻不爭氣的彎起來了，真的恭喜你了。呵呵，歪豬。

技安說：「這樣吧。雖然這樣說很奇怪，但是，如果我邀請你當我的朋友，怎麼樣？」

「跟我當一輩子的好朋友吧。一起哭，一起笑，一起去海邊，晚上爬窗子約出來玩。騎機車雙載。我答應你。」

對不起，他那麼胖，怎麼可能跟你雙載？我幾乎要笑出來，你們太幽默了吧。

「作為好朋友，跟我說錄影帶放在哪裡，讓我，不，我們一起去拯救世界吧。」技安說。但對歪豬來說，這一刻，那不是技安，是靳飛宇。黑學院的靳飛宇騎機車從十五樓落地窗撞進來了，靳飛宇一個甩尾，那台重機還沒熄火，趴的將安全帽丟過來了。靳飛宇說，因為你是我的朋友，我一定會救你！

「不是約好的嗎？」

夕陽覆蓋地板，長廊拖出暗影，我抬起頭，hi，歪豬。逆著光，這時我才發現，他的臉我完全看不清楚，也許我本來就看不清楚他也說不定。

歪豬手上拿了什麼，他說：「笑一個吧。」

啊？

下一秒，我的身子被人撐起，胳肢窩頸項像有風撫過，有人在下頭跳方塊舞，身體有羽毛在搔，嘴巴忍不住就鬆了。

呵呵……

你這個……

我忍不住笑了起來，可真是皆大歡喜。而歪豬巨大的手掌正撲面而來，一下子在我嘴裡塞入大把番茄。

搞什麼！正當我喉嚨作嘔反射性想吐掉的時候，眼前一片黑，陰影像是巨鳥俯衝而下，反應過來的時候，歪豬的嘴幾乎要貼在我的嘴唇上了。我立刻緊抿嘴巴，而最近的時候，幾乎能感覺到他溫熱的鼻息。那是我們這一生最靠近的時候。

也是最遙遠的時候。

歪豬的聲音在我耳邊響起：「其實我超討厭你的。」

接著，以我的肚子為擦腳的地毯，無數腳跟腳尖連擊。

◇◇◇

像是仰頭從游泳池下方往上看，日光花花那麼刺眼，一切無法對焦。

他們在那一邊。

我在這一邊。

他們變成同一邊了。

「朝他肚子那裡踢……」

「欸，你不要吐出來啊，也不准你咬碎，只要看到一點番茄汁，我就會踢死你。」

一切都在重複。

「我早想知道了，原來從這個角度看下去，是這種感覺。」而歪豬說。

◇◇◇

「Test。Test。麥克風試音。這是全校廣播。」

「呦齁——大家聽好了，這不是演習，這不是演戲，這是真的。」

「齁呦，你踩著我的電線了。」

「呦齁，是你的體積太大好嗎？電線根本沒地方擺。」
「齁呦，難怪你把腳踩在我的腳上……」
「總之，在我們兄弟協力下，我們找到那卷可以拯救大家的錄影帶了。」
「哪來兄弟協力，你剛剛還扯我後腿，害我被感染者追。」
「那個齁，看你胖，幫你減肥。」
「那你怎不給我咬一口。」
「好了，別鬧了。總之，我們已經把錄影帶拿到大禮堂。保證藥到命除——」
「是病除！」
「總之，如果你覺得自己有了ＨＬＶ症狀，請盡速來到大禮堂。如果你遭受感染者攻擊，那請跟著以下指示做。一，請把自己關在教室裡。二，請確實鎖好拉鍊，不，門窗。」
「三，最重要的，請打開電視，這要透過視覺治療才有用。」
校園廣播持續迴盪在我耳道中。是以為跟技安很要好嗎？拜託二十分鐘前你還跪在他腳下呢。呵呵呵，我躺在地上呵呵的笑了，太好笑了，這世界。叛徒與惡霸可以在一瞬間變成好友，呵呵，我的嘴巴流出紅色的汁液，那是咬碎的番茄。
那是我的心。
但如果不笑的話，我可能會發出吼叫聲。
拜託，請讓這個世界毀滅了。
大家都往那個要被拯救的結局奔去了呢！
一個幸福的結局。
但七天後你們還是會死啊。

一切都是虛假的。

你們看啊，我當初是怎樣陪著他的？

我是怎樣陪伴所謂「朋友」的。

結果呢？

到最後，一切都會毀掉的啊。

哈哈哈哈。想到這，我笑得眼淚都要掉下去。

一切只是電影而已。

電影應該結束了。

這個世界應該畫下終點。

如果我的牙齦成為拱頂，撐起一座大教堂。若我能說神的語言。若我能詛咒世界，若我的舌頭抵住牙尖成為布道台，若下頭有萬千信眾。我想在此祈求。

讓它結束吧。如果沒有結束。請讓我將一切結束。

——神啊——

◊◊◊

然後，是神對我說話。

「恨嗎？」那個聲音說。

「想詛咒這個世界嗎？」

想啊。神的聲音多耳熟，其實是鬼的聲音。

「對拋下你的人怨恨嗎？」

那應該是貞子的聲音。

「對這個誰都存在，誰都可以存在，誰都有他們存在的位置，卻獨獨不包括你的世界，你怨恨嗎？」

不然你告訴我，應該怎麼做才能消解怨恨呢？

就去死吧。而她說。

啊？

對，去死吧。你就跳下去啊。

啊？

你結束了。以你為中心的世界就會結束了。

不，不是我。

是我陪著他。

「你只是難過，被留下來而已吧。」

被朋友丟下。

被人丟在這裡等死。

我不准你這樣說。「你又懂什麼了。」

想對著女孩吼叫。

「這不是你希望的嗎？」而女孩問。

「有朋友。」

「但他不是我朋友啊。」我說，想起歪豬的腳尖停在我身體的觸感。「我超討厭你的。」他說。

「但這就是你希望的啊。如果你真的把他當朋友，他獲得了珍惜的朋友，他獲得他想要的朋友，你不是應該開心嗎？」

又是這個眼神。

女孩透過黑髮看著我，那眼神這麼近，近得很遠，是那時在走廊另一翼的眼神，遠遠的朝我射來。你應該去瞪靜學姊啊。你應該去瞪這個把我們留在冰冷廁所的世界。

為什麼要瞪我？

為什麼要說這些話傷害我？

「你不是真的想要朋友。」她繼續說，我身體卻隨著她逼近的聲音而往後退，不，不要看我。

「你只是想要有人跟你一起受苦而已。那時候，你趴在走廊這一邊看著我的時候，我就發現了。是吧。你覺得自己很可憐吧。你覺得自己被人丟下來了吧。你希望有人陪你，你希望有人理解你，你希望有人是你的朋友。但是，等真的有人陪你，真的有人理解你，有人當你是朋友，你開始厭了，你覺得他們不配，你覺得自己值得更好的朋友。」

「你只是想看有人跟你一樣受苦而已。」

不，別說了。我真的，真的很喜歡歪豬。不，我不喜歡歪豬，他是個胖徒。啊，是叛徒才對。

「如果，我是說如果，是你知道詛咒的錄影帶藏在哪裡，剛剛在走廊上要你選，你會選擇歪豬，還是選擇那個男的？」

我，我當然會選，會選歪豬吧。是吧。

「你遲疑了嗎？」那眼睛猛然拉近，像是相機調焦。一瞬間，無機質的黑，會把人吸入一樣。那裡面，甚至沒有我的身影。

啊啊啊啊，我尖叫的往後退，走開。真想撥開女孩蓋著臉的頭髮，想揪著她的領口對她說，你又以為你是誰？你不過是跟我一樣，我們都是電影不要的人。

已經沒有我們的戲了。

你不懂嗎？

我們已經變成鬼了。

「我只知道，你一定被朋友愛著。」而她卻開口說。

啊？

「這是諷刺嗎？」我看著被留下來的女孩。現在好了，我們可能是這個學校裡唯一被留在這而沒看詛咒的錄影帶，因此三天後會死掉的感染者欸。

女孩已經撐起身子來了，她的手臂誇張的在身體兩側晃啊晃，這讓她像企鵝一樣走過來，裙子也被撕掉了一大塊，被揍得真慘啊。

「你沒注意到嗎？」而她說，腳尖點在我那吐得一地黏答答的番茄汁中，正撥弄著什麼。

我低頭一看，那裡頭竟有一張紙條。是歪豬跟著那一把番茄一起塞進我嘴裡的嗎？

我仔細辨認上面的字跡，猛然跳起。開始朝體育館方向狂奔。

◊◊◊

「謝謝，對不起，還有，再見。」

紙條上寫著。

◊◊◊

所以我最討厭他了。

世界上我最討厭的就是歪豬了。

那個白痴，胖豬，世界上第一肥。

苗歌綠還能當豬的頭套演員。但歪豬去面試也不會上，銀幕上連演出的豬都要是瘦的。他連小電視都上不了。

歪豬愛用手機攝影，他的志願是當導演。現在身為絕教高校電影社社長。拜託，你只是沒法演戲才想當導演吧。你根本不是那塊料啊。

我從走廊上站起來，抹掉一臉唏里嘩啦淚水口水什麼的。我呸，嘴巴裡殘存番茄的甜味。我願意用世界上最惡毒的髒話罵他。

（技安課後演技指導的邀請本來是給我的。從一開始，這個學校最低賤的階級，比沒演過戲的人還低，就是過氣的演員。）

（連紅都紅不回來。）

（不是我陪他。）

（其實，是歪豬陪著我去廁所的。）

貞子看著我，而我持續痛罵著那個現在最讓我憤怒的人。我說：「所以我不准他沒經過我同意就隨便絕交！」

（歪豬說：「咦，你就是電影裡那個人啊。」那是第一次見面的時候，他說的話。）

「咦，你就是電影裡那個人啊。」貞子說。

太晚了。我嘀咕。如果在我演出的那部鬼片裡，你現在才發現，早就掛了。「等等，但你也是那部鬼片的那個人啊。那個人的小時候……」

貞子又把頭垂下，一頭黑髮蓋住全部的臉，似乎這樣就能讓自己從世界上消失。

「但我覺得你本人比較好看喔。」我說。

（「但我覺得你本人比較好看喔。」第一次見面的時候，歪豬說。）

眼睛又從黑色的簾幕後露出來了。帶著一點觀望、不確信，或是猶豫。

「廢話！拜託我演鬼的小時候啊！到底怎樣長會比那時難看！」貞子說。

（「廢話，因為電影裡我演小鬼啊，塗著一臉白色，還只穿著內褲啊。到底還要怎樣才會比那時難看！」那時我說。）

（但是，只有歪豬一個人，知道真正的我。從認識那一天開始。）

（可我從來不知道他。）

我把鞋子套好，扭扭腳跟，跟著把制服衫襬拉出。「我要去問問我那個不爭氣的朋友，那個胖子，到底對我有什麼不滿？」

「我要把他帶回我身邊好好管教！」我說。

（歪豬說：「欸，如果你當演員，我來當導演怎麼樣？」）

（歪豬說：「不能當演員，我還可以當導演啊。」）

（「如果我當上導演，你就又可以演戲了。」他說。）

那些都是過去的日常。已經被忘記了。像雨後的葉尖露珠一樣發光。

此刻，我才跨出一步，立刻就跌倒了。仆街，跌了個狗吃屎。

「你幹麼！」我對著旁邊伸出腳來絆倒我的女孩說。

「鈿鈿。」她說。

「我叫葉鈿鈿。」不是貞子。不是那個誰。她露出那張臉，第一次看到她另一顆眼睛。另外半邊臉。原來這是她的模樣。

她真正的樣子。

她說：「你現在最需要的是什麼？」

朋友。我在心裡想。

「打手。」而我說。反正差不多意思。

「那你就要先幫我。」葉鈿鈿說：「用力打我。」

啊？

「想要幫手的話，」女孩說：「先幫我把手接回去吧。來，從這裡打下去！」

◊◊◊

此刻我在走廊上奔跑著。

如果這時有攝影機——不，已經有了——是歪豬的，歪豬這會兒終於完成導演夢了，這下他一定是拿出他的手機在直播吧。教室裡懸掛電視顯現大禮堂的地板，那是片漆成藍色的 PU 地板。視角是四十五度俯望，電視裡一半畫面讓禮堂牆面所垂落大型投影布幕占據，兩個小小的人影則像是汙點一樣，站在布幕前，而他們下方，有幾百雙眼睛朝那裡望。

現在，他們是主角了。

「呦呵，來不及趕來的同學們，現在，打開你們的臉書。」技安，不，螢幕前帥氣的男孩，那就是《黑學院》的靳飛宇啊，靳飛宇對著麥克風說。

「呵呦，」歪豬跟著一起說，簡直像是靳飛宇的影子，而且是下午五點的影子，邊線形狀都被放大五十倍。「現在就追蹤我們的臉書。」

「抱歉我的交友已經滿囉！」

「那你不會退訂嗎？」

導演說，給我一點罐頭笑聲。

「現在加歪豬的臉書好友，就等於是加我的！」靳飛宇說。

我在走廊上跑著，不只是電視，那充滿環繞的聲音，同步透過學校廣播擴音機響起。

「我才沒有靳飛宇這種朋友咧！」廣播裡歪豬忽然大喝！

沉默三秒後，「因為靳飛宇不是朋友，他是我兄弟！」

導演說，給我一點罐頭笑聲。

「好，既然靳飛宇都從電影裡現身登場，來拯救我們了。不如，你就好好扮演靳飛宇這個角色，那靳飛宇你要不要快把你的招牌動作拿出來。」歪豬持續開玩笑，有幾秒我放慢腳步，瞥一眼教室裡的電視，在那失真的螢幕中，歪豬巨大的身影占滿了螢幕。他如願了，終於登上電視了，但他到底想做什麼？只為了和靳飛宇技安稱兄道弟，和全校宣告他和靳飛宇是好朋友？

「我有什麼招牌動作？」鏡頭往旁邊切換，終於拍到靳飛宇那張好看的臉，困惑的時候一樣有魅力！

「就是那根啊！」

「哪根？」

「那根菸！」歪豬說：「不然你還有哪根？」

導演說，給我一點罐頭笑聲。

「電影裡，靳飛宇不都把菸插在耳朵後面？」

「白、白痴，我怎麼會有，學校怎麼可以抽菸！」一瞬間，我分明瞄到靳飛宇恐慌的臉。畢竟大禮堂前就聚滿了全校師生，他可是全校的風雲人物欸，怎麼會抽菸呢！

「有什麼關係，反正電影裡都這樣演！你知道，就當訓練演技！」歪豬說。

那一刻，我分明看見歪豬本來柔軟的臉頰上露出磚塊一樣充滿稜角的眼神。有什麼要藏不住了。到底歪豬想幹麼？

「好吧，如果世界因此被拯救了，你們說，抽根菸算什麼？」

電視螢幕裡，技安一手夾著點著的菸，一手撥撥頭髮，就像電影裡演出的角色靳飛宇一樣。「現在，讓我來。」技安，也是靳飛宇說——

「是我們。」歪豬插話。

「對，讓我們來拯救大家——」

謝謝齁，那真要跪下來感謝你們了。我心裡想。

「那麼，接下來，絕教高校的各位，從這裡開始，我們要來拯救台灣囉。」沒有看到螢幕。但走廊上迴盪著靳飛宇技安高亢的吼聲。

導演說，給我熱烈的掌聲。

「讓我們來看看那卷錄影帶！」靳飛宇持續吼道。

這一刻，全校所有人都在看著吧。

「那你們要說什麼！」斬飛宇說。

「對不起。」我一邊跑，一邊對著空蕩蕩的走廊大聲喊。如果我曾經做錯什麼。如果來不及。如果能夠再來一次。

「那你們要謝謝誰！」

「斬飛宇！」

「還有誰？」

在歪豬的名字被喊出來前，他自己先拿起麥克風喊道：「先不用謝謝我，要謝，就謝謝電影這個偉大發明！」

「讓我們一起來倒數！」禮堂大銀幕前，歪豬和技安的身體縮得小小的。

「五。」大家跟著喊。那是拯救的一刻。

「四。」

「快，我們——」鈿鈿拉拉我，要我繼續跑。

「三。」

我深呼吸一口氣。不管怎樣，等我。

「二。」

「然後，再見。」而這時，電視機的小螢幕上，有個我很熟悉的聲音說。

◊◊◊

我不由得停下腳步，那一刻，我的眼睛裡有我的眼睛。

我的嘴巴裡含著歪豬的指頭。

場景是午後第一堂課的教室。教室小電視正直播禮堂大銀幕畫面。而出現在我們眼前的，卻是魏明蒂空的課桌，牛奶瓶插著一束花。

等等，那不就是剛剛過去的日常嗎？

這意思是，日常變成電影了。

「鼻要一直盯著我，你是不是想上人家？」歪豬問。銀幕上他的臉果然被拉寬成五倍，但沒關係，因為銀幕有三樓高，還可以裝得下。

怎麼了？這是什麼意思？不是說要放詛咒的錄影帶嗎？此刻技安一臉搞不清楚狀況的樣子多麼真摯。

放大，再放大。如果這時能把電視畫面放大，技安演得真好啊。多沒有防備。就像是真的。不，他就是真的。真的困惑。

而他身後的投影布幕上，放大一百倍的我咬著放大一百倍的歪豬的手指。

「痛嗎？」銀幕上的我說。很痛喔。此刻螢幕前的我多想回答自己。

「白痴喔。不然你給我咬咬看啊。」銀幕上的歪豬這樣回答。他開口前，我已經在心裡頭默念。

「這，這是什麼詛咒錄影帶？」斬飛宇技安問。但聲音還是透過麥克風清楚的傳出來。像讀台詞。

「討厭，」布幕前方，歪豬嬌羞的一拳打在技安身上，好像在撒嬌：「就說只是朋友而已，你是不是暗戀我們，還珍藏我和國青的錄影。」

「鼻要一直盯著我，你是不是想上人家。」歪豬又說了一次。

我們的友情。

我們的尋常時光。

為什麼在這時候看到這些。滿身血汙。忽然之間，覺得好珍貴。

好想回到那樣的日常。

接著鏡頭動了。特寫一張紙團毀滅似的滾進來。像是迷宮裡陷阱落石一樣的滾進來。

（不要。）

「是技安吧。那麼醜的字。」歪豬說。

（別打開。）

「關掉。」技安在布幕前拚命揮手。

「不看也知道，又是要我們去廁所吧。」銀幕裡我說。

「給我關掉。這什麼？」技安用力的揮著手，夾在他手指尖的香菸變成一個閃爍的紅點，亮了又亮。

「這就是，我們友情的證明啊。」教室電視裡歪豬說：「我的版本的『詛咒的錄影帶』。」

然後鏡頭跳接，一陣搖晃後，再次出現我和歪豬的身體，看不到臉了，背景是廁所白磁磚，兩張椅子上我們的腳趾釘子一樣以尖端撐在上頭。

場景：教學大樓三樓側翼廁所。

場景：全新環保空氣觸媒消臭白瓷小便斗。

人物：我、歪豬。技安。小嘍囉若干。

螢幕外和螢幕內的。

沒有所謂鏡像。這就是現實的世界。

這哪裡是什麼詛咒的錄影帶？這是控訴。歪豬一定把手機偷偷藏在書包裡了，他偷偷用錄影功能錄下了這一切，只為了放給全校看。

這是他友情的證明。

「那個是……這到底是……」技安一會兒擋在銀幕前，一會兒明顯對著銀幕揮手。

「為了，我？」我喃喃的說。

「把投影機關掉！」電視裡技安大喊。

就算我離大禮堂這麼遠，那鏡頭外的喧譁和交頭接耳仍然浪潮一樣傳進我的耳朵，那聲音多小，但我明白，那是動搖的聲音。

從「不是說有拯救我們的影像嗎？」「這到底是什麼？」到發現，「這是那個人的真面目。」

「不，你們誤會了，哈哈，這是，這是演技練習！」靳飛宇的聲音都顫抖了。身體擋在大銀幕前，又跳又揮手，但就算他一百八十公分高，這巨大銀幕高達三層樓，又怎麼是他能擋下來？

「拿來！」下一秒，電視裡清清楚楚拍下這一切，靳飛宇——不，他現在是技安了——迫近歪豬，要拿他手上的遙控器。

電視小螢幕裡，只見歪豬把遙控器從左手換到右手，右手換到左手，然後手往後一擱，再回來，嘿，遙控器不見了，哪裡去了呢歪豬呵呵的笑著，他伸出手，咕嘰咕嘰，癢不癢啊？「笑一個！」他說：「大家都在看喔。」

技安的五官在這時歪掉了——也許這才是他真的臉。我們終於看到他真正的模樣——緊接著，他拍開歪豬搔癢的手，想也不想，拿起還點燃的菸，就往歪豬手腕一燙。

「你、你這個瘋子！」

香菸嗤的燙下。

巨大的銀幕中，歪豬和我正努力含著消防噴口。

布幕前方，那香菸確實接觸到歪豬的手臂。

但麥克風的收訊有這麼好嗎？在香菸接觸到歪豬手臂的那一刻，我確實聽見耳邊響起嗤的一聲。

鼻子好像聞到毛髮燒焦油脂燙到跳起尖叫的香味。

怎麼回事？

那一秒我確實聽見歪豬說：「成了。」

導演說，在這一幕插入細胞膨脹的畫面。

細胞裂變。細胞因為受熱或某種驅動忽然快速膨脹扭動，瞬間變形，緊接著，從一株細胞擴散到無數株，所有的細胞都在騷動。細胞與細胞碰撞。血液快速流動。心臟極速跳動。撲通撲通。雙手顫抖。撲通撲通。內心同時湧現愧疚與欣喜。撲通撲通。有一種好懷念的感覺，想要哭。撲通撲通。眼底有熱流，心跳已經控制不住了。

下一秒，眼睛再張開，觸目都是血紅。

而我最後一眼，是鈿鈿。我回過頭，他猛然張開口，朝我的臉咬來。

啪嗤。

身體倒地。

誰在我身上咀嚼著。好熱啊。有什麼正汩汩流出。

只有電視還開著。

只有聲音，只有聲音持續隨著麥克風傳進我的耳朵中，那是驚慌的叫聲，以群的方式傳達，而在那其中，只有歪豬的聲音無比清晰。

「HLV傳染途徑就是這個。」

那一天，人類重新想起自己曾犯下，最深的原罪。吃人。

「你們要記得，讓你們感染的，就是我們的靳飛宇。」

現代社會的吃人。不是真的吃。是真的吃，吃完了，你還要感謝他。崇拜他。拜託他吃。

「你們要報仇，就找他吧。」

「獵殺他吧。害我們感染的真正元兇。就是他。」

「用我們僅有的時間恨他吧。用我們僅可以做的方式齧咬他吧。撕裂他吧讓我們恨他吧直到死。」

「死了還要恨。」

◊◊◊

我明白了，這就是歪豬的復仇。

我不明白，這不值得。歪豬。

我明白了，這就是我們的原罪。

◊◊◊

我這才真正醒來。

導演喊卡——

（以眼睛為攝影機轉軸，迴帶轉輪一切倒轉。）

而我的舌頭貼著水栓。那麼硬，有點鹹。

耳邊想起熟悉的聲音。

啪咖。

打火機打火石發出命運交響曲。

「高潮就要來囉，baby～」技安在下面喊。

咦？不是已經來過了嗎？

黑暗中浮現打火機火苗幽幽地，鐵藍色的火焰。

那聲「啪咖」更引動神經。

——有什麼就要來了。

——那一定又要來的。

（不可以。）

（不可以讓技安點燃打火機。會發生恐怖的事情。）

（不然一切無法挽回。）

我曾經經歷過這一切，這之前我是怎麼做的，對了，不如自摔下來。只要別讓技安有機會打亮打火機，別重複之前發生的，這樣就可以拯救歪豬和我自己了。

打火機就要被打響。

啪咖。

（來不及了，這次又要……）

就在這時，火光乍熄。

（咦？）

廁所門口多出一個影子，還沒看到人，先聞到一股很有存在感的香氣。像是自己會走的百貨專櫃。

「以你的腦容量來說，能記得這個日子，怎麼說呢？實在太超乎我意料了。」嗓子有些啞，像喉嚨裡有砂紙隨著聲帶在磨，會在你耳邊刮出痕，在記憶留下紋路。那是靜學姊。

「希望你蠟燭別點錯根。」

「點什麼蠟燭？」技安一愣。「是要慶祝什麼？」

「你不是拿打火機嗎……」自帶滾輪的活動專櫃搔搔頭。瞳孔裡映照出技安手上的打火機燭燄，多歡欣鼓舞，終究也是一下子便熄滅。「喔，你在搞『演技訓練』啊！」

導演說，答案揭曉。

導演說，給我一個surprise的表情。

「可憐吶。不然還能是什麼！」技安說。「是說『掛大腸』這個好像已經玩膩了。似乎玩過一百次了。」

咦？你也這樣感覺嗎？你也經歷過無數次了嗎？

（你是不是也記得……）

「欸，我想到一招，如果打火機從這裡點下去怎樣？」靜學姊指節敲打著男廁鏡子，鏡面上的我們臉一陣波動，但也許不是鏡子晃動了，是我們的身體本來就在晃。「把書包掛在脖子上，像是蠟燭垂下的燭心，然後點火——」

技安說：「你怎麼一直在講蠟燭……」

「我是說，我的意思是……」有那麼一瞬間，鏡子裡的少女臉孔泛起微微的紅暈，彷彿也被火焰燒到。

「我知道，你就是愛吹嘛！」技安眨眨眼說：「很想吹——蠟燭齁。」
「你回家自吹吧。」靜學姊一拳給他貓過去。「搞不好吹熄的時候，我可以順便許願喔。」
（不可以。）
但我大喊之前，燭燄已經在黝暗的廁所亮起。
（遠古的原罪。）
（比一切更古老，潛藏在歷史在時代在人類可知的意識之前，在比皮膚更深比骨更深比血液還深的體內某處，細胞係一陣顫動。）
這時歪豬撐不住了，砰的往地上掉。從我這角度往下俯瞰，對眼瞬間，正好看見他雙眼快速睜大，血絲以瞳孔為中心快速擴張。
等等，歪豬，不要——
下一秒，他抓起洗手台下方的塑膠罐仰頭灌下。罐子上的標示再清晰不過：「清潔用硫酸」。
空氣中傳來燒焦的氣味。白煙絲絲蒸散。
在我跟著從椅子上摔落前，只來得及看到歪豬將剩下的硫酸朝靜學姊臉上潑去。
不要。
我應該可以改變這一切的。不是嗎？我應該經歷過這一切了。
在血雨重新掩蓋我們的臉，在奔相走踏的尖叫聲中，在騰空竄起的白煙裡，在一切再一次變成紅色之前，我喊，不要。
如果再給我一次機會的話。

◊◊◊

我這才真正醒過來。

導演喊卡。

（洪水一樣的警示紅光退去。）

（尖叫聲被旋小。轟轟大作的警報聲掐著喉嚨一樣瞬間安靜。）

瞳孔要在幾秒後才聚焦，面前卻是歪豬的臉，以一比十的比例像螢幕被拉寬。

我這才真正醒過來。在教室裡。第七節課。我這才真正醒過來。歪豬的手啣在我的嘴中。我這才真正，真正的醒過來。我不停醒過來——那意味，我永遠醒不過來。

「鼻要一直盯著我，你是不是想上人家！」歪豬說。歪豬果然說了。歪豬必然會這樣說。

如果再給我一次機會的話。

「痛嗎？」我應該要問。那是我的台詞。不，完全不痛才對。因為有比這更痛的。我已經經歷過了。我應該已經經歷過。如果一切重複，我是不是可以改變這一切？

苗歌綠手捧著臉頰。座位後方魏明蒂對我眨了眨眼。最日常才最異常。以前我以為我是演員。把日常當成電影演。但此刻，要我是導演，而且手上拿著已經讀過幾百次，知道下一幕就要發生什麼的劇本，那我會——

劇本修改一版。不要讓歪豬打開紙條。

結果：技安依然在下課後堵在教室前等我。我和歪豬被押著往男廁去。

導演說，給我一個罐頭音效。逼逼。回到number 1。

那麼，劇本修改二版。如果我第八節課下課後不要去廁所的話。

結果：歪豬替我去了。當我趕到的時候依然是，硫酸燒灼的味道像是深夜的霧氣一樣湧上。

劇本修改，如果我不咬歪豬的手。

劇本修改，我舉手跟老師說會發生什麼。

劇本修改再修改，如果……

醒來啊！我用力搖晃著歪豬的肩膀。不然等等，等等就會。太胖的話等等會被抓去殺喔。我當著所有人的面在教室裡大叫。

但歪豬還是用他那肥肥的手指，像拆金莎巧克力一樣把紙團打開。也就把命運攤開。

始終是。一直都是。回到 number 1。

這次歪豬會怎麼死？

我會怎麼死？

「說什麼？大聲一點，我聽不到。」技安站在椅子下方詢問。

而課桌前歪豬那張軟軟胖胖的臉維持泡在標本罐裡吸太多福馬林到掛掉的神情，一臉幸福又困惑：「咦？怎麼又說了一個『又』？」

對他來說是又一次聽到。在這第一次。

而世界總是破了一個洞。這一回，聲音也將從歪豬把頭顱用力往前頂好讓消防出水口從脖子後刺出的孔洞中流逝。

身體原來也會產生回音。

我的心都是洞。

卡——

導演說。我搶在導演前喊卡。我閉上眼睛，等待時間慢慢過去，然後，下一次張開眼睛，你這才，

火燒刀砍硫酸潑灑吞食彼此被肺泡裡血液溺斃貫穿高樓墜落重物敲擊。

◊◊◊

我這才真正醒過來。

導演喊卡。

一切仍然像是第一次一樣。

「鼻要一直盯著我——」歪豬說。但沒辦法啊，我沒辦法不看著他。不是因為事情一定會這樣。而是，我忽然很想，很想很想跟他說：「能夠看著你的，也就只有這一刻了。」

但我什麼都沒說，我沒辦法告訴他，我已經努力了。努力了這麼多次，但始終是。

一切回到 number 1。

你已經死了。這是拳四郎的台詞吧。我看著歪豬軟軟的臉頰，包餡一樣裡頭有軟軟的感情。你還不知道，之後將要無數次尖叫。嘴巴裡有蝗蟲振翅的聲音。蟬鳴轟轟。

其實，是我殺死你的吧。讓你死了那麼多次。

而苗歌綠把手托著臉頰，在他身後魏明蒂推了推眼鏡，反覆多少次的風景，這時紙條則像波浪一樣緩緩從教室後方傳過來。萬事萬物始終沿著既定的軌跡運作，歪豬依然用他那肥肥的手指把他打開了。

「放心，我會陪你的。」他體貼的說。又一次說。

是啊，我忽然一陣鼻酸。在潮濕的廁所磁磚之上，用嘴巴鉤掛在消防排水口前。在無止境的歲月裡，在每一次死掉了——這都是假的。因為沒有發生。但這又都是真的。因為已經發生了。而且還會發生——我知道啊。是你陪著我。一次又一次。

是我讓你死去那麼多次。「謝謝。」我說。

——如果可以讓你不要那麼痛苦的話。

「啊？講三小？」

歪豬愣了一下，主動把手放到我面前：「欸。你再咬我一下。」

「是你睡傻了還是我聽錯了，三八兄弟了，跟我講這個……」

而我順從的把歪豬的手往嘴邊放。

導演說，給我一個喬治羅密歐電影裡殭屍啃咬的鏡頭。

如果這能讓歪豬不再受苦……

我投降了。

不要再重來了。神啊，或上頭更高的意志，請讓一切停止吧。我願意付出一切。

導演露出欣慰的微笑。

對啊，就該順著劇本走。

走。柔順低頭隨著命運的流線走。

睫毛低垂，眼神順服。

低，再低。低到土裡。

但就在我垂下頭的那一刻，忽然間，我注意到教室裡一閃而過的什麼。

原來如此。

走？

走他媽的才怪。

下一秒，我齒尖深深陷入肉裡，皮膚上的鹹味和韌度彷彿咬皮革，歪豬猝不及防尖叫起來。

隨著歪豬拔高的聲音，台上軍人都中斷了演講。「搞什麼……」可以用眼角餘光看到前排老師正撥開大家往我們這頭靠近。

我呸。

我猛然站起，力度之大，一把推翻了椅子，魏明蒂桌上的牛奶瓶跟著咕嘟一聲翻倒了。

「國青同學？」

苗歌綠大概嚇一跳吧，身體往後一仰還沒從震驚中回神，我已經一把抄起魏明蒂桌上的牛奶瓶，奮力往地上一砸。

在花瓶破碎的瞬間，碎片四射，蟬鳴如槍響，窗外日照陡亮，所有人都站起來了，表情像被煮沸，眩目的日照中，無數玻璃破碎，桌上所有的文具全都憑空飄浮，電扇離軸飛轉，粉筆暴烈，桌椅無比靠近，卻又在凝視那一刻倏然遠離……

◊◊◊

（鐘面又往前推進了一格。）

◇◇◇

蟬鳴重新響起。面前的白光多眩目，也只是一瞬間，彷彿手電筒掃過眼前，就算撇過頭，可眼皮上仍然殘留白色殘影。

我這才真的醒過來。

正想嚷出聲，卻發現，嘿，嘴巴塞著的，可不依然是歪豬的手嗎？

所以接下來耳邊會響起——

「啊，真甜蜜。好久沒看到好看的——」苗歌綠的聲音出現在我耳邊。

導演說，給我一個flashback。

蔡依林唱倒帶。

重來。怎麼一切還是一樣？我明明以為找到出口了。

——明蒂桌上的牛奶空瓶在日照下陰影緩移。

——空空的桌位。紀念一個離開的女孩。

——但我又分明記得，每一次，苗歌綠捧著臉望向我時，魏明蒂在他身後推了推眼鏡。

威利在哪裡？找找看這兩幅圖畫哪裡不一樣？一張桌子不可能同時有人又沒有人。一個人不可能同時死掉又存在。

如果有，那裡就是現實和電影的銜接處。是我們稱為「NG」的畫面。導演會喊聲卡，在下一幕開始後，剪掉中間穿幫的段落。

電影一秒二十四格，而我發現現實中不合理的「NG」畫面了。如果從這裡切入的話。

如果我砸碎牛奶瓶……

導演說，給苗歌綠一個畫外音。

「啊，真甜蜜。好久沒看到好看的三角戀電影。」苗歌綠手捧著頰往我這斜斜望來。

等等，三角戀電影？

不，苗歌綠之前不是這樣說的。

我這才發現，我確實叼著歪豬的手，一切就跟之前重複無數次的場景一樣。無論地板投落的陰影，歪豬手指突出的巨大骨頭環節，連口感都是一樣的。

唯一不同的是，在我身旁，此刻有人的手指正插在我耳朵裡。畫面上形成我含住歪豬的手指，而另一人的手指隱沒在我耳中的連動關係。

嘿，這不就是明蒂的手指嗎！那個應該死掉的女孩。全學年第一名。魏明蒂。此刻她那應該沒有溫度的手指正插在我溫暖的耳朵裡。這又是怎麼一回事？

名字召喚記憶，記憶中浮出臉，臉和現實中的臉重疊。卻和過去擦肩而過。眼睛後方某個柔軟的地方更痛了，痛得讓我忍不住緊咬著歪豬的手指。

因此歪豬痛到站起身來。

我以為他會叫，但耳邊聽到卻是：「喵。」

聲音帶著絲絨。貓舌頭有粗粗的質感。

明蒂開口說：「喵。」或是貓。

什麼意思？

在有和沒有之間。在死掉和活著之間。「被你發現了。你打開盒子了。」明蒂說：「親愛的薛丁格。」

薛丁格的喵，那是什麼意思？

「噓——」而苗歌綠的聲音介入一切。

台上軍人停下演講，望向這邊，前排同學也紛紛轉過頭。

同一時間，老師就要轉過身了。

導演說，給我一個慢動作鏡頭。

在我的記憶之中，反覆那麼多次重來，那再來會怎樣？

再來會——

我不記得了。不，是我不知道，這在之前幾千次的反覆中沒發生過。因為之前魏明蒂是死的。死掉的同學才是好同學。我記得她死掉了。她桌上擺了花瓶。可只有這一次，她是活著的。

「死豬坐下啦！老師要看到了。」我鬆開口喊道。

「放心，我們還有點時間。」而明蒂說。

導演說，給我一個慢——動——作——鏡頭。

導演說，給我一個吳宇森電影裡小馬哥揚起風衣尾巴而鴿子撲翅亂飛的慢鏡頭。

慢——

那一刻，老師腳尖在地上摩擦，他梳得一絲不苟的髮絲隨著轉頭弧度揚起。

空氣中的微塵。

窗邊繞之字形飛行的蒼蠅複眼瞬動。

老師的眼珠子骨碌的轉，眼看我們就要進入他的視線。

「回答我一個問題就好了，The question is，」明蒂一推眼鏡：「你怎麼發現榆樹街出口的？」

因為那只牛奶瓶，因為一個人不可能同時死掉又活著……不，現在是我有問題要問你吧。這一切是怎麼回事？榆樹街又是什麼？我們不是在他媽的永遠不可能下課的絕教高校嗎？而且你還問什麼question？老師就要看到了。

時間緊迫。

同一時間，明蒂做了一件事情。只見她忽然揮手，將手上鉛筆往苗歌綠臉上丟去。

苗歌綠正要捧住臉頰。眼見面前有異物凌空而至——忽見龐然大物，拔山倒樹而來——好個苗歌綠，臨危不亂，猛力將鉛筆揮開。

苗歌綠半空揮動的手肘正好擊中前座因為聽到聲響回頭的五號同學。五號猛然一叫，嚇到一旁正要喝水的七號把一杯子熱飲通通倒在前座十二號身上，靠——十二號同學正要幫手機充電，他下意識把手上東西往上一丟，那纏著電線的手機和行動電源像是綁上石頭的拋繩整個纏到正旋轉的電風扇上。

風扇拉繩隨著手機被扇葉捲起纏住，拉繩被扯斷的同時，電扇連接天花板的螺絲也鬆開。本來固定得好好的電扇猛然往下垂落五十公分。

先是子彈一般高速劃穿空氣嗤的一聲。聲音比視覺快。窗口邊十八號甚至只感到頭髮讓掠過的風一撥。臉頰隱隱生疼，怎麼了，隔壁二十五號問。兩人都沒注意到，窗戶玻璃出現一個破洞，那是讓高速彈飛的螺絲所打穿。而裂痕隨著玻璃擴散。

要再過五秒。第二顆和第三顆螺絲鬆脫。重力接管一切。這時教室裡的同學才知道發生什麼。

本來還是日常啊。卻忽然之間，砰的，全部讓飛旋而出的電扇打破。

欸，別打破我們的日常啊。

風扇在金屬燈罩之間左右擺盪。一時教室裡燈晃影搖，跟著是轟然巨響，風扇像斷頭台切落，同學低扶著頭，壓住頭頂，遮住耳朵，有的就地趴下，有的人多聰明第一時間就往教室外奔去。

導演說，給我鐵達尼號沉沒時在船舷上堅持演奏的管弦樂團配樂。

導演說，管弦樂團人呢？

歪豬的手從我鬆開的嘴巴軟軟的掉下去。我們本來應該是教室裡最受注目的人，三秒後卻成為唯一的局外人。

混亂的場景中，明蒂正緩緩把手指從我耳邊拔出，慢條斯理用手帕擦著。她推了推眼鏡，站在慌亂的人群裡顯得好冷靜，根本是乾淨了，親愛的薛丁格，她說：「你瞧，我們又有了一點時間。這樣就足夠回答我的問題了吧。」

◊◊◊

日常在覆滅。

天花板粉塵簌簌跌落，像是雪片一樣。本來應該死去的女孩站在那裡。

「Question，你怎麼發現這一切的？」頭上電扇旋風大作，夾雜無數玻璃碎片、破碎的紙張和課本，在風暴中心，魏明蒂開口了：「機率是一百六十分之一，已經第一百六十次了。這一天重複了一百六十次。但這是第一次，你發現了離開榆樹街的出口。」明蒂說：「國青同學，The question is，你是怎麼發現的？」

導演說，給我一個機智問答的舞台。百萬小學堂。今晚誰當家。歡樂智多星。金頭腦。超級大富翁。背景是綠幕，是拼接LED大型螢幕，是教室布置，有全牆面黑板，上面寫指考倒數五十六日。值日生二十三號。一旁有板擦機和中心德目。

不，那不是機智問答的舞台。那是真的。那是絕教高校的教室。

場景：小學堂舞台。

來賓：我、歪豬、魏明蒂。

代替我回答明蒂的是一串歌聲。「回憶過去／痛苦的相思忘不了。」怎麼十二號同學手機裡的音樂還沒停下來！於是教室裡頭爭先恐後奔離的人群瞬間有了配樂。

背景樂中，魏明蒂好整以暇看著我，順帶提起腳做了個金雞獨立。

她在幹麼？搞笑嗎？正這樣想，四號同學不知道被誰絆倒了，開道的保齡球一樣順著走道滑過來，剛剛好從明蒂腳邊滑過去——可惜，沒全倒——不，與其說是明蒂閃過四號，不如說，她已經知道四號同學會跌倒了，不是四號滑過來而明蒂提起腳，我眼中看起來像是，她提起腳，四號同學才滑過來。

「舉起手來！」明蒂說，對我猛下指示：「側腰。肩膀轉向四十五度。我是說左邊。」

搞什麼，但我還是下意識跟著她做了。這時候垂落的風扇斜切而來，險險從我的肩膀擦過，繼續往教室另一邊盪去。

「然後，翹屁股。」

現在誰還敢不聽明蒂的！我趕忙撅起屁股，用力之猛，歪豬就站在我身後，讓我屁股一撞，踉蹌往旁邊小跑幾步。

風扇掃過窗戶，玻璃哪堪撞，那麼大一塊碎片剛剛好插在歪豬兩秒前站的位置上。

天花板內緣的電線垂落，火花迸射，在那之下，本來應該死去的女孩站在那裡，事不甘己的下著命令。

「現在，扮鬼臉！」

我立刻比起豬鼻子，等等，我手指插著鼻尖嚷，扮鬼臉可以避開什麼？

「沒啊。就我想看而已。」魏明蒂說：「這張臉倒挺適合你的。」

我正想罵些什麼，渝將軍在報氣象。風扇熱帶氣旋正迫近，左衝右凸，再次盤旋而來。記者在現場為你連線報導。

「回答我的問題，」明蒂嚷：「你是怎麼找到榆樹街的出口？」

「我才要你回答我咧。」我又朝明蒂的座位望了一眼。在電扇狂捲的風暴之中，只有那個位置像插了避雷針，桌面上好端端栽著一只牛奶瓶。

等等，我剛剛不是把它摔碎了嗎？

明蒂順著我的視線望去。「喔，我明白了。你是這樣找出榆樹街的出口。」

她知道了。就算沒開口。她僅僅從我的眼神望向何處就推理出來了。

可我也知道了。一瞬間我忽然明白了。

本來已經破碎的花瓶還好好的在桌上，以為死掉的同學其實還活著，NG畫面裡告訴我一切是在重複。「回憶過去／痛苦的相思忘不了」，而萬芳告訴我真相。暴風中的歌聲唱到痛苦相思又從回憶過去重複了一次。一切都是一場夢，這場夢不停的反覆。

而為什麼要反覆？這曾是我提出的問題，但我的問題就是我的答案。為什麼一切會一直反覆？那是因為，魏明蒂想要知道。

只要我不停反覆。魏明蒂透過我不停重複的經歷，她就可以知道。可以知道之後會發生什麼。

這時明蒂拉起我的手用力一扯，好像在帶一支舞，在教室狂暴旋轉的風扇之間，在掉落的電燈燈罩與天花板不時迸出的火花之下，我們在其中迴旋倒轉。瘋狂轉動的扇葉幾度擦過她的髮梢與我的頰邊，好利——我摸摸臉頰，發現刺痛我的只是她隨手撥開的頭髮。

然後她伸出手平放大腿旁。這時學生裙裙襬才吹起。正好平貼她的手掌，好像是她的手掌在召喚裙腳，而非裙腳讓風揚起。

是枝條從果子上長出來，水離開水杯。

因為一切她都先知道了。我知道。眼前這個教室裡的恐怖分子不知道用什麼方式，啟動這無休無止，像是CD反覆播放，錄影帶卡帶的日常。她不是預先知道，而是後來才知道。知道了，她就能預先做出下一步。

而我只知道她透過我知道。

導演說，給國青一個答對的燈號。

「看來你也懂了。親愛的薛丁格。」明蒂用激賞的眼神看著我，也許只是純粹貓逗弄老鼠的眼神吧。她推推眼鏡：「所以。你的問題就是我的答案。我的問題就是你的答案。喔，退後。」

「你們快出來啊——」門邊歪豬對著我們大喊，話還沒回完，風扇像忍者的飛鏢似的，整個嵌入牆壁中。

「不要動。」而明蒂說。那一刻，在整個世界的崩落裡，她把我拉近。我們曾經那麼靠近，彷彿只有這裡是我的容身之處。

「讓我告訴你一個祕密吧。」全學年第一名的魏明蒂此刻像是在傳授學習小撇步，她說：「其實問對問題，就等於找到答案。」

啊？這跟我的問題有什麼關係？「為什麼一切不停反覆？」

「很接近了，你問了一個好問題。但還不夠好。」少女說：「問題不在時間。你該問的是，地點。這裡是哪裡？The question is，現在，你在哪裡？」

還能是哪裡，這裡就是絕教高校啊。

「Good answer.」

什麼意思？

——你的問題就是我的答案。我的問題就是你的答案。

腦海中瞬間出現歪豬曾經講過的話：「絕教高校是這樣的地方。它蒐集演員。它培養電影製作人才。它提供場景。它本身就是一個博物館，蒐集各種電影演出的道具和人才……」

忽然之間，我懂明蒂在說什麼了。我真是個天才。一切的答案再清楚不過。

無數次的重複。明蒂無數次看見。我無數次死掉。靠，阿尼又被掛掉了。而時間並不重要。重要的是，只有在這裡，只有歪豬，只有我。

因為這裡是絕教高校。這裡收藏一切。我嚷：「因為那卷錄影帶。這裡有他媽的那卷錄影帶。」

◇◇◇

教室裡風暴逐漸止息。揚起的紙張落下。飛揚的粉塵與細灰跌落。一切塵埃落定。

「Good answer！」魏明蒂說。答案就是，她也在找錄影帶。

哪一卷錄影帶？還有哪一卷？「這答案回答你剛剛所有問題。」魏明蒂反覆讓我進入夢境，反覆讓這一天重複，就是為了透過我找出錄影帶在哪裡。

但這個答案有解釋魏明蒂為什麼能做到這一切嗎？讓萬芳反覆唱同一句話。讓一切不停重來。

有的喔。魏明蒂說：「你不是回答了嗎？因為這裡是絕教高校啊。」

她說：「絕教高校熱衷收集經典電影的一切。還記得嗎？有一部改變影史的電影是這樣的，榆樹街上的少年少女們做夢了。夢中出現邪惡的男人，他身穿條紋衣，戴著牛仔帽，他能帶來惡夢……一、二佛萊迪來找你，三、四最好把門鎖上，五、六握緊十字架……」

「The question is，」明蒂問：「猜猜這部電影的名字？」

佛萊迪，夢中的惡魔。身穿條紋衣，那男人臉上還被燒傷，他手上帶著爪子，他是多少年輕人的惡夢，我知道這電影，我喊：「——嗶——」。

導演說，給國青一個答對的燈號。但因為版權的關係，只好讓電影名字消音了。

「那你應該記得，這部電影——嗶——第一集有一個配角，這個女孩既沒有被佛萊迪殺掉，但最後也沒有離開夢境。」明蒂看著花瓶，聲音像從很遠的地方來。「那女孩就永遠被困在那部電影裡了。或者說，女孩被困在那個夢中了。」

於是她成了恐怖片中的睡美人，讓穿條紋衣帶爪子的神仙教母施了魔法，無數高中男孩女孩的屍體做馬車，血肉為城堡，尖叫聲迴盪大廳，而她一直在等待，十二點的鐘聲卻永遠沒有響起……

我忽然意識到，某一方面來說，明蒂不就是另一個我嗎？鬼片裡永遠長不大的男孩，和永遠等待醒過來的受害者。

我看著明蒂桌上的牛奶瓶，夢有她自己的規則。我不知道所有的規則。但按照之前一百六十幾次我的死亡來看，這麼說來，只要牛奶瓶存在，大家以為魏明蒂死掉，那就是夢境嗎？所以我摔破了牛奶瓶，點出NG畫面的存在，魏明蒂就會出現了，因為我破壞夢中的規則了。她桌上小小的牛奶瓶，足以媲美核彈，一按下去，轟，睡美人從她的夢裡醒來。我在現實中醒過來。

那麼，如今牛奶瓶重新長回來了，「所以連這一刻，都是夢嗎？」

「現實和夢靠得那麼近，就好像電影和現實靠得很近，好的導演會讓你察覺不出來，什麼時候進入電影的世界了……」他說。

那什麼時候我又進入夢中了？我看著少女纖細的手指。喔，是那個嗎？砸破牛奶瓶後，我咬著歪豬的手，而魏明蒂的手指插進我的耳朵裡——「啊，真甜蜜。好久沒看到好看的三角戀電影。」苗歌綠曾這樣說——也就是說，啟動夢境的方式，是她把手指插進我耳朵裡？

「你想通了嗎？」魏明蒂在半空揮動她那纖細的手指，順手捻起掉在桌上的花束插回瓶子中。「鼠尾草的花語是燃燒的心。歡迎回到夢中。你知道嗎？永遠在夢中也是有好處的。被困在佛萊迪的夢中太久，這女孩發現，其實佛萊迪做得到的，女孩也行。女孩可以組織場景，可以改變時序。可以建立夢境，甚至，女孩可以把別人拉入夢中。」

「我不知道佛萊迪有沒有注意到夢的價值，」明蒂一推眼鏡說：「但對我來說，夢，其實很像電腦。」

她說：「夢境就像另一個現實。而且是，可以無限次重來的現實。也就是說，夢中的一切，只要輸入夠多數據，無論場景、天氣、所在人物與接下來的行動，一切都可以重現。夢是現實的演算。而最棒的是，現實只有一次，但夢可以做無數次重複。」

恐怖片變成科幻片。夢境再魔幻，都會被魏明蒂當成運算大數據的電腦使用。她在觀測未來。我們就像她的磁碟位元，嘎嘎嘰嘰用尖叫聲跑著運算著。所以魏明蒂讓我重複一百六十次夢境。一切回到 number 1。

那就是預言的誕生。她得以知道一切。

那她有看到這個未來嗎？下一秒，我猛然一推，將魏明蒂往後推去。「你有什麼問題嗎！」我大叫。你殺死我一百六十次。你殺死歪豬一百六十次。就是你，無論我如何一次又一次在椅子上踮起腳尖，藏起所有兇器，但我們總是會死掉。

一切回到 number 1。

「你知道嗎？你可以這樣對我。那是因為這對我來說，已經習慣了。」一天。每一天，又一天。在技安的嘲弄和傷害中，我不也這樣過來了。

「但那不代表，你可以這樣對我朋友！」

我指著門外的歪豬大叫：「他——」

這是我最重要的朋友。

跟著指了指自己：「而我——」

我們死了那麼多次。因為我。因為我的無能。

「但很有效不是嗎？」明蒂說：「如果夢是現實的模擬，那麼，現在我們至少知道了，有一百六十種組合，你無法拯救朱詳同學。也無法找到那卷錄影帶。這就是有效。」

不，我覺得，你只是有病。這全學年第一名的女孩。她把學校當成實驗室還是細菌的培養皿了。她用我們當實驗。凡事都是數據，都講科學。

但她卻信仰夢？

「你為什麼不換一個方式來想呢？」魏明蒂說：「如果夢是現實的模擬，一百六十次機會，你都無法拯救朱詳同學。那是不是就表示，回到現實後，一切必然如此發生。」

其他同學把窗框當掩體，露出半顆頭窺看教室裡頭的情況，歪豬則試探性的踏進教室。嘎拉，碎玻璃被他踩得嘎嘎響。而我本來鼓脹繃緊的怒氣忽然裂了一小塊。她是說，如果這不是夢境，一旦時間繼續流逝，結局必然如此？

一切將如此。一切必然如此。一切終究如此。

少女推了推眼鏡：「而你曾經走了很遠。在這一百六十次夢境中，曾有那麼一次，你幾乎就要看見最有效的答案——姑且把那稱之為『ＨＬＶ之夢』吧——在那個『ＨＬＶ之夢』中，你們甚至開啟大禮堂，你幾乎就要找到那卷錄影帶。」

「只有那卷錄影帶可以拯救這一切。」魏明蒂說：「不管夢境還是現實，真實是，總統也感染

HLV了。而軍方想出的天才笨方法就是，找出詛咒錄影帶，讓三天必死的HLV成為貞子七天的死亡詛咒。真是給兩千三百萬人民的『殺必死』喔，七天死總比三天死多出一點時間。」

用死亡來延後死亡。

只要多爭取幾天活著。就算是如此。那就是人類會做出的選擇。

「這就是被困在電影裡的少女所獲得的能力，我把它稱作『夢回榆樹街』。」少女的聲音在夢中迴盪。

「我知道你生氣。你覺得我利用了你。但這不是真正的問題，」魏明蒂把臉湊向我，「問題是，詛咒的錄影帶在哪裡？只要找到它，全台灣人就有機會活下來。至少是，多活幾天。而這一切，只有歪豬知道。所以，The question is，全台灣人的性命，和你與歪豬的友情，你會選擇哪一個？」

導演說，給國青一個特寫。

時間滴滴答答。

全台灣人的性命，還是我的友情？

快選。

我，我不知道。

「我替你選。」明蒂往前踏了一步，「現在是在我的夢境中。」她說：「給你一個機會。揍我。」

The question is，有人免費給你揍，為什麼？

不，這不是問題。這就是答案。

「如果你恨我，你就打我好了。接下來，我還是會發動能力，『夢回榆樹街』，而我要你找出錄影帶到底放在哪裡。只有在夢境中找到了，回到現實裡，你才能拯救你的朋友。」

你的問題是我的答案。我的問題是你的答案。

我的問題就是我自己的答案。

「我們快沒時間了。」明蒂敲敲自己的手腕，「做夢也是需要時間的啊。第六節課了，總之，我們必須在剩餘的時間裡，透過歪豬找出詛咒的錄影帶在哪裡。」明蒂說：「所以，你打吧。」

「啊？」

我看著明蒂，這個戴著大眼鏡的少女，她覺得打她一拳就能有效減少我的怒氣嗎？她這樣算聰明，還是一廂情願的笨。我越來越不明白這女生。

「按照佛萊迪出沒那部電影的原則，夢中受的傷，現實中也會感受到。」魏明蒂說：「你放心，這不是你的夢。而是我的，所以你不管怎麼死都沒有事情，受傷的只有我而已。我透過肢體接觸把你拉進來——」

這就是為什麼你的手指會在我耳朵裡。原來那就是把別人拉入夢中的方法？

魏明蒂閉起眼，抬起頭，下巴的弧線像把刀，第一次看到有人被打還那麼驕傲的。「快吧，如果這樣能讓你消氣。」她說：「但你必須繼續，我們一定要找到錄影帶……」

導演說，給我一個擂台上鈴響的罐頭音配樂。

我握緊拳頭，甚至沒等到明蒂考慮呢，猛然就往前揮。

明蒂反射性退後一步。本來面無表情的臉上首次出現動搖，眼鏡往下一滑。

當明蒂睜開眼的那一刻，透過她稍稍歪斜的鏡片，世界應該偏離理性的視角有零點零五公分吧。

我的手僅僅是做個樣子，事實是，此刻，我大踏步轉身走向歪豬，並緊緊抱住他。

這時是世界末日前夕，我夢見我在少女的夢中。而我只想擁抱一個人。

那是我在現實裡怎樣都不敢做的事情。

「謝謝。」我對歪豬說。

而那是我在現實裡怎樣都不敢說出口的話。

你、你傻啦？你精神崩潰啦。醫生，醫生……想必等等歪豬一定會大呼小叫吧。而此刻的他瞪大一張臉，嘴巴箍成一個甜甜圈。

謝謝一百六十次的你。謝謝你一直陪著我。

還有對不起。

對不起讓你受了那麼多苦。

但我保證，我會在現實中讓你安然活下去的。

活在我們的日常裡。

明蒂轉身，捧著珍貴事物一般，把她桌上的牛奶瓶交給我。是嗎？果然沒錯。這就是確認現實和夢中的交會點。只要打碎它。不存在牛奶瓶的世界，就是真實了。

「那麼，再見。」我對歪豬說。

那麼，下一次，就是在真實人生裡見了。

我回過頭，「這一拳，我就記下了。等一切結束後，我會要你賠償的。」

啊？明蒂扶正了眼鏡，那是長久以來，她第一次感覺到困惑吧。有連無數次演算也無法精確得知的變數存在。「不，這次，我真的搞不懂了。」

是啊。The question is me.

我才是個謎。

下一秒，我猛然出拳。牛奶瓶直直往前飛出。在它破裂的同時，眼前一切同時沾染上罐體碎片邊緣的白光，一切燦燦發亮，彷彿牛奶潑灑而出……

◇◇◇

拳頭擊出。曇花盛開。花瓶掉落。爆開的燈泡像花朵縮回花苞。電扇成了蒲公英的種子輕飄飄又重回天花板那深埋的泥土裡。人潮倒流。

一彈指。如夢之間。

眼前影像重新聚焦。光度大亮。洪水一樣的白光褪去，蟬聲漸起。毛細孔如夏天初雨前的濕草地，彷彿能感受到含雷胞的低電子在草尖流竄。

我正奔跑在走廊上。

十秒之前，在同學的注視下。在台上軍人驚訝的眼中，苗歌綠的手還托在臉頰兩側，我大喊肚子痛而暫時從教室裡脫身。

（「真好欸，可以中離。」苗歌綠說。）

就算是那麼老套的理由。

怎麼說呢，在上課時間的走廊遊走，就等於在現實裡夢遊。

但此刻，連日常都是一種奢侈，而我是唯一一個脫離既定日常的人。

最後一眼，教室像是錯身的列車，從窗框後方，還以為看到空掉的課桌上通透的牛奶瓶。但其實是少女眼鏡的反光。

（那一拳，就暫時記下了。）

欸，搞不好，我已經猜到一百六十次夢中，唯一那場「ＨＬＶ之夢」是怎麼發生的了。

我知道變數是誰了。

◇◇◇

我往鏡中跑去。我往大樓那一邊跑去。

一切都像照鏡。穿過中央走道，大樓另一邊是這一邊的鏡子。夢是現實的反面。

（「HLV之夢」和之前之後發生過無數次的夢境有什麼不一樣呢？）

（唯一不一樣的，只有……）

導演說，給我水龍頭沒拴緊，那水滴半天才往下滴了滴。走廊上光影緩緩斜去。

（只有那麼一次，在每一個夢境中都會出現在男廁裡的那個人，沒有出現在「HLV之夢」中。）

導演說，給我高年級教室。

（「點蠟燭。」）

我靠近。我在窗邊窺視，應該是要找出靜學姊的。但很奇怪，我一眼先看到的，卻是她。

聚焦第四排第六個位子。聲音不是集中在那，而是在那被抵消。如果你當過高中生，你就知道，教室裡有一個地方，那是洞，陽光照得到，但就是陰陰的。像總有陰影蓋住他。似乎瀰漫一股氣味，動物屍體腐敗，或是食物正漸漸生出纖毛。

不祥之處。

此刻，一個人趴身在那位子上，因為陰影的關係，身體的線條都被吞沒，小小的，因為駝背彎腰而有一種背後附著殼的錯覺，甚至以為她有觸鬚，正神經質的抽動。

是貞子嗎？

不，不是她。頭髮太短了。從後門這邊看，可以清楚看到她的臉，五官稀薄到令人記不住。

短髮記不住臉的女孩正飛快舞動她的手腳——蒼蠅正搓動牠的手腳啊。誰在後面低聲念出國文課本上的句子——我瞇起眼仔細瞧，這才發現，女孩拿著橡皮擦，反覆的在桌面上作業著。

多事。全民公敵。醜女。頭髮幾天沒洗。窗簾布。破……

是用白板筆寫在桌上的吧。幾個字不見了。但那不是填填看。四角三星一直線連起來，不是賓果，只會大滿貫指向某一個同學。

「裝什麼好心……」

如果更仔細聽，會聽到他們討論的聲音。

「……以為自己是白蓮花喔。還去幫忙擦掉，是要凸顯我們沒幫忙很壞嗎？」

「……好啊，你就跟她站同一邊啊……」

所以那個五官淡漠的女孩，是在幫班上的誰擦掉桌上的句子嗎？

傻女孩兒。別這麼做啊。她們本來只針對坐在那座位上的人。現在就會跟著針對你了。不是因為你想拯救誰，而是因為你脫離群體了。有時候，你甚至比桌上寫字那人可惡，因為她讓人討厭。而你則讓人覺得羞愧。

沒有比讓人覺得羞愧更討厭的事情了。

教室前門在此時被推開。進來的是她。是貞子。貞子爬出電視機。她頭低著，一頭長髮蓋住全臉，絲綢那樣，門簾那樣，看不到臉，也就和外面世界完整隔開。然後她一步一步靠近。

一步一步靠近第四排第六個位子。

噁心死了。

窗簾女進來了。

隨著貞子推進，聲音更大了，但再大，也只是沉默。體現為一種譟，只有我以為自己聽到。而教室裡的人都在等著看好戲。

現在我看出來了，第四排第六個位子，是貞子的。

我早該知道了。我闖入鏡子裡了。那一瞬間，我以為看見的是自己。桌面上小字刻鋼板細細密密，仔細看都是嘲笑，去死吧。你演得好爛。這麼愛當鬼就去當啊。你現在的臉不化妝就可以上戲了。

不紅的演員比素人更慘。

還有沾黏了膠水或是粉筆灰的椅子。

抽屜裡的腐敗食物。有時候是死掉的動物。

消失的筆記本與課本。

一切都是照鏡。

而貞子之所以成為貞子，也是因為如此吧。貞子不得不以頭髮遮住大半的臉，這樣丟過來的紙團才不會砸到她的臉。她不得不低頭，低下頭，就不用看別人看好戲的那張臉了。

低下頭，用頭髮遮住臉，如果哭的時候，就不會被人看到了。

那我是不是可以做些什麼呢？正當我這樣想的同時，貞子忽然有了動作。

她猛一揮手，不是撥開空氣中沾黏的視線，卻是一把將女孩握著橡皮擦的手撥開。

「滾。」貞子張開嘴。空氣裡破出一個黑洞。

我幾乎可以聽到周邊的人倒吸一口涼氣的聲音。

「沒聽懂是不是！」貞子踢出一腳，女孩連人帶椅被踹開了。

要再五秒後，教室才會恢復原本的擾動。談論明星談論最喜歡的作家談論襪子要長到膝蓋還是到腳踝就好……

但所有人該都被激怒了吧。
某某好可憐喔，她這麼好心想去幫貞子。某某就是傻啊。
短髮女孩的五官一瞬間變得鮮明，揉合錯愕和某種不能理解。
也許隱隱藏著怒氣。
停格。
導演說，給我一個特寫。
導演說，這就是青春。
然後女孩一跺腳，直直跑，撞到我的肩膀後沿著走廊跑出去。
「啊，同學……」
幾個女孩跟著追出去。
如果你仔細看，甚至會看到貞子垂落的黑髮下那個隱隱的笑意。
搞什麼，人家這麼幫你。你果然是貞子。你天生就會傷害別人。這教室裡的人一定這樣想著吧。
我也這樣想的。
但正這樣想著，卻忽然起了一個念頭。
是啊，如果是我，如果有人幫我擦掉桌子上的髒話，那我該怎麼做呢？
要我說，應該也是，像貞子那樣吧。
一定要對幫我的人殘酷。
要夠狠。
罵是一定的。加幾句髒話算給面子了。如果能出手就再好不過，再引起口角就有一百分。
只要這樣的話，那個想幫我們的人，就沒事了。

就像這個跑出去的女生。

你瞧，還有同學去追她呢！她會重新被整個教室的人接納。甚至更被愛著。

某某最可憐了。某某那麼善良，只有某某敢挺身而出，要不是某某……

她那淡然的五官被理解為溫柔。

這是貞子的用意嗎？

——「這樣的話，就好了吧。」耳邊似乎迴響起貞子的聲音。

忽然很想過去問貞子，是不是這樣一回事。不，一定就是這樣吧。要是以前，我不會這麼想吧。

但這時的我已經死一百六十次了。但在這一百六十次裡，曾有那麼一次，貞子，——不，「我叫做鈿鈿」——她的聲音仍然在我耳邊，就算被垂下的頭髮阻隔。但因為曾經發生過一次，所以一切都被改變了。

你就是我的夢。

於是我一個箭步搶進教室裡。

◇◇◇

總是正好趕上。我從後門走進去，後排女生也正把一張紙條往前傳。那是沒章法但又很有效率的傳播，把溝通情感和傳達意見合為一體，她們拍一下對方的肩膀，拉一下前一個人的髮辮，接著假裝自己嚇到，擠眉弄眼交換一個聳肩。紙條在這時被往前遞。因為紙條上頭標示的不是自己的命運，所以能夠笑。或者正因為知道是別人的命運。所以無所謂。

（一切就像照鏡。）

（我也在每一天下午接到這樣的紙條。）

（在大樓那端。在大樓這端。我們的命運正在同步開展。）

不用說也知道那紙條要傳給誰。

——給她一點教訓。

「你們夠了沒有！」我一手攔截下那張紙條。正要順手撕掉，一低頭，紙條上的字就這樣進入我眼裡。

「第八節下課。女一廁。演技特別訓練。」

幾乎以為那是寫給我的。這不是技安會寫的那種內容嗎？

不，筆用零點三五無印良品螢彩筆，紙是那種粉色系幾乎可以聞到甜甜香味的和紙。那是出自女生的手筆，但裡頭工筆斜線體現的不是華康少女體，是散落的針。一劃又一劃，會刺人的。

這張紙條若不是靜學姊寫的，肯定也是她那個姊妹幫裡的人寫的。女生廁所裡也會有像我正經歷一樣的事情嗎？

她們都以為自己在主持正義吧。這次是為了那個跑掉的女孩嗎？沒有臉的女孩從此得到她的臉。但也就將消失在群體的臉之中了吧。

導演說，給我女孩歡快的笑。

導演說，給我一張全班大合照。定格。

等等。紙條上寫的是「第八節下課」？在過去一百六十次體驗中，同一時間，技安要我和歪豬去廁所，而靜學姊也盯上鈿鈿，要她去廁所進行「演技特訓」。所以，意思是，「ＨＬＶ之夢」中，靜沒有在第八節下課出現在男生廁所裡，那是因為，她去廁所欺負鈿鈿了。

也就是這張紙條。

所以我才會躺在走廊上變成活動沙包，視線越過走廊看到另一頭的鈿鈿。

（一切彷彿照鏡。）

所以，只要我不阻止這張紙條傳給鈿鈿，她就會在第八節被叫到廁所。霸凌就會繼續，HLV之夢就可以重啟。

現在還不遲，只要我把紙條往前傳。只要紙條確實送到貞子手上。

但這樣的話，我就等於是欺負她的幫兇。

我也是霸凌的一部分。

而如果我現在把紙條擋下來，如果我現在替鈿鈿講話的話，未來就會被改變。重複一百多次的事實將再一次重複。

一滴冷汗流過我的額間。這時我才發現，重來的關鍵絕對不是靜學姊。

The answer is me.

我才是影響未來的關鍵。

◇◇◇

要把紙條丟到鈿鈿面前嗎？假裝我不知道這一切。假裝這一切是正常的。

假裝這就是日常。

不，我們的日常就是假裝啊。

把所有的假裝習以為常，就成為再習慣不過的日常了。

捏緊了手，卻感覺心底有什麼比戳進掌心的指甲更尖銳。

但如果不把紙條丟給鈿鈿，不讓靜學姊在第八節下課離開，我就無法拯救台灣。我就無法拯救歪豬。

The question is，歪豬，還是鈿鈿？

The question is，世界，或者鈿鈿？

◇◇◇

怎麼辦？

如果是魏明蒂，會怎麼做？

如果是歪豬，會怎麼做？

導演說，給我一個黑人問號表情。

如果我能從夢中醒來，我就可以問他們了。

但這一回，不是夢了。是現實。

我必須自己面對。

如果是你，如果是鈿鈿，那你要怎麼做？

我凝視著他。

◇◇◇

導演說，給我時鐘滴答聲。

導演說，給我一個倒數終止的鈴響。

答案是——

那一刻也該是慢動作，一旁女孩正要搶回紙團，我則在人群中尋找目標，有了，教室最後一排，靠窗旁王座，靜學姊的頭髮逆風飛揚如絲。

於是我做了一個決定。

我把紙條丟出去了。

丟，怎麼不丟？那麼重，所以這麼輕，承載所有人的視線，還有我的心意，直直往前飛去。並直直的，往靜身上擲去。

「欸，你，」我對著靜嚷：「對，就你，我有話對你說。」

這時我猜全班都靜止下來了吧。我這一喊，肯定中斷了日常。我甚至從眼角瞥到，身旁鈿鈿本來垂洩如瀑的黑髮有一絲波動，連她都注意到我了。又一次，但在這個真實時空裡，是第一次。

「你誰啊？」「哪一班的？」靜不用說話，身邊的人都幫她說了。傘蜥們正撐開牠的頸囊，有一種膨脹忽然張開在空氣中。哼。你也就這句台詞了。好好表現吧。要更猙獰一點啊，要像不良少女那樣逼近我的臉，口水噴到我臉上。

靜學姊只是在她的王座上看著你。漂亮的臉本身就是武器。光是凝視，就讓人想閃避。沉默比說話還帶有壓迫感。

導演說，給國青一個特寫。

輪到我囉，我該說什麼！我該怎樣才能改變鈿鈿的運命？我該怎樣才能改變未發生的事情，讓它變成已經發生的？讓一切回到那個HLV之夢中。

導演說，打動我，你只有一句話的機會。
靜學姊挑著眉，她什麼話都不用說，她只需要看著你。
但我知道，有一句話，有絕對的破壞力，絕對能打動她。
只有我知道的事情。
因為只有我做過那個夢。
於是，我開了口。我說——

◊◊◊

「靜學姊，生日快樂。」
我努力讓自己直視少女的眼睛：「第八節下課後，學校後門咖啡見。」
就我跟你。
我說。
我聽見自己說。聲音多尖細，一字一字，水龍頭沒拴緊一樣滴下嘴邊。乃至有那麼一瞬間我以為只有我聽見自己說。
導演說，持續表現大規模的沉默。毛衣上靜電引得所有毛球微微搖動。
騷動在幾秒後才出現。教室裡沒有一點聲音，但我幾乎以為自己看到空氣中冒出漫畫一般的對話框泡泡。裡頭沒有對話，只有一個又一個驚嘆號。她們在驚訝，但該驚訝什麼？
「生日？許靜生日？今天？」

「告、告白？天啊，又有人跟學姊告白了！」

「你們都不知道對吧。」我轉過頭嚷：「欸，我說你們，你們都叫她大姊頭，但你們都不知道她生日對吧。」

——導演說，調出夢中的畫面。廁所門猛然被推開，打火機就要打亮，「喔喔，是幫我慶祝嗎？」

——導演說，調出夢中的畫面。女孩那映著打火機火光卻又有些黯然的眼：「搞不好吹熄的時候，我可以順便許願喔。」

但沒有人知道喔。大家都跟著你。都要你罩。但沒有人知道。

統治整個學園的少女，其實也只是孤獨等待蠟燭點燃。

而這一切只有我知道。我預先知道了。因為我經歷過那個夢。

我只能想到這樣的方式救你了。啊，真想對鈿鈿說。我想像此刻她的表情，她一定不知道我是誰，她是不是心裡也在笑呢，不自量力，憑我也想要約靜學姊，活該被學姊教訓。不，就是這樣白目，才需要好好教訓……但這樣就好了，生日。告白。讓其他人猜測我們的關係。焦點都被我轉移了。

而且更好，只要靜學姊去學校後門咖啡等我就好了，就算她不答應，找一群人去後門堵我也沒關係。只要她第八節下課後不會往男廁就沒問題了。只要這樣的話，鈿鈿就不會被帶去女廁了。

「什麼啊！靜你幹麼不說今天是生日！大日子欸。」

「還好我，我早就知道了。金牛座對不對。其實我有準備啊，禮物早就款好好的，啊，糟糕，忘記放進書包裡了……」

「真的假的，那我來訂KTV包廂，這次我請……」

「喔，是嗎？」學姊的臉色卻沒如我想像中的動搖。甚至有點無聊。

是我沒表達好嗎？於是我打算加碼。

我轉身，踢了沒有臉的女孩一腳，「看什麼！不長眼啊！竟然不知道學姊生日。」為了加強效果，我回過頭對著貞子怒吼。

你看，我也討厭他。這樣我和靜學姊就有共通點了。就像她和技安有共通點一樣。

只要這樣就好了。

這樣就沒事了。

風在這時吹入。夏天午後的涼風，有草皮和游泳池的氣味。屬於十幾歲的味道。我們全靜止在教室裡。尷尬、困惑、好奇，這麼多的反應揉雜在一起。

而我只在乎其中一個人的。不是靜，而是鈿鈿。

畢竟我講出這樣的話，一定會讓你更遠離我吧。

但這樣就好了。一切都會好起來的。你要走得遠遠的。

靜那張漂亮的臉第一次有了不在乎之外的表情。混雜著真正的驚訝。可能因為太驚訝，她撥了撥瀏海。

「生日？」靜喔了一聲，接著問：「同學貴姓？」

啊？這是什麼意思？

「我，我姓衛。」

「你好。」靜學姊雖然是這樣說，卻沒有握手的意思。「我姓許。」

所以，意思是？

「意思是，我們的姓不一樣，不是一家人。你不是我爸，不是我媽，那你憑什麼說我生日是今天？是今天我會不知道嗎？」靜學姊是生氣了。在那麼多表情裡，這是我第一次看到她生氣的樣子。拜託，她連在幫我們做「演技特訓」時都是笑笑的，唇角帶刀，看一眼都會被插傷。可這會兒，她卻因為生日與告白而生氣了。

圍坐在靜身旁的女孩都受到鼓舞一般，這會兒可是群起圍攻了。

「對啊，怎麼可能靜生日我不知道。我們是好姊妹欸。」

「我就記得不是這天啊。你誰啊，隨便闖進來。」

不，一定不會錯的。她一定是今天生日——「搞不好吹熄的時候，我可以順便許願喔。」——不然為何在夢中要這樣說？

除非……

除非錯的是，我。

笨蛋，我怎沒想到呢！我用力打了一下自己的頭。

許靜是誰？靜學姊是大姊頭啊。是學校的女王欸。有什麼比這丟臉，女王誕辰，而她的子民竟然沒一個知道。

我的告白，更像一種汙辱。

像揭開她統治的真相。比起喜歡，其實大家更討厭她，害怕她吧。

「你想要蠟燭是不是？你想要蛋糕是不是！我會送你的。在你掛掉的那天如何？」靜學姊說，她的眼睛閃爍著火焰，比蠟燭亮多了。「我想那就是今天。」

於是人群朝我靠近。

◇◇◇

就在我思考如何撤退的同時，是誰丟了鞭炮，誰擲下落雷，有聲音在門外吼道：「看來是我課後輔導做得不夠好！」

導演說，給我大白鯊背鰭橫切海面的配樂。

導演說，給我一個大白眼。

「你這樣跟學姊約，叫我很傷心欸。畢竟我們有約在先啊。今天不是約好第八節下課要做演技訓練了嗎？」只見技安大踏步撞進來，用他那厚實的手掌一下把我頭鉤在腋下，似乎親密又像惡作劇那樣用拳頭揉我的頭。「俊雄很敢喔！是不是被我練出膽量來了！」

「是靳飛宇欸。」女孩們的眼睛閃閃發亮，此刻大概有一百頭小鹿在她們心裡跳著蹦著吧。

我的心也在跳，關鍵角色都湊在一起了。「當然好啊。就因為你有幫我訓練，我才敢鼓起勇氣約靜學姊欸。畢竟學姊今天可是那個欸——」我順著他的話說下去。

「那個？」技安明顯愣了一下，「是哪個？」

「就那個啊。」

「那個來？」

不好笑。我望向學姊，看到了吧。這就是你的好朋友。絕教高校的國王，你們的寶座隔著大樓走廊隔空並排。你們同時站在整個高中的頂點，但連他也不知道。

「所以你也不記得？」學姊這會兒臉上表情倒是藏不住，有一瞬間，你覺得她露出盔甲後柔軟的什麼。

「記得什麼鬼？」

「俊雄祝學姊生日快樂啦，你說白不白痴。時間都記錯……」其他女生已經忙著搶話說了。

「生日？」技安的拳頭又落下，在痛覺來不及傳達到神經受器逼得我唉呦叫前，他拉著我的頭髮，直直湊到靜學姊面前：「怎麼他知道你生日我不知道，怎麼，你偷偷跟他說喔，你什麼時候跟他這麼好了？品味有這麼差嗎？」

「我不知道他說什麼。」靜學姊說。

「對嘛！你生日我會不知道嗎？拜託，我們什麼關係。」技安繼續說：「咒怨有新續集喔？俊雄談戀愛了。變愛怨。我看是，哀怨。」

教室裡像被按下按鈕，笑聲像是掉下的豆子啵啵彈出聲音。

「喔，我忘了，你連俊雄都不是了！」現在你連一部戲都沒有囉。

笑聲像無數豆子掉下從此此起彼落。整個空間都在迴彈。

我咬著牙說：「我幫學姊準備了蠟燭喔。」

「你還敢說。」靜這會兒可更生氣了，我不知道她是對我，還是對技安，或者，對所有人。

「好好去廁所洗把臉，順便照照鏡子吧。」技安聳聳肩，這些話肯定是對我說的。「告訴你吧。靜就算選在場的所有人，也不會選你！」

這時我注意到靜的眉毛一挑，背脊被堅韌的鋼絲撐挺起來。

「喔，是你讓，是你不要，我才有機會選別人就是了。」靜說。然後她低下頭，明顯是跟我講話：「聽了『技安』的話，再想想『大雄』剛剛說的，我都不知道誰比較有自信了！」

欸，不是大雄，是俊雄。你以為自己是宜靜喔？

技安一愣，跟著說：「喔，怎麼，你想選他？原來，你比較愛看鬼片。」

「但至少鬼敢冒出來，怎麼說呢，就算是嚇人啊。那也有嚇到我。還祝我生日快樂咧。而有些人，就覺得自己紅，覺得大家都應該主動靠過去……」靜說。

「喔，你昨天自己靠過來問可不可以在我的新片尬一角的時候，可不是這樣說的。」

我可以看到靜的臉暗了一下。
「好，我答應你！」靜學姊開了口。
在眾目睽睽，當著所有女孩面前，她直起了身，面對我，拉起我的手對我說。
「第八節課下課後，後門咖啡。」靜說，但眼睛卻瞪著技安。「我要吹十八根蠟燭。」
這會兒我真的看不懂了。但就是這樣我才懂。她是拿我氣技安？還是刻意要讓我死得更難看？
「又粗又大那種喔。」靜學姊對著技安眨眼，「畢竟成年了。」
「很好啊。鬼片王子要約會囉。」技安嚷，我幾乎以為他當下要揮拳了，結果他只是用力拍我的肩，那個力道重到要讓我以為自己肩骨錯位了：「俊雄你可要好好把握！不要遲到。」
「第八節下課。二樓男廁。」這時技安在我耳邊說：「你死定了。」
「不要遲到喔。」他又抬頭說。像是對靜說，又像是對我說。
「好噁心，他又笑了。」一旁女孩嫌惡的看著我，但她不懂啊。這回我真心的笑了開來。這一下，我不但調開了靜學姊，把她騙去後門咖啡，還能保持第八節下課後，技安仍然會出現在男生廁所。這樣時間線裡的一切就和 HLV 之夢一樣了。
而且更好，這樣靜學姊就不會在女廁所對貞子進行演技訓練了。
導演說，卡。
我說，卡。
◇◇◇

就在這時，又一個紙團丟過來，啪的直接命中靜學姊的額頭。第一次。不，是今天又一次。

「搞什麼！今天每個人都要對我丟東西是不是？」

咦，又是誰？

但還沒回頭，我就知道是誰了。還能有誰。

這時我們的鬼片之后，葉鈿鈿正收回她那個在ＨＬＶ之夢中自力撞牆弄到脫臼的手腕，紙條沿著拋物線射出。

「第八節下課？女生廁所？」靜看完紙條後隨手一揉：「怎麼，我沒找你，你倒找起我來了。」

那個黑髮後露出一隻眼睛的女孩說：「我不會放過你的。」

等等，這是對靜學姊說。還是對我？

這算告白，還是詛咒？

◊◊◊

導演說，換幕。

「欸欸，」我在走廊上攔住魏明蒂，組員報告組長似的跟她講述這一切。我說我終於發現了。「是靜學姊。」因為不好意思說真正讓「ＨＬＶ之夢」不再發生的變數其實是我，媽的那不是指之前一百六十次的重來都是我自己造成的嗎？

變數就是靜學姊。

我說。我丟出了紙條。我說我假裝告白，我說技安的插入，不，技安的亂入。

只除了貞子葉鈿鈿我沒提之外。我不希望她捲進這些事情中。

我說得興高采烈。我都要佩服起我自己來了。看吧，搞不好我才是拯救世界的人。

「更棒的是，」我把手從口袋裡伸出，攤開手掌說道：「這樣算加分題吧。」

諸葛和周都督彼此相識而笑，各自攤開手，上面都寫了個火字。而我的更棒。在我手心躺著的，可不就是打火機？

是技安那只該死的打火機。

是他剛剛老這麼用手臂繞著我的時候，我從他口袋摸來的。我已經可以想到當他想點火的那一刻，卻發現怎麼摸都找不到打火機的困惑模樣。

我看他這回怎麼引發ＨＬＶ！

「可惜到時我掛在上面，看不到他的表情……」

下一秒，臉上熱辣辣的。要再過幾秒，我才知道，是挨了明蒂一巴掌。

咦，也太老套了吧。我一時不知道該震驚這樣的反應，還是震驚這反應出現時我們老套的表達。

我捂著臉，眼眶泛淚問：「為什麼？」

但明蒂先開口：「為什麼？」

欸欸，不要每次都搶先我問啊。

而且，我不是完美的找出了變因，並且改變了一切嗎？

「你為什麼不先回來跟我討論？」而她說。

「討論？還討論什麼？」

「為什麼不照著計畫走？」

「等等，我們根本沒有計畫啊！」

「你應該先告訴我啊，之後我們根據所有情報進行排除，沙盤推演可以更動哪些細節變數，推敲其中連動關係和可能影響，最後決定策略……」

欸那請問一下，上一節課隨手把鉛筆丟出去，造成風扇亂捲彷彿龍捲風肆虐的教室恐怖分子是誰？那時你找過誰討論了嗎？

明蒂說：「你知道你反而製造更多變數嗎？」她開始扳手指，「跟靜學姊告白？那如果她發現你沒赴約，追來男廁怎麼辦？如果她根本不想赴約，反而跟技安約好去男廁堵你又怎麼辦？你等於增加了新的變數，這樣前面運算了一百六十次的結果不就白費，不能用了嗎？」

「還有跟技安吵架，跳過下一堂課遞紙條而直接約在廁所。那第八節課下課後，朱詳同學還跟你去廁所嗎？」

「還有最後，你甚至拿走他的打火機？」

打火機算什麼變數？拜託那可是兇器欸。

「我真希望是我拿走的。」明蒂說：「這樣我就可以好好打個火，照照你那空空的腦袋有沒有東西。」

呵呵。嘿嘿。是這樣嗎？總是表錯情。總以為這次對了，結果還是一樣。這就是我的故事。那個當下，因為慌張，反而只能乾乾的笑著。

「你，你還笑得出來！」明蒂轉身就走。

欸，我沒辦法不笑啊，我已經失去其他表現情感的方式了。我急忙伸手要攔住她。明蒂，我嚷，指尖觸碰到的那一刻，感覺手心潮濕，肩膀細瘦得像是幼鳥翅膀的骨頭稜角分明。

咦，這感覺……

指尖濕濕的，像觸著午後濕暖的雨珠。

等等，這該不會是……

我還來不及細問，明蒂已經像一片落葉，往後一仰，空氣中失去重力眼看就要盤旋落下。

我手跟著一托，順勢將她拉入懷中。

導演說，給我一個戀愛的粉紅色濾鏡。

劇本指示：用溫暖的胳臂一拉住她，緊緊的用強壯的身體護住她。

別拍了！我對歪豬湊過來的手機鏡頭喊。

是血！不用低頭我已經知道。明蒂刻意穿上外套，學校夏季外套是深色的，但後頭好大一片已隱隱被深色液體浸濕了。

她在沒人注意到的時候，偷偷流著血。

怎麼回事？學校裡有其他的敵人？

◊◊◊

導演說，特寫，特寫女孩眼睛緊閉睫毛如蝴蝶薄翼斂起。

導演說，特寫，特寫臉頰蒼白到彷彿透明。透，更透，彷彿能看到下面血管。

我拉起明蒂的袖子，隱隱可見她手腕上有幾條蔓延的血痕。裂口朝上沿展，像讓鋒利的刀鋒切過。

看這出血量，她是什麼時候受傷的？又為什麼忍到現在？

現在要帶她到保健室才行。這時我覺得魏明蒂的身體好輕，好像鳥一樣，羽翼一樣蓬鬆的自信和能力之下，其實是很細小的骨骼，好像一捏就會碎。

而保健室空蕩蕩的，白色窗簾被收緊，一眼就能看穿整個室內，我好不容易把魏明蒂安置在床上。魏明蒂緊閉的雙眼依然被禁閉在眼鏡之後，失去血色的嘴唇微張，微微露出的牙齒仍輕輕的打著顫。

她好像在說什麼。

「救……」

救？

救我？

她在求援嗎？

忍不住把臉靠近，耳朵最靠近的時候，聽到的首先不是聲音，而是氣味。像動物一樣溫暖而乾燥的氣味，讓人想到兔子或是雛鳥，草食性動物似的，卻又覺得很安全。

「救救……」

「救救國青……」

傻女孩。我嘆了一口氣。她昏迷的此刻也在做夢嗎？但我明明在現實裡，所以，在她私人而孤獨的夢境中，我依然在那裡面。

她也在夢中跟誰作戰，試圖拯救人類嗎？

她也想拯救我嗎？

還是拯救我，以及拯救人類這件事情，終究是夢。

而時間正緩慢經過。保健室裡只剩下我和魏明蒂。窗外六月的風微微吹入，遠處有人在打棒球吧。好清脆的揮棒聲，打中了什麼，遠空一個黑影高飛，真希望它被接到。

導演說，給我一個空鏡。

這是會被電影剪掉的鏡頭。

缺乏張力。無法對戲。沒有任何事情可做。任時間流逝。

那就是日常。

導演說，給我一個溫柔的凝視。

「對了，護士呢？」

我自言自語。只是想要驅趕空氣中太大的沉默，以及沉默中無來由的憂傷。

「欸，那，那我先幫你包紮，繃帶繃帶！」

總之，把受傷的部位嚴嚴實實捆起來就好了吧。我捲起明蒂的袖子，傷口此時仍不時的滲出血來，必須要把血擦乾才能包紮。但她是怎麼受傷的呢？仔細看，那像是爪痕，三道傷口平行延伸將肌肉切開來，不，不是動物造成的，那也許是，是刀傷。

是金屬的爪子。

莫非，那個電影中的殺手還存在。

莫非，佛萊迪……

明蒂不安的伸長了脖子，好像在昏迷中跟誰激烈的扭打。

袖子捲到底了。但傷口持續往看不見的地方深入。這時我才注意到，不知何時，她的胸口開始滲出血痕。

忽然之間意識到什麼，我的臉一片熱，這豈不是說，如果要幫她包紮或清理傷口，就意味，必須脫下她的制服啊。

導演說，特寫游移的眼神。

導演說，特寫。給我特寫。

鏡頭貼近，放大，再放大。特寫明蒂的眼鏡。特寫鏡片下快速扇動如蜂鳥半透明翅翼的睫毛。特寫她微張的唇。
咕嘟。
導演說，特寫國青不自由主呑嚥的喉頭。
導演說，特寫顫抖的手指尖。
我慢慢把手伸向外套拉鍊。
不，只是包皮，我是說，包紮繃帶……
手指觸碰拉鍊的瞬間，心底有什麼被尖銳的刺到。指腹掐起拉鍊頭，小心翼翼的把拉鍊往下拉。
嘶的——
某一瞬間我覺得自己的臉也要被什麼給從中剖開。
不要看啊——
這樣想著，手指抽回，卻先去拔明蒂的眼鏡。
你不要看好了。
手指剛碰到她的眼鏡，卻發現那雙眼睛正瞪大看著我。「你、你白痴嗎！」
啊？
不不不不那個是……
要拉拉鍊她都沒醒，偏偏要拿眼鏡她就醒了，莫非，莫非像我們看的漫畫說的，眼鏡才是本體？
「你該不會是想，怕被人看到會很害羞，所以乾脆拿下別人的眼鏡吧！」明蒂說，分明該是帶著脅迫和質疑的台詞，可是因為聲音好微弱，幾乎是用氣音說的，反而像在嘆息。
怎、怎麼可能！
「打火機你還帶著吧？」她問。

怎麼這時候問這個。下一秒，我就懂了。「這樣我就可以好好打個火，照照你那空空的腦袋有沒有東西？」

魏明蒂式的嘲諷。

但現在重點就不是我的腦袋吧。重點應該是……

「The question is，現在是什麼時候？」她問。

如果按照標準答案，問對問題就是找到答案。我想起上回夢中的對答練習，「你應該問，現在在哪裡？」

「不，我不是在跟你開玩笑！」明蒂失血的臉更蒼白了。

現在就，我看一眼牆上的鐘，喔，又混過一堂了。「就第七節快過了啊。怎麼了？」

「我躺了一整節課？」

「我還覺得你可以多躺一點呢！」

「你為什麼不把我弄醒？」她反而更生氣。

「怎麼弄？拿刀捅你嗎？」我指著她腕上的血痕，「但你自己身上夠多了。」

明蒂愣了一下。時間，時間不夠了。她說。

「原來變數是我。」明蒂緊閉雙眼，臉色在一瞬間變得灰敗。「要不是我昏過去了。要不是我，那也許會有更多時間可以用……」

為什麼人人都覺得變數是自己呢？

為什麼明蒂總是在意時間呢？但我立刻聽懂了。進入夢中需要時間，而這之前我預先見過的一切——男廁裡的特訓、HLV發動、病變——都將在第八節下課發生，那表示，時間剩下一節課不到了。

明蒂試著坐起來，欸欸欸，不行啊，你的身體還像是沒擰乾的破抹布隨時會滲出水啊。

「我自己來就可以了。」她一把搶走我手上的繃帶，「你，你出去。」

我揮著手原地後退，舞台旋轉向下，腳步往後踏，面前拉簾就被拉起了。

「那個……」

想說什麼，這時午後日照透入，我忽然意識到，拉簾成布幕，明蒂的身體一如剪影，3D變2D完整投影在拉簾上。

導演說，給我一個特寫。剪影捲開紗布，剪影低頭，剪影緩緩拉下拉鍊，剪影緩緩剝脫下身上的制服，空氣中彷彿可聽見衣服剝離皮膚的摩擦聲響。……

導演說，看不到比看到更誘惑人。

我趕緊轉過頭。但不行啊，腦子裡仍然持續上演，只好說說話轉換思考：「會有血，是因為，那個吧。」

佛萊迪酷格。

那個夢境中，以鐵爪獵捕少年少女的人。

他至今仍在夜霧瀰漫的榆樹街漫遊。

「他還醒著。」明蒂說：「我們的夢中，大家都死了，他還醒著。那個男人。那黑色的眼睛。銀色的爪子。」

「這就是這個能力的風險。」明蒂說。布幕上剪影再單薄不過。不知道為什麼，一旦提起佛萊迪，我們便又重新回到童年拿棉被遮住半張臉那種單純的恐懼裡。

搞不好我一拉開布幕，明蒂已經不在了。

「一旦我進入夢境中，我便能夠組織夢境，我能把其他人拉進來。但是，佛萊迪也能。而我一旦啟動能力，我便和他在同一個介面中。也就是說，我是夢的製造者，但我同時是夢的獵物。他在夢中便可以獵捕我。」

當你凝視深淵時，深淵也凝視著你。

所以她的能力是有風險的。風險就是，她可能會死。

「所以你才要用牛奶瓶裝死？你才要在夢中營造自己死去的印象？」

我這才懂，她也有她的戰鬥。這個倔強的女孩。我在她夢中死了無數次。但每次醒來，都是第一次。現實裡渾然無事。而她，她只要死一次，只要在夢中被殺死一次，現實中就會永遠死去。

我持續凝視著眼前布幕。是因為日照光度改變嗎？還是其他什麼，我忽然覺得，她不單薄。那影子其實很巨大。畢竟，發生這麼多爛事，她什麼也不說，她默默的忍著，她面無表情，她絞盡腦汁，卻因為我一次低級失敗，骨牌被堆倒，一切又要重來。

在我一百六十次重來中，她也同時忍受一百六十次的逃亡與恐慌。

「為什麼不說呢！」我忽然生氣起來了。

「為什麼一開始不說明！」我背對著明蒂，但怒氣卻無法壓抑，筆直的隨擴散的聲音朝她竄去：「你太依賴夢境了，你以為凡事都能在夢境中解決嗎？可是，你比我們都聰明啊，你不是全學年第一嗎！你可以想辦法啊！」

「你，你以為我想依靠夢境嗎？」明蒂的聲音忽然尖銳起來。

「可是，我怕啊。」簾幕後的剪影說。

啊？

「我怕，如果不在夢中預演，真的發生，我就沒辦法解決了。」

啊？

布幕後面，那影子縮得小小的，她的雙手抱著腳踝，一張臉埋在膝蓋中，看起來那麼的單薄而脆弱。「我怕啊，我怕，如果我不是天才呢？」

少女的剪影說：「如果，我只是一般人呢？」

少女與其說是對著我說話，不如說，是跟她自己。「我也會恐懼。我也不知道如何抉擇。我怕，如果我沒有第二次機會了呢？如果沒有夢境先預演，如果失敗了，就永遠失敗了。我怕啊，我怕我承擔不起。我怕一切回不去了。我怕，我怕我就只是一般人。我其實不像我以為的堅強。」

所以，就躲在夢裡了。

擁有夢，卻只是擁有夢。夢應該是最虛幻的。但如今夢比現實還堅固。先在夢裡經驗一次，然後在生活中實現。什麼時候，夢和現實顛倒了。開始害怕失去。開始害怕自己。

人類最強的堡壘，絕教高校的頭腦，有時也想只是十五歲的女孩明蒂。

我緩緩的對窗簾伸出手。

「幹麼，變態！我還沒換上衣服欸！」她的聲音立刻又武裝起來，雖然還有點鼻音。

我，我只是抽張面紙遞給你。

「我，我又沒哭！」她抽著鼻子說。

「我又不是讓你擦眼淚，」我說：「那是讓你擦眼鏡！」

喔。

一隻手透過床簾縫隙快速接過面紙。

「欸。明蒂。」我嚷。

「嗯？」

「我也會怕啊。」我抓了抓頭，很努力想說些什麼：「我比你平凡多了。沒有辦法預知。沒有夢。我們沒有再來的機會。」我低著頭說：「但是……」

但是，此刻我能說什麼？我能夠說什麼安慰這個背負全台灣安危的女孩。
——被推倒，你就這樣咻的撞回去不就好了嗎？
對了，曾經有人跟我說過這樣的話。好熟悉的聲音，逆光的身影。黑色的不甘的眼睛。
如果可以的話，我想對明蒂這樣說。
——拳頭打過來，你就這樣啪的打回去不就好了嗎？
如果可以的話，我想對明蒂這樣說。
——趴下了，站起來不就好了。這是失去夢的人類的無奈。但這也是，人類的堅強。
如果可以的話，我想對明蒂這樣說。
但我什麼都沒有說。
「但此後，你不是一個人面對了。」我只說。
讓我替你撞回去。
讓我替我們揮拳。
讓我一次又一次站起來。
簾幕持續隔開我們。世界是風，但此刻我覺得，我們再近不過。
近到如果此刻我伸手的話。
近到如果此刻你伸手的話。
我微微探出手，簾幕一如鏡子，影子就成了倒影。此刻，那影子也緩緩伸出手來。我伸出右手。
簾幕上伸出左手。
我傾身。影子亦然。
導演說，停格。

張力飽滿，誰再多說一句話，都像石頭打破水面那樣，足以破壞表面凝固的張力。

◊◊◊

但那時我們還不知道，如果我們只剩下一次機會。

那時我們還不知道，如果我們僅剩下一個夢呢？

◊◊◊

「現在問題只剩下，到底錄影帶在哪呢？」

我們終究要面對現實。問題總是關於地點。地點是保健室。我又抽了一張面紙遞給明蒂。她擦的是血，還是眼淚？

「不，問題是時間。」而魏明蒂果斷指出。

「現在離第八節下課還剩下二十到三十分鐘。如果一分鐘可以完成一個夢，也許我們還有二十，不，三十次機會。」我說，當我數學不好嗎？

「如果是我平常的狀態，應該可以，但現在我不能保證能拉你回來。甚至，我不能保證，在夢中，我能引開佛萊迪。」

時間不夠了。

時間總是不夠。

就在這個時候，保健室大門砰的被打開，歪豬闖了進來。「你們、你們在幹麼！」

他嚷：「咦，一個人遞面紙，一個人在床上擦什麼，你們……」

「不准你亂想！」少女立刻嚷道。

等等，「我想到另一個方法。」我看向明蒂。

「不准你亂瞄！」明蒂這才想到什麼，又把窗簾拉回去。

歪豬果然又把手機拿出來，啟動錄影功能。幹麼，這時又想當導演喔。

「嘿嘿，當然，如果是紀錄片，我就拍到第一手珍貴鏡頭了！如果這可以剪輯成學園青春電影，那我就拍到愛情高潮。」

我看你是一心只想拍A片吧！死肥宅。我一手擋開手機，順勢拉近和歪豬的距離。

「幹麼，又肖想我手指喔！」

而我開門見山說：「我就直接講開了吧。問你喔，那個錄……」

「路怎麼這麼長哈哈哈哈！」拉簾咻的被拉開，明蒂冒出頭乾乾的笑著，伸手捂起我的嘴並幫我接話。

「到底什麼情況！明蒂同學也想把手放進國青嘴裡嗎？那裡是個黑洞嗎？要把什麼都吸進去？」

歪豬持手機鏡頭逼近我。

我掰開明蒂的手，就不能讓我好好把話問完嗎？「我說，那個錄影……」

「露營喝湯，熱熱喝最好！飯要炒隔夜的。」明蒂的聲音二度覆蓋我的。

「你們，你們……」歪豬的大頭越過手機看向扭打成一團的我們：「明蒂，明蒂壞掉了啦！啊啊啊啊啊啊！」他抱頭說：「完全不知道她在講什麼！天啊我們的金頭腦，文學少女、榜首第一名……」

「你到底想怎樣！」我吼道。

「我才想問你咧！」明蒂低聲說：「又來了。你又不跟我商量。你怎麼可以直接問他呢？如果這問題讓朱詳同學亂想，如果讓他提早在內心醞釀整個計畫，他甚至可以……」

可是，很多事情，不用這麼複雜啊。

「欸，那個錄影帶在哪裡？」搶到機會我就開口了。

「你這白痴……」

「錄影帶？」而歪豬困惑的看著我。

「就忽然想到啦。那個詛咒的錄影帶啊。那部電影，井、貞子、七天的詛咒，有沒有，就是那部叫──嗶──的電影。」我說。

「──嗶──？」歪豬重複了一次電影名稱。他搔搔頭，似乎為不相干的話題困惑了一會兒，隨口回道：「如果你是說電影──嗶──裡那卷詛咒錄影帶的話，有的喔，就在那裡啊！」

哪裡？

我和明蒂同時張大了口。

還真的這麼簡單。就得到答案了。

「不可能，你不可能這麼簡單說出來。」明蒂說，露出考試錯一題的表情。「我們嘗試了一百多次……」

是一百六十次，你這個殺人兇手加瘋子！而且死掉的都是我。

「等等，你這樣說的意思是，在無數次重來裡，你從來沒有一次，直接當面問過朱詳？」我一定露出不可置信的臉。「那你，你怎知道不會成功？你，你不是追求有效嗎？直接問當事人不是最有效的方法嗎？」

「我……」明蒂也愣住了，眼鏡往鼻下滑落數公分。「我，我以為他不會這麼輕易告訴我啊！拜託，HLV之夢中，他可是用這個錄影帶來報復技安同學欸！這不是他最強的武器嗎？」明蒂說。

——在大禮堂播出。

——但銀幕上播送的，其實是歪豬用手機拍下，我們在廁所被霸凌的影片。

——藉由技安的憤怒引發全校進入HLV狀態。

——獵殺技安。

導演說，給我四個鏡頭把一切說完。

但怎麼拍都是，咬。咬吧。把一切咬闔殆盡吧。讓那些曾將你放在口中並以為輕易的，感受到同樣的陰影，同樣的疼痛，同樣的尖銳。

「其實就是，你不敢開口問他吧。」我說。那只是因為，你不敢跟我們開口吧。

為了拯救台灣而重複一百六十次的少女，卻不敢跟隔壁男同學說話。一次都不敢。

「是你的話，你敢嗎？」明蒂理直氣壯的問我。

「欸，你們現在是怎樣？自己尬聊起來？」歪豬的聲音插入。

導演說，給我一個翻白眼的特寫。

導演說，給我罐頭噓聲音效。

而就在歪豬反應前，我和明蒂的大臉占滿整個手機鏡頭，拿開啦。我把手機揮開，把臉湊近歪豬面前。

「錄、影、帶、在、哪？」

「欸，不要忽然離我這麼近！」

歪豬把手機拿正，鏡頭對準我們，繼續說：「錄影帶不就在它該在的地方。」

所以到底是哪？

「就電影社社辦啊！幹麼？不然你以為電影社社辦鎖起來的玻璃櫃都放什麼？當然是放影史上的重要道具啊。」

「怎麼，你們想看喔。」歪豬問。

咕嘟。

導演說，特寫國青不自由主吞嚥的喉頭。

我以為自己吞了一口口水，這才發現明蒂喉頭也頓了一下。

那就是拯救這個國家的關鍵。

「那還不走！」我發現自己急吼吼嚷道。

「可是，」歪豬露出為難的表情，「現在進不去啊。現在才第七節欸。社辦在大禮堂啊。大禮堂地下室是鎖起來的。」

「那鑰匙呢？」明蒂立刻切入中心問。

「就學生會長那裡咩。」

而學生會長是，我和明蒂對看一眼，一起喊出他的名字。

「在靳飛宇同學那！」

「在技安那。」

對齁，我這才想起來，社團設在大禮堂地下室。而進入大禮堂地下室的鑰匙，除了學校外，只有學生會長保管。第八節下課後學校才會打開社團大門讓學生進去。

「搞什麼，到了最後，還是沒有變嘛！」結果，還是要撐到第八節。還是要去面對技安。而且，到底怎麼從他手上拿到鑰匙呢？

「不，」明蒂說：「其實我們已經搶先未來一步。」

一切的變數都已經消除了。明蒂說：「沒有其他的條件因素了。我們只需要鑰匙而已。」

技安的鑰匙就是唯一的答案。

「只要拿到鑰匙的話。如果我們可以在第八節之前找到鑰匙的話，我們甚至可以避開第八節下課後在廁所發生的事情，先一步進入體育館找到鑰匙。」明蒂說。

「你以為技安像歪豬這麼好講話啊，有問有答？」我說。

「不用問啊，」明蒂理所當然的說：「我們只要先知道。」

演算條件充足。變數皆已刪除。

導演說，給我一個特寫。

歪豬的手機鏡頭裡一幕：明蒂手指正插入我耳中。

時間：第八節課。

地點：教室後翼。明蒂桌上牛奶瓶隨日光緩移而變換陰影。

◊◊◊

此刻，少女做夢了。夢回榆樹街。

◇◇◇

不要死。女孩說。

女孩說，活下來。

導演說，Action。

打板打下，然後，下一幕。

（我這才張開眼來。）

讓我們演一齣好戲吧。依然是熟悉的教室光景。我說。

一旁的桌子上擺著牛奶瓶，瓶裡插著半截要死不活的植物。

「鼠尾草的花語是燃燒的心。」我低聲說。

「什麼鬼？」而歪豬問。

桌子上有花瓶，那就是明蒂死掉了的世界吧。這表示我又回到了夢中。「沒事。」但我沒辦法告訴歪豬，這是場夢。

「但這一次，每一次，我不會讓你死掉。」我只是說。

「啊？什麼？」

「我、我要找技安！」而我大聲嚷道。

讓我們演一齣好戲吧。

讓我們做一場好夢吧。

按照現實裡的時間流逝，這可能是最後一次做夢的機會。在少女的夢中，第八節自習課才剛開始，「我、我要找技安！」我的聲音破開這片寧靜，本來沉寂的教室氛圍又騷動起來。隨著桌椅刺耳的刮地聲，有人從睡夢中驚醒，有人一臉看好戲的表情。有些人甚至笑出來。

「技安，不，靳飛宇，你給我出來。」我捏緊了拳頭，重新又說了一次。

「你幹麼？」

「俊～雄～」有人在後面惡作劇似幽幽地喊名字。

「俊～雄～來找你囉。」

技安推開桌子站起身，那雙狹長的眼睛居高臨下盯著我：「怎麼，不是有膽去找學姊告白嗎？那這一節又來找我是怎樣，換找我告白嗎？」

我……

光是看到他，頸後便覺得涼。皮膚生疼，好像黃昏已經降臨，在那個日夜轉換的時刻，第八節下課後，廁所裡，人成為剪影，口含金屬，垂掛成大腸，心已經死掉。

我……

到嘴邊的話被硬生生吞下，怎麼都不敢說。我發現自己開始下意識尋找歪豬的身影。

「對不起，俊雄，你先穿件外褲再來吧！」技安一攤手，對教室裡其他人癟了癟嘴。其他人會意的笑了，《咒怨》裡俊雄永遠都穿一件內褲。這個角色永遠跟著我。脫掉內褲，它還在。不，也許我的人生才是鬼。是我附身在這個角色身上，離開它，當我長大，我就什麼都不是了。

但我在這裡啊。

「不是要告白嗎？」技安問：「你說什麼。」

我就在這裡啊。你看不到嗎？我不是鬼啊。

「大聲一點！」

我在場。我不是在鏡子中。不是在電影裡。雖然這裡是夢中，但這裡，但我就在這裡。

導演說，給我福斯片頭獅子甩髮咆哮。

導演說，給我一個怒吼。

《星際大戰》第八集就叫做星戰大怒吼。

「我不許你再找我和歪豬做演技訓練！」我大喊：「我不准你再動我與歪豬！」

你他媽演得爛透了。我大喊：「我要換角色了。」我是我自己，是你還留在虛構的角色中。

在全班注目下，我一把抱住技安，衝力讓我們兩個往牆壁邊摔。技安想把我推開，但我哪管他，這時候，鼻涕都要流下來，我跟著把頭往技安胸口一埋，跟著一陣連推帶打。

這時候，按照計畫，歪豬要登場了，我用眼神餘光瞄著後方，只見歪豬正以潛行之姿靠近技安座位，雖然他再怎麼蹲低身子，還是那麼大一坨，像霍爾的移動城堡——於是技安的書包被扔在地上了，零錢髮蠟梳子丟一地。到底誰會帶這些來上課。然後是抽屜，一堆零食的空袋子被掃出來……

「你竟敢！你竟然……」與其說技安被我逼到邊緣，不如說，他被我嚇著了。

你……

導演說，給技安一句台詞。

「你不是俊雄嗎？」

他要說的是，你不是鬼嗎！

看不到。摸不到。沒人在意。所以才可以隨便傷害。

不，我才不是鬼。

而你現在訝異太早了，當我從這個夢醒過來，我告訴你，我要讓自己成為人，我要讓你驚訝，甚至驚嚇。

嚇死你。那就是恐怖片存在的意義。

只要歪豬能摸到鑰匙……

但就算是在夢裡，技安也還是技安啊。他掄起拳頭。一秒鐘後，我面前撞鐘一樣忽然襲來巨大黑影，迫近的風壓，臉頰都因此感受到凹陷。

導演說，插入星艦企業號舵手畫面。

報告艦長，航線無法即時修正，防護罩功率剩下百分之二十。艦橋準備承受正面衝擊。企業號艦長大喊，全員準備。

我下意識緊閉雙眼，但緊接著感覺到的卻是，涼。

冷涼卡好咧。

一滴水珠冰涼涼從我眉梢淌落。

但它卻比我預想中該落下的那一拳更痛。

是教室裡正下起雨來。

鹹鹹的，帶點鐵鏽味，幾乎像眼淚了。我還沒睜開眼睛，已經知道誰在代替我哭泣。

是消防灑水噴頭啟動了。

「幹，是哪裡起火！」

張開眼，窗外晴天朗朗，教室裡同學們正奔走四竄，有人就地把東西塞入抽屜裡，多的是拿起課本搭起帳棚就遮住頭的，刺耳的警報聲在這時才響起。

「快看，看烹飪教室那。」「好酷，欸，手機啦，快，PO即時動態。秀一波。」

我和技安同時回過頭來，在大樓對面，成排窗戶彷彿四格漫畫，從這個窗框到那個窗框之間。第一格，教室鍋子起了火；第二格窗戶，學生正往後退；第三格，比誰個頭都高些，老師正提著水桶穿過第二格往第一格過去。然後是第四格——

不，別澆熄。我撥開技安的頭朝窗框大喊。

對面的同學絕對聽不到我的聲音吧。但我知道，如果我們看見這一串連環圖，那就連那麼遠的這一棟樓的我們都可能會聞到那氣味。

（那時候，明明距離這麼遠，但人們鼻腔會竄出一股子焦味。氣味中混雜食物因高溫黏鍋的碳味，以及金屬邊緣發熱的鏽味。）

（那一瞬間。一股餓。一種進食的衝動。喉嚨搔癢。瞳孔染血。）

這會引發ＨＬＶ。我喊。

原來如此。那場「ＨＬＶ之夢」中，錮錮像貞子一樣，一口咬在技安耳朵上的時候，走廊上不是正響起火災警報嗎？莫非，那警報就是因為烹飪教室起火？

也就是說，就算我拿走技安的打火機也沒用。ＨＬＶ終究會爆發。未來，在我沒有注意到的地方持續且確實發生著。

技安正要回頭看，被我一手抓住下巴扳回了臉。

「你幹麼！」

「白痴，不要看……」

「看你娘啦看！」技安衝著我大罵。

對了，他們還不知道感染途徑。

看了的話。一旦看見，

（打火機火石摩擦。）

（森白的牙齒不住摩擦。舌頭舔了又舔。）

看見的話，就會有恐怖的事情發生。

「不要看他們！看了就會被感染啊。」我越過技安的身子大聲對正轉身的歪豬喊，只見他老兄正拿出手機，把鏡頭對著我們。

白痴！這個時候還做他的電影夢。「你快把鑰匙找出來啊！」我嚷。只要知道鑰匙在哪的話，錄影帶在哪的話……

你們也一樣。我嚷。窗邊黑壓壓的人群壓落黑壓壓的影子。聲音也被擠壓得細細碎碎。

「唉呦，神扯，都燒成這樣了，他們還在接吻……」

哪裡哪裡？誰在接吻！

一瞬間連我也想湊過去搶第一排觀眾席看看。

導演說，以窗框當景框，火焰中的剪影。窗框旁兩個學生的頭顱逐漸靠近。像夕陽裡兩朵搖曳的花。

導演說，給我一個特寫，唾液在兩唇之間拉出一條銀色的線。

導演說，特寫。是長長的舌頭咬在齒間，接著，啪吱。

一嘴汁液淋漓。

「靠，還牽絲欸！」

「好黃好暴力，等等，那個好像不是口水捏，咦咦咦咦……」

是在咦什麼？你十三姨我還黃飛鴻呢，什麼，現在大家都看葉問？我正要抬頭，這才發現，是因為夕陽的關係嗎？太陽今天落得這麼快嗎？怎麼一地黑壓壓的影子，忽然這麼靠近我。

然後，我抬起頭。

「他們，很餓。」迎面是一張臉，紅的眼，兩排牙齒。舌頭舔了又舔。聲音裡帶著慾望。

然後，牙齒貼近，就是僅僅一咬——

◊◊◊

導演說，給我夕陽。血一樣深濃。

導演說，給我傍晚的霧氣。

場景：放學後的H大樓東翼。

動作指示△：首先是手指。然後是頭髮，最後才是臉，靜學姊從柱子後探出頭。她哼著歌從包包裡拿出化妝包。

場景：水聲滴答滴答。天花板角落有管線滴落水珠。

△靜以為自己聽見什麼，她短暫的抬起頭，是水龍頭沒關緊吧，滴答。

△靜低下頭，繼續從包包裡拿出髮膠、小罐裝保養品。

△又一滴水從天花板滴下。

△靜沒注意到的是，這次的水，是紅的。

滴答。

△靜感覺到頸後涼涼的，正想伸手去摸，一張臉忽然出現在身後。

靜：咦？

△靜立刻轉過身。

靜：（鬆了一口氣。）不要嚇人啊。阿沁。

△沁於此登場。表現一臉得意貌。

沁：蹺課齁，烹飪課都不上！被我臧到了齁。

△沁從包包拿出化妝包，跟著站到鏡子前轉出口紅。仔細一看，沁學姊也是好看的那一種，和靜學姊相倚著，就好像一幅時尚廣告。

沁：唉呦，蹺課就算了，還在這給我化妝，難不成，你真的要去咖啡館赴約喔？齁，我看不是被嚇到吧，是被煞到，恐怖喔恐怖，被鬼片的鬼煞到……

靜：那我不就要去收驚了？拜託，我怎麼可能選俊雄。

沁：該不會因為，他祝你生日快樂吧！

靜：就說不是生日了。

沁：是吧？其實我知道喔。你不想承認，是因為你怕大家丟臉對吧。

靜：哪有！我生日，大家丟什麼臉！

沁：如果大家都不知道你生日，反而是鬼片裡的鬼知道。這樣丟臉的不就是大家嗎？你寧願幫大家保全面子對不對！女帝很疼大家喔。

靜：就說那個不重要了，聽不懂是不是！

沁：有人生氣囉。我看是害羞囉。

靜：給我閉嘴。

沁：欸欸欸，等等，如果你選了俊雄，那我們家靳飛宇怎麼辦？

靜：選俊雄？怎麼可能？我幹麼做那麼可笑的事情！
沁：所以你還是選靳飛宇喔。
靜：不是落選，是不選。我都不選。
沁：都不要？
靜：對啊，憑什麼他們來告白我就要選？我們是被人挑的嗎？應該是我們去挑別人。
沁：欸，這我就要說說你了。你知足一點好不好，大家都愛你。
靜：是愛我去死吧。校園皇后和啦啦隊隊長註定第一個死。有化妝的女孩註定第一個死。死亡順序以妝髮濃度和完整度來做排序，妝越厚死越快……
沁：那至少也是有人愛啊……
靜：要我說，我都不要。還是有你們姊妹就好了。
沁：是齁，我們也愛你啊小傻瓜。
△靜不小心碰落洗手台上的化妝包。
△同一時間，沁頭一探，視線越過陽台牆邊。注意到對面大樓。
靜：靠，他們是在吵什麼？
導演說，鏡頭特寫。特寫沁的眼瞳。如果鏡頭持續靠近，那一刻，從沁學姊的瞳孔裡，能清楚映現對面大樓裡盛大火焰。
靜：咦咦，我的化妝水滾到哪了？
△沁佇立。
△沁凝視著對面大樓。
△沁看到了。

沁：啊，吃到了……

導演說，給我特寫。特寫沁的眼瞳。要拍到一絲鮮紅在擴散。水滴入水面。清澈的眼裡血網散如蛛絲。

靜：是踩到啦。你踩到我的……

沁：那是……怎麼回事……

（怎麼回事，嘴裡明明什麼都沒有，卻忽然生出一絲鹹味？）

靜：還有怎麼回事？總之齁，男人不重要啦，我們姊妹最重要。欸，化妝水到底滾去哪，那我們一起買的呢。

△鏡頭跟拍地上滾動的化妝水。

沁：我們最重要。你總說我們最重要。

（那麼韌，似乎犬齒齒尖能感受她粗厚的肉質纖維。）

沁：那是因為你什麼都有。

（而我什麼都沒有。）

沁：你什麼都有，什麼都飽了。

（怎麼回事，忽然……）

（忽然好餓。）

靜：飽？

△靜趴身地上找化妝水。

△鏡頭模擬許靜視角。這時要仰拍，模擬許靜逆光看不清楚沁的臉，只有沁森白的牙齒微微發著光。

沁：你什麼都有才能什麼都不要。你什麼都飽，才可以都不要。但我們什麼都沒有，我們只有餓餓餓餓餓餓……

△靜皺起了眉，沁在說什麼？怎麼聽到耳邊剩下彷彿機械故障的呃呃聲。

靜：怎麼忽然打嗝啊？汽水喝太多喔。

（這女人。）

沁：你什麼都不知道。

靜：什麼？

沁：你只是享受。你只是擁有。

靜：什麼？

（想吃掉這女人。）

沁：餓。

（想大口把這女人的一切吞下來。）

沁：我餓。

（想讓這女人的一切都是我的。）

△血紅染紅湖面。眼睛全部成為紅色的那一刻，沁猛然低頭往下就咬。卻在這時，靜大喊一聲，找到了，手上拿著小小的瓶子猛然起身。

△靜堅硬的後腦勺剛好撞到沁張開的下巴。

△提醒音效組，請搭配骨頭遭撞擊而錯位的誇張聲效。「喀啦」或「喀吖」。

△那一刻，沁眼裡血絲退散，眼睛稍微露出清白色。但下巴卻被撞得脫臼了。她捧著下巴一邊回應。

沁：我要吃掉你。

△但因為下巴錯位的關係，沁的聲音語焉不詳。

靜：啊？
△沁好不容易把下巴關節壓回去，她不自然的笑著。嘴角抽動。
沁：我說，愛死你了。
△許靜把化妝包裡的東西放到洗手台旁的圍牆上。包括放刷子的筆刷袋、粉餅、小罐裝的化妝品包、隱形眼鏡盒、眼藥水⋯
（她怎麼可以擁有這麼多？想吃掉她，想吃掉她的所有。）
△沁從洗手台下方拿起清潔用硫酸，滴入眼藥水裡。
（想用殘酷的方式吃掉她。）
△沁拉開筆刷袋拉鍊，從自己的鉛筆盒裡抖出美工刀，刀片朝上，插入許靜的筆刷袋中。
（想擁有她的一切。）
△沁望向靜柔軟的頸子，指節捏了又放，再也忍不住，往前猛然一掐。
靜：欸欸，幹麼啦！忽然撲過來。
△靜轉身，手掌貼手掌剛好接住沁張抓而來的手。兩人一如少女結盟把手交疊。
沁：我、我怕咩。那個HLV。
靜：說到HLV，聽說感染的人，就是食客，會指甲變色血管變厚，跟著有攻擊性。
△沁一愣，想把與許靜交疊的手抽回。
△特寫靜反而細細審視沁的手。
靜：你的手⋯⋯
沁：怎、怎麼了？
靜：指甲油很久沒換顏色了齁！你看，黑色不流行了。

△沁猛然縮回手。所以沒被發現嗎？
靜：對了，食客還有顯著特徵是，眼睛變紅，青筋冒出……啊，你的眼。
△沁拳頭緊握。還是被認出來了嗎？那倒不如……
△靜看著沁的眼睛，順手把沁拉向自己懷中，扳起她的臉仔細看著。
靜：你的眼睛好紅喔，是不是隱眼戴太久了？
沁：啊？應該是。
靜：我有帶眼藥水，我幫你。
△靜拿起那被滴入鹽酸的小瓶眼藥水。
沁：欸，不用了。其實沒那麼嚴重啦。
靜：這是小花欸。很清涼，滴一下，涼到穿過去喔。
沁：穿過去齁。開玩笑吧，眼藥水怎麼這麼厲害。
△說話的同時，鏡頭跟拍眼藥水瓶口處，滴落下一滴透明水液，險險擦過沁的臉頰，水泥地發出嗤的燒灼聲。
靜：啊，真的真的嗎？我可以幫你滴啊。
沁：真的真的真的。
靜：真的真的真的真的嗎？
沁：真的真的媽的。
靜：啊？
沁：我說，真的真的，但你的眼睛也很紅欸。你要不要也滴幾滴？
靜：我看看鏡子喔。

△沁起身一拳。鏡子迸現裂紋。
靜：咦？鏡子是壞掉的嗎？怎麼會這樣。
沁：早就這樣了。你沒發現喔？啊，你把放大片拿下來先。
△靜順從的撐開眼皮，指頭掐起起出瞳孔放大片，跟著放入清洗盒中。
△沁從鹽酸瓶中滴出液體。
沁：我幫你洗一下隱眼。等等你再戴回去。
靜：啊，怎麼會這樣！
△沁一驚，以為被發現了。
靜：順序錯了啦。放大片摘下來，看不到怎麼化妝？
△靜邊說邊把手指摸向筆刷袋。
△沁盯著靜的手指瞧，許靜手指在眉筆之間游移，好幾次就要碰到刀片，卻就是繞了過去。
沁：不就是這支嗎？尺寸大小剛好。
△沁握住靜的手，猛然往小刀刀尖處壓下。
△眼看靜的手就要讓刀子戳穿，卻在這時，警報聲響徹走廊，紅光閃爍。
△靜受到驚嚇，伸出的手縮回，下意識捂住耳朵。
△靜一縮手，沁的手觸碰到刀片。
△靜捂住耳朵，手肘一撞，沁柔軟的掌心立刻讓刀尖戳穿。
△沁發出慘叫聲。
靜：防空警報演習而已啦，你是在大聲什麼啦。哈哈，你瞧，把我也嚇得！
△靜放下手，打鬧一般順手往沁手臂一拍。刀尖跟著在沁掌心割出深長的刀痕。

沁：你……你……

△沁抖著手，血絲重新脹滿雙眼。沁吮吸著受傷的手指。越是看著靜，心裡越有一股怒氣，也不管嘴裡還含著手指，猛然就是一咬。

△靜瞇著眼望向洗手台，發現半截斷掉的口紅。她用手指捻起。

靜：咦，你口紅斷掉了喔？啊，原來你有買新的？

△鏡頭模擬此刻靜的視野，因為沒戴隱形眼鏡，此時沁臉龐線條多模糊，只有嘴唇是紅色的。那麼豔。

△但若靜此時有戴著隱形眼鏡的話，她會清楚看到，沁嘴巴上叼著的，可不正是自己的手指嗎？她竟然把自己的手指咬下來了。

沁：為什麼為什麼，為什麼你擁有一切？

靜：你說什麼？

沁：為什麼？

靜：你吃到口紅啦。

△模糊的視線中，靜只感覺沁的口紅越畫越大了。

靜：你畫得太大了。

沁：但怎樣都不夠啊。都是你在幸福。

沁：不如我幫你畫吧。

△沁吐出手指。用另一隻手拿著，逐漸往靜的臉頰靠近。近，那麼近。鼻尖到鼻尖的距離。臉頰貼臉頰的距離。

△然後是齒尖到喉嚨的距離。

△緊接著，牙齒猛然一咬。

走廊嗡嗡鳴響的警報聲裡多了一聲低吼。

◇◇◇

「你失約了。」

葉鈿鈿手上高舉著滅火器。從滅火器紅通通的罐身，延伸到地板躺臥的沁學姊之間，可以畫出一條打擊曲線。

「你……」喔，這可不是貞子嗎？發現對方是誰的瞬間，靜學姊眼睛瞪得更大了，「怎麼？我還沒去找你，你倒先來找我！」

「很敢嘛你！」靜學姊嘴巴上嚷著，手四下摸索，要找放大片放在哪裡。「動我姊妹是怎樣！」本來倒地的沁，身子直挺挺朝上躍起，嘴上染紅，頭後脫髮。臉上充滿憤怒的沁大吼：「你是不是要弄死我……」

話還沒說完呢，沁腦後又吃了一記，再度往前趴下。

「看到了吧！她根本……」葉鈿鈿拿著滅火器說。

「我就看到你對我姊妹出手！」靜哪等貞子說完，旋起腿便是一個飛踢。

那時許靜裙襬散開如傘，長腿在半空中劃出弧光。鈿鈿想也不想就拿起滅火器一擋。靜學姊把全部的力氣都用上了，這一踹，沒踢中鈿鈿，卻一腳踢飛了滅火器。

滅火器往旁飛去，紅色鋼瓶正中剛剛已經被沁學姊敲裂的鏡子，這一撞之下，鏡面在半空爆灑而開。

沁正伸出手要抓住靜，卻哪料到鏡子當著她的面爆碎，一瞬間滿臉插滿了碎片。

靜學姊也不管貞子了，「這回又怎麼了！」正要去扶沁學姊，就在這時，從沁的唇邊滑落一截手指。

「讓、讓我走。」而沁說。

她不想吃了。

「看清楚了吧！」鈿鈿掐起那截手指，「你不會想要這樣的彩妝吧。」

而靜沒回話。她拿起面紙，只是抹掉沁臉上的血汙。

「要不是因為你……」沁說。

「我只知道，這是我的好姊妹。」靜說。

「你的好姊妹想吃掉你欸。」

「她是……她是，嗯，生病了。」靜說。退無可避之下，她抓起一旁化妝包，想讓沁咬著。

沁一口咬下，化妝包中的刀片刺入牙齦中。

她瞪大雙眼看著靜。下一秒，捧著下巴「哇啦哇啦」長聲尖叫，猛然推開了靜學姊，拗著身子往走廊另一端奔去。

「這下你看出來了吧。要不是你幸運，早就被『食客』吃掉了。」鈿鈿說。

「我已經說了，什麼『食客』！阿沁就是我朋友。」許靜嚷道，當著貞子的臉，對準她黑髮下露出的臉頰，猛然就打了一巴掌。

啪——

鈿鈿摸著臉問：「『食客』是你朋友，救你一命的，反而要挨打。你是不是真的要去檢查眼睛，看一下度數？」

「檢查眼睛？」靜學姊哼了一聲，「我只是沒戴隱眼。」

那倒是真的。

「你以為我看不出來！你以為我真的是白痴嗎！」靜說：「但阿沁是唯一祝我生日快樂的人。」

然後，巴掌聲重新響起。

是靜學姊。卻是她自己打起自己的臉來，下手比剛打鈿鈿狠多了。

「那我還你三巴掌，這樣還清了吧。」

啪——

啪——

美麗的臉頰上出現掌痕。許靜揚起的手停在半空，卻是被貞子抓住了。「完全搞不清楚你的價值觀啊。」她說。

「這樣吧。如果要給我三巴掌，這一下欠著怎樣？」鈿鈿說：「那你就必須當我的朋友。」

「我靜學姊從不欠人，而且，誰要跟你當朋友，我……」靜還要說什麼，卻感覺到肩頭一涼。

她撇過頭，肩膀上多了一隻手。

◊◊◊

「怎麼，你人在這裡，那後門怎麼辦？這下不就失約了嗎？」靜學姊問。

當學姊的視線沿著搭在肩上的手臂往後望去，她會看見我。

衛國青重新登場。

在我身旁，歪豬正捂著鈿鈿的嘴。我們一個拉一個，轉入空教室中。

「你不是說要先去大禮堂嗎？」歪豬問我。我們壓低了身子，也壓低聲量，眼光集中在門口。

「可我跟她約好了啊。」我說。但這句話裡的她，是鈿鈿，還是靜學姊？

還好鈿鈿沒事，想開口說什麼，卻是這樣說：「不是要你給我走遠點。」

「不准你這樣跟她說話！」靜學姊開口了。

等等，你們什麼時候這麼好了？在我不知道的時候，發生什麼事情了？

「我也說過，我不會放過你的。」鈿鈿理直氣壯回答。等等，她又是在對誰說。

就在我要開口的時候，歪豬忽然把手往我嘴裡塞。

夠了，我不要再吃你的手手！

但我隨即領悟，他是要我安靜。

聽，仔細聽，是腳步聲。外頭有人逐漸靠近了。牆壁上我們的倒影暫時停住了動作，先別管這些了，重要的是外頭。

腳步聲匆匆而過，但我們還是不敢發出聲音。

要再過一會兒。

再一會兒。

「呼。」我猛然吐出歪豬的手，卻忍不住用自己的手掩住嘴，牙關依然忍不住打顫。「是、是食客嗎？」

這嚴格說來，是HLV第二級癥狀，Lv2。根據進入這場夢前魏明蒂的解說，人會因為過分飢餓而變得衝動，像是胃取代了腦成為思考器官，飢餓取代理智，咀嚼便成為生存下去的反射動作。那就是「食客」的誕生。

「據說，只要我們看到畫面，或是聞到味道，甚至想到『這好像很好吃的話』……」

「是聽誰說？」歪豬沒細問，只是大力拍打自己的臉。「那我慘了！」先看看自己的手掌，再望向我的唇，喔，是想到我咬他的那一口嗎？這讓他有吃東西之類的聯想嗎？只見他快速把臉轉向學姊，但沒三秒鐘，啊的一聲，又把頭往鈿鈿那頭看，等等，學姊也會讓你聯想到吃嗎？聯想到什麼？那句成語是真的？「秀色可餐」。好吧，鈿鈿的臉幾乎都被頭髮遮住了，總沒事吧。但望了五秒鐘，歪豬臉色一白，又把臉移開，欸欸，連披頭散髮都會讓你聯想到吃的嗎？聯想到什麼？髮菜湯？

歪豬把目光停留在技安臉上。三秒後他開了口：「欸，你可以把頭轉過去嗎？我不想看到你。」

等等，連技安都讓你覺得很好吃嗎？你你你，你平常到底怎麼想我們的？

「我是咬牙切齒啊。」他低聲說。

「你是說，寧可被咬，也不能看到別人咬人？」技安挑眉問。

「總之，我們要避開火。避開看到火焰，避開聞到燃燒的氣味，還有，也不能看到人咬人……」

「對。」

「但被咬到，就被吃掉了欸。就變成食物了欸。」

不是吃人，就是被吃。不過，學校就是這樣的地方，我們不都知道了嗎？你應該最清楚啊。

而我說：「所以要去大禮堂。」

「那裡到底有什麼？」技安問。

「錄影帶啊。」我看著歪豬，「只要拿到那卷錄影帶的話……」

「你是說，詛咒的錄影帶？」歪豬的眼裡閃現一抹光彩。對，他也想到了。這是唯一的解決之法：

「難怪。我就知道。我爸爸不是亂說的，難怪軍方來這裡……」

「所以，你現在回答我，」而我盯著技安，一個字一個字的問，這整個夢境的關鍵就在這了，只要知道答案，我就能醒過來。「鑰匙呢？」

導演說，給他一個特寫。

「鑰匙？大禮堂的鑰匙？」技安愣了一下。

導演說，給技安一個特寫。

「鑰匙不在我身上……」

什麼？我氣得痛打他。反正是夢，無所謂。

「你這個只靠臉的花瓶演員！好不容易給你拯救世界的機會。」連歪豬也跟著痛罵。

「不是，我早上就把鑰匙借給籃球社了。他們說練完球，會把鑰匙放在禮堂前方收發室的桌子抽屜裡。」技安說。

所以鑰匙在禮堂收發室裡！

我大聲對著天空喊了一次，惹得其他人趕緊來捂我的嘴。但明蒂，你聽到了嗎？

這個夢的目標已經達成了。所以，讓我醒過來吧。

只要打碎牛奶瓶的話。

導演說，給我牛奶瓶的特寫畫面。

導演說，給我答對的音效。

「等等，」開口的卻是鈿鈿，「但你確定嗎？」

「確定啊。我早上確實拿給籃球社的阿鑫，他說會轉給社長國琦，之後就會……」

「那他們哪時練完球？已經放回去了嗎？或是在放回去以前，他們就已經……」

你給我閉嘴。很想把貞子的頭髮撩起來，在她耳邊大聲吼道。

但她確實問出一個重要的問題。

現在鑰匙在那裡了嗎？

技安愣愣看著我們。

說到底，一切仍然不確定。

唯一的方法，就只有，親自去大禮堂看看。

「但我們現在在教學大樓四樓。樓下可能擠滿了『食客』，那就表示，我們必須穿過整整三層樓毫髮無傷，然後橫越大半個操場，之後才可能抵達大禮堂……」歪豬掐著手指說。

光用說的都沒完沒了，何況用走的。而且，看這情況，我們可能連這間教室都走不出去咧。

「如果，靠我的話，搞不好可以喔……」這時，有人開了口。

那是靜學姊。

「如果，我能發動，『水晶湖之吻』的話。」

◇◇◇

導演說，給我傍晚的天色。給我更多乾冰。給我迷濛雙眼的霧氣。

導演說，給我夕陽。血一樣紅的夕陽。

導演說，給我少年和少女。給我更多少年和少女。更多賀爾蒙。更少衣服，更大聲音樂。更重搖滾。

場景：水晶湖營區。

動作：手指攀上肚子。鈕釦滑出衣襬。纖細腰身折成不可思議的角度。

靜學姊：欸，不好啦，我覺得有人在看。

男生：怎麼會有人？嘿嘿嘿，不如趁這個時候。
窺視的眼睛。飄忽的視角。不停靠近的距離。
猛然，電影裡殺人魔高舉起刀子還斧頭，下一秒，利鋒穿體。

場景：露營帳棚。
動作：肩帶滑落肩頭，熱水滿過基準線，泡泡堆滿整個浴缸，裸背線條一如弦月彎弧。
靜學姊：欸，不好啦，我覺得有人在看。
男生：怎麼可能，你一起來泡嘛！
窺視的眼睛。飄忽的視角。不停靠近的距離。
猛然，電影裡殺人魔高舉斧頭，下一秒，利鋒穿體。

場景：汽車後座。
場景：休息站廁所。
場景：大學教室。
場景：游泳更衣室。

靜學姊總是在那裡。
她睫毛可以舉重。她頭髮梳得那麼厚黏下多少蒼蠅。她嘴巴嚼口香糖啵的讓你心頭有一個粉紅色泡泡破掉了又吹起。她穿更少的衣服化更濃的妝。她最吸引人注意。但她總第一個退場。

「那就是我。」靜學姊說。

最美麗。最該死。

最多死黨，都聚在鏡子前化妝，最該死。

最愛說別人壞話，最該死。

最會化妝最濃妝豔抹，最該死。

最有愛總是和校隊隊長或是肌肉男在一起，最該死。

那些都是我。

靜學姊說，忽然之間，我就成了恐怖片的常客。殺人魔總是第一個找上我。我是恐怖電影史裡一定有的角色。我永遠是第一個掛點的人。

導演說，你不是主角。

導演說，你不需要演技。

導演說，你不需要背景故事。

導演說，你不需要情緒。

導演說，你只需要選擇。

導演說，你只需要選擇去死就好了。

去死就可以了。

靜學姊說：「我就是永遠的尖叫女王。百年花瓶。也是永遠的受害者一號。」

靜說：「我。」

親愛的，沒有什麼「我」，你去死就好了。

靜說：「我只是……」

親愛的，沒有什麼只是，你只要好好去死就沒問題了。

「我只是想要一個選擇。」

「我想要有人喜歡我。有人記得我的生日。記得我。」

「我想要有朋友。想要有人選擇我，而不是因為我選擇他……」

但在她開口之前，殺人魔斧頭落下，刀子穿出……

這一刻，夕陽完全消失前，教室外光度轉暗。靜學姊仰頭面對灰黑色的夜空，像是所有經典電影裡，我們以為目光短淺的女花瓶會有的大特寫。而在她們眼裡，是否有一個誰也到達不了的遠方呢？

緊接著，靜學姊轉過頭，捧起我的臉，輕輕在我額頭一吻。

「謝謝你記得我的生日。」

整個夜空都為之一亮。

我們全愣愣地看著她。

「搞什麼……」技安望著靜，「你選他……」

「我只是感謝他選了我。」

「可好女孩是不會說出自己的答案的。」靜對我們眨眨眼，「如果你活下來，如果你們活下來，我要你們永遠記得這一刻，我要你們去猜，我到底選擇了什麼。」

我摸摸額頭，手指留下桃紅色。那是唇印。好像很容易就抹掉了。但又有什麼，好像永遠留在那裡。

「這樣，我就可以出發了。」靜學姊說，她壓壓眼睛，頭髮一順，回到電影虛構出來，但我們以為那就是她的日常角色裡。

「去哪？」

「你還看不出來嗎？請讓我自我介紹，」靜學姊提起學生裙，微微一蹲身跟大家行個禮。「影史上殺人魔肆虐的水晶湖區裡，第一個受害者。恐怖片最喜歡的第一號死者，尖叫女王，現在要去完成自己的使命了。」

導演說，Action。

「從現在開始，你們只要和我做出相反的選擇就可以了。」靜說：「我沒有選擇，反過來說，我沒有選擇，就是你們的選擇。」

導演說，你只要給我去死就好了。

「如果我選擇走右邊。你們就必須走左邊。」

導演說，給我尖叫。給我奔跑。給我雜亂的心跳聲。

「如果我要上樓，你們就必須下樓。」

靜走到門口，那時她美得讓人甘心追隨。

「這就是我的專長，你就當這是我的能力吧。」靜學姊說：「我把它命名為『水晶湖之吻』。」

◇◇◇

靜還沒說完，歪豬已經插嘴了：「怎麼可能有這麼荒謬的事情！」

「傻孩子。」靜又笑了，「這不是理所當然的事情嗎？你要想想，這裡是哪裡！」

——問題不是時間。問題是地點。

明蒂的話重新浮現我耳邊。莫非，靜學姊就像明蒂一樣，也因為電影被改變了一生。

「這就是我等等選擇的路徑。也是你們的活路。」

但卻會是你的死路。

導演說，你給我去死就行了。

「這就是我的能力，『水晶湖之吻』。在我沒死之前，只要你們跟我做出相反的選擇，都會沒有事的。」

而猶豫的，反而是我。如果「水晶湖之吻」是真的，那只要和靜學姊走相反的路徑，我們就可以安然抵達大禮堂。至少，在她活著前，我們都會沒有事情。

但對我來說，真正的問題是，要拋下靜學姊嗎？

就算這是在夢中。

「你確定嗎？」鈿鈿黑髮下露出的眼睛看不出情緒，她其實是望著我，像在審判。

「這樣真的可以嗎？」她問。對靜學姊。其實是對我。「犧牲一個人，拯救大部分的人？」

所有人此刻都望向我。

導演說，給國青一個特寫。

但這只是在夢中啊。很想這樣大喊。

不，就算是在夢中。

「可以嗎？」鈿鈿說：「就算我們因此得救？」

可以嗎？全體滅絕，或是犧牲一個人而讓其他人逃生？
可以嗎？鈿鈿問。
可以嗎？主持人問。

◊◊◊

怎麼辦？
如果是魏明蒂，會怎麼做？
導演說，給我一個黑人問號表情。
如果我能從夢中醒來，我就可以問她了。
但夢中只剩下空空的桌上孤獨佇立的牛奶瓶，還有我。
如果是你，如果是鈿鈿，那你要怎麼做？

◊◊◊

導演說，給我夜。
導演說，給我矇矇亮，依稀可以看到物事線條的夜。有一點煙霧。
導演說，給我一條走廊，沒有障礙的，能夠一路奔跑，並且要回音良好、具備擴音效果，讓尖叫彷彿活物會觸壁反彈的走廊。

場景：夜幕籠罩絕教高校。教室走廊上的灑水系統已經關閉，燈光要亮不亮，啪搭啪搭的閃爍著。

場景：少女只有一個人，手指緊抓學生裙襬，就這樣站在燈光明滅的長廊上。少女走幾步便回過頭。走廊上安靜得過分了，但少女仍然堅定的往前走著。

監視器充作鏡頭螢幕，螢幕裡的主角是靜學姊。

尖叫女王。百年花瓶。永遠的受害者一號上場了。

導演說，你只要去死就好了。

靜學姊走到樓梯口，上去還是下來呢？該往上走，還是往下會得救？

學姊說，請讓我選擇。

學姊想了想，選擇了往上。推開上面那道安全門後，就是教學大樓的天台了。

「只要在天台躲到天亮就可以了，畢竟，媽媽還在家裡等我回去。」

「這學期結束我就可以畢業了。」

「還有一部文藝大片片約在等我呢。」

簡直像是為了加強效果，靜學姊自言自語，務求講出這類「之後就可以回老家結婚了」的台詞，先幫自己插好旗。

一步，兩步，三步……

空闊的校園屋頂上，靜學姊猛然抬起頭來。在她正上方，還有水塔矗立，一道頎長的身影正居高臨下俯望她。

那道身影正好和學姊的影子重疊。

「你好啊。」影子說。

咦，還會打招呼，所以，不是「食客」嗎？

學姊跟著說：「你好嗎？」

「不錯啊。」影子點點頭，接著又問：「那你吃飽沒？」

啊？

學姊一錯愕。月亮在這時露臉了。

透過微弱的月光，影子穿著制服，有一張瘦削的臉，那是靜的同學。不同的是，他臉上多了道醒目的血痕。

「一起來吃吧。」那人說。

「變成我的食物吧。」

影子在這時跳下。

而靜早已轉頭往樓梯間狂奔而去。

我就知道。靜這時一定想。果然，這就是典型的許靜式的選擇。

也就是沒有選擇。

導演說，你只要去死就好了。

才走到門口，怪怪，剛剛還空無一人的樓梯此刻塞滿了人。

「肉！」

食客兩眼放光。

食客口唇緩緩流出透明的口水。

食客帶著一種激昂的熱情。

空氣中像有一種共鳴。

「餓。」

「好餓。」

「給我。」

「都給我。」

——好恐怖啊。

——好想抓亂頭髮，把眼睛瞪大，還要更大，大到像是眼珠子要掉下來那樣，剛好一桿進洞，掉進張大的嘴巴裡，然後跟著洶湧而出的聲波噴出。

——但不行啊，我要再撐一下！

——要爭取更多時間。

——他們現在走到哪了呢？是不是已經到樓下了呢？

這樣想著，恐怖片之花，永遠的受害者排行榜上第一名，靜學姊露出暖如朝陽的笑。

「來抓我吧。」靜站在樓梯口上，前方是洶湧而來的「食客」，後方有人殺機騰騰。而她張開手，一張臉明豔帶妝，像是站在舞台上。

導演說，給我一盞聚光燈。

導演說，給我一個舞台。

「來吃我吧。」

慾望我吧，Baby。

慾望我吧，你們這些小壞蛋。

「食客」蜂擁而上。

距離五階。

距離四階。

張抓的手指已經能搆到靜的手臂。

距離三階。

就在這時，靜忽然跳起，長腿跨過樓梯護欄。當「食客」飛撲而上的瞬間，她越過樓梯欄杆，往通往下一層的樓梯跳。

漂亮。

她喊。這一刻，只有她自己聽到。但這是她有生以來覺得自己最美的一刻。

就算我是配角，但這一刻，我就是自己的主角吧。她想。

「食客」們還為面前幾乎要到口的食物忽然消失而恍惚。

顧不得身體的疼痛，靜學姊自階梯上站起來。這一摔，她摔到「食客」的身後了。在他們轉頭之前，在他們從樓梯上往下望之前，靜學姊站起身來，開始朝走廊狂奔。

腦海中預先決定好的路徑，是上上下下左左右右。

所以再來，她選擇走廊的東翼。

來吧，你們就跟著我吧。跟著你們的女王。

在同一時間，如果這棟建築以3D建模成為透明的線條圖，而純以體熱做出熱感應動向圖示，那我們將會看見，在複雜的歪巷拐弄裡，有一個小紅點在前，而後頭無數紅點以各種迴旋和不規則之姿聚在一起，像是洪流，像是竄動的蟻群，正在長廊上隨著那一點小紅點奔跑。

而在H大樓3D構圖上可以看到，有四個紅點在另一條空蕩蕩的長廊上謹慎而緩慢的移動。沒有人，就是沒有人。

四個紅點往下一層樓，依然只有他們自己的足音迴盪。

上上下下左左右右。

另一個紅點往下一層樓，後頭紅點猶如小鋼珠洩地，嘩啦嘩啦跟隨。

紅點頓了一下。似乎回頭了。

四個紅點也頓了一下。似乎回頭了。

一邊是深抓的指爪。

一邊只有濕淋淋的地板。帶水的牆壁還滴落水珠。電燈要閃不閃。

「活下去吧。」那紅點說。

「靜學姊，活下去吧。」那四個紅點說。

那四個紅點繼續跑著。學姊繼續跑著。

那些紅點繼續跑著。我們繼續跑著。

從此越來越遠。

靜又下了一層樓。但實在跑得太快了，下樓梯的時候，一腳踩空，靜啊的叫了一聲。

果然，是恐怖片第一個死掉的女角會犯的錯誤。

鞋跟踩空。跌倒。老往沒人幫忙的地方跑。

靜一扭一扭，一咬牙，跟著閃進教室裡。

成群的「食客」下了樓，走廊上被擠得滿滿的，咦，但面前是凌亂的走廊，盆栽倒落，書包亂丟，地上還有濕掉的紙張和書本，可是，靜學姊人呢？

——在教室裡。

他們知道。

他們還有意識。

只是餓啊。

「靜～」有人喊。

「食客」打開第一間教室的門，從門口探進去。

空的。

來了來了。

「食客」敲打桌子。「食客」的皮鞋啪搭啪搭採過積水的教室。

「靜～」他們喊。

然後是下一間。

而靜在講台下摀住自己顫抖的嘴。牙根分明緊咬了，還是感覺身體裡有什麼一顫一顫發出好大的聲音。

好想把自己的心跳也掐停。就怕他們會聽到。

下一間教室。「靜～」他們喊。

水聲滴答。

腳步聲啪搭啪搭。

「靜，我聞到你的香水味囉。」那是沁學姊的聲音。

該死！靜幾乎要咬斷指甲。早知道不噴香水了。

沁的斷指劃過桌子，留下一道血痕。一路延伸到講台上。

「喉嚨好痛啊。」沁的聲音沙啞。「當你的朋友，好痛啊。是你讓我不幸的。」

靜努力讓身體蜷縮起。

沁伸出完好的手指貼在黑板上，一邊走一邊刮，發出刺耳的聲音。

「因為你只想到你自己。」沙啞的聲音在空間中放大。「靜，我遠遠就聞到你的騷味啦！你這個沒有別人不行的騷婆娘。」

「讓我吃掉不就沒事了。」

「填滿我喉嚨的破洞。」沁說：「填滿我的身體吧。」

只要跟你做出相反選擇就輕鬆了。

例如，成為你的敵人。

「但你本來就沒有任何朋友喔。」沁已經走到教師講桌前。

下一秒，她猛然蹲低。

「我恨透你了。」她說。

就在她蹲低嘴巴大張的片刻，一個粉餅忽然穩穩塞進她嘴裡。

「可我把你當好朋友呢。」靜學姊說：「連粉餅都可以跟你共用。」

嘴巴塞了粉餅，沁無法發出聲音。一時也無法叫喚同伴。

太好了，趁現在！

就在鏡轉身要走的時候，窸窸窣窣，教室窗外透入的光消失了。

靜這才發現，外頭早已都是人。

都是圍觀者。都是食客。

他們不需要叫喚。他們早已經在等。

從窗子，從門口，他們爬進來了。像是水流瀉入一樣。

熱感應圖示上，孤獨的紅點被包圍。

紅點沒有其他的路可以離開。

紅點沒有選擇。

紅點從來就沒有選擇。

導演說，給我去死就好了。

而在另一間空蕩蕩的教室裡。有四個紅點散落。似乎因為爭取到了一點時間而得以休息。

就是這樣了吧。

靜緩緩拿出手機。

如果你們收到這訊息，就表示，我的任務終了。她想。雖然沒有選擇。但也許，在人生的最後，她到底做出了選擇。

走了很長的一段路了呢。她想。

還好最後一段路，是我自己選的。

然後，在人群包圍下，靜沒有選擇的，站上鋁窗窗緣。身後是夏夜吹來的涼風，吹得她裙襬啪啪作響，吹得她長髮飛散。吹得人心裡有什麼動了一動，不知道是因為女孩美麗的臉，或是因為夜風。

靜雙手張開，此時背後是大大的圓月，她就像是沐浴在光中，聖母一般，然後，她一轉身，高舉雙手，在第一個「食客」撲向她前，身體直直往後一倒。

「你們就給我吃自己吧！」靜說。身體跟著往下墜。

◇◇◇

墜。下墜。

一切都讓重力扯落。

她飄逸的頭髮垂落。她散開的裙襬服貼大腿。只有她長長的眼睫還是挺的。在閉上的瞬間，落下一滴眼淚。

在眼淚離開眼睛的剎那，如果拉出一條虛線，眼淚隨重力往下，但靜卻不是往下墜，而是往上升。身體離開窗緣的那一刻，靜張開的手臂被人挽著，跟著，身體反向被拉起。

如果這時將H大樓3D建模。靜面前身後俱充滿「食客」。其他人在空蕩蕩的走廊上跑著。靜往下，其他人也往下。

但我們不是跑在平行的雙翼。將3D建模合併，靜的紅點跑在身後一如洩洪的走廊上，而在靜正上方，有四個紅點在跑。

我們一直和靜學姊跑在同一邊。只是不同層。

「我不知道你做了什麼選擇，」而我說：「但是啊，我選擇你。」

你就是我們的選擇。

「那還不快把我往上拉。」技安的聲音從窗緣那側傳來，他左腳被鈿鈿拉著，而我則拉著他右腳，只見他倒懸半空中，憑著驚人的臂力抓住靜的雙手，隨後我們一起出力將他們往上拉。此刻，3D建模就出現在我的手機裡，那是iPhone的用戶定位APP，我們就用這個掌握靜學姊的行蹤。我們總在靜的上方，只要她被包圍，只要逃進最近的教室裡，往窗口一跳，我們隨時從上方教室拉她上來。

「快快快！關門放狗了。」歪豬大喊。

教學大樓每一層都設計有鐵閘門。在我們的計畫中，當所有人都被靜學姊吸引到同一個地方，我們負責把她拉回來。而歪豬則負責去把樓梯間的閘門拉下。

「這樣所有人都被困在大樓東翼。」鈿鈿說。

也就是說，大樓淨空了，只要再從建築另一翼到樓下，越過操場就能到大禮堂了。

這次，我又活下來了。

「太好了！」連歪豬都大叫，用力拍著技安的肩。

「欸，我有跟你這麼好嗎？」技安說。

歪豬的臉色瞬間驚疑不定。

「開玩笑的。」技安摟著他的肩說：「看來你還蠻靠得住的嘛！」

這個「你」是指誰？歪豬？我？或者，我們全部。

也許我可以改變這一切。那一刻，我真心這樣想著，無論是疾病，或是人際關係。就算是恨不得殺死他的仇敵，或是無法超越的霸凌。

就算這只是在夢中。

◊◊◊

「歡迎回來。」我對靜學姊說。

「那麼，走吧。不管是什麼，我只想快點結束這齣B級片。」技安說。

他站起身，隨手掏出一根菸。

欸等等不行啊。

就在我要叫出聲的時候，他在身邊掏掏摸摸，喔，對了，他的打火機被我摸走了。所以，就算他想點菸也點不了。

我鬆了一口氣的同時，技安明顯是因為找不到他的打火機，只聽見他咕噥幾聲，順手就按下電燈開關。「媽的這裡真的太暗了。」

欸，等等。

就在聲音脫出我喉嚨的同時，一陣刺眼的光度半空冒出。像憑空有了火。

老舊的大樓。潮濕的電線。還沒有乾的牆壁。

大面積的光在我眼前留下殘像。地板像被人抽走了，意識伴隨身體懸浮騰空。

——**這個夢，也就到這裡了。**

◊◊◊

我這才真的醒來。

鼻尖有一種塑膠的燒焦味。身體覺得黏膩膩的，好像泡在水裡。

剛剛到底發生什麼？

鈿鈿一把把我拉起。在我眼前，仍然是混亂的教室，空氣中瀰漫一股塑膠焦味。

「是電線走火了。」她說。

「開關太老舊了。剛剛不是有警報嗎？大樓啟動灑水系統，可能有水滲進去了。剛好又打開開關，才引發自燃……」

「果然，果然是因為我，」靜學姊顧不得臉上沾上了灰色手印，頹然坐到課桌椅上。「是因為『水晶湖之吻』吧？果然，我還是沒得選。只要是我，是我的話，一定會出事。」

不，那是因為我。

The question is me. 很想跟靜學姊說。那是因為我在之前的現實裡拿走技安的打火機。明蒂的夢完美的複製了這個變數，技安又在此時按下電燈開關。變數果然是我。

等等，那也就是說，現在還是在夢中……

「什麼在夢中？」黑暗中有一隻手對我們揮了又揮。

「好慘。你看，這下我要被經紀人罵死了！」黑暗中，我們看著技安，只見他一頭帥氣的頭髮變得焦黑，雙眼下淤積黑色菸灰，眉毛都不見了。看來瞬燃的火燒光他的毛髮。

「你下一部戲，只能演和尚了。」靜學姊說。

等等，歪豬呢？

該不會……

「我在這啊，幫幫我。」

說歪豬，豬就到。原來電線走火引燃的瞬間，歪豬絆到了桌腳，不小心跌倒了。

「跌了個狗吃屎，所以，到底發生什麼？」

「就是……」算了，這樣就好了。「我們快走吧。只差一點了。」我說。

「啊，我的手機呢？」歪豬問。

「那就不要拿了，你不會一路錄到現在吧！你手機容量有這麼大嗎？」不，問題好像不是這個。

「你是想把這些影像公開嗎？」

「搞不好我會因此獲得奧斯卡紀錄片獎咧。啊，有了，在這，應該沒壞掉吧。」

黑暗中響起螢幕解鎖的聲響。濕淋淋的教室投影出一道光，光裡浮現歪豬的臉。

（別看。）

我來不及喊，還是我已經喊了呢？那時卻只覺得胃底竄起一股涼意。

（有什麼會發生。）

（好熟悉。好像發生了無數次。）

該不會……

「喔喔喔喔喔！」歪豬說。

轟的——

「好厲害，一瞬間，火就這樣燒起來。」

他說：「看到了嗎？火就是這樣點起來了。轟的。」

轟的——

他按下重播鍵，螢幕倒帶重播。

轟的——轟的——轟的——轟的——轟的——

歪豬的手機一定錄到剛剛走火的畫面了。而如果人類看到的話……

（那時，全身細胞都起騷動。）

走在歪豬前頭的技安一定也察覺到異樣了，他少了眉毛的眼瞪得更大了，腳步變輕，一點一點的，試圖離歪豬遠一點。

嘿嘿。

那一瞬間，好像看到歪豬的臉抬頭對我笑了一下。

那麼沒有防備。那麼燦爛。

「歪豬，放下手機！」我大喊。

這時歪豬一把扯住技安領子，硬生生將他拉了回去。跟著就把手機放到他面前。

「你不看一下嗎！很厲害的啊。你看，這就是火啊。這就是推動人類文明最重要的東西。」

「你是不是就這樣對待我的。」歪豬說：「你點著了我。」

你不停拿火燒我。你用你的方式吃人。

那一瞬間，空氣像變冷了。

屏幕的光度中，歪豬再抬頭，雙眼中好像有什麼，以他的瞳珠為中心，有人拿紅色簽字筆一劃又一劃塗上去，像要劃掉什麼，想要複覆寫什麼，直到歪豬雙眼讓紅筆整個塗滿。

「肉燒焦的味道，你聞過嗎？」

（心跳加速一拍。）

菸從上方燙落。菸灰散開。皮膚在那一瞬間彷彿中彈。

（毛髮的焦味。）

（皮膚嗤的，皮層受熱顫動。）

「快走！」我一把將技安扯到身邊，轉身奪路要走。

但身後歪豬的聲音比他的身影更快抵達我的耳邊。

「你要放棄我嗎？」身後歪豬的聲音比他的身影更確實打中我的心。

「你要幫助他嗎？你要幫助欺負我們的人嗎？」歪豬說。還是以前歪豬的聲音，但是，卻又不像以前的歪豬會說的話。

還是，這才是真的歪豬？

「你忘了他怎麼對我們的吧。」歪豬的聲音持續逼近。「那時候，是誰陪著你的？」

是你。

「那時候，只有誰沒有放棄你？」

是你。

「而你要選擇他？」歪豬猛然一吼，我僵立在原地，甚至無法動彈。而技安雙唇顫抖，看來已經在崩潰邊緣了，只是盯著歪豬。

「你想當他的好朋友對吧。」歪豬問：「可以選的話，你會選擇他對吧。」

不是啊，我是為了，為了拯救你——

我跑了這麼遠。這麼努力。經歷這麼多死亡。就是為了到這裡，拯救你。

「那麼你還護著他！」歪豬喊：「把他交給我吧！我只要他。」

「我要讓他感受我感受的！」

「別！」技安喊，一個踉蹌便摔倒在地上。

一切都反過來了。強弱。善惡。關係。

但是，我該答應歪豬嗎？

「對了，就是這樣！」歪豬撿起一塊破掉的玻璃，也不管那邊緣多鋒利，就這樣徒手握著，血一滴滴從玻璃邊角滴落，滴答滴答。而他正逐漸靠近我們。

「我好餓啊！國青！」歪豬說：「讓我吃吃看吧。每一天，我都這樣想，在廁所裡，吊在水管上的時候，躺在地上身體蜷成一團的時候，我都會想，如果我可以咬他一口。」

「所以，讓我吃吧。」空氣裡我聽到他的請求。

「現在，我要把他一片片的剖開來！」玻璃尖端當著技安的頭揮下。

尖叫響徹整個大樓。

咦？

當技安再睜開眼的時候，血正一滴滴自他面前滴落。滴，還在滴，甚至模糊他的眼睛。

他越揉，眼睛越紅，然後他抬起頭，他會看到，血正一滴滴從我的掌心沁出。碎片尖端確實貫穿了我的掌心。玻璃那樣通透，正反映出我和歪豬扭曲的臉。

「為什麼！」我流血，歪豬也流著血，他明明沒受傷，雙眼卻汩汩湧出血來，他也痛嗎？「你選了他！我是你的朋友，而你選了他！」歪豬尖聲嘶喊，嘴看起來比平常更大了，聲音甚至比玻璃還尖。

哈哈哈哈。

然後，歪豬忽然笑了。「我明白了，那不然我放他走好了。」

咦？

歪豬說：「你們就當好朋友好了。」

「那請讓我也加入你們。」歪豬又拎起另外一片玻璃碎片，跟著就往自己耳邊就是一劃。

玻璃之銳，下手之狠，一下便切開他的耳朵。但歪豬還不放棄，又是一切，直到耳朵整個落下。

「或是讓你們加入我！我們三個一起當好朋友吧。」

那一瞬間，我就明白了。

他要吃自己。

他要把耳朵吃下去。

這就是食人。

如果看到這一幕的話。我，我們全部都會……

歪豬張大口，用手指拎著耳朵，眼看就要放入口中。

下一秒，啪搭。

他嘴巴闔上。

血溫熱的溢出。

他重新張開口，人肉，是這樣的感覺嗎？硬硬的，脆脆的。碎片有顆粒的質感。每一下都帶著刺痛。

他一定會產生這樣的困惑。

不，那是因為他咬到的，是玻璃。

我從掌心拔出剛剛插入的那塊碎玻璃片，趕在他把自己耳朵放進嘴裡前，整個塞入他嘴巴中。

然後，更深入。

感受結締組織的韌，一開始好像有抵抗，但深入，再深入，下一秒，好像凸入一個無比柔軟的所在。

歪豬瞪大了眼，嘴巴張大，含著玻璃碎片，緊接著，雙手大張，直挺挺的，就往身後倒下。

而我仰天大喊。

「明蒂，」我對著虛空的黑暗大喊她的名字。「讓我醒過來。」

第一次，我想要死。

我想要重新開始。

◊◊◊

「快沒時間了。我們該走了。」靜學姊的手搭上我的肩，卻被我一把拍掉。

時間，早就用完了。

而現在我只想重新開始。

我要回到現實裡。

「你的臉……」靜學姊看著我，從她的表情，我忽然發現，自己變得多恐怖。

沒辦法，因為我又失敗了啊。

一次又一次。

而且，這次是我親手殺了歪豬。

難不成，未來真的無法改變嗎？

鈿鈿想扶起技安，但一碰到他，技安就往桌椅下的空縫鑽去。「不要，不要碰我。」

「讓我來。」反而是靜學姊過去，像是小動物遇到主人一樣，技安熱切貼上去。

「救我。」他說，雙手緊緊攀著靜的腿，頭埋入靜的懷中。

「乖——」

這時候，有東西翻倒的聲音傳來。悶悶的，好像是水桶落了地。

怎麼回事？

鈿鈿用手指比了個噤聲的動作。比了比下方。

聲音是從大樓下方傳來的。

我掠到窗前，低頭往下一看，只見更多人正湧入大樓中，他們穿著殘破的制服，像裹著破抹布。

可奇怪的是，他們的臉分外的讓人感覺到，充滿人性。也許是因為，他們已經不需要隱藏了。愛的，恨的，想要的，這會兒，全部放進嘴裡吧。那才是人真正的模樣？

「食客」一定聞到我們了。

「怎麼辦，這樣子的話，大樓兩邊入口都是人。」靜說，似乎感覺到靜的憂慮，技安嗚的哭了出來，

「不要——」他喊。把頭埋得更深。

「這樣吧。還有一個方法。」我說。
沒有辦法了。只有去死了。
「還有一個方法。」就是去死，那就可以重來。我會從夢中醒來。但我不可能把這些話說出來。因為他們不會懂的。
我脫出口的是：「靜，你現在帶著技安往頂樓，然後把門鎖著。」
「咦？」學姊露出不解的神情。「那你呢？」
「我們按照老方法，再靠你的『水晶湖之吻』一次。剛剛的計畫成功了，所以現在大樓頂樓是安全的。我想請學姊往頂樓跑，吸引新湧入的食客跟著去。然後學姊要快把通往頂樓的安全門鎖起來，給我訊號後，我會把三樓通往二樓的樓梯鬧門放下。這樣所有『食客』就都困在這層了。然後，我會趕快前往大禮堂找到鑰匙。你們只要在頂樓待到天亮，一定會有人來救你們的。」
「這樣，真的好嗎？」靜搖搖頭。「頂樓應該很安全，但是你，你一個人……」
「我跟著他去！」鈿鈿說。
「技安失去戰鬥能力了，帶著他也是拖累我們，但我們又不能放下他，而且他似乎只聽靜的話，這樣的話，就只有你能保護他了。」
靜看了看頭猛往她身上靠的技安，又看了看我們，遲疑了一會，跟著點點頭。
「就這樣辦吧。」我心想的則是，你們不要再猶豫了。就照著做吧，這一切都已經沒有意義了。這個夢，已經不值得我留下了。我只想要趕快確認，鑰匙是不是在大禮堂，然後快點死掉而已。
然後重新再來。
導演說，你給我去死就好。
「那麼，天亮時再見！」靜說。一傾身，在我額頭又一吻。

別搞了。我身體僵硬，幾乎要把她推開。

時間有限。

也許靜感受到我的急躁，黑暗裡，她抱歉的笑了一下，然後撐起技安的身子。

「五分鐘後，你們再出發！」

「這次，一定要來接我喔。」靜給了我一個笑，身影慢慢消失在夜色中。

「等五分鐘嗎？」鈿鈿問。

我點點頭。

接著便是焦灼的等待。

如果這時候建築可以變成3D模組。而靜是其中一點紅點。

我打開手機，其中顯示靜的移動位置，紅點開始往樓梯移動了，它的速度變快了，同一時間，從這邊窗子望去，走廊那端浮現「食客」的身影。

那樣巨大的規模，彷彿蟻群，彷彿水流，一大群一大群都過去了。

「水晶湖之吻」發動了。

「四分鐘。」鈿鈿說。

走吧。而我喊。

「可是，約定時間還沒到。」

「沒關係，有這個就可以了。」我往教室旁一站，確認櫥櫃上的標籤，然後從其中抱出一個紙箱來。

紙箱裡是一小罐一小罐的罐裝物。

「那是？」

「是鎂粉。」我說：「這裡是化學教室，本來就會有這些東西。」

「我知道這裡是化學教室，但你是要？」
「我要解決這一切。」
剛說完，我就奔出教室，手機顯示，靜還在三樓樓梯，而從我這頭，已經可以看到對面走廊上萬頭攢動，有更多「食客」正追上。
風向ＯＫ。
距離ＯＫ。
能見度ＯＫ。
「你該不會要……」鈿鈿奔出來的時候，已經來不及阻止我了。
我站定投手丘，其實就是走廊邊，手指沾濕彷彿球員測風阻。濕度ＯＫ，方向ＯＫ。接著，我把罐子掀開，好，要去了喔。
咻的就把罐子往走廊那翼丟過去。
啊，沒中。
沒關係，這裡還有。
我隨手往走廊那端亂丟。有些罐子掉落了，有些罐子似乎扔進對面走廊的人群裡，不時聽到嗯的悶響。
「不可以，那樣會……」
「來不及囉。已經沒辦法了。」而我說，對著鈿鈿，忽然有點想笑。
對面走廊的人群中傳來一聲驚呼。
刺目的白光竄起。像是煙花一樣，卻是從人的身上。
「別看。」我說。看著我就夠了。

光在對面走廊燃燒著，好刺目，就算是背對著，還是感覺得到光的亮度。

每個鎂的罐子上都會有一小行字註明：「使用注意。」

上面會寫：「**鎂遇水或潮氣將放出氫氣，大量放熱會引起自燃反應。**」

就是現在。如果有大量鎂粉，灑在剛澆過水充滿濕氣的密閉空間裡呢？

一場火焰盛宴。

「不要看。」我說。

導演說，給我去死就好了。

「看著我就好了。」我說。

看著引起這一切的人。

反正是夢。

哀號聲和尖叫從對面傳來。

「你、你想殺死他們嗎？」鈿鈿怒瞪著我，我再次感覺到了，她那黑色的眼睛，像是第一次遇見時一樣，在另一個夢中，也是這樣憤怒的朝我投射過來。

但這次，我不會避開了。

反正這是夢。

「而且這些不足以致死。」我說。

「一般的『食客』不會互相攻擊。但是，如果，『食客』身上發出焦香味，他們會因為飢餓而吃自己嗎？或者，他們會吃掉對方。」我說，背後的白光更熾，應該感覺不到熱度的，但我臉頰濕濕的，是汗嗎？還是，眼淚？

那是血腥盛宴。

「可是，靜學姊還在那邊，如果，如果她看到……」

那我就更要早點醒來了。

「走吧。」我說。

在焦香味傳到這邊來以前。

在黑暗裡彼此吃食的打嗝聲，或是哀號聲傳過來之前。

讓我們趕到大禮堂！

◊◊◊

導演說，給我一個激昂的配樂。

導演說，給我一個倒數。

但一切早就結束了。

就是前面了，只要知道鑰匙在那，只要知道錄影帶在哪裡，這次的夢，就可以結束了。

大禮堂前的門是帶上的。我走進收發室，就著黑暗在桌子上亂摸著。可惡，桌面上沒有，會是在抽屜裡嗎？不，還是掛在牆上了呢？

就在我轉身要尋找其他櫃子時，鈿鈿擋在我身前。

「太奇怪了。」鈿鈿說。

「你為什麼要殺死他們？」

誰？

「那些『食客』啊。」
答案，因為他們感染了。
「但是，他們是你的同學啊。是跟你在一起念書、一起上課、一起下課、一起回家的朋友啊。」
答案，我沒有朋友。
答案，我的朋友，已經死了。
又一次的。
而且，這次，是被我殺掉。
「那你為什麼要把學姊留在那裡？」
「你為什麼要欺騙她？」
答案是，必須要有人吸引「食客」。
答案是，必須要有人犧牲。
「你這樣說，不覺得可恥嗎？」
咦，我說出口了嗎？
也許，我正在，正在慢慢的壞掉也說不定。
「但我停不下來啊。」我說：「我只是想要快點結束而已。」
這只是個夢。夢是之於現實的一部電影。雖然到了此刻，對白和實際生活的對話，我已經分不出該講什麼了。
但反正只差最後一步，我們沉到最深的黑暗裡了。這一切犧牲，只為了那卷錄影帶，只要確認鑰匙在收發室裡的話……
「所以，你行行好，給我讓他一讓啊。」我伸手一揮，想把鈿鈿推開。

但面前她動也不動的。
我猛然抬頭，只見鈿鈿頭髮披散，只露出一隻眼睛看著我。
黑色的，無機質的眼睛
不，別這樣看著我。
我也不想這樣啊。
但這只是夢。
只要醒過來，你就理解了。
我，我不是這樣的人。
我可以改變這一切。
我握住櫃子門，這時，鈿鈿卻衝上來了，對著我肚子就是一拳。
「這是代替學姊打的。」
咦？
我吃痛往後退了幾步，手壓著肚子，不敢置信望著她。
「你給我滾開。」我喊：「不要以為你是……」
話還沒說完，又吃了一腳。
「這是代替技安打的。」
「技安已經打我打得夠多了。」我喊。忍不住就是一腳踹過去。
「但是，你只是變成他而已。」
那一腳被輕易的擋住了。
她的話卻像砲彈一樣射進我的心。

不，我只是，我只是……

「這是代替歪豬打的。他不會要你變成這樣。」下一拳，我整個人往後退後幾步。

搞什麼，這女人是什麼打架高手嗎？

不，在之前那個夢裡，她就這麼執著，咬著就不肯放。

從來沒有改變的，是她。

不管經過什麼。

不管在哪一種恐怖裡。

貞子，就是貞子。

好礙眼。

就因為她在，才顯得我髒。

我猛然抱住她，去勢不止，砰的往拉門上撞去。就算她多勇猛，力氣上的差異，背還是兇猛的撞上拉門，發出巨大的響聲。

啊——

她忍不住叫了出來。黑髮在空中飄散。

就因為有她，才顯得我多汙穢。

「如果沒有你就好了。」我說。

我可是為了再見到你，我可是為了拯救你，才一直死掉，才會不停回到夢中。

咦，一開始我不是為了歪豬嗎？

「拜託你消失就好了。」我說。

「你為什麼要出現在我面前？」我說。

都怪你。全部都要怪你。我鬆開手，黑髮順著拉門滑下，鈿鈿跪坐在拉門前，拜託，請你消失在我眼前好嗎？

黑暗中的扭打，牆壁因為我們碰撞而震動，某一刻，我聽到一聲輕微的叮噹聲。金屬掉落地面的聲響清晰可聞。

就是這個了。我拾起地上的鑰匙衝出收發室，往大禮堂大門一插。

只要再幾步……

我一反身，在鈿鈿趕上前，把門重新帶上，並確實的把鎖鎖上。

這時，透過大門細縫，可以看到操場遠方，像是潮水一樣，像是昆蟲大舉遷移，有一波巨大的什麼正在湧來。

那是「食客」。

他們從H大樓湧出，正往大禮堂方向而來。

而隔著拉門，鈿鈿正與我對望著。

在她身後，黑色浪潮更靠近了。

這一回，我只愣了一秒鐘。

下一秒，我忽然傾身，在她臉上輕輕一吻。

欸？

在她來不及反應前，鎖咖的扣上了。我轉身就往禮堂深處走。

對不起。我想說。

謝謝。我想說。

再見。

夢中醒來再說吧。

下一次，我一定這樣跟你們說。

然後，我走進黑暗的社團辦公室中，手在牆壁上摸索著，對了，就是這裡。啪嗤，一瞬間，空間大放光明。

再來，就是走到電影社的桌位，從桌子旁邊的資料櫃裡翻出……

但燈光大亮的瞬間，等在我面前，是一個熟得不能再熟的身影。

眼睛還不能適應光亮，我用手臂擋著，但眼前有個模模糊糊的影子。

我努力往前看，點變成線，輪廓慢慢浮現。

在不遠的桌子上，放著一只花瓶。花瓶上插著一朵小花。

鼠尾草的花語是燃燒的心。

一瞬間，耳邊轟然一響。

而在桌子前，一個人端坐著，她戴著眼鏡，一邊眼睛瞇著，而另一邊，攝影機鏡頭代替了她的眼，正盯著我。

「你……」

我愣了幾秒，才慢慢說出她的名字。

「你不是應該死了嗎？」

或者，你不應該存在這裡。

「明蒂。」我喊。

按照我所歸納出的規則，關於「夢回榆樹街」，只要有牛奶瓶，那就是夢。魏明蒂會假裝自己死掉，所以，她不應該在這個夢裡存在啊。

——「夢境和現實唯一的差別是，我無法出現在夢中，必須安排我消失，才不會干擾夢的合理性。所以我都預設我死掉了。」

——「夢境中，我都會在桌子上擺一束我喜歡的花。」

——「鼠尾草的花語是燃燒的心。」

等等。桌子後方那人面無表情看著我，她透過手上拿著的攝影機鏡頭看，但我可以察覺到鏡頭後方她凌厲的視線。

——所以現在不是在夢境中嗎？這一切不應該就是一場夢嗎？

「是啊，之前你看到的牛奶瓶是我親手放上去的。」明蒂說。

「規則是，有牛奶瓶，就是夢。就沒有我。」明蒂說：「但規則可沒有說，有我的時候，就不能沒有牛奶瓶。」

那意思很簡單，不是嗎？她說：「沒人規定，現實裡，我不能擺花在桌上啊。」

「這一切，都是真的喔！」

所以，此刻並不是夢？相較於之前一百六十次重來，這一次我經歷的一切，都是現實？

不可能。我飛奔到鐵櫃之前，猛的拉開櫃門，把錄影帶一卷又一卷的抽下來。這是夢，我把錄影帶往後丟，一邊看著上頭的標籤，對，這是夢，一定有一卷，上面標註著《七夜怪談》。

「你要找詛咒的錄影帶嗎？」明蒂問。

不然呢？

「錄影帶在第二櫃第三格。但你翻出來也沒有用，那只是電影道具而已。」

不然呢？

「真正能起作用的錄影帶在這。」

我一回頭，正臉正好與攝影機鏡頭相對，我和她的視線之間隔著幾面透鏡。

「在哪？」我問。

「在這啊。」

我不懂啊，在哪？

「我們不是正在拍嗎？」

啊？

「HLV透過總統祭天傳播是真的，食人的原罪也是真的。想到用電影——嗶——的詛咒，讓病變後三天死亡延長成七天也是真的。」

「而我們的能力，『夢回榆樹街』和『水晶湖之吻』，那都是真的。」明蒂說。

「只有一件事情，我們騙了你。」

騙我這是夢？

「不，我唯一說謊的是，錄影帶並不存在。或者說，還不存在。」

「尋找錄影帶的正確說法是，拍攝一卷詛咒錄影帶。」

我倒退了幾步，轟的坐在身後椅子上，而攝影機還在逼近，不停逼近。

「世界上怎麼可能有那卷詛咒錄影帶？就算有，欸，那是要版權的欸。」

「我們就想到，如果自己拍呢？」

「詛咒要怎麼形成？那就要讓一個人怨恨。」明蒂自問自答，好像在參加機智節目。

主持人：要怎樣讓人怨恨呢？

挑戰者：如果讓他以為有救了。讓他以為事情轉好。然後重重的使他跌一跤，其實掉入更黑暗的深淵呢？

挑戰者：如果讓他失去最好的朋友。如果讓他親手殺死最好的朋友。如果讓他背叛愛她的人。如果讓他親手痛打他愛的人呢？

挑戰者：如果讓他做了全部他最不想做的事情。然後再告訴他，這一切，都是真的，都是你一手造成的呢？

恨啊。

此時，我眼前一片漆黑，世界的初始是黑暗，終結時亦是黑暗。好暗。皮膚感覺到一股涼意，雞皮疙瘩都竄起來了，身體打從尾椎骨想要發出聲響一般的顫抖著。而黑暗正大規模的降臨，它吞沒了一切，吞沒眼前的線條，桌子，椅子，錄影帶……

黑暗中，只有手機鏡頭是發著光的。那是一個圓，像眼睛，又像是一口井，正把我罩住，我就要掉下來了。

從很遙遠的地方，那個聲音帶著回音傳過來。「如果我和許靜都是恐怖片的孤兒，身上留下了某些恐怖片給我們的力量。那你會不會也有呢？你是鬼片之子欸，如果要說有能力，這只有你才能做到。計畫從一開始就擬定好了。」

那圓正在發光。像是燒起來一般，不，燒起來的，是我的心，身體好熱，好想尖叫，想叫誰的名字。但是，想不起來了，不，是不能想起來，只想要痛快的，流下眼淚來。

「我們不會道歉的。」那聲音說。

「為了這世界，就恨我們吧。」

「詛咒我們吧。為了這世界，更恨我們一點。」

恨吧。詛咒這一切。怨恨那些讓你不能成為的，阻礙你的，讓你渴望卻不讓你擁有的，觸動你卻始終無法碰觸的。

恨吧。
半空中火焰焚燒。
然後，圓成為線條。
線條流出血來。
「世界只剩下，恨。」

世界只剩下，○。
○。
○。

插曲一

ＨＬＶ疾病爆發第一期，又稱Lv1。以為是亞熱帶熱病。最早文獻可追溯至日治時期，在台日人以為罹患「熱帶神經衰弱」。

ＨＬＶ疾病爆發第二期，Lv2。早期研究以為身體缺少水分，並因為電解質異變而無法進行溶氧反應，細胞在缺乏養分的情況下，促使人類狂暴化。但更新的解剖指出，恰恰相反的，病發時齧咬帶來的快感遠超過飢餓感。也就是說，飢餓作為最初心理機制最早的啟動開關，其實是隨著咀嚼和吞嚥進入狂歡似的熱情中。重點不在於身體上的飽足。而在於心理上的。

Lv3，終極狀態。人類身體無法承受巨大的食人愧疚，一切會細胞化回到最初，肌膚裂解，內臟脫水，最後剩下牙齒。但根據最新研究指出，殘存牙齒的重量，剛好二十一克。那不免讓我聯想起，傳說人死去時，體重會減少二十一克，前人以為這便是靈魂的重量。莫非，人類的靈魂寄宿在牙齒中，或者，牙齒才是人類真正的靈魂所在？

我們只有在齧咬、在撕裂、在進食時，才能獲得存在的證明？

也就是說，和上一份報告相牴觸的部分是，過去咸認為因為過度愧疚的關係，人才會死去。但此刻我想提出對ＨＬＶ的第二假說乃是，因為慾望過分膨大，個體無法承載，肉身才會消解死去。

就我個人推論，兩個假說都成立並彼此補充。也就是，食人的愧疚與其慾望是一體的。

因為餓，所以想吃。因為吃了，所以愧疚。

越愧疚，越發餓了。越是餓，越要吃。

當然，以上推論都在假設階段。並未獲得證實。至今仍不能確認ＨＬＶ的疾病機轉。是以本報告內容請勿引用或轉發。

第二假說的存在，是為了解釋「夢醒時分」後，絕教高校生成的詛咒錄影帶運作機制。核心提問便是：

「為什麼詛咒錄影帶能反轉ＨＬＶ帶來之癥狀呢？」

綜合播放錄影帶後的實體觀察可得知（見附錄案例一到案例十二），感染者（俗稱「食客」）於觀看詛咒影片後會產生一種情緒，這一情緒超越愧疚，超越慾望，超越HLV引發之種種情緒。這可以由大腦成像圖看出（請見附圖二十三），多數案例在接收視覺訊號後，視覺皮質區顯示為紅色。

那是什麼？那就是「憤怒」。

絕教高校生成之詛咒錄影帶，係記錄高二學生衛國青（14）被剝奪所有相信之物的全部過程。

附帶一提，詛咒錄影帶製作完成後，衛國青進入無意識狀態，肉體維持最低限之存在樣態，但對於各類刺激，包含聲音、光度等無法做出反應。他的意識去哪了？莫非被移轉進入錄影帶中了嗎？衛國青身體目前被收納儲藏於「台北之心」中。

回到正題，詛咒錄影帶最後一幕停格在衛國青震驚的臉上。

我們可以發現螢幕上他的瞳孔變化。彷彿滿月。

是圓。

是零。

而「食客」一旦全程觀看詛咒影片，瞳孔將因為鏡像反應同步呈現此一奇特形狀。那時，觀看者的氣管會擴張，心跳加速，唾液分泌減少。肝醣與腎上腺素同步分泌。

反應於外表上，是臉上微血管鼓脹擴張，同步率高者甚至有破裂之虞。同時眼瞳睜大，牙齒緊咬。部分感染者甚至表示，觀看過程中，會感覺到一股沒來由之熱脹由胸口往上延伸，一瞬間，腦袋一片白光，無從思考。毛細孔似若正噴出火焰。

那就是所謂「憤怒」的反應。

那股無來由之憤怒將主宰身體，它顯現於外表上，彰顯於器官和腺體之中，同時深深刻畫於每一個血球、每一個細胞之上。

你的血液流速加快。

你每一個血球裡的蛋白質分子都將如煮沸的滾水，咕嘟滾動互相震盪。

在腦袋短暫斷線，思考回路因為承受不住猛然鼓脹的情緒流衝擊而自主停頓以重整的片刻，轉錄於RNA中的HLV病毒碼將被改寫。

自毀的傾向被強迫終止。慾望和愧疚之情感降到最低。

人會重新由Lv3倒退回到Lv1的狀態。

低燒。身體惢心的高熱。抽搐，多疑，譫妄。

但與其說是觀看詛咒影片後的副作用，我個人傾向於，那就是憤怒後的餘震。

人體很快會習慣並接收這個反應。

以上是我以自身為實驗體，並參照疾管署各職員反應後得出之歸論。但這是治癒嗎？我將繼續把相關情況進行彙整。

以上為觀看「詛咒影片」後的生體實驗報告。

防疫建議：參照國安局附件二。將絕教高校裡拍攝而成的詛咒影片，以包裝成「校園暴力」新聞影片的方式播送，並將片段以爆料、自拍、直播的方式散播到網路上。並不需要冠以HLV解藥的名稱，而要讓人們因為好奇，因為同儕討論，或僅僅因為獵奇，而自主進行點閱。相信這能比政府宣導散播得更為全面。

另外，針對總統感染，在未能確定七天後死亡的詛咒機制解除前，建議繼續維持她的昏睡，強制將疾病癥狀停留在HLV Lv1。

以上摘自中華民國疾管署羅頂均署長《HLV人類滅絕症候群相關防治報告》第五十六版。
本報告相關密件等級為極密。

◊◊◊

此刻島上人口：兩千三百萬人。
HLV感染人口：加上總統祭天收看轉播後人數，保守估計兩千一百萬人。
觀看詛咒影片人數：一千三百萬人。隨著絕教高校「校園大屠殺」新聞、網路爆料影片流傳後，人數持續增加。
台灣滅絕時間歸零。
重新計算：倒數七天。

插曲二

「來跟蘇軫去挑菜」直播現場 17:30

Hey，你各位今天好嗎？

Nice 喔，現在一邊等你各位上線，一邊跟你各位喇賽個兩句。今天要幹麼呢？今天來跟蘇軫去挑菜，不是好市多，不用去全聯，頻道點開來，直播刷起來，絕教高校就是大家的開架生鮮櫃，新鮮現切，多的是小鮮肉，讓我們線上挑菜，come on，跟哥一起喊口號：「來跟蘇軫去挑菜。哥可不是吃素的。」

今天要帶大家看什麼菜色呢？我們已經來到絕教高校的操場上，nice，完美的青春就要在完美的操場上奔跑。

你各位覺得在操場上做什麼最能展現青春的模樣呢？開放大家在下面留言，什麼？瘋狂做……做菜？你菜逼巴啦。才不是，有沒有看過青春校園片，操場有三寶，繞圈尖叫、雨中奔跑和拚命跌倒，這才是正港的青春。

好了，那今天我們的菜出場囉。大家看到了嗎？就在內圈跑道上，胸前編號六十九，身高一七九，體重七十八。神祕數字是十七，我說的是年紀！So big 喔，我是說，so young！

你各位刷一排愛心，nice 喔，在我們面前的就是本日大菜——田徑社社長范少佐。

蘇軫我可是對大家的菜做了詳盡調查。

高中三年，作為絕教高校三年級跑步紀錄的締造者，大家猜，范少佐最遠可以跑多遠？

答案是，跑不完一圈操場。

啊，蘇軫看到現在線上人數超過兩百囉。立刻插播一首白冰冰的歌，so fantastic, so fun！整個螢幕都被愛心給占滿了，看來各位太太很喜歡今天的菜色喔，請大家持續分享擴散。

范少佐最遠可以跑多遠？Now 我們站在教學大樓前面，范少佐高中三年跑的距離，大概就是從鏡頭對面普通大樓到博雅館。

再換算一下，差不多七根電線桿那麼長的距離。

我要說的是，范少佐跑最遠，頂多就是一百公尺。

一百公尺，范少佐便跑了三年。

但在這一百公尺裡，他是三年級跑最快的。

范少佐一百公尺的紀錄是十三秒五。

你各位也知道市大運要開始了吧。今年是范少佐在絕教高校的第三年，也是最後一年了。So you know，這十三秒五，就是他從一年級到三年級的速度。從田徑社菜鳥社員到田徑社社長。范少佐這一百公尺的終點，就設定在市大運。

十三秒五的男孩范少佐。大家還喜歡嗎？

那我們現在過去跟范少佐聊聊。來，蘇輸帶你去挑菜，let's go。

少佐少佐，你好，這裡是「來跟蘇輸去挑菜」，nice 喔，我們現在正在直播，請你和螢幕前的觀眾打個招呼。

什麼？走開？大家看到沒！這聲音多 man，拒絕得多直接。有沒有讓人瞬間排卵？

喔喔，別阻礙你們集訓。OK，那我們往後退一點。不夠嗎？那再退一點。

好，別推別推，我退很多了，已經不在跑道上了，別這麼用力好嗎？手機要被你撞掉了。

欸欸，別拿我手機，你幹麼啦——

（畫面中斷。）

（訊號重新連線中——）

突發事故。你各位有沒有嚇一跳？

現在我從看台上繼續跟大家報告。其實今天對范少佐而言，是很關鍵的。怎麼說呢？Yoyoyo，剛上線的朋友可能不清楚，但從剛剛就有在收看的朋友，一定記得我怎麼介紹范少佐的，他可是「作為絕教高校三年級一百公尺紀錄的締造者」！

Hello，你各位聽出來了嗎？

Now，此刻，正是他們田徑社的集訓時間。而范少佐在等常夏。常夏 is who 呢？說起常夏，如果范少佐是絕教高校三年級跑步紀錄的締造者，那他的學弟常夏就是絕教高校跑步紀錄的締造者。

差幾個字而已，但這就是范少佐和常夏的距離。

他們是好朋友，聽說范少佐私底下很照顧常夏，但他們的距離呢，是三年級與二年級。

他們的距離，是田徑社社長和新加入成員。

他們的距離，就我訪問其他社員所知，上一週社內一百公尺鑑測，常夏一百公尺跑了十三秒。而范少佐創下的紀錄是一百公尺跑了十三秒五。

他們的距離差不到一秒。甚至只有零點五秒。

但 that's all。

You know，本校只能推派一個選手參加一百公尺競賽，而你各位，today 就是決定世大運選手的日子。所以，到底出線的，會是高中三年級，只剩最後一次機會可以參加的現任田徑社社長范少佐，還是高中二年級，本校一百公尺紀錄的締造者常夏呢？

蘇轍不只很會挑菜，你各位說說，是不是還很會挑時間？這才是真正優質的 YouTuber 直播，nice 喔。所謂操場有三寶，繞圈尖叫、雨中奔跑和拚命跌倒，今天，蘇轍要給大家看真正的校園青春劇，汗水與淚水，尖叫與奔跑，命運的跑道上，明明是好朋友，卻只有一個能站出來，那誰會勝出，誰會跌倒？

喜歡的話，請大家點開小鈴鐺，按讚加分享。

Fine，時間也差不多了，天色開始黑了，如果等等操場的燈還不開的話，蘇軶我再開補光燈喲，你們也知道夜拍這……咦喔喔喔喔，大家看，操場那邊，有人跑過來了。

Nice喔。大家看，那個從操場另一邊跑過來的人就是——

◇◇◇

絕教高校操場監視攝影機 17:50

夜比想像中來得快，范少佐正等待的人反而比夜色來得慢多了，乃至橢圓形操場那頭人影靠近的時候，范少佐生出錯覺，操場正隨那人往前的步伐一點一點退入黑暗中。

「速度是直線。」范少佐重新想起這句話。

一百公尺的直線，對范少佐而言，是從一年級到三年級。從田徑社社員到社長。

一百公尺的直線，是清晨弦月還鉤掛在淡藍天空，沒其他學生的上坡路段，教練開著車在他後頭按喇叭。

一百公尺的直線，讓他與爺爺的葬禮錯身而過。

那時正是預賽前夕。范少佐記得自己在晨練跑固定路線時，還有短暫遇見送行的隊伍。他跑得很快。隊伍很緩慢，隊伍還沒抵達焚化爐，他已經跑回學校。他想自己如果能更快一點，折返跑就能趕上剛剛奔跑時滑落的眼淚，而那時爺爺正化為煙。他把自己變成風。

但那些都過去了。

操場上沒有開燈，天色太快變暗了，手機上頭一圈打燈把范少佐讓太陽晒得黝黑的臉照得慘白。

「你現在心情怎樣？」一支手機堵在他面前，「大家都在看喔。」

「如果常夏勝出，你會恨他嗎？」

我比較恨你。范少佐想對蘇轍說。但終究只是沉默，力氣分攤到身體上，他把兩手交疊往反方向撐開，左壓腿右壓腿。

這個夏天每一晚的操場。有時候范少佐和常夏比肩跑著，有時候只是看著常夏跑，看著常夏跑到很近，但自己到不了的地方。有時誰都不跑，就癱坐在跑道上，啤酒一手。舌尖感覺沙粒和汗被結晶化後的顆粒。啤酒因為放太久而變溫。范少佐會大著舌頭講更多的話，明白如果不開口，他很怕感情像是溫掉的啤酒，有什麼跑掉了。

我希望你比我更快。

我希望我比你更快。

范少佐記得自己兩句話都說過。到底哪一句話才是他那時說的呢？那是醉了，還是真心話呢？速度是直線。拖延是刪節號。一百公尺就是這樣，反覆的來回，他只是不知道怎樣幫自己畫上句點。

操場那一邊響起腳步聲。很規律，是跑步的人才有的。不拖泥帶水，是釘鞋拔出跑道發出的悶響。快的時候，你幾乎才聽到聲音，人就到你面前了。是常夏，范少佐忽然明白，就算他完全不動，終點也正朝他快速靠近。

范少佐就跑步位置，內側最後一圈，因為知道終點在前，現在他反而很寧靜。欸，好久啊，常夏怎麼還不就定位？

然後范少佐再次回頭。

這時他才發現，常夏也跑在內側最後一圈，揮著手，正朝他逐漸靠近。

搞什麼？是還要先聊個天，彼此擁抱才要決定他的命運嗎？

不要同情我啊。范少佐忽然覺得生氣。

然後他聽到常夏喊：「跑啊。」

跑什麼？范少佐凝視深厚的黑暗。你根本就還沒就定位啊。

「已經開始了！」而常夏喊。

要等他更近，范少佐才注意到，常夏手上拿著一根棒子。

「我已經報名了。」一百公尺十三秒五，常夏的聲音依然比他的速度快，但直到范少佐大腦理解那話裡的意思，常夏手上的棒子已經交到他手中。

「我請教練報名了市大運的接力賽。」他喊。

范少佐愣住了。

「跑啊！社長！」而常夏喊。

「我們一起跑。」他說：「我想跟學長一起跑進運動會。」

大腦還沒理解，身體已經因為慣性自己動起來，而操場的水銀大燈在這時亮起，「社長！」「社長！」呈橢圓形的賽道上，田徑社社員站在定點上，他們正喊著。

大家都在。大家都在操場上。

他們都想跟范少佐跑最後一次。

那最後的一百公尺，綿延成無限。

范少佐不確定是眼淚先掉，還是身體先往前奔的。

青春是什麼？如果蘇轍這時問，范少佐也不會回答他的。但他心裡想，速度是直線。但青春是圓形。

會一直重來。卻又只有一次。

那時，范少佐緩緩伸出手，把棒子交給前面一位。

◊◊◊

絕教高校女一舍餐廳錄影機 18:30

三號與四號紛紛把頭望向門，等待二號的到來。雖然嘴巴上都說不簡單啊，能混到二號的位置，但心裡想的也不過是，你就是比我們早一點遇到齊子然而已。

三號四號乍看之下長一個樣，倒不是臉，而是整個型。都長髮長睫厭世妝，眼線深深刷進頭髮內，眼角下一顆痣，連痣的位置都一樣，像一顆印章蓋過兩張臉。當然，這可能是因為他們追同一本雜誌、看同一個 YouTuber 美妝美髮頻道，但最可能是，印章的名字上刻著齊子然三個字。

所以齊子然喜歡的是這種型嗎？

五號坐在餐桌上另一邊，三號四號低頭刷手機，他們相信眼睛。五號則相信耳朵。五號鄭綿綿是學校播音社的社長。她們很不一樣，但又都一樣。鄭綿綿和三號四號都金牛座A型。所以，莫非齊子然在意的不是外表，而是星座？

直到六號的出現，又再一次重組她們的條件資料庫。六號一出場，根本五分埔還是西門町那種啊，哪種型？雙子座B型啦。街頭辣妹款。短髮染出漸層，一張嘴哇啦哇啦，不講話的時候也嚼口香糖。當六號知道三號四號五號的存在時，口香糖砰的一聲炸開了。心多痛。

所以二號的存在真正充實了資料庫。

編號是二號，但卻是陶子最晚發現的存在。她畫出時間表，做成 Excel 表格。拼起來後才發現，二號僅僅在齊子然跟自己告白後兩週就出現了，其他人還要排在四個月後呢。但陶子沒有跟三號四號五號六號說。何必，太丟臉了。這麼快。

不，丟臉的也許是三號四號五號六號。誰叫她們這麼晚才認識齊子然？

等待二號像等待最後一塊拼圖出現。二號是哪裡人？她長什麼樣子？什麼星座？喜歡什麼小說？側睡還是仰睡？指甲油的色號是？好像明白了二號，就明白了自己，明白自己是什麼人，或不是什麼人。

也許僅僅是明白，齊子然到底喜歡什麼人。

「但不管二號是什麼人，大家要知道，我們不是敵人。」陶子說，現在她已經能對自己開玩笑了。「我們可是齊子然俱樂部欸。」對，對外她們都稱是自己是齊子然的粉絲會，但只有她們自己知道，她們是復仇者聯盟。

「看，那個應該就是二號！」五號一推六號，大家一起望向餐廳落地玻璃，陶子只來得及看到二號的背影，應該是是短髮。這只能證明齊子然真的對頭髮長短沒有偏好。那頭髮極短，所以在陶子眼中看起來很刺。這使得二號看起來像個男孩，長手長腳很有一種運動員的感覺。那就更刺了。

五號鄭綿綿用她那播音員特有的捲舌音說：「去死兒。」噓，就說我們要團結了好嗎！陶子想，這樣看起來，之前的推論都要重新來過。重點不在頭髮和身高，也不是因為相處的感覺，而是因為獨特性嗎？

不，她們都不一樣。三號的叔叔是知名填詞人，四號的爸爸是導演。五號的表哥最近剛組男孩團體。陶子的媽媽則是某大型婚紗公司的行銷部主任，意思是，陶子媽媽有企業代言人的選擇權。

「所以我們都一樣。我們不知道齊子然愛什麼人，但我們早該知道齊子然是什麼人。」陶子第一次遇見三號四號五號六號的時候，說的都是同樣一句話。

「我們都是一樣的人。」陶子說。

被騙的人。

三號發現四號，陶子又抓包五號。然後她們等到了六號。現在，二號終於出現，或者，出土了。

問題很簡單，她們有排序。但只是先來後到。她又發現，所有的時間都是重疊的。

等待二號像等待最後的武器。是陶子的主意。「等說服二號後，我想要齊子然看到我們湊在一起的模樣。」「我想像當我們一起圍上去，要齊子然給我們一個交代。」

這就是復仇者聯盟的報復。陶子計畫這天很久了。

「聽我說，姊妹們，這是我們的最後戰役。」餐廳門就要打開，二號要露面了，陶子轉頭望向眾姊妹們，聽好了：「感情內我們是競爭關係，但其實我們才是真正的姊妹！」

那一刻，她們望向彼此，這時如果是電影，銀幕上應該進入回憶畫面。如果是故事，這時就該倒敘，她們勾心鬥角，她們互抓對方的臉，她們諜對諜，她們彼此都在等對方出醜，從放屁到衣服配錯顏色，讓對方吃錯東西，長青春痘，等看對方尖叫從教室跑出來，恨不得對方跌倒。可是，怎麼在對方哭泣的時候，第一個送上面紙。

因為我們都一樣。

等待二號的出現像等待自己。陶子清楚聽到喉頭咕嘟吞口水的聲音，但分不出是自己還是別人的。她知道她們都看向門外，其實是想發現自己。

她像我嗎？我哪不像她？我不夠好嗎？為什麼是她？

「別抓她的臉！」陶子轉頭轉頭告訴大家，「等等她進來後，我來跟她說。所以，你，別給我裝屎臉。以及你，不准講話帶刺。還有你，把黏在椅子上的口香糖拿起來。」

「聽好了，我們要團結，要讓她加入我們，」陶子說：「我們的愛人只有一個。但我們的敵人也只有一個。」

二號的臉從路燈光暈下露出時，陶子說：「但不管如何，我們是永遠的姊妹。」

◊◊◊

「來跟蘇轍去挑菜」直播現場 18:40

你各位還在線上嗎？

Nice 喔，來跟蘇轍去挑菜，哥可不是吃素的。剛剛有網友在下面刷動態，要蘇轍我去看別人的即時動態，聽說學校發生一點事情是不是，我有點搞不清楚，你各位推文太亂了。What？有人在走廊上放火？怎麼可能？大家別開玩笑！潑硫酸？暴動？那太不可思議啦，too much，怎麼可能！

要蘇轍去體育館 look 一下？好啦，「來跟蘇轍去挑菜」待會緊急直播這部分好嗎？但在這之前，hey，你各位不想看看今天的壓軸嗎？

現在蘇轍所在的位置是在操場看台上，you see，這是第二圈了，我們可以聽到交棒的常夏正發出青春的吶喊：「跑啊！社長！」就是這個。Nice 喔。少年的友情讓他們把青春跑成斷不了的線。白冰冰的歌再次插入，so fantastic, so fun！

OK，OK，現在常夏接近范少佐了。從我所站的地方已經可以看到常夏的身影了，范少佐開始往前跑了，他往後伸出手，so fast，就這個速度，男孩友情的極致是什麼？青春的最高點是什麼？Now，他們要接棒囉。

讓我替大家特寫這個瞬間！Zoom in！

（鏡頭放大。）

（聚焦。）

咦咦，這是怎麼一回事？Erverybody see！范少佐拿到棒子了，但他怎麼一臉像踩到狗屎。啊，這是怎麼了，他幾乎要跌倒了，是自己踩到自己嗎？

咦咦咦咦咦咦咦咦咦咦咦咦咦咦咦咦咦——

你你你你你各位還還還還還還還還還在線上嗎？

有沒有看到？你們剛有看到嗎！My God！Oh my God！范少佐剛剛接過去的不是棒子啊，那個是什麼？

我再把鏡頭拉近點。

Seeeeeeeeeeee！！！

你各位。

范少佐剛剛接過去的，是一隻手啊。

是真的手。Real，人的手。我沒騙你們，從我這裡看過去，那血還沿著斷面流下。

Are u kidding me？這是怎麼回事，是整人遊戲嗎？

Wait，給他等個 moment。常夏還在跑，怎麼回事，他沒有停下來？

咦咦咦咦咦咦咦咦咦咦咦咦咦咦咦——

操場那邊是，等等，how，那邊怎麼會——

（手機掉落地上。）

（畫面顯示出操場上方的天空，初黑的天幕暗得不均勻。）

（畫面始終顯示上方天空。）

（DEL1235：死肥宅你手機掉了啦。）

（NANA543：給你一個怒臉。快把鏡頭轉回去。我要看帥哥啦！）

（hisbug123：欸欸發生什麼事情了？）

（畫面裡是逐漸變得深沉的天空。以及不間斷的畫外音。）

（啊啊啊啊啊啊啊啊啊啊啊——）

（別——）

（好餓……餓……餓……）

（訊號中斷。）

◇◇◇

絕教高校操場監視攝影機 18:50

范少佐仍能感覺那隻手正緊握著他。

他伸出左手，那隻手剛好是右手。簡直像握手一般，那隻手的指甲深深嵌入他的虎口中。

分明是一隻斷手，但他覺得，那手在拉他。

其實常夏靠近時，范少佐已經產生困惑了，接力賽有那麼多人嗎？他訝異怎麼大家都跟在常夏身後？

「跑啊！社長！」

那是他今天第二次聽到常夏喊。范少佐一開始還刻意慢了下來，要接棒不是嗎？直到那隻手交到他手中。

「他們要這個。」

常夏在這時與他並肩。十三秒五與十三秒。零點五秒的距離在這時被拉平。但范少佐相信，這時的他們，恐怕都已經跑出人生裡最快的成績，肯定超過十三秒五。

因為若不跑，就再沒有機會跑了。

那絕對不是因為天黑的關係，他們身後正跟著黑壓壓一群人。事實是，那個人數，已經超過范少佐對「群」的認知，不，那不是群，那可以視為「塊」。是出於一種力學上的崩塌。就像你抽走一塊基座，上面黑壓壓一整片什麼塌下來，然後沿著操場跑道在滾動。已經看不出人數了，人們緊密的貼著，頭上腳下，或是手腳並用，甚至可以足不沾地的，因為太多人靠在一起了，一平方公尺上可以有三個人，以那樣的量體撐起一條長龍，正浩浩蕩蕩沿著操場朝他們跑來。

像一道洪流。

是「食客」。這時范少佐想起這個詞彙。「食客」是真的存在的。

他們餓著。他們什麼都吃。他們把一切吞下去。他們不是用嘴在吃而已，當他們成為群，他們就像人體絞肉機，他們用身體把操場上的一切絞進去。在不吃的時候也在吃。

但為什麼他們在這裡？在絕教高校？

這是他跑第一圈時心中冒出的問題。

以及，他們為什麼不撲過來？

這是他在第二圈的時候想的問題，從操場這一頭都可以看見，跟著他們倆追上來的「食客」們延伸到操場另一邊，如果空拍的話，這根本就是馬拉松的畫面！而這些人似乎不停在增加，直線正變成延長線。他們在占據操場。

但很奇怪，「食客」這麼多，卻又很盲目，新加入的「食客」似乎只是被動加入大隊伍中，他們沒有從操場對面橫切過來截殺范少佐，甚至沒有回頭，畢竟大隊人馬只要轉過頭來，不就發現有人在他們身後跑了嗎？，但「食客」們只是投身正在跑步的人群中，只是追逐。只是跟隨。只是張大了嘴。

范少佐忽然想，是因為我手上的手嗎？

「我、我也不知道，不知道為什麼，後面，後面六號傳給我的，他要我跑，然後就……」常夏在他旁邊喊，聲音斷斷續續。

「他們，他們想要這個的樣子。他們，他們就只是追著這個。」

雖然這只是很普通的手。但也許就是這樣才合理。

范少佐想。他知道「食客」想要吃。但所謂的吃，到底是什麼意思呢？是一種慾望的滿足嗎？那比吃還好吃的是什麼？

就是吃別人的東西吧。

想要把別人也想要的，都吃下去。

讓慾望推動，讓本能驅使，「食客」按照單純的邏輯行動，就是繞著圈圈，追著面前移動的目標跑。只想吃到別人想吃的。

這已經是第三圈了，范少佐撇眼望向看台，那個拿著手機直播的蘇轍消失了蹤影，是被吞食掉了嗎？還是正挺著他的大肚子，也成為他們後頭大片人龍其中一員？這下子請他用手機求救的計畫也沒用了。

「把手丟掉啊。」常夏嚷。提出另一個方案。

「可是，如果丟掉了，他們的目標，就是我們了。」長跑進入第三圈半，這時范少佐注意到田徑社的教練。他也來了嗎？教練沒有在太遠的地方，一分二十五秒的時候會經過教練的下半身，一分四十秒會進入教練成灰白的視線裡。剛好十五秒的差距，教練意識離開身體快一些，還是他的紀錄快一點？但沒有人想知道這答案。

放心，只要我們維持這個速度的話。范少佐想，只要他們兩個人一直跑一直跑，食客追不上來，而繞著操場這個超大型吞食蛇隊伍也沒回頭的話，他們就可以支撐到有人來救他們。

「繼續跑下去，我們，我們一定可以得救的！」范少佐本想側頭跟常夏說。他就是在這時看到「他」的。

一開始「他」出現在司令台後方的電視牆上。螢幕是黑色的，但范少佐卻清楚看到一個人形倒影在上頭。

范少佐還想看得更清楚一點，但速度不允許他停留，一轉眼他們倆便離司令台更遠了。更遠的地方，「他」卻還在。接著「他」出現在旁邊大樓玻璃倒影中。

然後是電線桿旁豎立的後照鏡。

范少佐看到了。

不管他和常夏跑得有多快，跟在他們身後的「食客」有多少，可是，「他」卻一直站在那裡，不遠不近。遠得似乎不會被任何人打擾。近得似乎就在他旁邊。

「他」逐漸朝你們靠近。

「他」在電視牆上。在玻璃倒影中。在後照鏡裡。

第六圈，就在心裡頭閃出這個念頭的同時，范少佐注意到，教學大樓玻璃倒影中的「他」正緩緩把手舉起來。

說緩緩，也並不精確。

倒影中「他」的手像是斷折了般，關節以奇怪的方式扭動。那動作是不連續的，這一面玻璃，「他」手臂微舉，下一面玻璃，「他」手臂拉高。再下一面，「他」腕部懸起，像是鳥類斷折的腳爪。然後是電線桿前反光鏡。「他」四指曲起，食指猛然探出。

都是單一動作。

但在極速中跑步的范少佐看起來，一切又都是流暢的。

不連續的連續。

斷裂的完整。

那完全違反人類的直覺和思考，這才是讓范少佐感到不舒服的原因。

「他」想表示什麼？

范少佐的視線隨著電視牆裡「他」戳出的手指移動，忽然之間，范少佐知道，「他」在指什麼。

「他」正指出逃生之路。

「他」所指的，可不就是操場旁的圍牆嗎？操場呈橢圓形，沿著直線奔跑後在轉彎處，正是操場最接近圍牆的所在。如果從那裡朝圍牆上跳呢？

別說不可能，他們可是田徑社啊。你知道田徑包括什麼嗎？推鉛球。擲標槍。三級跳遠。一百公尺徑賽。兩百。四百。然後是八百。跨欄。三千公尺障礙。十項全能。七項全能。他們可都練習過。

對，食客會追著他們，但食客追的，是他們手上那隻手啊。也就是說，只要有一個人繼續跑，吸引食客，另一個人就可以趁機攀牆過去。

「他」指出的，正是一條「只有一個人可以活」的路。

等等，范少佐忽然意識到，這手，不是握在自己手上嗎？

那會不會除了自己，其實常夏也看得到「他」呢？

莫非，「他」其實是替常夏在指路？

絕教高校最快的男人，兩個只有一個能勝出。無論在一百公尺決賽上，或是在求生的競賽上。

范少佐遲疑的望向常夏，這時他發現，常夏正把眼光投向電視牆。像在凝視某一個目標，要過一會兒，他才默默把頭轉過來——

◊◊◊

絕教高校女一舍餐廳錄影機 19:00

早在二號推著玻璃門之前，陶子便先看見了「他」。

那只是一瞬間，「他」的臉出現在自動門透明玻璃上，你以為是玻璃門那一頭的人，不，門的另一邊，只有二號倉皇拍打著門，要大家趕快打開。那不是餐廳裡外任何人的倒影，是另外一個人的臉。

那個「他」是誰？

但陶子沒機會指出「他」的存在，二號那張帶血的臉便完全貼上玻璃門。

「是不是齊子然弄的……」五號立刻懷疑起她們共同的敵人下了狠手。

「後面，我後面……」大家都可以聽到二號的聲音。

二號後面，莫非還有七號還是八號？天啊齊子然到底同時間跟多少女孩在一起。

然後她們才透過玻璃窗看到人潮。女孩們還在餐廳裡，而外頭正在變成餐廳。

大面玻璃牆外，有人在吃。指甲裡帶著血。齒尖啣咬體幹。

玻璃門自動開關一定被誰關掉了，現在要手動壓下門口那個標示「請開門」的按鈕，門才會打開。

「別，別按。」陶子說。

她敏銳的察覺到，外頭有大事發生了。

「但二號，二號還在外面……」三號手指著玻璃門叫。

笨蛋。開了，不就是真的歡迎光臨了嗎？你想讓自己變成餐廳的食物嗎？陶子想。

「快，快打電話。」四號慌了，陶子看到四號滑開手機，是報警嗎？不，電話欄位上第一個通訊人就是齊子然。四號立刻按下去。

你這個白痴，齊子然最討厭就是那種只靠別人的女生。

「然然，你快來！怎麼辦，這邊，這邊……」

「叫什麼然然？」陶子完全可以看到其他女生臉上鄙夷的表情，「不是要你對他說話強硬一點的嗎！不要一碰到男人就示弱。」

「真希望齊子然在這兒。」然後是五號鄭綿綿捧著臉，發音字正腔圓，公主一樣的表情，做出公主的嘆息。公主一樣的求救。

你怎不像公主一樣的死掉呢？有一刻，陶子這樣想。緊接著，她又想，等等，可我也跟她們一樣不是嗎？

公主一樣的等待。

公主一樣的求救。

公主一樣的期盼王子的到來。

陶子注意到六號左右張望，筷子拿起又放下，接著拿起餐刀。喔，那似乎很趁手。只見六號把刀放進口袋裡，陶子立刻知道，在這片混亂中，這女孩會活下來。

這時，陶子再次看到「他」。

這回「他」出現在牆壁上的懸掛電視裡。

電視裡本來在播放 DISCOVERY 頻道還動物星球之類的，無聲的，有老虎接近非洲瞪羚。

下一秒，畫面一閃，「他」站在閃爍的電視螢幕中。

又一幕，電視恢復正常，老虎的肉蹼著地，身子趴伏若欲躍起。

下一秒，畫面一閃，「他」站在黑暗中。手臂正在抬起。

又一幕，血肉淋漓，老虎利齒深深鑿入非洲瞪羚柔軟的脖頸，畫面停格在那大得不像樣黑色瞳仁裡死亡瞬間之懼怖。

下一秒，畫面拉遠，黑色瞳仁接回「他」的眼眶裡，他的手肘關節以奇異的扭曲狀態往前伸……窗裡是她們倒抽一口涼氣的臉。是慌亂。是退後。窗戶那頭是逼近，是無序。是帶血的手掌啪的拍上窗子。

但陶子清楚看見「他」。看見「他」手臂、手肘呈一條線，手像平交道柵欄那樣舉起，手指緩緩指向玻璃窗。

「等等！我知道了。」陶子忽然看明白了。

「知道什麼？」四號問：「你說我們該留在這嗎？餐廳的門擋得住嗎？」

而陶子看著窗戶裡的「他」。陶子想，對了，原來如此。「他」指出來了，我們的共通點到底是什麼？為什麼齊子然會喜歡我們？

其實那一點都不重要。

「他」正指著玻璃窗。玻璃窗上有三號四號五號的倒影。

沒有他們才重要。

如果齊子然來了。如果其他女孩變成「那個」，變成「食客」。如果自己是生還者。

那我就成了齊子然的唯一。

這是一個機會。

只要把門打開。只要讓別人變成食物。

陶子抬起頭的一刻，發現五號也正若有所思的看著她。不，不如說，看著她身後。

咦，五號也看得到「他」嗎？那從五號的角度，是否會看到「他」正把手指指向玻璃窗？等等，那個「他」會不會也正把手指指向陶子？

◊◊◊

「來跟蘇輸去挑菜」手機影片模式 19:30

你各位不得了啦。

Oh，God！Help me！如果這是新聞，你就會聽到我說，現在蘇輸正在跳箱裡為你做報導。

Right，我正把自己塞進草皮上的跳箱，這裡頭小得要命，又熱死啦。但從跳箱側邊的洞，我可以看到外面喔。You see，這就是你們將來會看到的畫面。

因為沒有網路的關係，蘇轍我呢，用錄影的方式幫大家把這些畫面記錄下來。是說恐怖片裡不都有這個橋段？扛鏡頭的新聞記者、直播主、頭上戴跑酷攝影設備的人，明明木乃伊還是外星人都殺到他們面前了，他們還在拍？

但蘇轍要告訴大家，這就是蘇轍看恐怖片的時候覺得最奇怪的事情：恐怖似乎是隨機的，殺人是無差別的，but不知道為什麼，攝影器材明明這麼重啊，就是沒這拿攝影機底人的事。It's safe. 他奔跑，他把鼻涕和眼淚掉到鏡頭上，他總是拍到關鍵的核心的場面，啊啊怪物現形了，啊啊路面崩裂了，啊啊黑暗降臨了，可是奇怪，他就是沒事。很貼近卻又好像旁觀，拿攝影機的人是電影裡的bug。

我想，那只是因為，觀眾想要看。觀眾必須透過拿攝影機的人看見這一切。如果他掛點了，電影要如何延續下去？所以拿攝影機的人，必須活下來。

現在蘇轍我就扮演這人。Nice喔，不是因為發生這些事情讓我記錄，而是因為我記錄，所以活下來。現在是晚間seven o'clock，操場上他們還在奔跑。從這個角度可以看到，他們已經跑了快超過一小時了。范少佐和常夏領頭跑在前面，後面是越拉越長幾乎要塞滿整個操場跑道的「食客」們。Fully booked.

你一定會覺得，那就像是粉絲在追著他們的偶像吧。

像是主婦在追菜。

難怪我主持的直播叫做「來跟蘇轍去挑菜」。

但如果你各位看久了跑道上這個永無止境的循環，不知道你會不會像我一樣，以為不是一群人追著這兩個人，而是，兩個屁大的小孩追著一群人，哭哭啼啼卻又打死不退，想加入大家。It's just a kid.

噓。他們要經過了，我們小聲一點。

See，有看到嗎？范少佐和常夏應該都要到極限了，他們身上的小背心和短褲緊貼身體，他們汗流浹背，他們透露出一股死相。

真傻，foolish。青春是奔跑。但想活下來，最好像我這樣，長大就是要躲起來。

他們要繼續下一圈了。

欸欸，no no no no，怎麼回事，好像有點變化。

奇怪，怎麼回事？這兩個人怎麼開始朝外圈移動？

他們要離開操場？

不，他們還在跑。

該死，他們正朝我跑來。

他們正……

噓。

（鏡頭從跳箱周旁孔洞窺望。）

畫面裡，范少佐變慢了。一開始以為他是累了，但很快從鏡頭上會察覺，他只是刻意讓常夏往前。

他們往外圈跑。

越跑，越靠近圍牆。

常夏在這時回頭。他發現范少佐落後了。「跑啊，學長。」他喊。

「跑啊，學弟。」而范少佐會回應他，「然後，跳吧。」

不要考慮我。范少佐會這樣告訴他。

他們是田徑社。田徑分為田賽跟競賽，常夏的副修項目是跳高。「所以，跳吧，學弟。」在無止境的奔跑卻只是逐漸拉遠的距離中，范少佐的聲音確實傳達到常夏耳中。「別管我，這樣下去，兩個人都無法抵達終點。」

「不，我們，我們一起跑，一定可以撐到別人來救。」

「沒辦法的。」你很清楚。范少佐看著他，越跑越疲倦，嘴裡有苦味，感覺身體裡有火把在燃燒。想像中，肌肉橫紋肌將因為過度操它而開始產生溶解，食客會喜歡吃這樣的肉嗎？范少佐繼續說：「不管是比賽，還是現在，有些事情，必須要一個人做。」

「那我們一起。那面圍牆很矮，我想你也可以……」常夏盯著那面矮圍牆，以他們的速度，再十五秒，便能到達牆面。如果錯過，就需要十分鐘後下一圈才能再度到達。

以他們的身體狀況，有下一圈的機會嗎？

「不，一定要有個人沿著操場繼續跑。拿著這隻爛手，才能吸引食客沿著操場追。」范少佐說：「學弟啊，關於跑步，學長告訴你最後一件事情。」

距離圍牆還有十秒。

「不管是比賽，還是現在，有些事情，必須要一個人做。」他說：「但那不是為了抵達終點而已。而是為了超過他，然後繼續走下去。」

倒數時間還有五秒。

速度是直線。青春是圓形。但長大卻關於高度。

有人必須留下來。

「你要飛起來。聽到了嗎？」

「學長你……」

「不要被任何人追上。」

「不要猶豫。」

「不要因為任何人停下來。」

時間還有三秒。
時間剩下兩秒。
常夏隨手拎起一旁折斷的旗桿，他撐起桿子。那樣修長的身體，在所有人的渴望中，在他唯一在意的那個人眼中，桿子撐地，身體凌空而起。
范少佐在這時仰頭看著他。
像看著夢想中的自己。
圍牆旁大樓的玻璃上，顯現出常夏凌空飛躍的倒影。相較於少年的彈跳力，圍牆顯得多矮，世界顯得多矮，少年能夠跳過一切。
「靠你了。」手機錄影記錄下范少佐這句話。
常夏最後聽到的會是這句話。
而手機鏡頭則記錄了范少佐的下一個動作。
他撿起另外半截旗桿，上頭斷面多鋒銳，范少佐想也不想，將斷手串在上頭。那斷手抓得多緊。是因為他抓得太緊，還是斷掉的手死後僵硬？虎口上留下抓痕。
（現在，是放手的時候了。）
那時常夏身在半空。
他們是田徑社。田徑分為田賽跟競賽。常夏的副修項目是跳高。
而范少佐的副修項目，則是擲標槍。
「去吧。」
「不要停下來。」范少佐喊。
黑暗的夜空下，手機鏡頭前，那鐵桿貫穿了手，凌空飛躍，閃電一般，直直往常夏背後貫穿而去。

那時候，范少佐會看到，一旁大樓玻璃窗上，那個「他」也正伸直了手指。彷彿是「他」指出了旗桿標槍的軌道。

也就指出范少佐未來的道路。

抵達終點的另一個方法是，讓別人無法抵達就好了。

「他」指引范少佐做出選擇。

鐵桿擲出的瞬間，范少佐可以感覺到慾望的轉向。食客們那被勾引著被慾望灼燒的眼齊齊往上，像火把同時往上空舉，他們奮不顧身，他們彼此踩踏，他們用彼此當作階梯。人流在移動，他們騰起身，他們像一尾蟲，高舉起腰身就要攀過牆。

呵，呵呵，呵呵呵呵……

如果手機再靠近一點，就可以錄到范少佐的聲音。彷彿在喘氣，又似乎在笑。

但也許是憤怒。

「為什麼總是我？」

「那我的付出算什麼？」

范少佐說，眼睛直視的，卻是反光鏡裡隱隱倒映出的「他」。「他」也正張開嘴。手機無法錄到他的聲音，連范少佐都不能肯定，此刻他說出來的話，是自己想說，還是「他」的聲音進入他的腦海，而他只是機械的念出來。

「憑什麼都是別人幸福？」

「那我算什麼？」

「為什麼只有我被留下來？」

「為什麼只犧牲我？」

范少佐在這時蜷起了身子，全身顫抖，像是笑得不可遏抑，又好像害怕得不停顫抖，在夜黑的操場，把自己縮成另一個圈。

◊◊◊

絕教高校女一舍餐廳錄影機 19:40

齊子然進入餐廳的時候，五號正在吃三號。六號跌跌撞撞，臉上帶血迎向他。

「只要讓他們看，看那個影片的話。」齊子然揮舞著手機，上方傳來簡訊。

「群組裡班長說的，只要看了這個影片，食客就可以……」

而在他面前，是短髮少女愕然的臉。六號臉頰沾血，雙唇吐出沉重的氣息。你可以感覺到她散發出的熱氣，那不只是來自身體，更接近某種狂氣。

六號拿著餐刀往齊子然身上靠去。

「子然，小心！……」陶子的叫聲提醒了齊子然，兩個人展現出絕佳默契，畢竟是相處最久的一號啊，只見陶子順手抄起餐桌上另一把餐刀，半空朝齊子然方向擲去。

齊子然想都沒想，接過餐刀，一個反手握，在六號的手搭上他的肩，臉孔朝他胸膛埋入之前，刀子已經沒入六號柔軟的咽喉。

「為，為為為什麼……」六號只來得及說。

誰叫你要用疊字。裝什麼可愛。

但陶子說出口的是：「保護六號。」
她一定要喊出這句。
有什麼比成為齊子然俱樂部唯一的會員更好？
那時血柱高高噴起，遮住了齊子然的視線，乃至於他沒看到電視裡的那個「他」，沒看到「他」的手指朝前指出，那也正是陶子的視覺落點所在。這就是「他」要看的一幕。這就是陶子要看的一幕。
陶子只是沒說，還沒跟子然說。六號沒有變成「食客」。還沒有。
比成為齊子然俱樂部唯一的會員更好的事情是，跟齊子然擁有同一個祕密。
比識破你的祕密，以此向你報復更棒的是，和你擁有一個新的祕密。這才是復仇。
「他」為陶子指出了方向。
「我沒有錯。」陶子會低聲說。而電視裡「他」的倒影也正張開嘴，有那麼一度，陶子分不出，那是自己想說的話，還是「他」的聲音進入她的腦海，而陶子只是把這些聲音讀出來。
「錯的是他們。」
「為什麼總是我？」
「那我的付出算什麼？」
「憑什麼都是別人幸福？」
「但沒有關係喔。」耳邊響起是刀子落地的聲音。六號緊抓住齊子然上衣時，纖維的撕裂聲。是陶子的聲音。「沒關係喔！沒關係。」
「聽我說，你是為了保護我。」
那就是愛情的聲音。此後一生，你將跟我綁在一起。陶子摟著齊子然的肩，多害怕，又多興奮，她感覺到自己發抖著，但齊子然也是。如果都這麼害怕，那就在一起吧。「聽我說，你沒錯，你沒錯，你沒錯。」

「但是，她，她還沒，她不是，她其實……」而齊子然則發現，是因為血濺上眼睛，還是其他什麼，他忽然看不太清楚，面前這女孩的臉。

他只聽到她的聲音：「沒關係喔。你是為了保護我。而我保護你。一直一直。」

一直一直在一起。

◇◇◇

「來跟蘇輸去挑菜」手機錄影模式 19:40

你各位，我都看到囉。

Hey，你再囂張啊，我錄到囉。你各位，我錄到最好的影像。有沒有看過青春校園片？操場有三寶，繞圈尖叫、雨中奔跑和拚命跌倒。我全都錄到了。

還有更多。Too many. Too much.

關於一個人，怎樣背叛一個人。不，所有人！

嘿嘿，范少佐，想不到吧，想不到有人會看到吧。

WHAT？把手機交給你？怎麼可能。我說啊，恐怖片才是最能看透人心的。You see，你做出選擇了吧。但你沒有選擇啊，那就是你。That's you. 你本來就是這樣的人。你就是會犧牲別人，你就是會想讓自己活下來。這就是你，別想逃避，你跑多遠，跑多快都沒有用。

恐怖片讓你認清自己。

WHAT？你說我怎麼會藏在這？

你沒看到嗎？那個「he」啊。It's he. 你說 he 是誰？嘿嘿，莫非只有我看到嗎？是「he」給我選擇，第一時間，我有機會叫你們離開的。但你知道嗎？「he」給我機會，he 用手指指出我應該在的位置，我知道，在那裡，我將看到全部。

嘿嘿，怎麼樣，現在跪下也來不及了。來跟蘇轍去挑菜，你就是菜渣而已。但我給你一個機會，你不是很驕傲嗎？堂堂田徑社社長，萬人迷，讓人瞬間排卵？那又怎樣？他們知道你的真面目嗎？

Nice 喔。來跟蘇轍去挑菜，現在蘇轍也想開寵物店了。

My boy，當我的狗吧。這樣我也許就不會公布影片喔。

嘻嘻。你說憑什麼，我倒想問憑什麼。「憑什麼都是別人幸福？」

「那我算是什麼？」

「為什麼只有我被留下來？」

「為什麼都是我？」

◊◊◊

國安局地下三層，國安局災害應變控制中心監視螢幕 19:45

「為什麼都是我？」

編號六號電視螢幕顯現絕教高校女一舍餐廳的即時監視錄影。

編號十八號電視螢幕顯現 YouTube 頻道「來跟蘇轍去挑菜」直播。

編號二十三號電視螢幕顯現絕教高校操場即時監視錄影。

螢幕裡男孩滿臉是血，與女孩相擁。

螢幕裡奔跑少年從操場上起身，卻又跪倒跳箱旁，漫天落下潔白牙齒，彷彿初雪。

胡鐵軍看著面前環繞整個房間的切割螢幕。本來應該都在掌控中才對。派出尖叫連線，魏明蒂擬計畫，許靜推波助瀾。影片成型。之後散播。

計畫應該是這樣才對。

胡鐵軍以為自己跟這些女孩兒講好了。只要犧牲一個人，就能拯救台灣全部的人。

但哪裡出錯了呢？

六號電視螢幕不停閃爍。失去女一舍餐廳影像。下一秒，螢幕變成黑色。

十八號電視呈現灰屏。失去直播影像。緊接著，螢幕變成黑色。

二十三號電視螢幕上有無數白點彷彿雪花落下，失去操場影像，螢幕變成黑色。

但那不是真的變黑。

一旁的探員們發出驚叫聲。螢幕體現出微微的光澤，彷彿帶著濕潤感，很黏膩。要拉得更遠一點，胡鐵軍和其他人才會發現，那是人的瞳膜。

是眼睛，眼睛在看著你。

那麼多螢幕，逐漸變黑，每一個螢幕裡，都有一隻眼睛。眼睛瞪得那麼大，在看你。

是「他」。

「他」在看著你。

不，這不可能。胡鐵軍瞪視著螢幕，那個男孩，衛國青，或者你要叫他「俊雄」，已經獻祭給錄影帶了不是嗎？他的身體被祕密運走（多像他小時候演過的那部電影——嗶——的命運。被裝在垃圾袋裡，消失在人們不知道的地方），而他的精神變成怨念，他被困在錄影帶裡了。他將遊蕩在數位空間，他會在七天後從任何有螢幕的地方爬出來，把觀看的人帶走。

但為什麼現在「他」無處不在？

「他」出現在玻璃窗倒影中，「他」出現在電視裡，「他」出現在街邊透鏡中。

但七天還沒到啊。「俊雄」應該在七天後才出現才對。欸，遵守一下規矩好不好。胡鐵軍摘下耳邊大耳機，但他仍能聽到聲音。

「活下去。」

他會聽到男孩的聲音。聲音像是迴盪在房間裡，控制中心裡人們彼此凝視，不安的尋找，但很快大家會發現，那聲音是響在顱腔內，以頭骨為傳導，沿著腦摺皺，直直打入思維之中。

「為我活下去。」男孩的聲音說。

而胡鐵軍正視著螢幕，更多螢幕變黑了。那麼多螢幕，一張又一張反射出一個人的倒影。反射出「他」的影子，有多少個電視螢幕，就有多少個「他」。

「俊雄。」胡鐵軍聽到身旁的監視員低聲說出那個名字。

「他」無處不在。「他」沿著影像移動。給越多人看，就製造越多的「他」。

「這是為了台灣的未來啊！」不知道對方能不能聽到，胡鐵軍辯解著。也許只是，說給自己聽？

這時，螢幕裡的「他」舉起手來。彷彿舞蹈，但骨節卻逆反人類可以行動的方向，像被擊打，像遭電擊，抽搐一般，發抖一般，手逐漸拎起，垂直，然後，手指朝前比出。

胡鐵軍想，六號、十八號、二十三號電視螢幕裡那些少年少女都錯了。「他」不是在幫他們啊。

他是替你們指出選擇嗎？也許吧，但他手指所指出的，其實是加害者的所在。

他們指出的，是我啊。

黑色螢幕上，無數手指指向同一個人。

犯人在這裡。

控制中心裡傳出驚叫聲。

人們從椅子上翻落。有些人躲進桌子下方，但不管怎麼躲，那被凝視的感覺揮之不去。像有眼睛長在你腦後。

「大家別怕。」胡鐵軍猛拍桌子。他正視著螢幕裡的倒影。

他直視著朝他舉起的手指。

「我們都看過詛咒影片。按照規則，他要殺我們，也要在七天後。這七天，他動不了我們的。」

啊，忽然之間，胡鐵軍明白了。對了，就是這樣。「他」要他們活下來。「他」沒有違反規則，「他」會讓人們活著。他甚至引誘沒看過錄影帶的人。

而聲音持續響在他們顱內深處。

「活下去。」

「為我活著。」

胡鐵軍吞了一口口水，他凝視著變黑的螢幕，那手指仍然指著他。他忽然明白，在螢幕裡，在螢幕拍不到的地方，在詛咒影片還沒有散布的地方，俊雄會去，會到那裡，然後讓少年少女前仆後繼朝他手指所指的地方而去。他們會以為可以因此活下去。

只要跟隨手指。

但其實，是成為犯人。

是成為加害者。

對，這就是「俊雄」的報復。

人類在七天內不會死，看過影片的都不會。沒看過的可能也可以活下來，但他們會感受到，比死更痛苦的事情。

這就是「俊雄」的能力。或者，這是「他」的願望。「他」會讓大家活下來，但人們將因此失去友情、愛、互助、信念……

那不正是恐怖片裡才會發生的事情嗎？

「為我活著。」那聲音響在地下三層，國安局災害應變控制中心。也響在所有人心中。

「到那時候，被我殺死。」

「而在此之前，我會剝奪你最珍貴的東西。」

◇◇◇

那就是俊雄的遊戲。七天內。

你不會死。

但他會剝奪你最珍貴的東西。

◇◇◇

胡鐵軍聽到自己低聲說，我們到底創造了什麼？

◊◊◊

「至少，現在我們知道『他』能辦到什麼了。」胡鐵軍喊。

「他」能做什麼？能穿梭在各種鏡面中。「他」能做什麼？「他」能夠破壞人的心。

「啟動終極M計畫，代號：『MEMORY』。所有人開始撤往『台北之心』。」

「還有，找回魏明蒂和許靜。這計畫，只有她們能做到。趁還來得及，我們一定要阻止『俊雄』。」

胡鐵軍說，我們需要尖叫連線。

我們需要有人好好尖叫。

以上便是詛咒錄影帶全部內容。
「七天之後，我會找到你。」
「而在此之前，我會剝奪你最珍貴的東西。」
如果想要解除詛咒，你必須遵照下一頁的指示——

（本頁已遭人撕毀。）

下部

你這才真的醒過來。

意識的初始是混沌。像是老電視機按下開關，全黑的屏幕上拉出一絲銀線，中心光點乍滅還亮。

（電流在一瞬間接通腦突觸。）

先是擾動的線。然後是波紋。形體會在五到十秒之間逐漸聚攏，顏色鮮豔了，事物線條清楚了。

你睜開眼睛。

要專心凝聚視線，對，再專心點，別渙散了。很好，看到了嗎？你首先會看到一束光。空間四面八方朝你逼來，但你只是專注看著那束光，光裡有無數塵埃打旋，讓你想起一個長長的午休後枕在手臂上醒來。

拖把冰涼的觸感緊貼頸後。

手肘還有點刺，那是掃把的毛像班上男生剛理的頭毛那樣扎人。

最後回到身體的是氣味。鐵鏽的味道。泥土混雜著煙塵。帶點雨後的潮濕。

於是你知道這裡是哪裡了。恐怖片定理第74條，要躲先躲掃除工具櫃。掃除櫃妙在冬暖夏涼，兼有保溫和排氣功效。可供長時間躲藏。通常並設有窺孔幾道，是超級海景第一排，離城不離塵，第一線貼近現場又不被人發現。藏屍又躲怪，不可不謂是恐怖片裡七十二種躲藏處之TOP首選。

別說恐怖片了，高中生活一年以來，唯一讓你能安心的，不就是掃除工具櫃嗎？

你先是感到安心。不會有人看到你了。終於躲好了。

接著，你才開始感到害怕。

（那麼，我是在躲什麼呢？）

你從窺孔往外望，地上那一雙眼睛正凝望著你。隨著他被人拖行，越是遠去，眼神卻越是緊緊揪著你。

那樣的眼神，你曾看過。

（為什麼不救我？）

（在放學後的廁所隔間門板後。）

（在掃除工具櫃來回被敲打的櫃門後。）

（在最後一節課隨著紙條往前遞而逐漸加速的心跳聲中。）

你想起他的座號，四十五號？還是四十六號？然後趕緊摀住嘴。卻是怕他叫出你的。

你從窺孔望去。他求救的眼神。一如你曾看過的那些一樣濕潤。一樣熱切。也一樣絕望。

現在出去，還可以救她？

（像你每一次目睹時打開汽水易開罐那樣乍冒出腦海的第一個泡泡。）

食客只有一個。

（對方只有一個。）

（那跟老師講不就好了。）

（班上其他同學可以作證。）

地上指甲刮痕每延長二十公分便斷折一片指甲，沿著喉道斷續掉出的聲音以五秒為間隔，那指甲畫出長度幾公分時聲音宣告斷線？這不需要計算。這是無條件捨去。多餘的。空出來的。有爭議的。會惹麻煩的。一概捨去。

不要了。

不可以。

不能說。

別出去。

就在你猶豫的時候，你發現更多食客湧上了。從辦公桌後方，從推開的門後。宿舍辦公室大概第一次這麼熱鬧吧。

你瞧，還好你沒有出去吧。像你每一次做出的判斷。正確答案。Good answer. 不需要學園第一天才魏明蒂的智商，你的高情商也能做出正確選擇。你知道不該看，但仍忍不住朝窺孔望。四十五號其實沒發現你吧。

是，他的確在看你。

雷……

某一刻，尖叫聲停，你聽到他說。

別叫。別對著這邊叫。別人會發現。

雷普……

別看這裡。

雷普……利……

空氣中剩下咀嚼的聲音。

他眼睛裡剩下你拒絕的表情。

這時你放鬆了。但是不是有那麼一刻，你又會擔心。

擔心，如果有人看到。

擔心，如果有人看到你坐視這一切。

但這是可以被諒解的吧。這時候，記憶才像是打字機，噠噠噠輸出，片段組合出你記得的最後一章。

發生什麼了呢？第八堂課。像是燒起來一樣的黃昏，以及燃燒的教室。聽說走廊上有人縱火。恐怖攻擊？

從大樓往下望，學校操場被繞行成一個圓，誰在玩人體吞食蛇？一個詛咒的圈圈。

你想，那我們該往哪裡逃？不，網路發文的時候都說我們，「我們覺得這樣做是不好的」、「學校教我們應該這樣做」，但實際上而言，我們我們，「們」是人旁邊那個門，真正通過那道門的，從來只有，我而已。

（只有你。）

所以，最後的路線是這裡嗎？男生宿舍？你回來收東西？最後的記憶像是被猛然拔掉插頭的電視那樣，只剩下一道白色光束。

（你這才真的醒來。）

看外面的裝潢，成排辦公桌被推倒，散落的文件在地上被風捲跑，這裡是是三樓的舍監辦公室吧。

你又忍不住往外看了一眼，你發現，四十五號仍然看著你。

（不，別看我。）

是看你隔壁那個掃除櫃吧。

但他仍然一直看。持續的看。

瞳孔鬆弛。眼球濕潤。如果仔細凝視，好像可以從眼睛的倒影裡看到掃除工具櫃。

看到櫃子中的眼睛。

看到你。

不知道為什麼，有那麼一秒，你察覺四十五號的眼睛眨了一下。

他在對你眨眨眼？怎麼可能？

然後，在他眼球深處，那個倒影動了。

那應該是你的臉。不，那不是。那是另一個男孩。

有那麼一秒，你看到那男孩把手舉起來，指著你。

（為什麼沒有救我？）

你嚇得往後縮，還沒碰到櫃身，先暗自叫一聲不好。身後成打掃把拖把被你撞得失去平衡。

糟糕，如果它們倒下來，頂開櫃門……

導演說，攝影機鏡頭模擬食客視線，還保持著俯身進食之姿一如帶血的狼獾，這時頭顱猛然往後轉。

導演說，鏡頭一偏斜，掃除工具櫃進入鏡頭裡，且模擬食客困惑時偏頭的模樣。

黑暗裡，你肩膀拱起，臉都貼到櫃門上嘴噘成章魚，挽大廈於將傾，好不容易把倒下的掃把都用背擋住。

身體節節退後。

危機一點一點解除。

心底警報解除之際，你低頭瞄到自己胸前的手機。

你知道的，恐怖片定理第80條。如果你身上有帶手機，它就會響。如果你旁邊有動物，它就會叫。如果你旁邊有感應燈，它就會亮。恐怖片定理第80條是莫文蔚的歌詞。越不想怎樣，越會怎樣。

當你意識到這點，胸口傳來震動。無關心跳，是簡訊。你看著視窗上跑出一行字。

——**本日運勢：金牛的朋友發大財。見到簡訊現賺二十萬，請與三個朋友分享……**

什麼發大財，講這話的好意思，信這話的才真叫人不好意思。簡訊本身不恐怖。但收到簡訊時叮咚傳來的提示聲，在密閉的工具櫃裡大如下課鐘響。甚至因為太封閉而讓你產生杜比環繞音效的錯覺。

那時你的唇角在發抖，該死，外頭百分百會聽到！你趕緊望向窺望孔。

還是四十五號那雙眼睛。

死去的眼神。

沒被發現嗎？
你持續望著外頭，因為窺望孔能看到的部分有限，沒事啊。沒東西。
不，沒東西，就是有事。
你忽然想到，怎麼，只剩下殘破的四十五號？
那原本吃他的那些食客呢？
（謝謝招待。）
嘶——
耳邊傳來指甲聲刮過黑板。
咖噔。
有椅子被推動的聲響。
啪噠啪噠。
潮濕的腳步聲持續推進。
視線裡一片靜寂。但耳邊充滿移動聲響。
是「他們」來了。
食客在靠近。
（拜託，去翻你隔壁那個掃除櫃，別是你的。）
金牛座朋友發大財。這會兒可真的中大獎了，怎麼辦？
導演說，給我「食客」的視角。
模糊的視線像破裂的玻璃。上面是帶紋路的冰裂紋。物體的邊緣散發出微光。他們專注的朝著聲音的發源地而去。目標鎖定面前兩具掃除工具櫃。

導演說，讓他們更靠近一點。

然後，就在這時，聲音響起。是手機鈴聲。

導演說，鏡頭模仿食客視角。物事留下殘像。對了，鏡頭暫停，聚焦。食客現在正望著鈴聲的來處，那是——

是那剛被掏空的四十五號外套口袋裡手機在響。

（歡迎再度光臨。）

怎麼會呢？

然後，「食客」感覺到腰際一陣震動，他低頭，自己的手機也正震動。

——本日運勢：金牛的朋友發大財。見到簡訊現賺二十萬，請與三個朋友分享……

該死的簡訊害死你。但也提示你。對啊，你開始在黑暗的空間裡亂撥手機，只要讓大家的手機都響不就沒問題了嗎？

響三聲就掛掉。

然後，再撥下一通。

一時之間，掃除工具櫃外很熱鬧，此起彼落是各式鈴響。血在滴滴答答。人在咿咿嘔嘔。鈴聲在叮叮鈴鈴。

長的是鈴聲，短的是你的通訊錄。你這才發現，運勢簡訊沒辦法告訴你未來，手機通訊錄才反映出你高中一年來的人生。你瞧，認識的人甚至沒超過一頁。

怎麼辦？不，不管了，同樣的電話可以一撥再撥。

就在你準備再撥下一個電話號碼時，忽然發現，手機通了。有人接了電話。

喂？你反射性對著通話孔低聲說。

「我看到你了。」

身體為之一僵。

導演說，鏡頭模擬食客視角。他眼角拉出餘光，喉嚨發出風吹過峽谷一樣的聲音，一個箭步，臉貼櫃門，眼睛直直望進工具櫃窺孔裡。

導演說，給我《鬼店》裡傑克．尼克遜一斧頭劈開門板後的表情。

（I see you.）

食客會看到。

他會看到的是，黑暗的空間裡，掃把與拖把成束抵著工具櫃背板，角落處銀色蜘蛛網盤纏。

（沒人啊。）

這時你在幹麼？你正把手機抵著工具櫃窺孔。你剛用相機拍攝了工具櫃裡一角景象。當食客一眼望進來，他看到的其實是 1080 DPI 高清畫質照片。超高解析度，夜拍就是日照。

（天啊這完全適合拍成手機廣告。）

（我們是視覺的一代。用美圖修修欺騙自己。用美圖修修拯救自己。）

你可以感覺櫃門前逼視的視線消失了。

你鬆了一口氣。你沒想到的是，櫃門沒有扣好啊。你這麼大力把手機貼在櫃子上，下一秒，櫃子就被你推開了。

熱天午後，日光大照。你倒在地上四叉八開，身體多坦然。一切多清楚。

逆著光，你還有時間打個最後的招呼。

唉呦，不錯喔。內褲是小熊維尼。

你想，啊，這就是我的最後一眼。

那時候，女孩低下頭。你想，這時候，請你溫柔一點。
你看她張大嘴，然後，一顆牙齒掉落。
下一秒，牙齒在空中爆散。空中無數瑩白色小塊掉落。像是接在新聞播報最後一節後常出現的大雪，「東京下了初雪，新聞尾聲讓我們帶你一起去看。」
這時你才真的尖叫出聲，喉道像車道拉起鐵捲門，幾顆牙齒毫無阻礙的滑入，而你還在叫。
隨著東京第一道初雪，絕教高校男生宿舍裡發生第一樁 Lv3 事件，其他食客紛紛轉頭，那一刻，他們眼前露出困惑的表情，下一秒，空氣中剩下殘餘的衣服。殘餘的體液像是飲料當空潑灑出。
無數牙齒在半空撒落。
漫天落下的牙齒雨中，你只是猛咳，怎麼著？這就是你可能遇到的衰事，原來沒被食客吃掉，卻是被牙齒噎死。
你含著好不容易咳出來的濕潤牙齒，是啊，是噁心，你應該一口吐出來的，但怎麼回事，這就是牙齒的味道嗎？沒有你看牙醫時那種打開水溝蓋的臭，怎麼說，還有點甜？這珐瑯質好鬆軟。
你嚼了嚼，跟著把胸口落下的牙齒揀入嘴中。
不，這的確是……
這的確是很久以前瀰漫電影院的氣味。那時，本來應該爆散了，半空黑髮如潑墨的女孩又站起身來，黑髮多柔順，垂下如瀑如絲綢，在漫天落下的爆米花雨中，她像是電影裡走出來的女孩，她對你眨眨眼，你鼻腔裡都瀰漫焦糖香，她開口說：
「欸，但你手上那顆，是真的牙齒喔。」
不會吧。

◇◇◇

「蘇轍帶你去挑菜」直播模式

你大家好嗎？恐怖片定理第45條：如何做一個恐怖片般漂亮且完整的尖叫？Wonderful，如果上一段你沒跟到，now，請跟蘇轍一起練習again：

動作一，手插進頭髮裡，像要把頭皮剝開一樣，摩西分海一樣，把頭皮往兩旁抓。Wonderful喔。這個動作的好處是什麼呢？很多人以為是拔頭髮的動作，but，其實施力點在於頭皮，祕訣在於手指施力時，用指頭關節刻意去撐開頭髮的空隙，反而在視覺上會讓頭髮看起來更蓬鬆，是所有髮量稀少而神經大條的明星不可或缺的經典動作，百利而無一害。

動作二，雙手捧著臉頰。你以為這動作簡單啊，No no no（搖手指），祕訣在於，拇指與虎口旁肌肉要用托的，讓臉部肌肉往上集中，其他四指則要施力，把臉頰往旁邊抓。這樣能同時凸顯下顎線條又強化崩潰之演技。Perfect。在很會演與美得好自然之間取得平衡點。

口訣就是，一抓髮，二抓臉，三drama。

螢幕前的你跟著一起做了嗎？

來，讓我們再一次複習，一抓髮，二抓臉，三drama。wonderful。大家都是nice的actor喔。

那麼，現在，蘇轍要公布驚人的事實囉。

Hey, who are you? R－i－p－l－e－y，雷普利。我會拼這個字好嗎？我只是不認得你而已。不是菜的，我哪會記得。

你各位看他吃牙齒的樣子。Nice 喔，雷普利同學做得還行，一抓髮，二抓臉，三 drama。對，大部分是爆米花，但你吃到那顆明顯不是。

Good question. 雷普利同學問得很好。對，這是靜學姊發明出來的新戰術。HLV 病情進入 Lv3——等等，為什麼食客不是用 Gucci，而是用 LV？是有收代言費嗎？——人體承受不住這個那個什麼的，會剩下牙齒——就好像慾望帶來慾望，你想要，別人會想要——學姊是這樣說的吧？那如果一個人進入 Lv3，會不會帶動身旁的人同步讓疫情提升呢？

所謂的交叉感染。

靜學姊 say，捷運劍潭站曾經發生過一個案例，有新聞台曾經爆料，播出一整個車廂裡都是牙齒的機密畫面？老實說，Who cares，要加 S 喔。我們早就不看新聞啦。大家都看網路好嗎！

於是學姊提出一個戰略，她假扮食客——在被發現之前，假裝病發。你各位看啊，進入 Lv3 癥狀囉，然後我們在旁邊撒爆米花。

拜託，here is 絕教高校欸。什麼最多？當然是電影周邊。爆米花機有什麼大不了，爆米香搞不好我們都有！你各位知道日本統治台灣的時候，大家都在電影院裡吃什麼嗎？知道的朋友可以在下面留言。

讓我們再回顧一次經典畫面，好，爆米花要撒囉，注意囉。

指令：插入畫面，那一刻，漫天爆米花雨，雨中食客仰頭，爆米花彷彿牙齒，更多食客爆散，黃濁色牙齒混入爆米花香中。

好，請雷普利看著鏡頭，一抓髮，二抓臉，三 drama。Nice 喔，這次有比較好。

但最驚訝不是學姊的新戰術成功了。最驚訝的是——一抓髮，二抓臉，三 drama。Nice 喔，你各位有跟上了，最讓蘇轍我驚訝的是，學姊說我們是倖存者。

My God，我們是only one。現在讓我點播一首〈Only You〉。樂聲中讓我們回顧片段。

指令：插入錄影畫面。靜學姊的臉出現鏡頭前。畫面一陣搖晃。是靜學姊在搖晃拿鏡頭的人肩膀吧，「你有看過詛咒錄影帶嗎？回答我。」

畫面再次搖晃。表示為搖頭。

「什麼錄影帶？What's that？」

「就是那個，有一個男孩在裡面，對啦我知道原本的電影裡應該是貞子，但在這個版本裡，有沒有，『俊雄』啊，你知道的吧，穿著內褲，一臉白，他演過那個角色，在影片裡，說七天不散播出去的話……」

「男孩？穿內褲？Wow，學姊，你口味很重喔。」

「什麼錄影帶啦？Oh，那不是我爸媽年代的東西嗎？是要怎麼放出來啦？」

影片又一陣搖晃。顯示為受到攻擊。

「意思是，你們沒看過？」

「就跟你各位說，我們都看手機。」

「所以你們是倖存者！」

「What？」

「你們沒有感染HLV，也沒有看過詛咒影片。」

「你們可能是，不，你們就是，最後的台灣人！」

Holy shit，「最後的台灣人」欸，你各位聽聽。凡掛上「最後」都是好的，是限量的。最後一個手遊測試名額。最後一片口罩。最後一片雲。不是空前，但也是絕後了。今天，蘇輸就讓你各位絕後！但這也還不是今天最讓人驚嚇的，拜託，這有什麼好驚訝的，我不是告訴過你各位了嗎？根據恐怖片守則第41條，「拿攝影機的人是電影裡的bug。」「拿攝影機的人，never die！」

那真正最霹靂爆炸的事情應該是，我們的校園天菜，一年級的系草，齊子然，竟然跟我同學陶子在一起——一抓髮，二抓臉，三drama——Nice喔，都有跟上，他會不會挑人。今天你各位就隨著我去訪問這偷挽菜的女人，我說，陶子……

欸欸，你幹麼！很粗魯捏，別動鏡頭……

（畫面搖晃。訊號中斷。）

◊◊◊

女孩的臉離你有多近，近得像是她在電影裡出場時迫近的鏡頭。她在水晶湖區奔跑。她在曠野奔跑。她尖叫。她吐息時熱氣模糊了畫面。

螢幕裡有多近，現實就有多遠。

沒想到這一刻，遠近互換了。像是你走進電影裡。

（歡迎進入恐怖片裡。）

你想，女孩也要問你同一個問題對吧，是不是看過錄影帶了？

「我是要問你，有沒有看過——」

「沒看過。」你先一步開口。蘇轍沒說錯，哪裡還有機器播放什麼錄影帶？所以，你也是倖存者了。是「最後的台灣人」！

「我是要問有沒有看過，《黑學院》？」

啊？那部大賣的《黑學院》是詛咒錄影帶？

「我是要問，所以你有沒有看到靳飛宇？」

他應該也被帶到這了。

學園最美的，那個小鹿一樣，奔跑在恐怖片露營區、大屠殺森林裡，讓殺人魔追逐的少女，撥開漫天爆米花雨在尋找的，是靳飛宇？

是吧，你仔細一想，也應該是這樣，電影的守則就是現實的規則。校園女帝果然應該跟校園之王在一起。像是舞會上，國王總是選擇最美的少女。

「我沒看到，不，我是說，我，我不記得了……」你說。

（最後的記憶。大禮堂走道。學生宿舍大門。）

導演說，插入「蘇轍帶你去挑菜」手機錄影片段。陶子對著螢幕：「咦，在錄了嗎？我最後的記憶喔，你說在學姊發現我們之前嗎？嗯，嗯，那個，你說。」

「等等，所以，我也是倖存者？」你說。

導演說，插入「蘇轍帶你去挑菜」手機錄影片段。齊子然對著螢幕：「你說最後記得什麼？就是在餐廳啊。不，不是在餐廳。我，我根本沒去過那裡。不，我有去，我去過，嘿嘿，但誰沒去過學生餐廳你說是不是，我身上的血？不不不，那個是，是番茄醬啦哈哈哈……」

（腦海裡，光線像是電視螢幕關機前收束的光束。）

你抬頭，才發現，辦公室裡光度也正在消失。那不是錯覺。膠帶唰的拉出來，嘴巴咬住就是一撕，一貼，於是窗戶又暗下一小塊。然後是電腦螢幕。是門縫。

等等，哪來這麼多膠帶？舍監平常到底有什麼嗜好？

「這是封印。」一旁陶子插話，接著露出困惑的臉。「欸，等等，你是……」

雷普利啦。同班這麼久了，她還不記得。你果然做得很好啊。把自己藏起來。讓自己站在外邊。但你知道現在不是讚美自己的時候，問題是，膠帶能防住「食客」嗎？

「真正恐怖的，不是食客，而是……」你面前的女孩皺起了眉頭。那個熟悉的表情，你在電影裡看過無數次，對，她就是靜學姊。

膠帶纏在電視上。

膠帶纏在電腦螢幕上。

膠帶沿著掃除工具櫃邊縫貼上。

舍監辦公室有兩個掃除工具櫃。你像對待重要的親人那樣，親手把它們貼起來。紅色膠帶打個叉。但這樣說來，「食客」可是圍牆都攔不住，HLV則傾盡一整個國家之力都擋不住，那膠帶可以封住的，到底是什麼？

然後，蘇轍手機對準陶子，「你各位就隨著我去訪問這偷挽菜的女人，我說，陶子……」你的思緒再一次被尖叫打斷。

就在陶子尖叫的同時，你身旁有人掠過，一把打掉瞄準的鏡頭。一百八十公分高的男孩，騎著白馬一般的來。速度有多快，代表他有多在乎。你當然知道他，齊子然，一年級那個很好看的男生，好看的男生體育都很好，體育如果不好，功課也會好，功課不好也沒關係，人緣就會好。臉好看就是一切了。好羨慕，他站在那，光說話就讓人想聽。「你不要太過分了。」

「旗子！你看蘇轍他，他故意嚇我！」陶子順勢躲到齊子然身後。你注意到陶子的手正搭在齊子然腰上，那裡是一條界線，過去了，就什麼都過去了。齁，難不成他們……

「Yoyoyo yoooo，你各位，注意到了嗎？」

「討厭啦，我們才沒有……」嘴巴上說沒有，手卻摟得更緊了。陶子從齊子然身後冒出頭來，卻是對著手機說話：「還好那時有旗子，不然我就，我們就……」

一個人是存在。兩個人連在一起，存在感就是雙倍。如果是跟齊子然在一起，存在感就是max。

「對啦，到這個時候，只能跟大家說了。快，旗子，跟大家說，在餐廳那時候，你怎麼保護我的。」

哪來什麼大家，現在不就一群倖存者嗎？

「我，我……」反而是站出來搶救女孩的少年顯得不知所措。

「我說，『在餐廳』，你記得吧，『在餐廳』你做了什麼……」你可以聽到陶子的語氣逐漸加強。正強調一個關鍵字。

——導演說，插入餐廳監視器錄影鏡頭當作回憶鏡頭。停格。這一秒，齊子然順手接過餐刀，面前一名少女正撲向他。下一秒，刀子已經沒入少女柔軟的咽喉。

再下一秒，還不用到下一秒，齊子然的聲音轟的衝出嘴，快得像不讓自己有回想的時間。「我、我只是要保護陶子！」

「他打倒『食客』。」陶子對手機鏡頭眨眨眼，「為了我！」

「說起那些『食客』，最噁心了。不要臉，說很餓，很餓不會吃自己嗎？只會跟別人搶，下賤生物！也不看自己什麼條件，有什麼都往嘴巴塞，好意思嗎！我都要吐了。噁心，噁心！完全被慾望支配的生物，我呸……」

陶子說的，真的是『食客』嗎？你倒覺得她和平常罵人沒什麼不同。

「欸……」陶子身旁的齊子然卻又遲疑了。

「快跟我一起說。『食客』很噁心。」

好半天齊子然才開口：「食客，很噁心。」

「是不是以為自己很餓，就隨便攀上來？」

「是……」

「她就該死對不對。」

「是……吧……」

——導演說，插入餐廳監視器錄影鏡頭。少女的臉哀哀欲泣，刀柄直直沒入胸前。那一秒，停格。

——導演說，對剪此刻畫面。陶子的臉露出微笑。臉孔埋入齊子然胸口。那一秒，停格。

「看到沒！你們別老欺負我們啊！」只見陶子望向你，不，其實是望向蘇轍，望向蘇轍的鏡頭。

這是在嗆聲，還是在宣告？

「怎樣啦，放什麼閃！現在有男朋友就很秋是不是！當我塑膠嗎？You see，我也有好朋友啊。」

蘇轍哼了一聲。

咦，好朋友該不會是指你吧。心頭猛然一驚，以為蘇轍手上鏡頭朝向你。

等等，你根本沒認出我是誰啊。

「欸，你要看我被欺負到什麼時候！是不會出個聲喔！」

范少佐就在這時從黑暗裡現身，個子不高，但你覺得他整個人磨得很像箭，咻的插入齊子然和蘇轍之間。

「夠了喔。收斂一點。」范少佐說。

「聽到沒，跟你說呢。」你幾乎以為蘇轍得意到要對陶子吹口哨了。

「是跟你——」范少佐壓低嗓子，轉頭對蘇轍說：「別隨便挑釁別人。」

「是喔，」你看到蘇轍倒轉手機，鏡頭是手槍準星，射擊對象成了范少佐：「嘿，你各位，蘇轍這裡有一段很衝擊性的影像喔，是關於田徑社社長范少佐，他齁——」

「媽的！」范少佐咬牙，眼神一瞟，低氣壓瞬間籠罩，你幾乎以為蘇轍要遭殃了。「你有病是不是！」

「他媽，在操場上——」

準星瞄準，鏡頭沿光軸方向調距，成像範圍縮小，范少佐的臉在螢幕上就變大了，拉大，再拉大，退無可退。

退無可退，就只能揮拳了。只見鏡頭裡范少佐一抬手，半空就是一拳。

「別逼人太甚！」

范少佐大喊，卻是一推手，把齊子然推開。

「這人我罩的，」范少佐擋在蘇轍身前：「你是在對他大聲什麼？」

「你各位，『蘇轍帶你去挑菜』來到最高潮，就是關於范少佐他和最好的朋友蘇轍一起努力活下來的感人故事，現在大家知道范少佐的菜是什麼了吧。就是 me！」蘇轍的聲音跟著拳速全速前進。

膠帶黏住視線。

膠帶黏住拳頭。

啊啊啊啊——

一抓髮，二抓臉，三 drama。陶子的尖叫聲在這時才跟上。

手機鏡頭在這時拉遠，衝突擴大，但這樣主角身分不就讓人搶了，於是必須讓他們變小，畫面上重新出現蘇轍的臉：「少佐！不值得啊，千萬不要為了我這麼做啊。」

「是啊。我沒關係，不要因為我吵架。」當然也少不了陶子的聲音。

忽然你發現，他們都被黏住了。不是被膠帶。是被彼此。

而他們很快樂。

搞不好，在 HLV 疫情爆發的此刻，在這裡，在這被食客攻陷的宿舍裡，是他們最快樂的時候。

◇◇◇

你看著學姊，她是不是也沉浸在這裡頭？

只有在恐怖片裡，一切才能顛倒過來。權力的位階。食物鏈的排序。存在感的有無。能力的大小。

只有在恐怖片裡，他們才覺得快樂。

那你是不是也能得到快樂呢？

（只要用膠帶把一切擋起來。）

（就想躲在掃除工具櫃裡。）

（門那麼薄。但膠帶也是啊。只要把一切擋在外面。只要不去看。）

恐怖片搞不好是你，是你們的樂園。

有那麼一秒，你以為自己也將有快樂。然後跟著為這個期待感到一點點的愧疚。這樣的期待，會不會是恐怖片裡最恐怖的事情？

◇◇◇

五秒後，你的所有愧疚和快樂、小期待，都會被一只保溫杯擊裂，連同那面被貼上膠帶的玻璃一同碎成一千片。

樂園地圖破碎了。

保溫杯來勢洶洶，打得多準，窗戶倒沒有像你想像中的裂開，因為被膠帶黏住了，你只聽到聲響，而學姊已經一個箭步衝過來：你做了什麼？

你第一時間攤開手，不，我沒有，我什麼都沒做啊。

跟著你才發現，學姊說話的對象並不是你。

「我只是，只是挑菜啊。」

蘇輸的表演才是你要學的，是，我有。我只是直播。要堅定。聲音不顫抖，站著說話不腰疼。理所當然好像是問的人錯了。

「你還看不出來嗎？『他』能出現在螢幕和玻璃中，『他』跟著訊號，『他』會發現我們啊。只要連通網路，『他』就能……」這時，學姊的聲音一如保溫杯破碎。

導演說，特寫蘇輸手機螢幕顯式：直播中。

「『他』要來了。」

誰？

「他」去找你們了。

（誰？是誰來找我們了？）

你回過頭，桌上電腦螢幕早貼滿膠帶。但這時膠帶成了張大的嘴，正自縫隙之間滴出水滴。而隨著膠帶鬆脫，電視螢幕彷彿排水口，水滴成流，盛大了起來。而在那後頭，有人吐舌頭，不，那不是舌頭，紅色水流恣意暢快的噴洩而下。那哪裡是水，是血啊。

本來應該沒有開啟的螢幕閃現畫面。你仔細凝視，是監視器畫面嗎？螢幕裡顯示是宿舍浴室門。這時血水盛大的流著，從天花板頂天的電視，從桌上的電腦，從兩旁玻璃中，你們根本來不及躲，它像炸彈，它是一種液體的爆破，一瞬間，血流沖倒椅子，血流打翻花瓶，血流像一隻手把桌上什麼都往地上掃。

懸掛電視也閃現畫面。這會兒，你可以更清楚看到，有一個男孩正站在走廊上。「他還停在浴室門口。」

然後，你察覺自己手上手機也顯現畫面。

「他走過來啦。」

陶子也正拿起他的手機：「他沿著食堂走過來啦。」

「他經過公布欄啦。」

另一張桌子上螢幕發光，男孩站在樓梯轉角。

「來了。」

懸掛電視畫面一閃。男孩站在走廊上。

「他靠近了。」

「他正在……」

然後，所有畫面全對準，對準你們那該死的舍監辦公室門口。

你轉過頭，不是望向大門。那裡空空的，你早知道了。恐怖片定理第77條。鬼都不走門的。

「他」只會出現在……

在雪崩似血流中，你抬頭，那一刻，「他」，降臨了。

懸掛電視的屏幕泛起波紋，像一滴水滴落湖面。

真空管產生的電漿效應受擾動，電磁波泛起漣漪，那應該是光與蒸氣的反射，卻有了水一般的視覺感，畫面在成像，有東西在裡頭。你知道。你看到了，而凡看見必存在，從你觀測開始，「他」就在那裡頭了。首先是手指，而後，手臂緩緩探出螢幕。

如今，「他」來了。

「不——」

多老套的台詞。但必須喊的。若是恐怖片裡，鏡頭會跟著人們的聲調同時上揚，拉遠程度視乎你尖叫的長度。「他」緩緩的伸出手，再伸長，僅僅是隔幾公分。

隔著一層螢幕的。

隔著。

◊◊◊

「俊雄」來了。

◊◊◊

隔著。

也就隔著幾層樓。

隔著很多條走廊。

在你叫出「不」的一刻，那時，玻璃震動窗框、杯子在桌子上跳旋轉舞。地板上塵灰彈跳，天花板嵌入燈罩旁的螺絲為之顫動旋落。

你的心都為之震動。

騙你的。

噓だ。

「他」應該立刻發現了吧。

「他」透過蘇輸直播鏡頭看到辦公室裡發生的一切，其實是穿過舍監辦公室後，交誼廳那面牆。推開辦公室，隔壁就是交誼廳了。此時的辦公室裡早空無一人，四下是螢幕閃爍紅藍光，水在地上高起，「他」看到的一切，正透過那台放在交誼廳用來放電影的投影機投射在牆面上。

牆面上只有你巨型的臉投射其上，房間有多大，那回音就有多響。

「不——」那時你喊。

而實際上，那時你說：「演了一齣好戲呢！」

那時，就是這時。

這時，走廊上腳步聲雜遝，陶子握著齊子然的手，許靜跑在前面，是啊，他們可是絕教高校的女生。不要隨便相信女生，尤其是好看的那種。

「不要相信我。」許靜說：「我說過了。」

噓だ。

騙你的。

對絕教高校的學生來說，演出還有什麼難？生活就是演出啊。不，對所有的高中生來說，生活就是扮演。但這回你們真的是演出了一齣好戲。（你們是視覺的一代。）一切通過手機預錄，再由大型投影機——再次感謝舍監斥資購買，雖然就你所知，你們也從沒享用過這器材，所以到底怎麼填的宿舍預算申請？——投射而出。

——插入導演親吻獎杯畫面。

導演說，現在讓我們歡迎最佳女主角。

這時若切換監視螢幕，若能透過監視器觀看男一舍走廊，此時許靜散發的光芒會比奧斯卡小金人身上的鍍金還要亮。真是一場好戲，不是嗎？引領所有人逃離危難的女英雄，許靜全程演的是情義真切、人我合一，完全就是恐怖片女主角的格，有形有款，你瞧，她說：「我是要問，所以你有沒有看到靳飛宇？」這簡短的問話是否體現出她的情義，讓內外在的衝突糾結於眼神與眼眶噙著的眼淚中，似有若無，似流未流。

導演說，讓我重新倒帶精采片段。你瞧，她說了，她要說了，「我是要問，所以你有沒有看到靳飛宇？」

——插入群眾鼓掌畫面。

而這一切，都是預錄。是專為「他」拍的恐怖片。

獻給殺人鬼的恐怖電影。

當「俊雄」從手機鏡頭中看見你們，「他」一定以為找到破口，「他」是否兩眼帶血雙手帶爪，用練習的地板動作從電腦掙破膠帶爬出，卻發現是自己帶賽。那裡空無一人，只有牆壁上預錄好的影片和發燙的投影機。而你們就趁這時逃離宿舍。

一切都是演出。

一切依然是演出。

和那時讓「他」變成「他」的方式一樣。

嘘だ。

騙你的。

導演說，讓我們歡迎最佳男主角。

今年面臨雙主角的艱難選擇，范少佐和齊子然跑在許靜身旁，不超前，也不落後。范少佐專業跑姿表現了田徑社三年的扎實訓練，齊子然那方整的下巴做成獎座也足夠穩的，要捧在手上，要用嘴去親的。他們的演技有目共睹，范少佐氣力內斂，表現出受氣包的模樣，內在與外貌的反差能收能放，端的是上上之作有目共睹。齊子然則能於脆弱與堅強之間收放自如，一邊放電一邊詮釋愧疚與愛情之間種種細微的變化。兩人同台一齣戲，互相碰撞又各自精采。彼此嗆聲的名場面何嘗不是句句響徹觀眾的心頭？這不是演技，什麼才是演技？

導演說，接著，讓我們歡迎最佳男女配角。

陶子讓齊子然拉著，蘇轍抱著肚子跟在范少佐身後。不要小看配角。恐怖片裡人數少沒關係，關係夠亂就好。反正最後都是會掛掉的，基本人數隨片長倒數逐一減少，關係混亂程度隨互相陷害的小動作等比級數增加，是這些配角延長了恐怖片的時間，豐富了恐怖片的死法，添加了恐怖片的鏡頭。沒有他們，就沒有一部完整的恐怖片。

導演說，謝謝大家，這個獎是大家的。

導演說，最後，讓我們歡迎最佳攝影，也就是你。

你知道，這一切都是真的。

所有人的感情都是真的。所有人排水管線一樣複雜而隱晦的關係都是真的。

最後的倖存者是真的。

連選擇都是真的。每一句話都是。有蘇轍手機錄影為證。

你忽然想到，反正這一切都被蘇轍的鏡頭拍下了，「如果人們覺得，電影裡的一切是假的呢？」把別人的事情當成電影就好了。而你只是觀眾。

那不就是你一直以來在做的事情嗎？

當個觀眾就好。

所有的嚎叫。所有的痛苦。

所有朝你投射而來求救的眼神。

你不是曾在廁所裡看過「俊雄」好多次。踮起腳尖正在掛大腸。

終究，只要別去理會就好了。那一切都是真的。但那一切，你只要看著就可以了。

只要看著。讓它發生就好了。

那就是恐怖片的誕生。

於是，你拿起蘇轍的手機預錄影片開始剪接，你把不重要的片段刪除，你讓每一句對話更精簡，在前後對應間增加衝突性，你縮短片長，你製造懸疑。你有這天賦，你就適合在高中生存。他媽的高中生活就是活脫脫一部恐怖片。而你是拍恐怖片的天才。

你是最佳觀眾。你就是最佳攝影。

這時的你一定臉色泛紅，呼吸比平常還快，而宿舍大門就在前方。如果再煽情一點，如果你繼續攝影，你會捕捉這一幕，讓窗外日照透入宿舍玻璃大門像是一張金色的地毯，像是接引，象徵著希望，啊要到了，不，再延遲一點，再慢一點，啊啊啊啊啊，別那麼快到，不行，我還想再感受一下。

謝謝大家，這個獎是屬於大家的。（你雙眼水汪汪的，在臉頰邊誇張揮手，做出想讓眼淚揮發蒸乾的模樣。）

要你老實交代的話，這時候的你很恐慌。怕，當然怕。手指都在抖呢。哪個觀眾看恐怖片不是這樣？但怎麼說呢，在心底柴薪堆高像火焰旺盛燃燒得劈里啪啦響的恐懼裡，是不是隱然又有一種微微的歡快。

導演感言：但是，感謝俊雄。

導演感言：感謝所有的恐怖片。

（畫面被卡掉。）

而前方就是光，是大門，此刻，只見玻璃門大開如神敞開懷抱——

◊◊◊

你心跳得飛快。但很快發現，不，不只是心跳。還有手機在震。搞什麼！你還是瞄了一眼螢幕。

——**本日運勢：看腳下**。

什麼意思？

是要你小心跑步嗎？

「小心碎玻璃。」齊子然的聲音響起，當然不是跟你說的，你只是別人愛情電影裡的配角。

不，除了大門碎玻璃，地板上幾個小凹洞吸引你的視線。

凹洞不深，但看得出是新鑿的。等等，為什麼地板上會有這些小洞呢？

「他追上來了。」陶子喊。

你回過頭，血水正從穿堂前的大鏡子周旁緩緩滲出，彷彿介面終於承受不住水壓力而要全面傾瀉。

你們的步伐便更快了。

「俊雄」要來了。

你們的身體比你們先知道。空氣中瀰漫著一股騷動，耳鳴嗡嗡，皮膚因為感受到沉重的濕氣而顯得黏膩。喉頭不停吞下口水，心底有股聲音，眼裡有種怕。

可你還盯著地上的小凹洞看。

（本日運勢：看腳下。）

分明只要再幾步就能闖出大門了，但那幾個凹洞在你心頭留下疙瘩。

該不會……

——**獅子座本日運勢：以人為鏡，可以正衣冠。**

——**水瓶座本日運勢：鏡子不是反映你的臉，是你的臉反映鏡子的表情。所以要跟著鏡子裡的自己微笑。**

心臟狂跳。手機不停冒出新簡訊，你其實不懂。但你又懂了。

（該不會……）

（但怎麼可能……）

這時「他」雙手已經穿過鏡面。

但你卻一咬牙，猛轉身，竟是反方向往鏡子方向跑去。

那時，「俊雄」的臉緩緩浮現大面鏡子中。看不清楚臉龐，但你能感覺到那道視線。

如果這時切換監視器監控螢幕，你是那個落後的人，別人都是直線，你偏偏繞了個彎。人家都在往前跑，你卻急轉身向後。

他們都想逃避「他」，你卻險險要正面撞上。

你不避不讓。你讓那張陰沉或者只是沒有表情的臉看著你。接著，你繞到鏡子後，手一扳，身體往牆壁和鏡子的間隙擠去。跟著腳一瞪，鏡子下方滑輪起了作用，那麼大一面鏡子讓你身體推往前。

「『他』要來了。」蘇轍跟著別人瞎嚷。大門在前，他還是忍不住了，一回頭，「他他他他。」

聲音如果是字體，也會隨鏡面靠近而加大，他沒想過鏡子會動，這一嚇，蘇輸人跟著往前面倒。跌倒那一瞬間，手在半空猛抓，一下拉住了齊子然的腳，跟著拉倒了他。而陶子正牽著齊子然的手，這一跌，strike，全倒。這時蘇輸真的成了球。

我操！

「神經病白痴你瘋了有事嗎你你你幹麼給我滾……」

他們在穿堂上摔成一團，聲音沿跑步方向跌落也攪成一團，但你推著鏡子很快就經過他們。

范少佐在這時停住步伐。

鏡子裡「俊雄」又往前一點。

許靜跑在最前面，她回頭的那一刻，迎面是「俊雄」的臉。

他們彼此都沒想到，是在這樣的地方，這樣的時刻面對面。

那時，她看見他。他看見她。她幾乎聞見他身上的氣味，血和鐵鏽。也許是某種野獸受傷的氣味。那他呢？是否會想起初次見面的時候，廁所裡漂白水的氣味刺鼻。腳趾踮起身體抽直如鋼筋。那時女孩的頭髮飛揚，聲音帶刺。但那麼美。後來她會跟他說：「我選擇了你。」

但也就是如此了。

「讓開啊！」你放開喉嚨喊道，那麼大一面全身鏡與許靜擦身而過，直直往宿舍大門堵過去。

分明下一步推開門就能出去了。

這時監視器攝影機比任何一切更能清楚顯示接下來發生的一切。

16:49 大面落地鏡推近大門前。

16:50 鏡子更近。如果把聲量旋大，幾乎能聽見輪子輾過碎玻璃的聲響。

玻璃屑刺入你鞋底。你感覺到尖銳的痛楚，但沒有停下你的腳步。

16:51 鏡子便在門前。回看監視器螢幕，鏡子正照應出前方破碎的門。但如果放大畫面，再放大，畫面粗糙顆粒中，除了「俊雄」之外，還隱隱有另一個人的倒影。

放大，再定格。硬鋼盔。迷彩服裝。是的，那是士兵的倒影。

16:52 鏡面彷彿落雨。添上許多紅色小點。像是萬千雷射筆投影在簡報布幕上。像是那種廉價LED燈成排小燈泡跟著閃爍。

16:53 鏡面玻璃迸碎一如水珠濺起，半空炸開了無數碎片像下起雨。

當鏡面破碎，當全身鏡後頭那塊木板也被打穿，若你仔細留意，有些投射而下的紅點正好對位地板上小凹槽。不偏不倚，像用紅光填滿它。

而下一顆子彈已經上膛。

這就是你剛才發現的。

玻璃是碎在建築裡面，而不是外面。那也就表示，是外部射擊才導致玻璃朝內破碎。

這樣說來，地上的孔洞，正是子彈痕啊。

——本日運勢：看腳下。

——獅子座本日運勢：以人為鏡，可以正衣冠。

——水瓶座本日運勢：鏡子不是反映你的臉，是你的臉反映鏡子的表情。所以要跟著鏡子裡的自己微笑。

占卜簡訊提示你一切。但你沒機會跟大家解釋了，第一聲尖叫隨槍聲像落地的水球終於炸開。而子彈掠空的聲響像先下的大雨傳導進入你們耳中。終至完全蓋住你們的聲音。

◇◇◇

而後，「俊雄」降臨大地。

身體在物理世界成形的那一刻，「他」仰天長嚎。你們身邊充斥高頻率音波，「他」好像不受物理法則影響，在「他」身旁，玻璃碎片飄浮半空。

而後，「他」隨手撥動，鏡面與玻璃飛舞，正好介入彈道之間，子彈飛而擊中玻璃，有些玻璃應聲破碎了，但有些玻璃卻呈現水的質地，在子彈尖端觸碰玻璃表面的同時，便直直進入玻璃中，像是奶油刀切入奶油裡。

自由射擊——

好像聽到耳邊傳來長官這麼說。四散的紅點匯聚，在「他」頭頂，在「他」胸前，在「他」手臂，讓半空飄浮的「俊雄」看來是中醫診所的十八銅人。

但銅人的銅皮擋得下子彈嗎？你鼻尖浮現硝煙味兒，視覺上雖然追不到子彈，但你卻又看得很清楚，子彈被吃掉了，被你面前飄浮的玻璃碎片吞進去了。你以為子彈消失了，可子彈還在，順著你回頭的視線，在下一面鏡子碎片中飛馳。

你仰望著「他」，在無數彈道虛空拉出的射線中，「俊雄」手臂高舉。手指伸出。如果這時陶子和齊子然看到這一幕。他們會想起餐廳前，「俊雄」是這樣對他們做出暗示。

如果范少佐看到這一幕，他會想起操場上，「俊雄」是這樣對他做出暗示。

許靜也正望著「他」。

你只看到許靜張開嘴，你幾乎以為女孩要說什麼。但「他」先開口了。

如果聲音是藤蔓，便會繞過齒列瘋長而出。若聲音是洞窟裡的蝙蝠，此刻就會拍著翅膀跌跌撞撞密密麻麻的竄出。若聲音是浪，這時候，你們便已經在海中央。

從「他」張開的嘴中，那麼黑，黑的是聲音。你已經不能用「聽見」來形容，那只可以說是一種頻率，不只尖，很銳，磨得那麼細，落點那麼密，比所有子彈快，沒有花火，絕對命中。很洶湧，全部傾瀉。

黑色的頻率。

黑色的聲音。

黑色的喉道。

黑暗之心。

許靜手捂住耳朵都沒有用。再有聲音，也會被淹沒。再想開口，也只能跟著尖叫。再尖叫，在那樣的頻率中，也彷彿沉默。

在那一刻，你腦中一片空白，幾乎要想起什麼……

（廁所的隔間。仰頭發現消防排水孔上面掛了人。）

（大禮堂走道。男生宿舍門口。）

（之前到底發生什麼？）

你感覺自己心跳加速，咚咚跳，幾乎無法壓抑。

（別叫了，別發出聲音了，不然……）

（不然會怎樣？）

直到一顆子彈打穿「他」的嘴。

你以為會看到牙齒。但從燒灼的洞中看見的只有黑色。聲音只是戛然而止。連耳鳴都沒有。空氣中只有你們張大的口，和沉默的臉。時間就像暫停。
然後密集的彈道在半空拉開第二幕序幕。
「他」轉過身，隨意撥動，鏡片與碎玻璃朝遠方飛射而出。
許靜則比誰恢復得快，校園的大姊頭多懂得把握時間，在你還愣在那的同時，她已經跳起來了，拉起你的手，像是幾小時前一樣。
像你醒過來後在做的那樣。
像你一直以來在做的那樣。
從來，你都只是在逃而已。

◊◊◊

空氣中有血的氣味。
空氣中有潮濕的氣味。
空氣裡你聽到自己濁重的呼吸。你聽到低低的呻吟聲。你想憋住氣。你想要大家再安靜一點。但你很快會發現，其實你想聽到沉重的呼吸聲。你想聽到那些痛楚。
那表示你不是一個人。
還有人跟你一起痛。
（但你不是最希望一個人嗎？）
（連你自己都搞不清楚自己了。）

實在是周旁太黑了。但黑暗無法讓你們不說話。事實是，黑暗裡，你們才敢張開口。所在位置應該是在男一舍一樓停車場入口處的水泥柱附近，當然，因為停電，這時黑暗反而讓你們感到安心。只有遠處幽幽的「安全門」字樣因為後備電池的關係亮著。

於是黑暗中你們彼此聚攏。黑暗讓你們相依靠。

「壓住這裡。」靜學姊正指示齊子然怎麼處理陶子肩膀上的傷口，是因為剛剛射擊的關係？還是玻璃碎片？你不敢問。你身旁有一點幽光劃亮，你知道那是手機螢幕，百分百是蘇轍——怎麼辦，會被「他」看到。但看到也無所謂了。你就著那點薄弱的光觀察四周，如果單從臉色看，一臉慘白的，反而是齊子然。他像木偶人一樣，讓靜學姊不得不抓起他的手幫忙陶子止血，一個口令一個動作。

「為什麼？」木偶人齊子然僵硬的開了口。

「這裡是止血點，從這用力壓就可以止住出血。我想子彈應該只是擦過去，所以……」

「為什麼？」木偶人齊子然連台詞都重複。

他手抽出陶子的掌心，沾到的血啪啪濺到靜學姊臉上：「為什麼？你不是說，會救我們。」

「噓。」反而是陶子拉拉齊子然的衣袖，要他別說了。

「你不是學姊嗎？你不是說有辦法嗎？」

「要不是你，陶子就不會受傷，要不是你計畫……」

為什麼？

「那是……」靜學姊下壓傷口的力道如常。少女的聲音嗓音平穩，下顎微往上抬，好像跟以前一樣自信。但你知道，有什麼東西歪掉了。她似乎累了，連濺在臉頰上的血也沒有抹去，就任它隨著臉頰淌下。

「我也，我也不明白。」她說：「不是只要讓食客看詛咒影片就可以解除了嗎？為什麼要朝我們射擊？」

幾秒後她才自語道：「難不成，是因為水晶湖之吻？」

（你只要去死就好了。）

「為什麼！他們是軍隊欸！軍隊為什麼朝我們射擊？我們不是他們應該保護的對象嗎？」跟著說話的是蘇輸。奇怪，他氣什麼，你仔細端詳他，他離大門最遠，跌得最快，躲得最好，好像也沒傷到哪裡，但聲音卻最大。

「虧你還說我們是最後的台灣人咧！」

「你還敢說不知道。我們這麼信你欸。結果你帶頭去死。」

「嗚嗚，為什麼，我們什麼壞事都沒有做。」

「我們還只是孩子……」

聲音是新的黑暗。比黑暗緊密，是你們唯一能依靠的。而你要做的，一如你以往，當一名觀眾。

讓他們罵吧。

讓他們互相撕咬。

你只要隱沒在黑暗中。和黑暗一體。

蘇輸又開了口：「哼，如果，如果今天我們身旁是靳飛宇的話，我們早成功出去了。」

就是這一句話。「你給我閉嘴。」濃稠的黑暗中出現裂痕。少女的聲音像是花瓶碎裂，那麼脆，又響亮。一瞬間，你們都閉上了嘴。

「說到靳學長，你不是在找他嗎?!」是真關心還是想諷刺，陶子在這時問。

「找他？我看靳飛宇跟我們一樣，都因為相信學姊，早就被……」

黑暗在沸騰。黑暗被擾動。你感覺到風。你感覺到速度。你感覺頭髮掠過臉頰的觸感。絲絲如刺。

蘇轍已經被推倒在地了。

「你幹麼！」

「少佐！這女人發瘋了，你快來！」

「所以，都是我的錯囉。」許靜說，卻不是面對著你們。她望向黑暗，望向因為被泯除了界線乍看彷彿無限的停車場空間。

「你是不是想要聽到我這樣說？」學姊的聲音擴散在停車場中。

「我終於有了選擇，我做出了選擇，但你看看，最後我變成什麼樣子？」

「對，大家都怕我，你恨我，我很壞，我會騙人，我只有一張臉可以看，到最後一切都是我害的。你是不是要聽我說這個？」

是。但也不是。一開始，你以為許靜是在對你們吼。

「你是不是早就知道這一切了？外面的軍隊？離開宿舍就狙擊？你早就知道了吧。你就是在等我們往外跑，你就是想看這一幕吧？你就是這樣想對吧。想看我們充滿希望，到一臉絕望？」

等等，學姊說的「你」到底是誰？

「有種，你可以針對我一個人啊。」學姊衝著黑暗而空闊的停車場大喊：「你就想這樣對吧。你想讓別人跟你一樣受苦。你只是想看。想看我們受苦，不，你就想我受苦吧。這就是你的報復了嗎？」

「你知道嗎？你以為自己很委屈，你以為現在的自己很慘？你覺得現在你可以報復了？我告訴你吧，你跟以前的你沒什麼不同！你還是廁所裡那個你！你一樣在『掛大腸』，你躺在磁磚躺在地板上像白痴一樣的笑，現在的你跟那時一樣！只是過去的你沒有這些力量，過去的你很廢。現在的你，怎樣，很秋嗎？有這些有的沒的能力了，然後你決定報復？」

「說穿了，你跟我沒什麼不一樣！你現在只是變成當時的我而已。」

「不，你比我更討人厭。」

黑暗中一片愕然。靜學姊瘋了嗎？她到底在跟誰說話？

就在這時，始終沉默的前田徑社長倒是說話了。

「欸。」范少佐說：「你們知道，大家去哪裡了嗎？」

什麼大家？你想，我們大家不都在這裡？

「嗯，大家，都在這裡。」社長說。

大家，指的就是大家。包括你們。還有你們之外的。

黑暗中，只聽見啪咖一聲，只見社長點燃打火機——欸，別望向火光，你想起靜學姊的提醒——但打亮的火花只有瞬間。下一刻，他不知道是燒到手，還是手太過猛烈的抖著，打火機立刻落了地，火光瞬滅，但在微光乍亮的那一刻，你們便都看見了。

范少佐沒有說錯，大家，都在這裡。

◇◇◇

乍亮瞬熄的火光在你眼皮裡留下殘像。但並不像學姊告訴你們的，火光會引起食慾進而引發病變。這時視覺神經連動大腦皮質，你腦中唯一浮現的畫面是，你看到了。大家。

大家都不見了。但原來，他們都在這裡。

那一秒的印象太過強烈，你喉嚨持續發出無意義的聲音，在驚呼和嘶吼之間，但很快的，你摀住嘴，你似乎下意識知道，不應該發出聲音。

因為剛剛實在太暗了啊。乃至於黑暗中，你們以為那是一體的，是屬於壁癌、剝落的油漆、斑駁水泥牆的一部分。但那其實很容易分辨。那就是他們沒錯。那就是你們沒錯。

你們。你們牽著手。你們，你們把頭相倚靠著，在對方的臂彎。在大腿。在肚腹上。有些你們閉上眼睛。有些你們明顯還在睡夢中。你們包括，絕教高校的同學們、學姊與學妹、學校的老師。大部分是你們認得的，而還有一些人，不屬於你們，穿著軍裝，或是白色的長袍，總之，你們都在這裡了。散布在管線之間，沾黏在牆壁上，彷彿和牆壁一體，有牆壁的顏色，但仍然維持原本的觸感，形成一道蜿蜒的肉的建築表層。

當你們同在一起。

停車場的空氣中明顯有一種濕度和熱。地表應該是乾燥的，濕氣是從身體中冒出。那些你尋找很久的你們，從胸口中央出現一個大洞。於是你們便四散著，周旁地上掉落的，可不只是水泥灰，而是斷折的肋骨。牆壁上並不是塗鴉，依稀可以看出是噴濺的臟器。空氣中有一種腥味，你已經找到你們了。

（找到你囉。換你當鬼。）

你們一直在這裡。

◊◊◊

在聲音從你們的喉嚨再度逼出來，像是黎明前樹梢騷亂的鳥鳴之前，那一團東西才濕黏黏從天花板上掉下來。

從牆壁上你們之中某個人的體腔中。

◇◇◇

黏液裡，四肢正慢慢鬆展開來，像是花朵抽動蕊芽。

然後牠翻身過來。那讓人想起某種某種蟲類的幼蟲，近乎透明，好像可以看到腔體內臟器的搏動，但體表又確實由某種堅韌的材質構成，呈現某種反差性的柔軟。

然後牠站起來了。像老虎那樣大，或獅子。其實你並沒有看過真的老虎或獅子。但你腦海中很自然冒出這樣的比擬單位。是因為牠帶給你的威脅感嗎？只見牠很快站穩身子，似乎立刻習慣自己的體重。牠撐起體腔的四肢極長，四腳站立後展開的空間卻讓人覺得牠異常龐大，遂有了一種壓迫感。

接著，那東西開口了。作為唇部的地方是紅色的，鮮豔的紅，像誰開玩笑畫出來極具女性特徵的唇紅，在那其中，牙齒驚人的巨大，而且白。是標準人類的唇腔。但卻因為體現在那顱骨彎曲呈水滴還是流線形的頭顱上，反而讓人覺得是一種裝飾，好像是多餘的。

「然然～」

而牠說。和具威嚇性的聲音相反，空氣裡擴散的音質卻是軟的，甚至帶點娃娃音。

「然～然～」那紅色的嘴唇張闔，透明的口水從齒尖流淌。

噓！在人們驚叫前，靜學姊手指壓住唇，發出輕微的噓聲。

噓什麼。

噓。

許靜張開手，一邊要你們安靜，一邊要大家往後退。

再往後一點，一旁水泥柱上，一盞安全門逃生口指示燈幽幽的微光，這時你能看見牠，紅色的嘴唇發出嘶嘶聲，口水從整齊的白牙之間滴落，水滴型的頭微彎，好像在感知，或是在聆聽什麼。

等等，牠沒有眼睛欸。但你猜許靜早想到了。所以，牠是透過聲音辨位嗎？

「然～然然～」

「啊，是五號！」陶子驚呼道。

一瞬間，那東西百八十度轉往後，沒有臉的頭部快速定位，聲調在此時上揚。「然～然～～？」

「綿綿！是綿綿！」陶子正要說什麼，卻立刻被齊子然捂住了嘴。

喔，你有印象了，那不是播音社的社長鄭綿綿的聲音嗎？每天中午在午休搞什麼音樂播放的。但這四腳爬蟲怎麼可能是鄭綿綿，除非……

除非牠能模仿人類的聲音。

或者，那就是牠的聲音。這東西，就是鄭綿綿。不，這東西，曾經是鄭綿綿。

就在你思索的同時，那個曾經是鄭綿綿，而如今看起來像是巨大跳蚤的生物猛然張大那性感的嘴巴，口水成絲又斷裂，眼看就要闔起——

這時你看到許靜高舉手上的車牌，從地上隨便撿的吧。車牌被揚起，看準方向就是一扔。

聰明！許靜想透過聲音吸引那隻紅唇蟑螂的注意。

車牌懸飛半空，還沒落地呢，牠四足壓低，一瞬間往高空一跳，口器猛地咬緊車牌，砰的再度落地。微光中揚起無數塵埃。

「然～然～然～往～這～邊～」——黑暗中那張烈豔紅唇快速咀嚼了起來。輕而易舉就把鐵製車牌嚼得爛爛的，像吃一片口香糖。

看來牠不需要聽聲辨位，牠甚至能感覺空氣中的氣流。

笨蛋。黑暗中范少佐嘴型無聲張闔。原來這一跳，牠的落點卻離你們更近了。

喔，這就是為什麼那些軍隊守在宿舍外頭的原因了。他們不讓人出去。

但為什麼他們不讓人出去呢？

也許他們不想放人們出去的原因，就在你們眼前。

你一動，那頭巨型蚱蜢便感覺到了。下一秒，你面前首先浮現一張紅豔的嘴唇，然後，是一張臉，只見那生物緩緩用後肢站起，牠竟然是能人立的！纖長的腰部讓人想起女性的腰肢，那張紅唇鮮豔的張開來，意猶未盡似，牠舔了舔唇，彷彿餓，卻又嬌羞，聲音在黑暗中傳出：「然然你在哪？我好怕啊救命～」

欸欸，是誰該怕啊？

但現在來不及逃了。怎麼辦？

你抄起一旁的鐵棒。怎麼辦？該給牠一棍嗎？

手機在這時震動。

——**本日運勢：水瓶座的朋友初試啼聲。**

你不懂啊。這簡訊要告訴你什麼？

——**本日運勢：天秤座的朋友遇事則鳴莫忍讓。**

「什麼時候了你還在看手機！Sick，你有事嗎你？」不遠處蘇轍衝著你罵。

欸，這句話你早想罵他好嗎？

等等，你望向蘇轍，忽然有點明白簡訊透露了什麼。不，不明白也無所謂。你現在只能這樣做了。

緊接著，你高舉手上鐵棍，不是往面前紅唇擲，卻是一個轉身，先朝站在一旁的蘇轍腳上敲下去。

「你……」蘇轍來不及罵，尖叫聲先飆出喉嚨。

而你跟著叫。你早想叫了。恐懼早讓你捏緊拳頭，恐懼已經讓你腦袋一片空無。恐懼是一種畏怯，往裡縮的，可好奇怪，卻成為一種放出。在你意識到之前，你扯開喉嚨叫了起來。尖叫。從喉嚨裡放出無止境的聲音。

你叫。蘇轍就叫得更大聲了。他叫得那麼大聲，你反而想叫他閉嘴。

但你發現，紅唇往後退了兩步。

對了，就是這樣，「大家一起叫，牠就分不出大家的位置了。」黑暗中你聽到靜學姊大喊。

你注意到不遠處陶子還一臉錯愕呢，怎麼可能，她一定這樣想，但齊子然倒是識相的叫了起來，空氣中多了男中音。

叫啊。陶子在這時也聲樂派般的叫起來了。拜託，哪有人尖叫是這樣，斷斷續續還越盤越高，你當是唱歌劇啊。

而在另一邊的黑暗裡，與其說是尖叫，更像是吶喊。你知道，那是范少佐。

黑暗中四處傳來尖叫聲，像同一時間有許多人吹響哨子。

紅唇貌似一愣，杜比音效般環繞停車場的尖叫聲中，牠動作猛然停住了，你幾乎以為牠作為肩部的部分縮起，紅色嘴唇緊抿，好像碰到自己所不理解的事情。你可以看到牠白色的身體顫抖著。然後猛然蹲下。

牠害怕尖叫？

牠恐懼某種尖銳的聲音？

正在你推理的那一刻，紅唇縮得小小的，然後，猛然一張，

牠竟然也叫起來了。

高昂的尖銳聲響震動你的耳膜。

「然然然然然然然然～～」

你甚至看得到面前張大的嘴裡那震動的喉腔。
喉腔裡隱隱有另一張臉，有堅硬的什麼彷彿舌根正竄動。
這到底是什麼生物！
哪還管牠呢，蘇轍轉身跑的同時，你也往停車場另一邊跑去。
——**本日運勢：金牛座的朋友應該注意，抓住往上的機會，有時助人向上也可以成就自己。**
什麼意思？是要你往上走嗎？要你回到二樓？還是……
身後傳來汽車蜂鳴器狂響。不會這麼衰吧。你撇過頭，紅唇隨手就把兩邊的車子撥開來，防盜器被觸動嗡嗡亂鳴，牠正飛速朝你靠近。
「然然然然～」
該死，你唯一知道，齊子然不在這啊。而你想跟他說，你只想當個觀眾，你是不可燃。不是子然。
可也沒路了。停車場就是這麼小。轉眼間，面前就是牆了。牆前有車，身後是張大的紅唇。
到這裡就結束了嗎？心底浮起這個念頭的同時，面前車燈忽然大亮。
你反射性以掌遮眼，從指間縫隙猶可見，那個女孩正把手探出駕駛座上方天窗，對你比出個大拇指。
太帥了。不愧是靜學姊。
「我最討厭別人說疊字了！」學姊的聲音在轟然引擎聲響中依然響亮。
引擎聲催下去，一下一下的催，一下比一下緊。同一時間，車頂天窗上大拇指縮回，你果斷往旁邊跳。
恐怖片定理第61條，別惹開車的女人。
靜學姊踩著離合板的腳往前一踏，車子全速往前衝，直直往前撞去。就要讓前頭紅唇變扁嘴。

砰——

車子掠過你身旁直直撞上前方水泥柱體。紅唇剩下上半身，雕像那般嵌在柱體和車頭蓋之間。那撞擊多猛，車子前方玻璃全碎裂，而安全氣囊鼓鼓的，讓前座像塞了床棉被。紅唇垂著頭，怎麼，含羞帶怯啊，少女一樣要讓人用手指去勾的。大概掛了。

你瞪視著紅唇垂落的頭顱。第一時間卻打算就這麼轉頭就走。想唬人啊，按照電影裡演的，前鄭綿綿百分百沒掛點。恐怖片定理第33條，倒下的怪物眼睛緊閉是為了張開，倒下的怪物手殘腳殘，倒下的怪物身殘但志堅，在牠的頭沒斷掉之前都視為活著。

——那時，學姊的臉埋入安全氣囊中。近距離撞擊讓氣囊多軟也像跳水時的游泳池水面。

——撞擊的一瞬，世界堅硬且破碎。

——耳鳴嗡嗡。

——模糊的視線裡，喔，這裡是……

——當意識重新歸位的同時，面前一顆頭顱猛然仰起，紅唇正張。

車體在這時猛然震動，紅唇發出叫聲，哇咧，恐怖片定理第33條果然沒錯。你已經預期了，但還是被嚇得往地上坐。

紅唇空出的雙手拍打車身。帶勾的指尖刮磨車蓋。一下又一下，本來已經變形的車頭現在多出拳印。學姊快出來啊。你不想靠近，可是還是喊了。

這樣，也算援助了吧。

卻在這時，紅唇上半身斜往前伸展。搞什麼，是搶便當嗎？靜學姊從破裂的車窗這頭可以看見，紅唇張大，黑黝黝的唇腔中，一根堅挺的口器沾黏著液體猛然推出。

到底這種嘴巴裡有嘴的設定怎麼來的呢？平常要藏哪裡？睡覺的時候不會被自己哽到嗎？但現在

不是想這個的時候。那口器像花的蕊心猛然從嘴裡噴出，吹箭一樣高速往前刺，立刻就穿入汽車前座，去勢之猛，甚至刺破了安全氣囊。

驚人的氣爆聲中，你以為學姊的臉都被貫穿了。

「然～～～然？」

你的驚疑不下於紅唇綿綿，是啊，爆破的安全氣囊後方，駕駛座上哪裡還有學姊？

她人呢？

紅唇跟你會一起抬起頭，你不知道紅唇怎樣看到，或是感應到學姊，但學姊的運動神經真驚人，不知道什麼時候，她已經手腳並用，從天窗爬上了車頂。

太好了，只要她從車頂往旁跳——

正這樣想，紅唇一個哆嗦，紅唇噴氣，雙手用力撐住車體，只見車身硬是被往前挪動，下一秒，牠猛然一躍，砰，車蓋上多了一道巨大的身影。

紅唇正與車頂的學姊正面相望。

這會兒逃不掉了。

連這樣的念頭都還沒閃過，紅唇猛然伸出雙手，相撲拍手一樣，用力合掌。打算一舉破碎面前柔弱的身軀。

你甚至聽到砰的一聲。

像是神社祈願的大合掌。

但有那麼一刻，如果紅唇臉上有五官，牠應該會露出困惑的表情。

怎麼回事，人呢？

牠的雙手闔起。本來應該被牠一掌拍扁的學姊卻不見了。

學姊第二度消失。

然後紅唇綿綿第二度抬起頭。

停車場裡所有人都會在這時抬起頭。

這時人們會看到，學姊正雙足懸空，凌空飄浮。

學姊雙手在半空張開，學姊的裙襬反重力飄揚。薄透一如水母。

那是飄浮的女神。

但如果是這樣，這就不是恐怖電影，而是奇幻電影了。

有一天你會後悔做這個決定的。其他人瞪大雙眼，要在幾秒後才會發現，什麼時候你竟跑到汽車後方，手上正緊緊揪住學姊的頭髮，而頭髮像是繩索一樣，繞過了天花板上方迂迴交錯的排氣管，排氣管成了槓桿，你藉頭髮的韌度，使學姊整個身體懸吊半空中。

頭髮是有力量的。據說直徑一公分的髮辮，便可以拉動一百公斤重量。那學姊這樣洶湧如噴瀑的頭髮，把自己吊起來根本綽綽有餘。

但別質疑頭髮了，該質疑的，是你自己吧。你都不懂，為什麼自己要介入——也許是因為那個運勢簡訊吧：「本日運勢：金牛座的朋友應該注意，抓住往上的機會，有時助人向上也可以成就自己。」——它是否在暗示你，如果失去靜學姊，你們也撐不下去了？

（可這才是真正的「掛大腸」。）

學姊一定想不到，他們多愛在廁所玩的那招，有一天自己也經歷了這一刻。

而且，是「掛大腸」救了學姊？

「鬆手！痛痛痛痛！」學姊連聲音都被扯得扁扁的，是因為臉上肌肉都跟著頭皮讓頭髮懸著往上拉吧。老實說，如果你能繞到學姊前方，你真想看她此刻的表情，美少女扯緊頭髮繃到極限的臉，還是美少女嗎？

好喔，她說的喔。畢竟你已經盡力了。學姊一開口，你很自然就鬆了手。

於是紅唇面前重新浮現目標。牠哪肯放過這一刻，這一回整個身體都往前撲了上去。

「笨蛋，拉！」學姊又喊。

到底是要你拉還是放啊？一次決定好不好？但這回你沒機會拉了。只見那張巨大的紅唇就懸在學姊面前，雙手像要給學姊一個熊抱，巨大的陰影覆蓋學姊，但卻只是維持那個動作。

怎麼了？

你要幾秒後才明白，就在紅唇撲上的同時，學姊空出的雙手並沒閒著，她抓住排水管一扳，紅唇蹦躍而來，迎面就撞上學姊順勢擲出的排水管。

「然然然然——救我——」

快走。學姊根本不給你看的機會，拉起你就繼續往後跑。你回過頭，紅唇龐大的身軀搖晃晃立在車頂上，像是破爛的布偶，鐵管仍然刺在牠頭上，並因為內外壓力差的關係，這時紅唇的體液像被扭開水龍頭一樣從鐵管裡嘩嘩噴出，噴濺在天花板，揮灑在牆壁上，彷彿一幅潑墨畫。

空氣裡瞬間瀰漫一股強烈的酸腐味兒。

天花板在幾秒後凹陷剝落。

當然，你知道這規則，恐怖片定理第75條。怪物的血通常有腐蝕效果的。

——**金牛座的朋友大步前行。正視難關。往左則吉。**

什麼是大步前行？你前面就是一座巨大的移動噴泉，紅唇正從頭部湧出腐蝕液體，你是要怎麼往前？

紅色的嘴唇吐出白色泡沫。

天花板表面的層板被融化，同時露出內部水泥。

簡訊不停傳來。

——**金牛座的朋友大步前行。正視難關。往左則吉。**

——**金牛座的朋友大步前行。正視難關。往左則吉。**

——**金牛座的朋友大步前行。正視難關。往左則吉。**

——**金牛座的朋友大步前行。正視難關。往左則吉。**

——**金牛座的朋友大步前行。正視難關。往左則吉。**

你一咬牙，反正都跟著這運勢簡訊這麼多次了。於是你拉著學姊，迎面衝向紅唇。

接近，再接近。

然後，在牠身體一傾，手爪朝你掠來之前，你一個急煞，藉車子為掩護，往左繞到一旁走道上。

——**金牛座的朋友大步前行。再接再厲，往右則吉。**

搞什麼，剛剛往左，現在又往右，那不就走回原本的地方嗎？

根本不是逃啊。

你一抬頭，面前唏里嘩啦像是下了場雨一般，淋落的體液水幕一般遮在你面前，你還沒反應，體液破開一個小口，那是紅唇堅硬的口器，正直直朝你面前竄來。

這回真的被簡訊害死了！

你緊閉雙眼，以為就到這裡了。

再來金牛座該怎麼做呢？

也就沒有再來了。

卻在這時，耳朵代替視覺，你聽到轟隆巨響。

你再張開眼，面前是煙硝混雜著小碎石從上方落下。哪還有什麼紅唇。

怎麼回事？

你再抬頭，只見停車場上方的天花板完全被融蝕了。撐不住了，破出一個大洞，而原本紅唇所在的位置現在出現一只掃除工具櫃。很明顯就是舍監辦公室那兩只的其中一只，上面貼的膠帶你超有印象的，畢竟是你親手貼上去的啊（你最好的朋友掃除工具櫃來救你囉）。要幾秒後你才想通，是因為地板被融蝕撐不住重量了，上方的工具櫃就在這時掉下，不偏不倚砸中紅唇。

——**本日運勢：金牛座的朋友請四指成拳，左右各探出食指搭於唇上，並將嘴唇盡量朝左右拉開。**

什麼意思？你望了望面前同樣愣然的學姊，下意識照著照著簡訊指示做。

「你……你幹麼……」學姊還處在驚嚇中，只是愣愣地問。

然後，因為掉落衝擊而變形的工具櫃大門猛然被踹開。

一名少女拿著手機從工具櫃探出頭來，煙塵裡她推了推眼鏡，揚了揚手上的手機，開口說：「金牛座的朋友，請跟著把舌頭吐出來。」

◊◊◊

金牛座朋友代替所有星座，正在跟學姊扮鬼臉呢。

掃除工具櫃前，你代替女孩的臉，而許靜則對著你代替的女孩說話：「明蒂！竟然是你！太巧了，你沒事呢！」

明蒂？你知道這個名字。魏明蒂。那個學校裡的天才。她為什麼在掃除工具櫃裡？而且躲在你隔壁？她在你躲進去之前進去的嗎？怎麼會這麼巧，原來停車場的正上方就是辦公室嗎？又怎麼會這麼巧，工具櫃在這時掉下，不偏不倚砸中紅唇？

「這樣問就奇怪了，那不就是學姊你，把我塞進去的嗎？我都不知道這樣的人為是巧合呢。還是，所有的命運，其實都是人為呢？」魏明蒂搖搖手上的手機。等等，她是在跟你說話，還是在跟學姊？這時你才搞清楚，莫非，從一開始收到的那些運勢簡訊，都是這個櫃中少女發給你的，你和她曾經只有一個薄薄的櫃子之隔……

——所有命運，其實都是人為。

命運正在告訴你。其實是命運的少女在對你說話。

你一回頭，女孩們敞開了懷，雙手張開，朝對方奔跑擁抱。

然後她們共同伸出手來。那真的是鐵的交情啊。一瞬間，你聽到金屬碰撞聲。

只見魏明蒂手上拿著園藝用的大剪刀，是原本放在掃除工具櫃裡的吧，而許靜手上什麼時候多了副大鎖呢？女孩的聲音這麼輕盈，女孩的問候關懷備至，情真意切，如果不用眼睛去看，根本不知道是如此金鐵撞擊的。

空氣中爆出看不見的火光。你的舌頭還掛在嘴邊，一時不知道該不該收回去。她們兩個人到底是……

「你瞧，『水晶湖之吻』也不是這麼的恐怖，通常第一個衰的不總是你嗎？但這回你倒是撐得夠久，還這麼生龍活虎的啊。」魏明蒂隨手把剪刀往旁一丟，好像剛剛什麼都沒有做。

「是啊，『水晶湖之吻』總是讓我帶衰，牽拖我身邊的人都掛掉，所以這次我就很遺憾了，怎麼還沒應在你身上呢？竟然讓你好好出現在我眼前。」許靜一鬆手，大鎖哐的掉地上。

這會兒你聽出來了，兩個人的嘴巴可能比手上的武器還利。

「不過還是要讚美你呢，」許靜看了看你，又看看魏明蒂，「『夢回榆樹街』原來這樣用的。所以你能看到一切？你看到什麼？包括我們在走廊上遇到『他』？包括我們在停車場碰到這隻變形的大旯犽？包括這個烈豔紅唇的走向？然後你在遙控雷普利？」

能看到？怎麼可能？你更是困惑了。一個被關在掃除箱裡的大近視要怎麼遙控全局？哪可能有這樣的能力？

——導演說，插入魏明蒂夢中錄影畫面。國青說：「等等，你說，會發生的事情，一定會再次發生。」

——導演說，插入魏明蒂夢中錄影畫面。魏明蒂說：「夢境就像另一個現實。而且是，可以無限次重來的現實。也就是說，夢中的一切，只要輸入夠多數據，無論場景、天氣、所在人物與接下來的行動，一切都可以重現。夢是現實的演算。而最棒的是，現實只有一次，但夢可以做無數次重複。」

——一切回到 number 1。

「欸，雷普利，還不好好謝謝她。感謝魏明蒂就像以前愛躲在幕後。感謝她總是操弄著別人，欺騙，並且愚弄。」

操弄？欺騙？並且愚弄？你心中確實浮現這些念頭。等等，所以你以為你是觀眾，你以為你完美無缺的隱身，但其實，你只是被人拉著線在走？

你是舞台上的傀儡人偶，手腳懸絲，命運在更上方扯動它的絲線，以為是命運，其實是人為……

（……一、二，佛萊迪來找你，三、四，最好把門鎖上，五、六，握緊十字架……）

靜學姊跟著接話道：「你最該感謝的其實是，她只是操弄著你，但沒把你弄死。還沒。」學姊說。

「還沒」，那又是什麼意思？意思是，魏明蒂之前害了誰？

「欸欸，不敢當，但你真的要感謝你的靜學姊吧。」魏明蒂說：「畢竟，要不是她把整個宿舍的電源關閉，不是她阻擾『MEMORY』計畫，你們就不會被放出來了。」

什麼意思？什麼叫做被放出來？

又什麼是「MEMORY」計畫？

但不是靜學姊救了你們嗎？把你們從靠近的「傻雄」面前救走，並把大家集合起來？

不是靜學姊要帶你們逃離嗎？

這時你的大腦一片混亂，浮出指令和提問，多開視窗到占滿整個記憶體，幾近當機。

「這時你的大腦一定一片混亂，浮出很多指令和提問，多開視窗到占滿整個記憶體，幾近當機吧！」魏明蒂望著你，簡直像知道你在想什麼，不，簡直像她在下指令，她說：「但是，『問對問題，才有答案』，你好好想想，你最大的問題是什麼吧。」

最大的問題是……

「或者，讓我來告訴你，」魏明蒂清澈的雙眼望向許靜，「你最大的問題，就是你以為的解答。」

◊◊◊

你以為自己活在恐怖片裡，但幾小時之前有人告訴你，這裡可以成為樂園，但它同時是別人的地獄。

你以為絕教高校毀滅了，不需要陽明山爆發或巴士海峽大海嘯，台灣已經完蛋了。但幾小時之前有人告訴你，你是倖存者。而且你是全台灣最乾淨的人——沒有感染HLV，也沒看過什麼狗屁詛咒影片，你會成為「最後的台灣人」。

你以為自己只是恐怖片的觀眾。你以為自己完美的隱藏。但十秒之前有人告訴你，她一直看著你。

她在操縱你。

你以為靜學姊拯救了你，也將拯救大家，但三秒之前有人告訴你，她就是你最大的問題。

總是有人告訴你新的事情，天知道接下來你會知道什麼。

事情是這樣的，恐怖片的老套橋段，不演了不演了，編劇嫌想情節很麻煩，乾脆讓角色用嘴巴說。

事情是這樣的，恐怖片的老套橋段，為什麼恐怖片的人總是想出這樣那樣驚天陰謀，中間經過好複雜迂迴曲折歪歪繞繞各種算計和暗中撥弄？其實只是為了很無聊的理由。

事情是這樣的，恐怖片的老套橋段，一開始發生什麼，這些角色像嘴巴得了便祕，怎麼摳都不會洩漏一點點。但時間一到，通常電影快到尾聲了，就像飲料機故障一樣，你不用投幣都唏里嘩啦一直有東西滾下來。

「事情是這樣的，你知道ＨＬＶ嗎？」魏明蒂問。

喔，你知道，那場三天內一定會死掉的疾病。但總統不是在新聞上說，已經控制住了嗎？而且靜學姊告訴過你們疾病傳播的方式，不要望向火光。不要想起任何和食物有關的事情……

「事情是這樣的，你知道詛咒影片的存在嗎？」

喔，你知道。但那不是一部老電影嗎？叫做——嗶——什麼？現在台灣人都快掛點了我們竟然還在意版權必須消音。

「讓我來幫你做個前情提要吧。ＨＬＶ已經控制住了。感染者進入Lv2後，會狂暴化，那就是『食客』的誕生。而無論有沒有『食客』，感染者在三天內一定會死去，那怎麼辦呢？於是政府裡哪個天才就想到，不如讓大家看看詛咒影片吧。看完了錄影帶，七天後你才會死。那意思就是，七天之內，你都不會死。錄影帶可以治癒你的ＨＬＶ。」

喔，這樣你就明白了。這樣就算我們感染ＨＬＶ，也不會死在三天後了。

等等，但這樣你們依然會死在七天後啊。被詛咒影片殺死。

「是的。但這不就是台灣人處理事情的方法嗎？你怕三天死，沒問題啊，七天再死可以吧。好了，那七天後怎麼辦呢？沒關係，到時再想就好了。」

「那解決詛咒影片的方法是什麼？」你問。

——導演說，插入國安局地下三層國安局災害應變控制中心監視器畫面。放大胡鐵軍的聲音。「啟動終極M計畫，代號：『MEMORY』。所有人開始撤往『台北之心』。」

——導演說，放大胡鐵軍的聲音。「還有，找回魏明蒂和許靜。這計畫，只有她們能做到。」

「那就是MEMORY計畫的存在。」魏明蒂說。

——導演說，把機智問答的舞台給我架起來。把燈泡安裝上去。攝影機預備，一號機stand by，二號機stand by，三號機。十秒後節目開始，給我插入魏明蒂在黑板前的講解。「Question：你知道老電影裡的貞子為什麼只能從電視機裡出來嗎？」

——導演說，給我一號機鏡頭，插入魏明蒂在黑板前的講解。「是因為形體的關係。」

——魏明蒂說：「好好想。這很合理，物理世界——也就是我們所在的世界——才是主戰場。詛咒影片裡的俊雄，他可以自由穿梭在鏡面中，但他終究必須回到這個世界，才能殺死我們。如果他要進入這個世界，並保持他的形體大小，那他就必須通過合適的出口。也就是說，進入這個世界的出口會決定他的形體大小。」

也就是說，

「出口必須要是成年人身高與身形可以穿梭的大小。」

也就是說，

「必須要很普遍，是隨處可見的，」

也就是說，

「必須是電視才行。」

手機螢幕太小了，電影銀幕太大了。但電視剛剛好，它既是窗戶，能讓老電影裡的貞子，或是你們實際製造出的「俊雄」透過螢幕窺探，它的長寬高又那麼適合一個成年人爬出。它不是門，但能讓人進入，它提供通道，並延伸到各個角落。

於是，恐怖片裡的貞子從電視中爬出來了。

於是，尖叫連線親手製造的「俊雄」從螢幕中爬出來了。

他身體伏地，他手指扒地，他一點一點確實的往前爬行，

他從電訊世界重組，從我們的世界探出頭來。

——「當我們都使用手機，當我們使用平板，能多小？六吋？十二吋？十五吋？他要怎麼從這樣小的螢幕裡爬出？他的體型必須相對縮小。」魏明蒂說：「所以，貞子是類比時代最後的幽靈。貞子如果會在二十一世紀消失，不是因為大家不用錄影帶了，而是，這個數位時代消滅了她。」

貞子是二十一世紀的第一個死者。

「等等，」你插話了，「這跟我們有什麼關係？」

「現在不就提到了嗎？」魏明蒂說，手指向窗邊。

——導演說，配音組上音效。給我上小叮噹從四次元口袋裡掏出法寶的鏽頭音效。

——導演說，調出舍監辦公室監視器錄影畫面。時間調回你們在窗前張貼膠帶時。對，就是這幾格。把畫面放大，再放大，看到了嗎？還沒貼滿的窗戶前架著一台大型望遠鏡。鏡頭正對著窗外。你瞧，恐怖片是很嚴謹的電影，一切都前後呼應。

——導演說，配音組上音效。播放「答案正確」音效。

「Good answer.」

——導演說，給我二號機鏡頭，插入魏明蒂在黑板前的講解。「如果我們縮小『俊雄』進入這個世界的出口呢？例如，我是說例如，例如我們可以透過望遠鏡透鏡，讓『俊雄』沿著鏡片逆向爬出。」

——導演說，給我二號機鏡頭，插入魏明蒂在黑板上描畫的透鏡原理，特寫上頭的長寬距離換算：「你瞧，當『俊雄』不得不現身，他尋找可以讓他出現在物理世界的媒材，當他延著鏡面折射，其實是隨著望遠鏡鏡身而使身形越近卻越小……」

「按照計畫，『俊雄』不會讓他詛咒的人在七天內掛掉——在這個計畫裡，那就是靜學姊——當許靜有生命危險，『俊雄』會出現拯救她，但『俊雄』只能從鏡面進出這世界。而隨著宿舍裡電視與玻璃都被許靜破壞，『俊雄』沒得選，他最後唯一能現身的，只有這台望遠鏡……」

「這就是 MEMORY 計畫的內容。」魏明蒂說：「錄影帶是時代的 MEMORY。是時代的記憶。終究會消失。我們則要活用老電影告訴我們的。」

而俊雄是國青的 MEMORY。是他曾經的記憶。

國青也曾經是少女們的 MEMORY 吧。

但如今也只能是 MEMORY 了。

只是這些，魏明蒂不會告訴你。

她告訴你的只有：「這間宿舍被徵用了。絕教高校在學校大屠殺那天後便暫時關閉運作。我提議在宿舍裡啟動這項計畫，軍方也按照我的需求，將實驗室和狩獵場都搬來這。」

所以，男一舍是捕捉「俊雄」的狩獵場？

「那就是阿基米德追龜論。當『俊雄』透過望遠鏡抵達，或投射在這間辦公室。形體縮小，他必須不停前進才能離開這個房間，而我們準備了特殊的空間，讓縮小的他不停前進，但他始終無法離開。」

「他無法離開那個空間。」這就是「MEMORY 計畫」。也就是捕捉俊雄的計畫。限定他的路徑。縮小他的形體。捕捉。困鎖。

魏明蒂說：「本來應該是這樣的。我們兩人都看過詛咒影片，但你也知道，你那親愛的學姊就是個戲精啊，被怪物追殺，這不就是她一生都在演出的戲碼嗎！總是第一個死，於是她自願擔任那個遭遇逼命危險的苦逼女主角……」

「而且，根據《十三號星期五》第十集，這部續集電影怎麼捕捉殺人魔傑森的呢？不就是安排一個妹子在水晶湖故意犯傻，好引誘戴面具的傑森來砍她。如此軍方才能趁機捕捉她。」

許靜倒是笑了：「我現在才聽出來，你這個周全的計畫原來是看恐怖片想到的啊。恐怖片真是能拯救世界啊。」

「但這次你沒有演好不是嗎！」魏明蒂眼神那麼凌厲的瞪視著許靜，「你演砸了。」沒有髒話比「你沒有演好你的角色」更嚴重，這句話是對你們最大的汙辱。無論是在高中，在恐怖片裡，你不該違反你的角色。該被欺負就被欺負，該裝傻就裝傻。好好的演下去，演久了，就是真的了。

「計畫開始實行後的五分鐘，主電源被關閉。」魏明蒂說。

——導演說，插入宿舍監視器畫面。少女一把拉下發電總開關，加碼扯斷連結電線。

「計畫開始實行後的七分鐘，備用發電機被強行破壞。」

——導演說，插入宿舍監視器畫面。少女在螢幕裡揮動斧頭。

「計畫實行後第九分鐘，我被通知前往舍監辦公室，卻被人一把敲暈，跟著被推入掃除工具櫃裡。」

——導演說，插入宿舍監視器畫面。黑暗的舍監辦公室中，戴眼鏡的女孩被尾隨，戴眼鏡的女孩若有所思，戴眼鏡的女孩來不及轉身，後面，總是從後面，黑暗中有人暗襲，女孩身子一軟，眼鏡沿著鼻梁滑落。沒有亮燈的舍監辦公室裡傳來工具櫃門打開的咿呀聲。

「我太知道你了，學姊，破壞 MEMORY 計畫，包括放走『他』，只是想引起混亂吧，是嗎？靜學姊。你一直在找的，其實是曾經的票房保證，曾經『他』最討厭的人，也就是斬飛——」

「不。」學姊說，你以為她要說不是，她說的卻是，「不准你說出來。」

「你不是做出選擇了嗎？你不是想拯救全台灣嗎？你不是因此加入尖叫連線嗎？」

校園的大姊頭，很絕情，多壞。但其實她真正想做的是……

魏明蒂轉過頭對你說：「你叫雷普利是吧。那你可要看清楚了，這就是你偉大的解救者。那個你們感激涕零的靜學姊所破壞的，其實是整個計畫。」

「她關閉宿舍總電源。她把我關進掃除工具櫃裡，她想要獲得選擇，她總是以為自己可以選。一開始，她選擇了世界，放棄了她的學弟衛國青，現在她又為了斬飛宇，放棄了這個世界。總是這樣，用一個選擇代替另外一個。」魏明蒂轉過頭，看著學姊，「你不是沒有選擇。你只是選擇了，卻不能接受結果。」

「閉嘴。不准，不准說出他的名字。」

事情是這樣的。你唯一搞明白的是，許靜還稱呼你們為「倖存者」呢，但她要救的，一開始並不是你。不是你們。

「許靜讓研究室斷了電，你們才因此從哪個培養槽或是冷凍櫃中掉出來的吧。」

你重新感覺到腦後生疼。

（這時你這才真的醒過來。）

你緊握掌心，腦海重新想起最初。

（意識的初始是混沌。像是老電視機按下開關那一刻。）

事情是這樣的。你只是冷凍櫃裡的一塊肉。你是保鮮櫃的大腦或是豬下水。

「事實是，詛咒影片生成之後，絕教高校經歷一場動亂，軍方稱它是『夢醒時分』。我知道軍方蒐集了『夢醒時分』時，死難或瀕臨死亡的學生。」

——導演說，插入「夢醒時分」絕教高校教室監視器畫面。國青的拳頭塞入歪豬口中。

——導演說，插入「夢醒時分」絕教高校教室頂樓監視器畫面。許靜拉著靳飛宇前往頂樓。

——導演說，插入「夢醒時分」絕教高校走廊監視器畫面。國青對感染者潑撒大量化學粉末「鎂」，引發燃燒。

——導演說，插入「夢醒時分」絕教高校體育館監視器畫面。葉鈿鈿被擋在拉門之外，國青對著他大喊：「如果沒有你就好了。」

——放大國青音量：「拜託你消失就好了。」

——放大國青音量：「你為什麼要出現在我面前？」

在那時，范少佐正奔馳於操場上。蘇轍持手機正步入操場。陶子正打開餐廳大門。

那就是你，你們的夢醒時分。

（那你在哪裡？）

你只是望著許靜。你們全望著許靜。少女的臉多美，就算一臉破綻，表情和說詞都是漏洞，大銀幕上肯定還是充滿讓人心碎的魔力。但就是這樣才可恨。

所以她應該第一個去死。

而且，你們還把她當成女英雄，當成救世主。

所以她更應該第一個去死。

嘘だ。

騙你的。

這就是校園的女王，你早該知道。她陰晴不定。這就是校園故事。她選擇了你，她不選你，都有理由。其實都沒有理由。

——導演說，讓我們歡迎最佳女主角。

——不，讓我們歡迎最佳導演。許靜自導自演。那是演技的極致。

真相模仿謊言。

欺瞞模仿信任。

◊◊◊

「你沒想到的，不只是外頭有軍隊。你沒想到的，是『艾立恩』會出現吧。」魏明蒂說。

「艾立恩？」那是你第一次聽到這名字。應該也是許靜第一次聽到。

「這倒要感謝你，要不是你把我關進櫃子裡，恐怕我也跟其他人一樣了呢。」

——被寄生。

——胸膛像一扇窗子被人從裡面打開。

「這就是『水晶湖之吻』嗎？」魏明蒂說：「只要你選擇，就會死掉。只要你決定，就會失敗。你知道你把『艾立恩』放出來，死掉多少人嗎？整個駐紮的部隊、所有進駐宿舍的研究人員，都在你的『贖罪之心』下掛掉了。」

——你以為贖罪，其實造成更多的罪。

「艾立恩？那又是什麼？」你眼神飄向那只砸落的掃除櫃，她說的是剛剛能發出鄭綿綿聲音的怪物嗎？

「根據實驗室——希望大家安息——最後留下的訊息，我聽到的是，『艾立恩』來自外星。」

但其實你早就該知道了。可不是，恐怖片都有拍，《異形》、《異形奇花》、《突變第三型》、《異種》……你還能列出更多。

恐怖片就是外星生物的生物學教科書。你早就應該知道了。

>>外星怪物能夠寄生。

>>外星怪物拿人類當作代理孕母。

>>外星怪物的體液有腐蝕性。

>>外星怪物能模仿、複製甚至吸收人類的技能、聲音、記憶或其他更多。

「軍方暱稱這些外星生物叫『艾立恩』。大概是電影《異形》Alien的諧音吧。」

此時你內心意外的平靜，你望著魏明蒂，但其實你根本沒把心思放在她身上。

你現在想的只有，所以，你知道自己為什麼在這裡了。

「電源關閉的時候，許靜放出了什麼？」

不，你想喊，別說了。

「艾立恩。」前鄭綿綿。那個怪異生物。

「電源關閉的時候，許靜放出了什麼？」而魏明蒂不休止的逼問著。越來越靠近答案。
可你現在不想知道了。
可你已經知道了。
「電源關閉的時候，許靜放出了什麼？」
放出了你。你們。所有人。
「電源關閉的時候，許靜放出了什麼？」
但為什麼不說，你們，就是那個外星生物呢？

◊◊◊

問題就是答案。
你們的問題就是你們自己的答案。
你，你們為什麼出現在這裡？軍方為什麼不讓你們出去，答案再簡單不過了。
因為，你們本來就是「艾立恩」的培養皿。
你們早就該死了。死在夢醒時分。然後被放在軍方的冷凍櫃裡。
（這時你才真的醒來。）
許靜不小心放出了「艾立恩」。許靜不小心放出你們。
你們＝「艾立恩」。
（Hello, world.）

Hello，「艾立恩」。你輕聲說。壓著胸口。那激烈跳動的，恐怕不只是心臟。而是來自臟器之間一個溫熱的正在搏動的神祕存在。

不是「艾立恩」要殺死你們。反而是，「艾立恩」讓你們這些死者獲得第二次存活的機會。

「總是這樣，你想幫助別人，就會傷害更多人。」魏明蒂則望著許靜。

「每一次，你對別人釋放善意，你就會傷害他們。」

「每一次，你要別人再相信你一次。那就會再次背叛別人。」

「每一次，你想要成為好人，你想要更好，那你就一定會變成壞人。你會讓一切變得更糟。」

「每一次，你追求正確。但有多正確，便有多錯。」

「那就是『水晶湖之吻』。但『水晶湖之吻』並不是詛咒，只要死掉的話，不就什麼事情都沒了嗎？所以你的詛咒不在於沒有選擇，而恰恰在於，你必須承擔後果。但如果後果並不是你想承擔的呢？」

那時你才真正感受到所謂選擇。

◇◇◇

「所以，什麼時候？」范少佐替你問了你最關心的問題。

什麼時候，「艾立恩」會冒出來？

魏明蒂搖搖頭：「還剩三天。」

還有三天「艾立恩」才會冒出來嗎？

你心跳稍微緩一些，魏明蒂繼續說道：「還剩三天，詛咒影片的七天期限就到了，『俊雄』會帶走所有人。許靜，就算你救出飛宇，也不能讓他比我們多活一天啊，你的搶救並沒有意義。」

「欸欸，我問你呢。」蘇轍高八度的聲音插入，「就沒有辦法取出它嗎？」

「消滅它。」許靜倒是開口了。

她是指，消滅「艾立恩」嗎？那方法到底是什麼？你說啊。

「所以，我的行為沒有意義。但你捕捉『俊雄』，想消滅他。用各種方式持續追殺他，那就能阻止詛咒嗎？我說啊，明蒂，你也看到了。『俊雄』很容易死，我在宿舍門口就見到一次。他可以被子彈打穿。但再來呢？他終究是會回來的吧，下一次，『俊雄』又會冒出來，他是殺不死的。你只是在累積仇恨。」

「欸，你們沒長眼，總有長耳朵吧，是有沒有在聽我們講話？」范少佐開口問。

「有啊。」魏明蒂說道。

哪裡有？

「有效啊。這一次的捕捉實驗，不就證明，『俊雄』是可以被引導的。那下一次，搞不好我們就能把他滅掉了呢！」

果然沒在聽！

「如果沒有呢？沒有殺死他，你們只是持續累積他的怨恨。」許靜回道：「魏明蒂，我想問的是，這是你想要的嗎？『俊雄』最相信的，不就是你嗎？」

——導演說，插入保健室監視器畫面。國青的聲音隔著簾幕依然清晰。「但此後，你不是一個人面對了。」

「你覺得我壞嗎？你覺得我害到許多人嗎？對，我很壞，我沒有用。我總是讓事情變得更糟。但是，我的心，我的心裡，我希望一切變好。至少，我是真心這樣想的。」許靜說。「那你呢？你是全學年第一名。你是絕教高校有史以來的天才。你還是國青的好朋友。但結果呢？」
許靜問魏明蒂：「你就沒有一點愧疚嗎？是你製造出『俊雄』的。而你如今還好意思策劃殺他？策劃捕捉他？你沒有一點點的愧疚感嗎？你比『俊雄』還恐怖！」
你愣愣看著他們。你忽然明白一件事情，那就是，你，你們根本不重要。
如今，你不是觀眾了。你就在一部恐怖片裡。但如果這是一部恐怖片，你發現，你們只是恐怖片的配角而已。你們只是偶然介入面前兩位少女引發的事件中，少女們有理由，有她們的執著與追求，有掙扎，有矛盾。少女們才是恐怖片的主角。連尖叫都能定住鏡頭拍個十秒。
而你們只是背景而已。
那才是真正的恐怖。

◊◊◊

但話說回來，在整個高中生活裡，你本來就是背景不是嗎？
你本來就追求自己成為一個背景人物不是嗎？

◊◊◊

這時你才笑出來。不知道是笑此刻的自己，還是過去一直沒發現這件事情的自己？

◇◇◇

「對了，就是這樣！」

你笑，一開始聲音多輕，但很快的，那笑聲停不下來，幾乎歇斯底里，帶著啞的。

啊，只要笑就好了。

——記憶裡浮現誰的聲音，喔，是技安的嗎？「你還笑得出來！你出戲了你知不知道。」他在哪裡說的，跟誰？

——記憶裡浮現誰的聲音，「只要我跟著笑的話，我就是個笑話了。只是個笑話，就不會是真的了。」喔，是他嗎？「俊雄」。那一路追著你們的男孩，身體被子彈穿過。一定很痛吧。那時他是笑著的嗎？對了，你在學校早聽過他的笑聲了。在每天放學第八節的廁所裡，在走廊上，在經過掃除工具櫃時。他一直笑。笑得讓躲起來的你有些害怕。

現在你有點懂了。

「對了，就是這樣！」而魏明蒂說：「繼續笑！」

What？

「還記得那個時候你們尖叫吧……」

——導演說，倒帶宿舍監視器錄影畫面，插入停車場鏡頭。黑暗的空間裡，少年少女圍著人立起來的異星寄生物尖叫。畫面上聽不到聲音，但若放大畫面，可以看見你們的嘴巴張得多開，而寄生體作為肩部的部分縮起，紅唇緊抿，身子彷彿顫抖。

「你瞧，『艾立恩』會說人的話，你們那時不是叫牠綿綿嗎？在停車場，牠似乎維持部分人類的習慣。」魏明蒂說：「很有趣的提問不是嗎，外星生物為什麼要怕尖叫？」

是啊，為什麼死的會是你，這是不是也很有趣？

但魏明蒂似乎沒讀懂你暗下來的臉。她一逕的說：「在我所啟動無數次的『夢回榆樹街』中總有這段，你們可以用尖叫讓『艾立恩』停下。一開始，我以為是『艾立恩』對特定音頻敏感，或害怕尖叫聲。所以僵住了不動，但考慮到『艾立恩』的完成體還保留人類的習慣，那是不是可以解釋成，『艾立恩』吸收寄生者的養分，擁有他的能力，也保留他某些特徵。」

「Close your big mouth. 你他媽在講什麼！害人精，我們不會再相信你！」蘇轍吼道。

「什麼叫無數次的夢中？」好像你經歷過無數次死亡？

「你們才閉嘴，讓她說。」范少佐說：「你的意思是……」

「我的意思是，人類面對恐懼，最直接的反應是什麼？不就是尖叫嗎？嘴巴張大發出聲音的同時，身體會僵化，肌肉因此緊繃。」魏明蒂手指搭著下巴說：「孵化出來的『艾立恩』多強健，你們也看到了，車子都撞不死牠呢，牠又怎麼會怕區區的尖叫呢？我在想，是否是，聽到尖叫的同時，牠體內殘留人類的本能讓牠記住了這些習慣。」

尖叫可以讓牠停下來。

尖叫會讓牠殘留人類記憶的身體產生僵直。

「按照這個思路，如果牠的身體殘留著人類的記憶，尖叫會讓牠一瞬間僵直，反過來說，笑的話，搞不好牠會鬆懈，會遲緩……」

「你是說……」陶子說：「呵呵，是我想的那個意思嗎？」

你可聽不出陶子的「呵呵」聲中有那麼一丁點愉悅。

「的確是笑喔。我在想，一直笑的話，可以讓牠緩點從你們體內孵化吧。」魏明蒂說。

這是哪門子理論？

「喔，還有一個支持這個理論的根據是，根據實驗室報告指出——當然，在你們偉大的拯救者關掉總電源前，我只能看到這麼多了——『艾立恩』由寄生到成為成熟體的時間，跟被寄生者的體質和情緒也有關係。」

情緒？

「精確的意思是，腺體的分泌和心跳速度。」魏明蒂說：「心跳間隙、腎上腺素的分泌、大腦因為緊張造成的……」

在你聽起來，那好像醫生跟你說話一樣，多喝水，別吃辣的還有炸物海鮮，自然就會好。好像你得的是感冒。

「所以好消息是我們靠近牠，牠不會殺我們。」范少佐說。

等等，這哪裡是好消息？這意思不就是說，剛剛你們白跑了。

「壞消息就是，但我們可能因為緊張、恐懼，讓身體內的『艾立恩』脫體而出。」

那意思是，你們雖然那麼害怕，但你們不能尖叫。

那意思是說，你們心懷恐懼，但要常懷微笑。

意思是，在恐怖片裡，你們要把它當成搞笑片。

到這時，你才更大聲笑出來。其他人們在這時也開始笑。一開始是那麼不確定的，你看到別人扯起嘴巴，你也跟著動，但很快，他嘴巴開了，你就更開了。

哇哈哈。呵呵。嘿嘿嘿。

你甚至看到陶子笑到都擠出眼淚，而蘇轍因為笑而發抖。

第一次，恐怖讓人發笑，而笑讓你感覺那麼絕望。又那麼害怕。

◊◊◊

一開始，聲音從黏答答的牆壁上來，你們探頭過去。那連綿成血肉之牆的牆壁上，依稀可以分辨出迷彩外套的顏色，聲音就是從那傳出來的。死掉的他們也在笑嗎？

最初，那只是雜音，然後，一個人聲逐漸清晰起來。

「……第四小隊呼叫第六小隊，確認已疏散第六區市民前往『台北之心』，請各小隊依作戰時間集結……」

台北之心。這是你今天第二次聽到這個詞彙。

「第六區市民？」范少佐敏銳捕捉到關鍵字。

如果能去「台北之心」的話……你心中閃過這個念頭。

但很快你發現魏明蒂正看著你。不，不如說，她正看著你們所有人。

你忽然想到一個問題，她知道你身體有東西了。知道你們身體裡都住著外星房客。

這樣她還會讓你們出去嗎？

嘻嘻嘻。呵呵。哇哈哈。

而你們的反應只是笑著。

「很好笑嗎？」許靜瞪了你們一眼，轉頭問魏明蒂：「要知道，我們還剩三天。」

「喔，感謝老天，還多三天。」魏明蒂說。

「你可真樂觀！」許靜說：「所以你要怎麼運用你多出來而我剩下的這三天？是開心的繼續你的謀殺之路嗎？」

「你可真悲觀！那你呢？你要哭哭啼啼的繼續你以為的贖罪之旅嗎？」魏明蒂回答：「我只知道一件事，尖叫連線到此，也算解散了。」

「但我們還可以做一件事。」魏明蒂說：「最後一件。」

「喔，把你的眼鏡打爆嗎？」

「那個等你下地獄再做吧！男一舍的部分我已經清除了。但對面女一舍辦公室裡應該還有。」魏明蒂正色看著靜學姊：「我們必須去銷燬。」

許靜這會兒真的笑了：「你真的是好學生欸。不是那種考試前隨便念一念應付一下的。反正三天後我們都要掛了，有什麼不能留下來的？男生的D槽嗎？」

「還真的謝謝你的讚美喔。」魏明蒂說：「你也會想毀掉的。是錄影帶的轉片器和放影機。」

轉片器和放影機有什麼好銷燬的？

隨即你意識到，齁，關鍵字出現了。

有了轉片器和放影機，那不就表示，可以播放錄影帶了。

哈哈哈，而你只是持續笑著。笑聲裡，你聽見魏明蒂的腳步聲。你聽見衣裙摩擦。

你聽見她打開門。

然後，你抬頭，哈哈哈哈，你已經笑得有些累了。哈哈，然後你剛好看到大鎖往魏明蒂頭上砸去的那一刻。

◊◊◊

「為什麼你們明明是加害者，卻總可以獲救？」這時你聽到有人說。

不對，進入你耳朵裡的句子應該是：「嘻，為什麼你們明明是加害者，卻可以獲救？呵呵？」

「我們也想活下來啊。」你應該閉緊嘴巴絕不會講出來的。但這時你覺得自己聽到了。

不對，進入你耳朵裡的句子應該是：「哈哈哈哈哈哈，我們也想活下來啊。」

「嘻嘻，為什麼你們明明傷害了別人，卻老是說自己是正確的？」

你其實什麼都沒有說。但他們替你說了。

◊◊◊

「為什麼總是我？」

最深的黑暗裡，在無數鏡子與螢幕構成的黑暗空間裡，那裡有一名少年正緩緩張開他的眼睛。無數的鏡子裡有無數的他。有無數個為什麼。沒有一個有答案。

◊◊◊

你看著這一切發生。

魏明蒂倒下時耳邊還迴盪著笑聲，如果有其他人在這時闖入，會以為是鐵哥兒還姊妹在打鬧，他們且笑著，以許靜為中心逐漸包攏，甚至有幾秒你會以為他們邊嘻嘻哈哈邊牽起手來，開始繞著許靜轉圈圈。

嘻嘻嘻嘻。

「還笑！還不過來幫忙。」范少佐對你喊。

◇◇◇

你停住了笑。而你們之中倒有人真的笑了。

現在你們知道怎麼活下來了。

魏明蒂說得沒錯。問題就是答案。

——「只要看那部詛咒影片就行了不是嗎？」

那就是你們需要的答案。

許靜和魏明蒂都說過，看了詛咒影片後，七天才會死掉。所以詛咒影片能解除HLV。那麼，也就是說，只要看了那部詛咒，也能消除你們體內的「艾立恩」。讓你們活下來囉。

這一刻，你完全明白大家的想法了。

而這就是你所知的，人類全部的故事。

你們是最後的台灣人。

你們沒有疾病，你們不曾被詛咒。

但你們又是最髒的。髒到裡面去了。你們身體裡有「那個」。一個新物種。

然後你們想把自己弄乾淨，方法就是，弄髒自己的手，讓自己被詛咒吧。

（現在，你要奪回自己的角色。）

（你們才不是配角呢。）

（那你還可以繼續當個觀眾嗎？）

（你的選擇是……）

「抱歉，沒拿捏好力量，手滑了。」前田徑社長揮舞著大鎖。五秒前，他笑著，卻冷不防往前揮擊。也不知道他說沒拿捏好力量，是指下手太輕了，還是太重？

「是這樣的，我們很感謝你的指引和解說。所以，我，我們想再請你幫個忙。」

魏明蒂手壓著頭，鏡片後的眼神多迷濛，但她又多明白，你猜，她這時已經知道社長要做什麼了。

「但你們看了詛咒影片，七天後也會死啊。」魏明蒂說。

「哈哈哈。」范少佐還真的笑了，沒有一點假裝。「對不起，但這是我這幾天聽過最好笑的笑話了。幾分鐘前我才剛聽完你們無聊的 girls' talk，聽起來，你們也就剩下，嗯，三天可以活，然後你現在告訴我，我看完影片後還剩下七天？三比七，我聽不出這是警告還是羨慕！」

許靜身手俐落多了。半空頭髮旋出黑色半圓，已經跳上一旁停放的轎車車頂，幾個蹦躍，像在懸崖上走，眼看就要來到另一道門邊。

「從這邊！」陶子喊，跟著把停車場後門打開。

這就是女生之間的情誼。你正想著，眼前許靜就要跳下車頂，一旁的陶子卻是伸手一撈，抓住學姊的腳。

不，這才是高中生之間的情誼。

天花板在眼前傾斜，許靜一個重心不穩就往旁邊倒去。而那個旁邊，其實並不旁邊，可不就在你旁邊而已？

你下意識伸手要扶許靜。
然後是瞪大的眼睛。
幾滴血沿著地上滴落。
你和許靜同時往地上看。
你確實扶住許靜沒錯。但你手上什麼時候拿著一把鴨嘴鉗呢？靜學姊朝你方向倒去，重力加速度，肩頭正穩穩插著你手上的鉗子。
「我不是故意的。」你想說。還是你已經說了？你已經選邊站了。這時靜學姊緊握住你的手，連帶把鉗子硬生生抽出來。血濺到你臉上。其實只是幾滴而已，你沒有把它抹掉，你甚至沒有看靜學姊的臉，因為這時你正望著一旁廂型車上窗戶。窗戶裡映出那個原本該是你所站立的位置，「他」正站在那裡，從你的位置，甚至可以清楚的看見，倒影中的「他」緩緩伸出手，一沾血，卻是放到唇邊。舌頭舔過殷紅的血。
那時，鏡中的「他」笑了。
「俊雄」笑了。
（「俊雄」果然活著。）
（「俊雄」正看著一切。）
（「他」就想看你們這樣。）
范少佐一把拉起魏明蒂，「等等，嘿，」魏明蒂兩腳騰空，不放棄猛踢著，試圖擺脫范少佐，她嚷道：「你們想去女一舍吧，那有我就好了。你們不需要她。讓許靜走吧。」
「噓。」社長把手指壓在魏明蒂嘴唇上，「我還以為你是全學年第一名呢，問聰明的問題好嗎？」
「難不成……」

「照你所說，你看過詛咒影片，學姊看過詛咒影片。只要你們受到攻擊，『俊雄』就會保護你們。」范少佐說：「照你們剛剛的對話，許靜好像有一種特殊能力，你怎麼稱呼它的？『水晶湖之吻』？隨便啦。反正人都可以變成鬼，而『俊雄』都能在鏡子裡做狗爬，我們身體裡還住著外星怪物，這間學校還有什麼不可能？反正，只要許靜在，只要有她的能力『水晶湖之吻』，她就會第一個掛掉對吧。她能夠幫我們吸引『艾立恩』對吧。」

所以魏明蒂是必須的。

所以許靜是必須的。

「只要讓魏明蒂去死的話。」

「只要讓靜學姊去死的話。」

只要讓她們去死的話。「俊雄」就會出現。

「俊雄」反而會保護她們。也就等於保護了你們。

「這不是絕配嗎？」范少佐說：「所以麻煩兩位跟我們走啦。」

麻煩兩位去死吧。

「哈哈哈哈。」而這時學姊竟然笑了出來。她輕撫頭髮，手指還帶著血的，跟著沾染到臉上，她說：「你看到了嗎？」

第一時間你以為學姊也看見了玻璃窗倒影的「他」，但很快你明白，她是在對魏明蒂，或僅僅是她自己，說：

「這就是你所要拯救的人。」

「這就是你說的正確。這就是你說的有效。如今，我們也知道這有多正確了。」

「這就是國青當初的處境。這就是此刻我們的故事。」

——導演說，插入國安局地下三層國安局災害應變控制中心監視器畫面。「為我活下去。」男孩的聲音迴盪在空間中。

——「為我活著。」那聲音響在地下三層。也響在所有人心中。

——導演說，放大男孩的聲音。「到那時候，被我殺死。」

——「而在此之前，我會剝奪你最珍貴的東西。」

◇◇◇

故事模仿故事。

故事重複故事。

◇◇◇

想像一片黑暗。

你眼前是一片黑暗。

導演說，全黑。讓鏡頭只拍到黑暗。要那種看不見線條輪廓的黑。比關燈還黑的黑。

想像黑暗中拉出一道圓弧亮線。首先是半月，然後是一整個完整的圓。幾顆頭顱由上方往下瞧。

要你們幾個人合力才能翹起的下水道鐵板被慢慢移開，微光重新復原事物的輪廓，你們的頭又在鏡頭裡長出來。臉孔浮現黑暗中。

眼前長梯從洞口往下延伸，一股混濁的臭氣往臉上猛衝。「沒搞錯吧。你確定要從下水道？」蘇輸大概覺得語言的力量不夠，非要把手掐住鼻子，動用身體全部的動作來表現此刻的厭惡。

「不然呢？」魏明蒂解釋得很清楚。「因為宿舍建築是對稱的。」舍監辦公室裡，她指著牆壁上的地圖——是的，真實世界反而看不到這麼清楚的剖面圖，但所有的恐怖片裡都要附上幾張空間走道圖，奇怪大家怎麼不跟著Google Maps指示走呢？此為恐怖片定理第43條。

魏明蒂手指在地圖上移動，如果在電影中，拍攝手法必然疊影你們同步通行在實體空間中。2D變成3D。許靜有33D。你們從洗衣間旁的管線間進去，地上有一個孔蓋，打開後，又從那裡進入排水通道。「男一舍和女一舍兩棟建築在地下是相通的。也就是說，我們會在另一個管線間探頭出來，跟著經過洗衣間朝上方而去。」

「害我們對你沒好處。」范少佐說。

「我們，可是你們口中『最後的台灣人』、『倖存者』……」

「是啊，靜學姊，你要護著我啊。」陶子可好意思說了。

「所以，沒搞錯吧。你確定要從下水道？」蘇輸大概覺得語言的力量不夠，非要遮住嘴，要用全身動作來表現此刻的厭惡。

「這問題我剛回答過了。」黑暗裡魏明蒂說。

「我第一次問的時候是問題。現在再問，其實是質疑性的否定。」蘇輸說。

「我第一次回你的時候是答案，現在再回，其實是質疑性的否定。」魏明蒂說：「否定你。」

蘇輸沒有說話，他只是用力把魏明蒂往前一推。

足部懸空，視覺水平軸乍然傾斜，眼看魏明蒂就要往下水道那個黑洞栽下去，但後頭另一個人穩穩的拉著她。「你幹麼？」是靜學姊，她們倆被繩子繫在一起，乍看像串粽子。「想謀殺我還是她？」

「我是，我是保護大家。」蘇轍解釋的對象卻是我們，他聳聳肩，「反正，她們要真的會死，『俊雄』就會出來。」

——「只要讓魏明蒂去死的話。」

——「只要讓許靜去死的話。」

只要讓她們去死的話。「俊雄」就會出現。

於是你目送下水道坑洞吞沒兩道瘦弱的影子，這才跟著往下爬。黑暗的水道裡瀰漫一股東西腐敗的味道。那樣令人鬱悶，封閉的不只是氣體，好像包括聲音，還有情緒。

爬過幾乎讓人以為永遠不會到底的梯子（還好沒像恐怖片裡一樣，總是到最後一個人的時候，梯子會從中間裂開），一旁有手機屏幕光亮起，代替手電筒，路在他們眼前緩緩延展。

「靠。」你聽見許靜的聲音。

是受傷了嗎？

「更嚴重！」她說：「我的鞋子毀了！」

你的眼睛逐漸適應黑暗，你的身體則先於視覺感受到那股子竄入骨髓的涼意，主要是地下水道的水淹到你們膝蓋。那水也是黑色的，你不打算去想水有多髒，也要自己別去想，水裡頭到底有什麼。

如果這時你用手機螢幕打光照向牆壁的話，你會發現，下水道頂端有一些綠苔覆蓋。苔痕標示出水線高。那表示，水灌滿的話，幾乎會把走道填滿。

但你什麼話都沒有說，一時沉默充滿整個下水道，你們緩緩的前進，耳邊只剩下積水被擾動的聲響，水花四濺。

安靜的氛圍裡，氣味就特別明顯。你知道，那是汽油的味道。

「那是安全的味道。」如果蘇轍還打算開口，他會這樣跟你說。

那是魏明蒂和許靜現在的味道。

「走快點。」范少佐說。

「你以為全世界都田徑社嗎？那你怎麼不自己來揹這個背包呢？」黑暗中許靜身形出現在你眼前，她背上駝了個大背包。

「為什麼？」

那是蘇轍在出發前的另一樣提案。

黑暗的停車場裡，蘇轍說：「二次大戰時，倫敦的鳥賣到缺貨，家家戶戶都養了鳥。」

「如果德國發動毒氣戰，你聽到外頭鳥叫停了，你還有機會跑……」

走前面的就是測驗毒氣的鳥。是地雷偵測器。

魏明蒂就是纖細的足踝上繫著緞帶的小小鳥兒。許靜就是掛鈴鐺的老鼠。只是她把鈴鐺上的大蝴蝶結先裝飾在自己頭上了。

——「只要讓魏明蒂去死的話。」

——「只要讓許靜去死的話。」

「所以，我希望學姊們能揹上這個。」於是蘇轍準備了兩個鼓鼓的背包。

這又是什麼？

背包裡放著三大個礦泉水瓶。裡頭灌滿液體。礦泉水瓶的蓋子旋緊了，但你分明聞到一股清涼的味道。

鼻頭和皮膚都涼涼的。似乎熱量在氣味浮現的瞬間跟著被帶走了。

「有必要嗎？你不要拖慢我們的行走速度。」

「裡頭裝什麼自己不會看嗎！」蘇轍回答：「一筒汽油，一把番仔火。」

隨口引用的台詞總是暴露自己的年紀。恐怖片裡，只有阿宅愛引用老電影與電視劇的台詞。

但蘇轍沒騙人。你那時立刻就聞出來了，這不就是汽油的味道嗎？停車場就地取材，多的是汽油。

「讓許靜揹著汽油走？你以為在拍軍教片比賽負重嗎？」

「買保險啊。」蘇轍說。

「怎麼買？」齊子然好奇問。

只見蘇轍拿起一把剪刀，猛然往水瓶插去。「這樣買囉。」他說。

於是，黑色的空間裡有了強烈的汽油味。許靜和魏明蒂走在最前，她們經過之處，汽油正淅瀝瀝往下滴。

於是，你們可以安心走在許靜和魏明蒂身後。

只要你們手上拿著打火機的話。

只要你手上拿著打火機的話。

「等等，那個打火機你從哪裡弄來的？」這是停車場裡許靜唯一想撲上你的片刻。

你往後退了一步，「是范少佐要我幫他拿的。」

要你幫他拿？聲音在你耳邊迴盪。而事實上呢，黑暗的停車場裡，重回現場。「我沒有要幫他們。」

「我沒有選邊站！」那時你還試圖跟范少佐解釋呢。他怎麼可以這樣說呢？你只是隱身而已。你只是不想介入。可他卻只是把打火機塞到你手上。

「我知道，你是我們這邊的嘛！我們不是同一國的嗎？」他拳頭敲敲自己的胸，你知道這手勢，電影裡常出現，指頭叩響胸部砰砰有聲，麻吉麻吉喔的意思。

但要幾秒後你才明白，他指的是，你們真的是同一國。

因為，你們胸口都有「那個」，都有「艾立恩」。

「那這個就交給你囉。你也知道，我們是自己人嘛！」范少佐拍拍你的胸。你們真的是自己人嗎？那時你手握著打火機。金屬材質入手多冰涼。但你卻覺得沒來由的燙。因為你忽然明白，那代表，你緊握掌心的，是手槍的扳機。是斷頭台的拉繩。

汽油在地上拉出長長引火線。只要你一打火，轟的——

——「只要讓魏明蒂去死的話。」

——「只要讓許靜去死的話。」

問題是，誰讓她們去死？

「沒錯，我就說雷普利最靠得住了！」那時候，陶子是不是拍著你的肩。

「Nice 喔，雷普利也可以加入你辦的倖存者聯盟了，你可以給他編號了。」連蘇轍都湊一角。

正因為他們越這樣說，你越知道，你不屬於他們。他們只是再把責任推給你。

「看來，你要找的人，曾經在這裡啊。」魏明蒂瞄了一眼打火機。「之前你不是還想用它來點蠟燭嗎？結果，現在你自己可成了蛋糕上的草莓了。」

「要點的蠟燭可沒少你這根。」靜學姊立刻嗆回去。

「該不會，這打火機是……」你想說出擁有者的名字。這就是靜學姊把宿舍總電源關閉，破壞 MEMORY 計畫的原因。她想找到這個打火機的擁有者吧。他不就是——

不准你說。其實阻止的禁令並沒有真的從女孩口中吐露。但黑暗裡，你光是凝視著她，便忽然像被扼住了口。

如果說出來，可能就成真了。

（那個人也在這間宿舍裡，他也變成「你們」之一。）

（那麼，那個人變成怎樣的「艾立恩」？他也在宿舍裡遊蕩嗎？）

不准你說。其實阻止的禁令並沒有真的從女孩口中吐露。但黑暗裡，你光是凝視著他，便忽然像被扼住了口。

美麗的女孩眼神比斧頭利。

比金屬更冰冷。

「我會奪回來的。」然後，靜學姊看著你，一字一句說。或其實她說的話，是對你們所有人。

「今天我受到的一切，我會加倍還給你們的。」

這時候，她就是你認識的那個靜學姊。

這時候，你就是那個你想成為的你自己。涼風吹過，你忽然明白，自己在群體裡了，多好大家都接受你。但其實，你就是在群體外。他們只是想要你成為按下打火機的那隻手而已。這些人，沒一個是真正跟你站在一起的。

◊◊◊

「你相不相信，一句話，我就能改變這個局面。」

往前走了有多久呢？黑暗中，你聽到讓繩子綁住雙手的少女們窸窸窣窣的交談。像兩株蕨類沉默用葉片拍打交換訊號。

怎麼可能？一個女孩，一句言語，就能讓一切改變嗎？你想要問。但你知道她不會答。你想要問。但你知道，她對話的對象不是你。

「嫌不夠大聲，『艾立恩』會聽不到嗎？」范少佐的聲音在前方響起。

學姊說：「你不想去對吧。」

不想去女生宿舍。

「不是不想去。」魏明蒂說：「是不想他們去。」

你沒回頭。但你從牆上的影子可以看出，魏明蒂能自由活動的一隻手正指向你們。她不想讓你們看到詛咒影片。

范少佐停下腳步，「安靜！」他喊，卻是猛把你往牆壁上推。「下一次，碰到這種情況，你就應該……」

應該怎樣？點火嗎？你嫌她們火花還不夠嗎？

「總之，你給我好好看著她們。」范少佐轉身離開。

「那麼，看看是誰看著誰？」接著你聽到學姊壓低聲音說：「我只要靠這一句話，就可以改變這個局面。」靜學姊嘖了一聲。

跟著，她開口了——

◊◊◊

「你們想知道，為什麼是你們在這裡嗎？」靜學姊猛然停下腳步，聲音大了起來，一時下水道中迴盪著她的問句。

不就是因為我們體內有「艾立恩」嗎？

不就是因為我們是培養皿嗎？

不就是因為，你他媽的斷了電，把我們放出來嗎？

靜學姊看了你一眼，「應該說，為什麼倖存的，不是別人，不是其他的誰，而剛好是你們？」

「是喔，為什麼？」蘇輸很自然接了話。

「答案是，看看你們吧。」

什麼意思？

「答案是，認識自己吧。」

她到底在說什麼？

黑暗中，只有手機屏幕亮著。就著那點光，陶子與齊子然互相凝視。蘇輸望向牆壁上自己的投影。范少佐看著他，而你看著他們全部。

等等，你忽然有點理解了。

最佳男主角。最佳女主角。最佳配角。最佳攝影。仔細看看你們，有大好前程卻不明抑鬱的運動社長、戴眼鏡的理科少女、只一張臉好看並總是第一個掛掉的美少女、情侶檔，還有活用電子設備活在自己世界的宅男。加上愛旁觀，看起來神神祕祕一定有鬼的你。這可不一家團聚，成為恐怖片裡角色標準配備，準備蒙主寵召，一起去死。

「你們會成為『艾立恩』的培養皿，你們能夠活下來，並不是因為僥倖，不是剛好倖存。而是因為，必須是你們。」

不是因為有你們在，生活變得像恐怖片。而是因為，這一切都按照恐怖片邏輯發展，所以才需要你們。

「恐怖片有比高中生活恐怖嗎？」你知道一定有人會質疑這件事情。

「那你一定沒有看過恐怖片。」
「不，那你一定沒有當過高中生。」

◊◊◊

「啊，原來——」
「啊，我就知道——」
你們晚一秒才領悟到這件事情，但卻同時開了口。
「所以你們一定有一腿！」蘇轍指著范少佐和陶子說。
「你一定會扯我們後腿。」范少佐指著蘇轍說。
「我一定會死。」陶子則喃喃的說。
WHAT？
黑暗中你們望向彼此。
「所以，我會死……」陶子喃喃自語。
等等，這關你什麼事？
「不會啊，我會保護陶子你！」齊子然則一把搶走你手上的打火機。
陶子則說：「不，我一定會死。恐怖片慣例，最美的女生一定會……」
WHAT？你說你是所有人中最美的？「現在當我已經死了就是？」你瞧，靜學姊果然接口說話了。
「我是說，恐怖片裡，除了最美的女生會第一個死外，作為女主角的女生朋友也百分百會死。還有，有男友但男友只是配角的女生也百分之百會死。」陶子趕緊說。

WHAT？齊子然一愣，「也就是說，你覺得我只是，呃，只是你生命裡的配角？」

WHAT？「不不不，我的意思是，」陶子趕快補上一句，「你當然是第一男主角啊，你看我那麼愛你。」

這時蘇轍搶下打火機像拿著麥克風。「陶子，那你千萬要小心他啊。Be careful。根據恐怖片規則，電影最後都要來個大反轉，所以女主角心愛的男主角最後是兇手的機率超高，murder，搞不好他已經殺過好幾個人……」

關鍵字出現。殺過好幾個人。那時，齊子然眼前是否閃過學校餐廳裡的關鍵幾秒。

「閉嘴！你又知道什麼，餐廳那是意外！」齊子然話還沒說完，蘇轍又說道：「還有啊，根據恐怖片規則，通常男一和男二都跟小團體裡的女生有一腿。通常設定是，其中一個是運動員，另一個是他好朋友。或是一個受歡迎，一個普普。然後電影一定會有到最後關頭發現這個事實的橋段，要不是男二因此殺男一，就是男一背叛大家。」

WHAT？

齊子然驚愕的視線一閃而過，搶回打火機，眼光如火光，游移在范少佐和陶子的臉上。但從你的角度，只看得到齊子然那有如火焰在燒的眼。

開玩笑的吧。陶子不是深愛齊子然嗎？你都看得出來。可這時范少佐聲音透露出慌亂，「不，我是真的認得陶萍，但那是因為我們小時候曾經是鄰居。」

等等，所以他們真的認識？電影演的都是真的！

「你們別忘記電影裡人際關係這個公式：小時候認識，長大後一定念念不忘。所有的相遇都是久別重逢，這樣說來，可真是恭喜兩位了。」許靜在旁邊說。

這就是靜學姊的目的。你看出來了。你們本來是一體的，但她一句話，讓你們動搖了。這就是恐怖片定理第34條，團體裡都有叛徒。要破壞要從內部破壞。要團結就從外面給他加敵人。

她在分化你們啊。你想嚷。許靜就是要你們亂，你瞧，她這時可不趁機要拿齊子然手上的打火機。

WHAT？

「你別在那挑撥！」范少佐在這時一把搶過齊子然手上的打火機，轉頭看向蘇轍。「說到恐怖片，我倒知道有一種人，在食物鏈下層，他掌握了某個祕密，知道一些事情，他以為能改變一切，通往地獄的最後一哩路就是他開啟的，他最後總是害死大家。」

「說誰啊你。」蘇轍哼的一聲拖得老長，話還沒說完呢，被人一推，卻是齊子然，只見他一把拎起范少佐的衣領。「閉嘴！你又知道什麼，餐廳那是意外！」

「我他媽的操場上那才是意外呢！要不是他媽的有人在那偷拍，到哪都有該死的眼睛。」范少佐跟著舉起拳頭。

「你說誰！」

混亂中，欸，小心打火機……你只在意這個，想要從齊子然手上接過打火機。這就是觀眾的能力。只有你看得最清楚。你知道局勢。你努力不讓一切失衡。

就在那一刻，一切停格。

揮動的拳頭停止半空。拎著領子的手腕顫動，青筋浮凸。嘴角時不時抽搐。

一切都暫停。

然後，你就笑起來了。哈哈哈哈哈哈。

光線裡你們影子搖曳，打在牆壁上好像布景，似乎下一秒導演就會喊卡。那時候，下水道的水會被放掉被抽乾，電燈會大亮，空調重新恢復，所有人陸續回到自己的保母車裡。

（導演喊卡。）

但事實是，你們就靜止在那。這時你們緊盯著下水道牆面。從影子的特徵，你們可以辨認出誰是誰，那團起來像球的，是蘇轍，黏在一起彷彿連體嬰的是情侶檔。再過來是戴著眼鏡的魏明蒂。和跟她用繩子綁著像牽著紅線的靜學姊。

那站最旁邊的，肯定是范少佐囉。

但這樣說來，范少佐身旁還有一團黑糊糊立著的，又是誰的影子？

一二三四五六七。多出來的，到底是誰的影子？

「神經病你們笑個……咦？啊哈哈哈哈哈哈——」蘇轍最後一個笑，笑得最大聲，好像怕人不知道似的。

衝突之後是大和解。肥皂劇都沒你們這麼個拍法。你們笑聲迴盪在下水道裡，你們的影子代替你們顫抖，彷彿笑到停不下來，而火光裡，笑聲中，你們的汗垂落臉頰，你們嘴角抽搐，你們雙手握緊又鬆開。

那還能是什麼？

「艾立恩」什麼時候在你們旁邊的呢？此時以雙足站立，紅唇緩緩張開，從牠那巴掌大的齒縫間緩緩留下唾沫。

對，牠不會吃你。因為你們體內也有「艾立恩」，這回你不會像停車場那樣跑掉了。但反過來說，你不能害怕，因為按照激素和腺體的分泌，太過緊張或恐懼，都會加速催生體內的「艾立恩」。

所以你們要笑。要開心。

哇哈哈哈哈。喔呵呵呵呵。嘻嘻。

你看到蘇轍甚至笑到翻白眼了。真有那麼開心嗎？

你從不知道笑聲聽起來這麼恐怖。

「呵呵，你白痴啊！還不趕快點火！」蘇轍一邊笑一邊對你吼。

但打火機不在你手上啊。你回頭望向齊子然。

「嘻嘻，讓他們去死啊。」陶子說。

所有人笑著說出叫別人去死。

（心臟在這時如鼓棒敲擊小鼓邊緣。答答答，心如鼓面成連環震盪。）

只要點下去的話……

連你都在喊。「快點火啊。」

讓他們去死啊。

按照大家說的，只要點了火，大火往學姊和明蒂身上燒，「俊雄」就會來救大家。

啪咖。

打火石在黑暗中就要粹擊出命運的火焰。

啪咖啪咖。

下一秒，火花轟的燃燒。你便看見這一生最燦爛的，最藍的藍。

◊◊◊

你已經死了。

◇◇◇

導演說，給我上字幕。

導演說，給我遊戲風格字幕：GAME OVER。

導演說，電影感一點好了：THE END。

◇◇◇

這回，你才真的醒來。

皮膚感覺到涼。是水氣蒸發瞬間帶走你皮膚的熱度。此時有涼風沿下水道水面吹來，因此讓你感到更涼了。（風中是否帶著甜甜的氣味？）但從骨頭深處感覺到的是糾結的堅硬的什麼，它們在擰扭，在拗折。在燃燒的瞬間糾結緊繃。

你的身體記得你的夢。

你這時才尖叫出來。

火焰在你眼瞳裡燃燒。

然後，魏明蒂的手指緩緩從你耳朵裡抽出。

你想說，但不知道怎麼陳述。

被焚燒的感覺。

「只是夢而已啦。」范少佐接口說。

只是夢，但為什麼要讓你進去。

為什麼要讓你看？

你想問的是這個。但你不能問，你手上正拿著打火機。你不用問，那就是答案。這是你加入群體的證明。

你的答案才變成困擾你的問題。

「沒錯，我就說雷普利最夠朋友了！」這時候，陶子是不是又拍著你的肩。

「Nice 喔，雷普利就是這麼靠得住。」蘇轍也湊了一腳。

「只是夢啦。」范少佐再一次強調。

「可這是一定會發生的事情喔。」魏明蒂推推眼鏡回應道。「雖然是在夢中。」

夢回榆樹街。

三千大千。世界所有的可能都在夢中演繹。夢是最精密的電腦推演。

「所以，你看到什麼？」

你只是看到，成為大家的朋友，融入群體，終究也只是夢而已。

「所以，你看到什麼？」

（我看到我們所有人都掛了。）

「明明點了火，不，不應該是這樣的。」你說。你想說。但聽在別人耳裡，只是一陣嗚咽。

「明明，明明『俊雄』會出來救我們的。」

「所以，你看到什麼？」

（我看到你掛了。他掛了。所有人都掛了。）

而曾經發生的，必然會發生。

「但我不明白。」

「噓，去看。」魏明蒂把手指壓在你唇上。欸，等等，這麼愛情電影的手勢，很可以，但這手指，剛剛是不是放進你耳朵裡過，這樣衛生嗎？「但不是用眼睛去看。要用身體。」而她說。

◇◇◇

於是，一切停格。

（導演喊卡。）

「我他媽的操場上那才是意外呢！要不是他媽的有人在那偷拍，到哪都有該死的眼睛！」台詞隨著掠過臉頰的那甜甜的風，一下就過去了。

緊接著，揮動的拳頭停止半空。拎著領子的手腕顫動，青筋浮凸。嘴角時不時抽搐。

一切都暫停。

你想哭啊。為什麼又回來了？夢回榆樹街。為什麼又是此刻，到哪都有該死的眼睛！在這夢中，你就是那該死的眼睛。但這一刻，還是哈哈的笑起來了，不能不笑啊。光線裡你們影子搖曳，你看著牆上的影子，一二三四五六七。多出來的，還有一個影子。其實你早已經知道那是誰了。但你必須這麼做。

過去的死只是排演。活著便是戲。你這時才明白。不，你早就明白。那就是高中生活。

導演喊，Action。

導演說，沒喊卡之前就必須繼續演。這就是專業。

你們定格在下水道牆前。而水中冒出紅色嘴唇，那嘴唇彷彿啜泣又彷彿咀嚼似，唇瓣肌肉顫動著，你幾乎看見巨大紅唇後方森白的牙齒。

你們笑聲迴盪在下水道裡，你看清楚了打火機在齊子然手上，一個箭步，手緊緊握著他。

怎麼換你阻止他點火了。

「呵呵，你白痴啊！還不趕快點火！」蘇轍一邊笑一邊對你吼。

「嘻嘻，讓他們去死啊。」陶子說。

「現在就是他們死的時候。啊哈哈哈。」齊子然說。

笨蛋，如果點了火，就會像那個夢一樣……但為什麼？為什麼只是點燃水中綿延的汽油，所有人都會死？到底是什麼原因，你瞪視著這個布景一樣的現實，線索在哪裡？

然後，你注意到魏明蒂的眼神。

——噓，去看。但不是用眼睛。你要用身體。

你不是最稱職的觀眾嗎？

但是，不行啊，做不到啊。你只打從尾椎骨感到寒，鼻尖瀰漫恐懼的氣味。

還有凝結的水珠積累在人中那微微的汗味。

（別用眼睛看。）

那你聞到了嗎？

現在你聞到了。

是你剛剛在下水道時聞到的那股子甜味。

那讓肌肉放鬆的。

讓人眼睛瞇起的。
讓人感受到皮膚一陣雞皮疙瘩的。
你想起來，對，沒有錯，那是瓦斯味。
然後你抬起頭，眼睛沿著下水道上方的迂迴縱橫的排水管線跑，像在玩電玩吞食蛇。那些排水管在半空盤轉，大小粗細不一，而這裡頭也包括提供全宿舍熱水的瓦斯管。
瓦斯管一定是漏氣了。它漏氣多久了呢？是否瓦斯已經充盈整個下水道？
你不能肯定，但最壞情況就是，如果這時候點火，不只是水面上的汽油會燃燒起來。空氣裡的瓦斯也會跟著燃燒。
你忽然搞清楚現在的情況。畢竟你們本來的打算是，如果「艾立恩」出現，就點火召喚「俊雄」。汽油只會往學姊和魏明蒂身上燒，「俊雄」會出現排除一切，你們只要站在旁邊看就好。根本是觀眾。但現在的情形是，任何人打亮打火機，整個下水道都會產生瓦斯氣爆。那是全面性的燃燒啊，雖然「俊雄」也會降臨，但「俊雄」僅僅會保護看過影片的被詛咒者們，也就是學姊和明蒂。那也就表示，不只是下水道裡的「艾立恩」，還包括你，你們都將……
不，你們已經死了。在上一個夢裡。
該死，誰想出這個主意的，本來以為不會死，現在卻註死。
你想起恐怖片守則第40條：不作死就不會死。
對了，只要告訴齊子然，給我用你那感覺像是隆過的鼻子給我嗅嗅空氣裡的味道啊，如果矽膠沒有把你的鼻子塞住的話，他媽的不要點——
「瓦斯！」你大喊：「打火機。」
你不知道齊子然到底有沒有聽懂，卻在這時，水面反射些微的光在牆壁上。立身一旁的「艾立恩」

無比柔情的，近乎嬌媚了，牠張開那大大的紅唇，輕聲說：「然然，救我……」

咦？這個聲音是……

「你是……」你聽到齊子然低語，恐懼裡好像帶點驚奇。

（二號、三號，還是四號？）

「那時我不，」你好像聽到齊子然說：「不，如果那時我對你……」

在他語音乍落的瞬間，你來不及看到陶子的表情。但你會聽到她的心顫動不休。

（她的心跳，是火的聲音。）

（電光石火。打火機火石敲動，石火火光。）

「不准你選她。」

下一秒，在你來不及阻止之前，陶子猛然伸出手，抓起齊子然手上的打火機，就是猛然一壓。

啪咖。

◊◊◊

這回，你才真的醒來。

鼻尖依然瀰漫焦味。

你發覺自己流下眼淚，但眼睛仍然好乾燥，第一時間熱氣蒸發所有的液體，包括眼球裡所有水液。角膜像水袋破裂的瞬間，懸韌帶上晶體被蒸乾，縮得無比小，你永遠記得腦內迴盪巨大的聲音。視覺可以用聽的。

那是死亡的聲音。

「幹麼哭啊。」

陶子的聲音才傳到你耳裡，你眼睛裡便重新充滿了水。

（因為你剛殺死了我。殺死我們。）

你開口，但卻不知道該說什麼，嘴中似若有酸餿的泥水。身體仍然感覺到熱。

「So pity，可憐成這樣。不然，下次讓我們一起進去？『蘇轍帶你去挑菜』出夢中任務喔，你各位想不想看啊。」

可你覺得拍影片衝流量才是蘇轍的目的吧。

魏明蒂嘆一口氣：「你們讀過『球體裝填問題』吧。」

不，你只知道這個戴大眼鏡的女孩有話多的問題。

「是這樣的，手指必須和耳朵有所連接才能帶你進入夢中，但如果手指就這麼長，你必須挑戰，在最小面積裡放入最多球體，怎樣讓每隻耳朵都對接手指？」魏明蒂自問自答，「答案很簡單。就是一手一個！」

也就是，魏明蒂告訴大家，也等於再次告訴大家，只有兩個人能進入夢境。

「快點，時間快不夠了。夢境在流逝，現實也在趕上我們啊。如果你們再不快點——」

「那快點找個人，跟雷普利一起進去啊。」

等等，為什麼總是我。你想問。

等等，我不是觀眾嗎？

或者，正因為你是觀眾——

◇◇◇

導演喊，Action。

導演說，沒喊卡之前就必須繼續演。這就是專業。

空氣裡有甜味擴散。口腔變得滋潤，以為嘗到了糖。

耳邊重新迴盪水滴聲。緊接著，紅唇哆嗦。水面浮出異樣的軀體，手長腳長，投射在下水道壁面上的影子覆蓋住你們所有人的。

「笨蛋，重點不是這個！嘿嘿，快點火。」蘇轍邊笑邊插話。

你最好多笑一點，不然等等就笑不出來了！正在你這樣想的同時，水底咕嘟咕嘟有氣泡往水面竄，「艾立恩」出現了。

總之，不能讓齊子然打火。「空氣。瓦斯。」你快速的交代一切，卻不是忘向蘇轍，而是他身邊的——

導演說，插入五分鐘前下水道片段。「選我……」蘇轍高舉起手，「選我的好朋友，讓他一起進去夢裡看看。」

你抬頭，眼光與范少佐對視。

緊接著，齊子然手上的打火機被奪過來了，緊緊握在前田徑社長的掌中。你喊，幹得好！選他可是來對了！

「怎麼，也沒那麼恐怖嘛！」范少佐說。雖然空氣裡瓦斯味依然濃厚。但至少，危機是暫時解除了。

兩隻紅唇變成三隻。牠們霍然站起，水從牠們的身上滴落，像是從金屬上流瀉而下，身體帶著某種光澤感。牠們抖著唇，牠們在空氣中偏過頭，困惑，又似乎不放棄的，在搜尋什麼。

你感覺到水底下牠們的尾巴擦過你的腳。

沒事了，只要撐過去，讓牠經過你……

就在這時，其中一隻冒出水面的「艾立恩」發出了聲響。

「學學學學長。」

那聲音不屬於你們任何人的，在空洞的下水道裡依然感覺得出聲音的力量，渾厚，並且充滿能量：

「一起跑。」

「我我我我想跟學長一起跑跑跑跑跑跑跑跑進運動會。」

你們一起抬起頭，苔走草漫的下水道磚壁上有水光粼粼，且因為下水道有完整的封閉性，聲音無處可去，像沿著耳道在接力，直直竄進你們的聽覺中樞。更往范少佐心裡去。

「跑跑跑跑跑啊，學長。」下水道裡的聲音在下水道裡跑著，「不要不要停下來。」

那是「夢醒時分」常夏最後的話語，接力棒一樣傳到范少佐耳中。也就留在那裡了。范少佐不知道有生之年，自己還會再次聽到。

但現在聽起來，那時的鼓勵，此刻多像一種威脅。

「跑跑跑跑跑啊，學長。」

不然「艾立恩」來追你囉。

「媽的！」范少佐在此時激動起來，「我不准！」

不准什麼？你想問。為什麼范少佐這麼激動？

只見范少佐猛然打響手上的打火機。

啪咖。

——不准你追上來

——不准你超過我。

——更不准你說出來。

啪咖啪咖。

藍色薔薇再度盛放。

肌膚上的涼意。

頭髮燃燒到根底時的動物腥味。

◇◇◇

你這才真的醒來。

你還沒真的張開眼呢，已經吃了范少佐一拳，整個人栽入水中。

他是來真的。范少佐整個人撲了上來。「你還追！你還敢追！」

——「**來追我啊，學長。**」

「我不准。不准你說。你還開口。你還講……」

地下水道裡的水隔絕了大部分的力道。但其實骯髒的水質比范少佐的拳頭更讓你覺得不舒服。但水無法隔絕的是，你聽出來了。

范少佐不是壓抑不住自己的情緒而撲上。

或者他就是壓抑不住自己的情緒。夢中比烈燄更灼熱的憤怒，讓他在張開眼睛的一刻，選擇了你成為攻擊目標。

但你聽到了他的話語。

惡水也無法阻隔。

夢也無法暫停。

他說，我不准。

——「不准你說。」

——「你還開口。」

他其實是在提醒你。

（不准說出你看到什麼。）

（夢裡你看見真實。）

（只有你知道。）

當你們被拉開的時候，你的視線裡一片模糊，但你清楚感覺到他仍瞪著你。

但不能說出來的部分是什麼？

是他點了火？

還是，他為什麼點火？

就因為其中一頭「艾立恩」開口所說的話？

——「我想想想想想想跟學長一起跑進運動會。」

（你的心跳如遠方的雷聲作轟隆響。）

「很痛苦吧。」魏明蒂說：「平常的人，連一次都受不了。在夢中死掉。」

——高溫焚燒。

——頭髮在瞬間成為灰燼。

——肺泡如氣泡紙一一被掐碎。

「媽的！」范少佐朝魏明蒂吼道：「還有你，你明知道還故意讓我們進去。」

魏明蒂沒有退縮，她只是緩緩伸出指頭，戳向對方的耳朵，僅僅是這個動作，你立刻發現，范少佐明顯縮了。

身體在害怕。

身體記得死亡的感受。

這少女喚來死亡。

「我只遇過一個人。他忍受了一百六十次。」

「那個人想必身體和精神很強吧。」陶子吐了吐舌頭說。

「他是我遇過最弱的人。」魏明蒂搖搖頭，有點遺憾，又好像想念，你分不出她的表情到底代表什麼。

「又也許，他感覺到的是，真實的活著，比夢中的死亡更痛苦吧。」

「他是誰？」蘇轍說。

「不重要了。」魏明蒂說：「那你想試一下嗎？」

你耳邊只有靜默，那就是回答。

不，就算帶他們進入夢中，結局也不會改變。你知道，他們必然會點火。你已經知道了。只要其中一隻「艾立恩」發出聲音。

曾經發生的，必然會發生。

那些曾經讓這裡變成天堂的，如今都變成地獄。
過去是會追上來的。
而未來也會。
這時你已經聞到氣味了。
（現實總是迫不及待。）
空氣中一股子甜膩的氣味彷彿萎地的曇花花瓣。
怎麼辦，那一刻，就要到了。
夢境正要趕上現實。

◊◊◊

那時，瓦斯氣味瀰漫鼻尖。
那時，倒數的鐘聲被敲響。
那時，所有角色就定位。
那時，就是這時。
這時，許靜開口了。「你們想知道，為什麼是你們在這裡嗎？」她說，聲音多重，一時下水道微微起伏的水面都像讓她的聲音撫平了。
而下水道裡好安靜的。
無數台詞在大家心中竄生。卻像是腳底下正微微流淌的水，也只是經過。

你們開口，到底也只是靜默。
但你們都知道該說什麼。
你們都知道對方會說什麼。
你們都知道，說出來後會發生什麼。
但你們都不想說，也不能說。因為你們都怕脆弱的平衡崩潰。
那曾經是你們的樂園啊。但終究是你們的地獄。於是你們只能沉默。
但就算是沉默，時間也像是腳底下正微微流淌的水。依然會經過。
等等，如果這一次，是你握著打火機呢？
水底冒出第一隻「艾立恩」之前，你緊緊握著打火機。
對了，只要不交給任何人就可以了。大家就可以活了。
在其他人開口之前，你用力把其他人都推開。
這時，你抬起頭來，視線貼著牆壁和下水道頂端彷彿人體血脈般縱橫管線更往前掠，就在前方轉角牆壁那面小小的透鏡上，你看到了。
那裡沒有任何人啊。
但你就是看到了。
在那面變形的透鏡裡，「他」正站在水道下方。
「俊雄」來了。
「俊雄」站在鏡子裡。
那時候，你忽然猜到了。
這一切，是「俊雄」做的。

是「俊雄」讓瓦斯管鬆脫，讓瓦斯瀰漫整個下水道。

為什麼他要這麼做？

但你應該明白才對。就好像蘇轍、范少佐、陶子、齊子然都在某一刻忽然明白。

這就是選擇的一刻。

你回頭看著大家，你忽然明白了，輪到你選擇了。

（「為什麼總是我？」）

（「為什麼我是旁觀者？」）

但當一名旁觀者的真正夢想不就是，「總有一天，你們會發現我才是正確的嗎？」

只有我活下來。

有一天，你們會來求我。

只有我活下來。

到時候，你們沒有我不行。

最極端的旁觀，就是想像自己有一天會在中心。

「請不要看著我」的真意是，「為什麼你們總是忽視我？」

這一刻，你忽然明白，自己站在眾人眼中，也就站在世界中心了。

「俊雄」給你選擇的機會了。

現在，所有人都看著你。

「別。」范少佐說。蘇轍說。

「快。」

只要你一個彈指，火石打響，轟然一聲。你可以讓那些束縛他的、威脅他的、傷害他的人全部消失於氣爆中。

如果時間可以微分成百分之一，可以微分成千分之一，那這些人會不會忽然下跪求你？

他們會說，你最好了。早知道就跟你當朋友了。

他們會說，還好有你。要不是你早知道的話。

那一刻，握著冰涼的打火機，你卻覺得自己高舉火炬。

這就是，當靜學姊的感覺嗎？

這就是，當斬飛宇的感覺嗎？

這就是，當主角的感覺。

可再來，你要做什麼？

你拿著打火機。

你只是拿著打火機。

你只是拿著打火機，隻身站在下水道中。

然後，下一秒，「艾立恩」仰天長嘶，牠喊，然然然然然。牠喊，學長長長長。

你感覺到人們把手伸向你。「帶走我吧。」「不准你選。」「不准你說出來。」

那麼多的手朝你伸抓。那麼多道視線包圍著你。你們推擠，你們嘶咬。你在最裡面。你從來不在裡面。你決定。你從來沒能決定什麼。

直到你們其中一人搶走打火機。

緊接著，面前有藍薔薇綻放。

在那淡藍色的火焰消失光芒的瞬間，下水道管線裡嘶嘶噴出的瓦斯充斥整個空間，打火機最初那一點火光引發空氣裡甲烷激烈氧化反應，一瞬間像點亮燈，火燃燒火，熱情啟動熱情，氣溫一瞬間往上直達五百九十度。你感覺到身邊的水瞬間成為蒸氣，但你連這感覺都沒有感覺。你甚至覺得涼。

下水道發生氣爆。

◇◇◇

導演說，卡。

（但這次，沒辦法卡了。）

導演說，Action。

但這已經是現實了。

你知道自己一定要做些什麼阻止這一切。

但如果你已經做了呢？

什麼都沒有做，就是一種決定。

那就是最壞的結果。

那就是你此刻在做的事情。

那就是你一直以來在做的事情。

◇◇◇

「現在你知道了嗎？」

有那麼一秒，魏明蒂看著你。隔著鏡框，像從很遠的地方。但你知道，她知道。她也同時看到。

她在很近的地方看見這一切。

「現在你知道了嗎？人就是有怎樣做，都無法正確的時候。」她說。「我想讓一切有效。我想讓一切正確。但不管我怎麼做……」

不管怎麼做，就是會傷害到人。

無關恐怖片。這才是真正的恐怖。

這麼容易就造成傷害。

◊◊◊

這回，你才真的醒……

不，並沒有。或還沒。

你感覺到眼前洶湧的熱度。像舌頭在舔，熾熱的舌尖舐過你的眉毛，蛋白質燃燒的焦味。

但也就是一瞬。

舌頭收回張開的嘴。

你張開眼，下水道甬道在你眼前蜿蜒延長。

耳邊瞬間靜音。毛細孔仍因熱度而擴張，卻又因為陡然吹面的冷風而覺得寒。

好像那一陣撲面的熱度才是夢。

怎麼回事？大火呢？

你張開口，你想問，

而你聽到自己吐出的聲音是，

呼嚕呼嚕。

彈珠一樣的氣泡在你面前撞擊又推進。怎麼回事？

——導演說，時間倒回十秒前。空氣中瓦斯被確實燃燒。火焰曾燃放。虛空中有藍色一如本生燈燭燄的蓮花半空綻放。本來應該是這樣的，所有人在爭奪你手上的打火機。一如你經過好幾次的那個夢境。直到打火機被奪走。

只有一個變數。

——導演說，一二三木頭人。下水道前你們所有人停格。從影子的特徵，你們可以辨認出誰是誰。

——一二三四五六七。如果這時有人逐一數過去。等等，少了一頭牛，這回，少了一個影子。

——導演說，時間倒回五秒前。如果這時你低頭，視線從緊握打火機的那隻手離開，你會發現，另一隻手上，多了一段繩索，那本來應該是套在靜學姊和魏明蒂手上的，現在卻緊挽在你腕上。

——導演說，時間倒回兩秒前。管線裡洩漏的瓦斯和空氣均勻混和，熱能反應令下水道裡空氣急速膨脹，打火機被打亮的那刻，熱能轉變為機械能，在高速釋放時同時產生光波與爆音。那一瞬間，你眼前罩上一層薄霧，眼球裡體液如要蒸發，肺裡空氣被抽乾，肺泡會在一瞬間爆破。

——導演說，時間倒回兩秒前。但同一時間，下水道那頭大水同時掩來。水多殘酷，來得多洶湧，卻又多公平，它吃掉多餘的空間，吃掉空氣中瓦斯濃度。吃掉火光與聲光。

——導演說，大火與大水在那一秒激烈交鋒，能量曾經醞釀，但也僅僅是一瞬間。

——導演說，時間倒回一秒前。你頰上暈紅如浪拍擊，而甬道那頭，大水已傾瀉而來。

第一次跌倒的時候，水流不過是淹到大腿，但等站起身，迎面打上來的水花彷彿一巴掌猛抽你的臉，頰上辣辣生疼，你一開口，咕嚕咕嚕，欸，這時水已經湧到頭頂了。

只要變動一個小小的條件，就能改變這一切。

只要一個人，就能改變結局。

◊◊◊

那就是大水。

魏明蒂什麼時候把繩結纏到你手腕上了呢？是趁你因為「夢回榆樹街」失神恐懼的時候嗎？她把握時間去打開了水閘。她把下水道蓄水池裡的水都放出來了。

變化來得多快速。大水來得比你任何一起夢境都快，來得猝不及防。

你吃了幾口水，身體比意識更快一步啟動求生機制，你腿一蹬想往上游，卻覺得被往下拉，該死，那是跟你綁在一起的學姊正朝反方向游去。

你手往上指。暗示靜學姊。也不管學姊同意還是反對，現在你們必須合力了。你單用一手撥水往上方靠近，另一手透過繩索，告訴學姊方向，對。一邊往前游，一邊往上。

往上，再上面一點。過了這段完全封閉的下水道，在一口氣完全用盡之前，你注意到幾束光線從上方射下，對了，那是中庭上方的排水蓋，這裡可能正在中庭下方。雖然水溝蓋焊住了，推不開，但好歹能讓空氣穿過，你緊抓住排水溝蓋鐵桿，努力把臉往上貼去。浮，更往上浮，使勁將臉湊向水溝蓋縫隙，很難維持這個姿勢啊，水不停把你往後沖走，就算張開口，也會吃下很多水，但只要有一點點氧氣被你吸入，你就能再維持一會兒。

好想多吸一點。

然後你手用力一拉，水面有氣泡冒出，你以為是學姊也要吸點氣。

你一轉過頭，紅唇貼臉，該死，那麼一大張嘴貪婪的吸著空氣。那還能有誰，是「艾立恩」啊。你頰邊感受到溫熱的貼觸。原來「艾立恩」的皮膚是這樣的觸感。不是皮革那樣厚，更像是水球的薄膜，太軟了，你幾乎感受到牠後頭微微搏動的血管，或是臟器。那樣精緻的平滑的膚質。

（心臟飛速跳動，耳鳴嗡嗡，你覺得身體內壁傳來用久的筆電那樣來不及散發高熱而發出悲鳴的嘰嘎聲。）

咕嘟咕嘟。你剛剛一口氣都還沒吸飽呢，身體跟著變重，是「艾立恩」攀附在你身後。念頭一如你唇中含吐的氣泡起了又滅，你立刻知道「艾立恩」的用意。

牠正纏著你。

（別跟著我啊。我只是一個觀眾。）

你伸手張抓，是因為太緊張了嗎？此時你胸膛有比水壓更強的內在壓力擠迫，你心跳聲如擂鼓一陣大過一陣。隨著身體越往下沉，你視覺越發朦朧，但你卻覺得自己看得越清楚了。這時你腦中且浮現一幅景象，那蜷縮在你體內，臍帶纏繞你臟器，頭依偎在你心臟或是肋骨邊緣的「艾立恩」將張開牠濕潤的紅唇，另外一個心跳聲像是按下炸彈倒數器一樣在你體內發動，此時牠正緩緩醒來。

「艾立恩」也發現了吧。此刻「艾立恩」的爪子搭上你的肩，正把你往更深的水下拉。你意識到，牠就是要讓你恐慌，新生的「艾立恩」將要由你身體裡竄出。

這就是終局嗎？

死在孤獨的，無人的地下道裡。在幽暗的水中。

（好像那部有詛咒影片的老電影。）

（貞子是不是一個人孤獨的在封起的井裡聆聽自己的心跳一拍弱過一拍。）

（而在這個島國上，有個男孩成為了「俊雄」，他也在黑暗中等待。）

（Goodbye, World.）

你在水底揮揮手，從身體裡擠壓出的氣泡像是條牙膏擠到最後那麼扁薄，再也吐不出什麼。

而繩子在水中緩緩的拉展開來。

很快你感覺到高懸的手腕一陣絞痛。

疼痛代表著，學姊正努力要把你往上拖。

簡直像是以你為繩子，許靜和你背後「艾立恩」之間的拔河比賽啊。一個把你往水底拖，一個拚命要讓你往上探頭。

等等，但這樣你不就拖累她了嗎？

你眼前物事時亮時暗。時而露出它們的邊緣稜角，時而扭曲。胸腔中殘存的氧氣終於像黃昏的薄霧一樣散開。然後，你眼前蒙上一層暗。

暗是有層次的。一開始，那麼薄，是煙，是塵，但隨著濃度加深，也許是因為深度加深吧。那暗變得深濃，重起來了，重的是身體，身體也是暗。

而與身體和意識相反，你的體內卻那麼熱，有什麼洶湧翻騰。鼻尖浮現氣味。

（有東西要出來了。）

（你卻要被暗吞噬了。）

在那個身體感受外部壓力而體內同時有東西要破膛而出。在冷與熱。在暗與光度的交界。

在臨界點。

那一刻，你睜開眼，那張臉看著你。

太靠近，一時你無法分辨，那到底是誰的，又是一張怎樣的臉。你只是看著「他」的眼睛。「俊雄」的眼睛。

你這一生都將記得那雙眼睛。孤獨的哀愁的凝視。接著，像是太空梭對接一樣，艙門開啟，接口連結，有一瞬間，你覺得他眼睛裡的鋸齒旋轉，你們的視線曾經相連。

而在你意識到的同時，雙唇已經接起了。

咦？

水裡淤泥與塵灰漂浮。微微的光從更高處投落，在那樣既黑暗又明亮，什麼都在往下，只有塵埃往上的液態黑暗裡，男孩摟著你，他輕吻著你。

有什麼沿著你微張的唇進入，他試探性觸碰你的齒尖，他和你的舌頭交纏。他探測，他擴張。那不是男孩的舌頭。那是氧。

怎麼可能，「俊雄」是氧氣製造機嗎？這符合人體原理嗎？他把氧氣注入你的身體裡嗎？

但你覺得寧靜而平和。有那麼一瞬，你眼前是柔和的光暈，像是黎明時城市天際線上糖粉一樣的柔光。你的心跳趨緩，你體內的壓力緩緩減失。你感受到被人擁抱的感覺。

這就是，接吻的感覺嗎？

微光中，你們好像在失重太空中孤獨的人造衛星那樣，在無止境的旋轉中緩緩飄浮。身體持續上升。

◊◊◊

想像一片黑暗。

你眼前是一片黑暗。

導演說，全黑。讓鏡頭只拍到黑暗。要那種看不見線條輪廓的黑。比關燈還黑的黑。

想像黑暗中拉出一道圓弧亮線。首先是半月，然後是整個完整的圓。隨著視線逐漸聚焦，彷彿排水道人孔蓋慢慢被移開，微光重新復原事物的輪廓。

那張臉變得清楚了起來。

你張開眼睛的時候，視線是否像是如此。眼前依稀浮現出些絲線條。線條組成面。五官構成臉。

你這時感覺到身體多輕。那也是吻帶來的錯覺嗎？多暈眩，近乎失重。

但很快你會發現，是真的失重了。這時你正縱身半空。導演說，畫面倒回十秒前。下水道裡「俊雄」上升的身形沒有止住，他摟著你直往水面上竄，且越來越快，像鯨魚噴水，巨泉湧動，完全不需要施力點，彷彿脫離引力與水壓的控制，高，還要更高，去勢不止，更往上再衝。直至水波衝向排水孔蓋，人還沒到，水勢驚人，排水蓋沖天而起，他已經一頭撞出水面。由地心竄出。

那一衝之力多驚人，半空之上，你身後甚至還攀附著「艾立恩」呢。而一隻手死掉一樣垂落，那上頭綁著繩子，那時明月在天，雲朵半天呼嘯，盆地夜裡的風多涼，氧氣隨高度而稀薄，這是夢嗎？你是不是會這樣想？那一切能把你往下拉的，都沒能真的絆著你。

◇◇◇

先鬆手往後墜的，是你身後的「艾立恩」。

視覺水平軸猛然拉降。接著你這才往地上摔去。

夜裡的風帶走你皮膚上的溫度，地上仍不停冒出汗水，你臉上滿布髒汙，頭髮緊貼太陽穴兩旁，像是活屍撲倒在地表。

你口中還能吐出帶綠的水來。「憑什麼他吻的是你！」許靜一把抓起了你，繩子還牽連著你們。「說啊，憑什麼他吻的是你！」

「他沒有吻我。」

「那他嘴巴對著嘴巴是魚在餵食嗎？」

「他是給我氧氣好嗎？那時我要掛了好嗎！」

「那就是吻！」

天啊你剛差點掛了，而跟你一起活下來的人只擔心你剛剛搶了一個吻？

「確切說來，那不是吻。」

你光聽聲音就知道那是誰。「嚴格說來，那是因為你啊靜學姊。你跟雷普利綁在一起。而你看過詛咒影片了，『俊雄』不能讓你溺死，所以他會出現救你。」

「『俊雄』選擇拯救你們的方法是，讓雷普利也甦醒，給他氧氣，讓他能跟上你的動作，好讓你們合力彼此出力往上面游。」

理性。直接。科學論述。那不是魏明蒂是誰？

「原來是這樣。」你感覺勒著你領口的手放鬆。

「但這樣說起來，那還是吻。」魏明蒂補充說明。

下一秒，你的領口又被人拉緊，這回，面前浮現是大眼鏡。

「他憑什麼吻你！」魏明蒂質問你。

這兩個女孩在搞什麼！

不，你倒是明白了。只要學姊快要死了，「俊雄」就會來救。這會兒，他可不是來了嗎？唯有你拖累學姊，你才能得救。學姊等於用她自己的死，來幫你活。

——只要讓許靜去死就好了。

吻真是複雜的東西。

「安靜。」這時你大喊。

「你有什麼資格說！」兩個女孩同時對你大吼。

但下一秒，她們也靜下來了。

這時你們人在宿舍中庭吧。在男生宿舍與女生宿舍之間。那已經是深夜了。夜風吹撫過一旁電線桿，上頭黏貼的紙張啪喳作響，一點鬧，所以更靜了。

但那麼靜，就更不尋常了。

等等，本來駐紮在中庭的軍隊呢？他們不是會對離開宿舍的人開槍的嗎？

這時天上雲朵緩移，月亮短暫露臉，你才得以看見，中庭那一整排人孔蓋邊縫正咕嚕咕嚕的湧上水來。但如果你更仔細看，再往裡頭看一點，在排水孔蓋的縫隙下方，一張又一張紅唇便貼浮在下方，像是轉印貼紙一般。

你發現紅唇正發出聲音。嘴唇啜著，牙齦肉隨著翻合時見時隱。

下一秒，一只人孔蓋朝半空噴飛，一隻手爪伸出，正好抓住靜學姊的腳踝。

月光大亮，這時你才看到，中庭水溝蓋啪啪翻動。不是因為水的浮力，而是下方正有無數手爪往上攀抓。很多碩長的頭顱，很多洶湧的話語。乍看像是你小時候看過的那部電影《活死人之夜》經典場面，有手從地底探出。

現在你知道軍隊可能的下場了。

而「艾立恩」要出來了。

從水裡。

從地下。

或你的身體。

（你壓著胸。身體因為短暫失去重力而覺得輕，那時才覺得胸口這麼重，有什麼貼著左半胸口一竄一竄，帶一種癢，更多是喘不過氣的鼓脹感。）

到底有多少隻「艾立恩」？

你抬眼望去，整個中庭排水道鐵蓋下都竄出了手指，像是搖搖的花。

如果牠們全都追上來的話……

正這樣想，你就看到了「他」。

你看到了「俊雄」。

「俊雄」也正看著你們呢。他懸浮半空之上，身體違逆地心引力存在。

一開始你還懷疑呢，他一個人有辦法應付這麼多「艾立恩」嗎？而這是什麼恐怖片的豪華組合？猛鬼大戰外星人。

等你看到俊雄有了動作的那一刻，你就知道不秒了，而且，最好現在開始跑。

「Run！」你大聲叫。伴隨你的叫聲，「俊雄」正自半空緩緩下降。飄浮的人形、超自然現象，你這幾個小時已經看多了，那並不是最讓你感到害怕的。

最讓你害怕的，是「俊雄」下降的同時，纖細的手腕緩緩抬起，麻雀駐足電線那般，手勢那麼輕，又那麼確實的，緊緊抓住懸空的電線。

手指粗的電線隨著他緩降的身形被拉落。

如果這時你停下腳步並回頭，你會發現，「俊雄」的身體正隱沒在地表。但那並不是消失，而是，他的身體正緩緩沉入水中。

那是剛剛被你們撞開了水溝蓋的下水道出口。水正汩汩從那個缺口流出。

這時你會聽到「他」的聲音。你以為是針對你，但只要看一眼其他女孩的臉，你會明白，他們都聽得見。

——「活下去。」

——「為了我。」

——「活下去，然後目睹最重要的東西被我剝奪。」

「俊雄」下半身沉落水中，隨即被下水道裡張抓的利爪貫穿，地下水道的水持續從水溝蓋孔洞中湧出，中庭到處都是水，你一秒都不敢停。如果這時范少佐看到你的速度，應該會邀請你加入田徑社吧，你跑，你持續奔跑，當你回頭的時候，你只來得及看到「俊雄」還沒完全沉入下水道的上半身。

這會兒他的手臂高舉，直直朝天探起。

他的手上正高舉啪滋作響的電線。

電流一瞬間通過少年單薄的身軀，直直被引導進入水中。

你往前一跳，跳上女生宿舍台階，同一時間，電流正以「俊雄」入水點為中心，以毫秒為速度向中庭和排水道深處擴散。彷彿血滴之擴散於水，或是氣味之瀰漫於空氣，電流是看不見的，但又確實帶著力量。它帶來改變，隨著電流擴張，水面起了波紋，有了水花，那波紋是帶著聲音的，在嚎叫，像聲紋了。但水不會痛，水不應該發出聲音，那是水裡的生物發出的。是「艾立恩」正發出悲哀的低吼。

「俊雄」身體完全被吞入地平面之前，他高舉並伸直的手臂比出了手勢。

你知道這個畫面。

《魔鬼終結者二》。

終結者就是這樣沉入熔漿中。

I will be back.「俊雄」是否傳達同樣的訊息。

不一樣的只是，終結者阿諾在能熔化鋼鐵的熔漿中比出的，是大拇指。

而少年在電流擴散的水中比出的，是中指。

我操，我操這該死的世界。

◊◊◊

你這才真的醒過來。

意識的初始是混沌。像是老電視機按下開關那一刻，全黑的屏幕上拉出一絲銀線，中心光點乍暗還亮。

（電流在一瞬間接通腦突觸。）

先是擾動的線。然後是波紋。形體會在五秒到十秒之間逐漸聚攏，顏色鮮豔了，事物線條清楚了。好像一切本該是這樣。

一切本該是這樣。

這時你腦中閃現最初的畫面。

（那是什麼？）

（你好像看到……）

（水花四濺，但空氣忽然變得乾燥。）

（人孔蓋如紙牌逐張朝四周飛去。空氣中閃現電光。你只覺全身毛髮都豎起，渾身帶靜電。）

（中庭地上有無數巨大的嘴唇張闔著。唇色似火。牠們在說什麼？）

（好痛好痛好燙好熱救命啊。）

水中有火。

有紅色嘴唇像大王睡蓮，一朵又一朵浮出中庭水面。

小規模餘震還在你胸腔裡間歇性發生，如果胸腔是建築內裡，你覺得那個拱起來像鋼梁像教堂天花板的肋骨一定有裂痕了，土石正簌簌往下掉落。若不是因為撞擊，讓整體結構往裡凹陷，不然就是有什麼正要往外衝出來。

通電的一瞬間，女生宿舍台階上一定也是濕的，電流曾沿階而上。僅僅是瞬間過電，你整個人便覺得像一袋洋芋片，被人大掌一拍，耳邊啪的巨響，思考和感覺同時破碎成片。

腦袋一瞬間關機。那之後過了多久？也許是一下子，也許過了一百個晚上了。足夠所有台灣人都死絕了。但你現在什麼都不能想，你唯有撐起自己，推開女一舍大門。

玄關好大一面落地鏡子還是好好的，照面第一眼，彷彿有人在裡頭歡迎你。你看見你自己，不如說你看見過這樣的場景。這一幕，在哪裡？是什麼時候？快想，快想起來。

你手貼著牆。首先是觸覺。（水泥牆上的凹槽。鐵釘冰冷的質感。）然後是痛覺（探出來的釘子扎入掌心），意識最後才回來。你知道，雖然空間看起來一樣，雖然感覺起來差不多，但此刻，你到了「對面」，你正走在女生宿舍的走廊上。

你雙唇乾渴，但嘴裡卻濕濕的，你不敢咳，你怕吐出來的，不只是血。

你感覺得到皮膚下有東西在竄動。

（時間到了嗎？）

此刻你只想找個地方待著。教室？你傻了，那裡沒有任何美好的回憶。保健室？又太明亮了。你想像某種蔭涼的、孤獨的空間，最好夠小，不容第二個人，又要有牆壁能靠，有陰影能遮，封閉如同子宮而隱密像是深夜悶頭在棉被裡。

（那個時刻要到來了嗎？）

最好是，沒有人能發現你，沒有任何眼睛能捕捉到你的地方。

（不要再看著我了。）

你只想當個徹底的局外人。

這時，腦袋裡突觸閃過電流。一個空間緩緩在你腦中成形。

怎麼說呢？很侷促，四四方方的，從窺孔投落下光影，帶著泥土味和草腥。髮尖布滿蜘蛛網⋯⋯

你想起那個地方。

掃除工具櫃。

最初在那裡，最後也該在那裡。那裡才是你最適合的地方吧。闔上櫃門，就消失在所有人眼中，完美的隱身。在那樣的封閉裡，孤獨的離開。

掃除工具櫃也像是一具棺材吧。

——在廁所隔間窺視著外面。

——在教室邊緣窺望。

——分組時別自己舉手等人分配。

——雖然很奇怪班上人數明明是偶數又要求兩兩一組，但最後經常剩下你一個人。

——一個人也會寂寞吧。

你曾待過的那些地方，都像是掃除工具櫃吧。只是未必有櫃門而已。

你輕壓著胸膛，感受掌心下方不規則的律動，搞不好，體內的生物也是這樣想像著你的呢。你是牠的工具櫃。可以隱藏，其實又被拘束。待得越久，不是安全，只是放棄了。

在工具櫃裡，被吸乾了，被轉化了血肉的你，會變成什麼樣子呢？很多年後，會不會有人發現你？像透明蟬蛻？像一頁薄紙？

你甚至沒細想最近的掃除工具櫃在哪，身體都知道，帶你一層樓上一層樓。

如果宿舍一切對稱。男生宿舍有的，女生宿舍也一定有。你知道，舍監辦公室也一定會有。你推開辦公室大門，瞳孔因為光源乍然轉換而微縮，當你視線重新恢復，目的地就在眼前。

那是櫃子。是封閉。卻又是門。幫你開啟。

你伸出手，指尖就要碰觸到櫃門。

「別——」

你回頭，靜學姊正握住你的手腕。她一定跑得比你快多了，一定也比范少佐快，她才該加入田徑社！水晶湖畔躲避殺人魔的美少女，每次都是第一個死掉，她才練就全學園最快的速度。

「別——」

但她不是很愛把別人關到掃除工具櫃裡嗎？這時為何要你別——別進去？還是別這麼做？

「有辦法活下去喔。」

學姊手指隔壁。你完全知道一門之隔，辦公室那邊是什麼。

「只要你去那裡的話。」

去交誼廳。

那裡啊，有能拯救你的東西。
男生宿舍與女生宿舍一切對稱。時間則是摺疊。如果把時間倒回，在交誼廳裡曾發生什麼？
被播放的影像。滲血的螢幕。
降臨的俊雄。
「來吧，我帶你過去。」學姊掐著你的手腕，指尖深深陷入你腕中。你感覺得到疼，就感覺到她的力。
一切像是該開始，學姊會拯救你。學姊會帶你離開。
（等等。）
（似乎有那麼一點什麼讓你覺得不太對勁。）
可靜學姊不容你拒絕，她已經用力推開門。你回過頭，眼神兀自停留在辦公室一角孤立的掃除工具櫃上。

◊◊◊

「把頭轉過去。」推開門，那人說：「這不是給你看的。」
你先看進她眼鏡裡。才連結到她的臉。耳邊響起的是魏明蒂的聲音。
不准看什麼？當然是投影機。此時光束從鏡頭前方拖曳而出，牆壁上有千軍萬馬奔騰。光影水一樣渙散整個空間中。
那時候，你曾經是最佳攝影。你在男一舍製作了專門欺騙「俊雄」的影片。

而這回，女生宿舍投影機正投影牆上的，是「俊雄」主演的。

那正是接上放映機的詛咒影片。現正熱映中。

「原來，你是這樣的人。」

當你一把推開門的時候，你會看到這幕場景。

讓我們歡迎最佳女主角。

「不准看。」魏明蒂雙手張成人字形，正擋在辦公室牆面前，光影裡也有她，實體的她便跟影像中的自己重疊。臉上還有臉，牆壁投影裡有體育館收發室裡的她。影像裡有她的罪。

讓我們頒發年度最佳影片。

——影片收音多好，魏明蒂就像在你耳邊說話，是證言了，她說：「如果讓他以為有救了。讓他以為事情轉好。然後重重的使他跌一跤，其實掉入更黑暗的深淵呢？」

——魏明蒂說：「如果讓他失去最好的朋友。如果讓他親手殺死最好的朋友。如果讓他背叛愛他的人呢？」

——魏明蒂說：「如果讓他做了全部他最不想做的事情。然後再告訴他，這一切，都是真的，都是你一手造成的呢？」

那就是詛咒的生成。那就是恨的製造方式。

那麼，讓我們聽聽評審怎麼說。

「你就是一個加害者。就是你製造出『俊雄』的，現在你還滿口正確正確的，你裝什麼可憐？你還敢講什麼犧牲和正義？」

有一瞬間，你以為那是「俊雄」在說話。在沒點燈的辦公室裡，是那個曾經叫做國青的男孩周身散發螢光，在黑暗中開口。

但說話的是范少佐。有那麼幾秒，范少佐的身影和闖入鏡頭的「他」重疊，聲音和牆壁上國青的口形好搭，像在幫他配音。

或正好說出「俊雄」心裡的話呢？

「呦，雷普利，還沒掛啊，那你來評評理，我說得沒錯吧。」

欸。你下意識回應。但脖子一縮，身體做好逃跑的準備。不不不，別牽扯到你身上啊，你只想旁觀這一切。

「You 感染 HLV，You 想要活下去，You 是受害者，You 很無辜。但我們也是受害者啊，我也想活下來！」曾經叫做國青的「俊雄」說，不，那不是他。你揉揉眼，蘇轍的臉不再和牆面重疊，「那你憑什麼阻止我們活下去？」

「如果多數人活著就是正確，那現在這間房間裡，我們才是多數人，我們才應該活著不是嗎？」陶子也在，那齊子然也就在。「沒錯沒錯！那我們更應該活下來不是嗎？你憑什麼阻止！」

「還是你以為的正確才是正確，別人都是錯？」

「我們還被大人拿來做實驗，我們身體裡有『那個』欸，我們才是受害者欸。」

「看吧。這就是你需要的。把它看完，你就可以活下來喔。」靜學姊的聲音在你耳邊低低響著。

（是這樣吧。）

（是這樣嗎？）

（但不對勁啊。）

「其實呢，是我告訴他們影片在哪的。」學姊說。

你終於知道那份不對勁的感覺源自哪裡。

怎麼回事？許靜之前還被你們綁著欸，還一臉心不甘情不願的走著，這會兒卻主動告訴你們詛咒影片藏在哪？

這時，空氣中鏈鋸轉動聲響碾碎你好不容易連結起來的思考。

咖——咖咖——咖咖咖——

魏明蒂高舉電鋸。等等，女生宿舍哪來的電鋸？欸，你這樣說是看不起女孩嗎！電鋸和斧頭可是恐怖片必備良品。每個場景都該來一個。

「怎樣，要把我們砍成兩半嗎？說到底，我們跟你一樣欸，We are you。我們也是受害者欸。SAME！你不救我們，不讓我們看救命影片，現在還想要殺我們嗎？」蘇載先喊了！

而半空中騰轉的電鋸聲便是魏明蒂的表態。

咖——咖咖——咖咖咖——

「我說，關掉，立刻轉身。」

「噓，快看。」而靜學姊一推你的背，把你更往前推過去。要你加入他們之中。

該看嗎？

不該嗎？

（簡直像是看恐怖片的心情。）

（想要又不想的。手指遮住眼還留下一點縫。）

范少佐手一攤，聲音軟下來，他正試圖說理：「其實你想想，我跟你，不，我們跟你有什麼不一樣？你想透過製造詛咒影片的方式抵擋 HLV 而活下來，那我們也是啊，我們也想透過看詛咒影片消滅體內的外星怪胎！」

是啊。你幾乎想點頭了。

「為什麼就你是受害者？我們也是受害者啊，為什麼你的受害就比較正確，我的受害就比較不正確？」

那是不是你想講的？

那是不是你所認為的？

是啊，你也是受害者。

而空氣中鏈鋸高速飛轉，把一切聲音都切開並吞沒。在牆壁上晃搖搖的光影中，魏明蒂既像是從恐怖片裡倖存的女主角，又好像是追殺女孩的殺人魔，她手高舉電鋸，正一步一步朝你們走來。

你眼睛還正視前方，身體卻告訴你，該是退場的時候。

（她是來真的。）

你正要轉身，就離你幾步遠而已，你發現范少佐大步流星，卻是迎面走向嘶吼的電鋸。他不避不讓，眼神帶著挑釁和某種你不能理解的自信。他繼續往前。

少年與少女距離拉近。他們在交誼廳中央短兵相接。

「怎麼，如果你覺得自己是正確的，那現在就把我切開啊！」范少佐先開口。

半空中電鋸高舉，你覺得它隨時會落下來，切一顆西瓜一樣讓面前一切汁液橫流。

但電鋸也就只是停在半空。

牆壁上剩下少女高舉的雙手。久久沒有放下。所以，魏明蒂在遲疑嗎？不，你又瞄了一眼牆壁。牆面多乾淨，少女的身影多孤獨，那時你明白一件事情，你明白魏明蒂也明白。

牆壁上只剩下魏明蒂的影子了。

那意味，影片播完了。

影片播完了，也就意味，你們都已經看完了。

這時范少佐代替你，代替你們，指出少女的遲疑。「你不敢對我怎樣是吧。你連傷我一點都不敢對吧。」

「因為，你也知道，那沒有用對吧。你不是很喜歡說『有效』嗎？但現在，你怎麼阻止我們，都是無效的。」

「因為，就像當初的你一樣。你看過詛咒影片了，而現在，影片播完了，我們也看過了。所以，大家都是一樣的了。『俊雄』會保護你，也就會保護我。」

「笑啊。」范少佐回頭看著你，看著你們，「各位，這次我們終於可以沒有顧慮的笑了。」

只要看了影片，七天內就不會死了。

認識范少佐那麼久以來，你聽過他許多次笑，都是為了生存而笑。幾乎像哭了。這是你第一次聽到他開心的笑聲。

那麼暢快。那樣沒有後顧之憂的。

於是其他人也小幅度的，不怎麼確認的，卻又鬆一口氣似的笑起來了。

喔呵呵呵。陶子握著齊子然的手笑了。

嘿嘿嘿嘿。蘇轍也笑了。

笑吧。諸君。第一次這樣沒有壓力，不用配合別人而笑。

然後，開始尖叫。

你看到蘇轍捧著臉像抱一顆氣球，連尖叫聲都像氣球爆炸一樣嘹亮。

啊啊啊啊啊啊——

「瞎雞巴毛叫什麼叫！」范少佐大吼，但吼完後會發現自己也在尖叫。

一個人怎麼可以又笑又尖叫呢？

除非他有兩顆頭。

一顆頭顱正從田徑社社長胸口探出，紅唇彷彿新畫，一開始緊抿著，隨即怯生生的張開，接著，毫不含蓄的，發出牠來到世界後嘹亮的第一聲尖叫。

范少佐這時才真的尖叫起來。

紅唇在這時才真的笑了起來。

◊◊◊

但為什麼？

范少佐真正想問的應該是這個吧。

「為什麼明明看了詛咒影片，卻依然……」

「被騙了？」

「詛咒影片是假的？」

「你這騙子！」

而魏明蒂只是搖搖頭，又點點頭。「我沒有騙人。」你聽見她低聲說。那並不是辯解，你看見她的眼睛裡有懇切的憐憫。「詛咒影片的規矩就是如此，看了以後七天後會死掉。但七天之內，你想自殺都沒用。由俊雄決定你的死活。」

「但問題是，是誰在看呢？是誰可以活下來？」魏明蒂低聲說。

你現在才明白。屬於詛咒影片的規則沒有被違背。但卻被玩弄了。

是誰在看？是誰可以活下來？這一切都是「俊雄」說了算。而「俊雄」選擇讓看影片的人們體內的「艾立恩」活下來。
反而是宿主——也就是你們——才成了被「俊雄」判定為必須被排除的對象。反正破體而出的「艾立恩」還帶著你們的一部分活下去——語言、記憶、能力……天知道還有什麼？從某方面來說，那也表示你活下來了。
但也許，早在我們觀看影片之前，我們就已經是怪物了。
「俊雄」服從規則。
「俊雄」玩弄規則。
「這就是你的贖罪，許靜。」魏明蒂的眼光越過范少佐，越過你，越過在場的所有人，緊緊盯視著站在門旁的靜學姊。「但你只是滿足『他』而已，你看，『俊雄』很享受！『俊雄』只要看你們痛苦，他就會覺得愉快。他想傷害我們啊。我們越受苦，『俊雄』反而越快樂。這才是怪物。」
那時候，你耳邊是不是響起「俊雄」的聲音？
——「活下去，然後目睹最重要的東西被我剝奪。」
「這就是我們最珍貴的東西啊。」魏明蒂說：「他讓我們活著。但為了活著，我們會做出怎樣的事情？他就是想看這個啊。」
為了活著，你們犧牲了一個男孩，把他變成怪物。
為了活著，你們成了把別人綁起來，要別人帶頭去死的受害者。
為了活著，你們努力的笑。你們彼此傷害。你們在彼此傷害的時候也笑著。
「我要你看，我們打造了怎樣的怪物！」
「承認吧。我們，我們所有想要依靠詛咒影片活下來的人，其實從看到影片那天後就算是死了。就算因此活下來，也只是成了怪物。」

看看我們變成了怎樣的怪物？

◊◊◊

你忽然起了一個念頭，也許，那才是「傻雄」想要的。

那些看過詛咒影片的台灣人不會死。

但會變成另外一種生物。

（或者這就是台灣人原本的模樣。）

這就是「傻雄」的報復。

「我要剝奪你們最重要的東西。」

◊◊◊

「他成功了。」你聽到靜學姊低聲說。

是啊。「傻雄」成功了。他完成他的復仇。

他讓我們變成了怪物。

「我是說，魏明蒂成功了。」靜學姊說。

啊？靜學姊是不是搞錯什麼？

「MEMORY 計畫終於完成了。」

計畫不是已經失敗了嗎？

「不，計畫在剛剛成功了。」

——導演說，配音組上音效。播放「通關」音效。

「『MEMORY 計畫』在捕捉之外，還有第二階段。」許靜說。

——導演說，給我二號機鏡頭，插入魏明蒂在黑板前的講解。「我們必須捕獲『俊雄』。如果不能捕捉他，就只好殺死他。」

——導演說，給我所有的鏡頭，插入魏明蒂在黑板前的講解。魏明蒂說：「我說的不是在電視機前撒圖釘，或是把電視推到懸崖邊等貞子爬出來這些搞笑片橋段，人類以為這樣就能殺死被詛咒者嗎？」

——魏明蒂說：「想捕獲『俊雄』，就必須讓他在物理世界出現，以物理的方式捕獲。但反過來說，想殺死『俊雄』，就不能從物理上殺死他。而必須從概念上。」

「條件都已經吻合了。」許靜說，按照之前你已經講過一次的恐怖片定律，不演了不演了，編劇嫌想情節很麻煩，乾脆讓角色用嘴巴說：「魏明蒂和我都看過影片了對吧？你瞧，這一路上，『俊雄』都在保護她和我。」

「現在，你的朋友們，你們也看過影片了。你們就要轉化為『艾立恩』。而魏明蒂是不會讓牠們走出這間宿舍的。也就是說，牠們一定會打起來。」

電鋸拖過地表，留下紅色的槽痕。少女揮舞著電鋸，空氣中充滿刮耳的鏈條轉動聲，彷彿沒有人可以跨過去。

「不然你以為女生宿舍怎會放武器？拜託，你們都被魏明蒂騙了，魏明蒂一開始，就想要你們到達女生宿舍。」

你看著靜學姊，第一次有「是不是看著鏡子所以雖然一切都相同但左右顛倒」的感覺。

「你還不懂嗎？每一步，每一個現實，她都計畫好了。」學姊凝視著前方，低聲告訴你：「仔細想想，是誰說出詛咒影片的事情？」

（是誰住在深海的大鳳梨裡？）

「你仔細想想，是誰說出詛咒影片有備份藏在女生宿舍裡？」

——是魏明蒂。在停車場的暗影中。

又是誰協助你們前往女生宿舍？

——是魏明蒂。是她提出可以從下水道進入女生宿舍裡。

又是誰打開蓄水池，費盡氣力讓你們能活著進入女生宿舍？

——是魏明蒂。

是啊，為什麼？

「笨蛋，根據恐怖片定律，電鋸和斧頭可是恐怖片裡＋9武器欸，那就是魏明蒂的惡趣味啊。噁心死了。她從一開始就想要這樣。她一路哭哭啼啼，她一路假裝聖母，不就是為了這一刻。」

她才是那個，利用你們的人。

投影機放映完畢，黑暗中拉出微微的光束，像一條線，線的兩端，魏明蒂和新生「艾立恩」遙遙望著，一方不想讓對方過去，一邊一定要過去。電鋸與紅唇，連你都知道，世界上沒有任何人可以阻攔這兩樣東西。

直到一方倒下為止。

許靜說：「看啊，那就是殺死『俊雄』的關鍵。根據詛咒影片的規則，七天之內，『俊雄』不會讓你死的。他會保護你。那現在，問題來了，現在就要打起來的兩邊，都看過影片，都想弄死對方，但俊雄又不會讓他們死，會保護他們，那這一切要如何結束呢？」

他們可能殺死彼此。俊雄必須同時保護他們，又不能殺死他們。但只要有一邊殺了另一邊，詛咒影片的規則就被破壞了。

那就是悖論的誕生。

「這是魏明蒂提出的假設，只要毀掉影片的規則，就等於殺死了『俊雄』。」

這才是許靜真正的計畫。她的目的一直都沒變，「滅了『俊雄』。」

用規則破壞規則。

用概念殺死鬼。

這就是魏明蒂版本「MEMORY 計畫」的真面目。實際上她要做的事，是去掉Y加上E，是「me more」計畫，更多我，讓兩個我對抗。

范少佐胸前的紅唇多鮮豔，舌頭舔著唇，把周旁沾黏的血塊舐去。隨紅唇帶著頭顱往外掙，范少佐原本的腦袋往後掛，像是帽T的帽緣被往後翻，紅唇取代他原本頭顱的位置，四肢同時拉展變長，這時原本的軀體倒像是穿壞的衣服被套在身體上。

「跑跑跑跑啊！要成為風風風風風風風……」

紅唇輕啟，分明還是范少佐的聲音，魏明蒂抓穩時機，她毫不猶豫，沒有恐怖片裡女主角拖泥帶水的毛病，只見她一俯身，就往前疾衝，鏈鋸半空拉出弧線，直直朝紅唇頸部切落。

可紅唇少佐不避不讓，他本來垂落的人類雙手朝前一舉，雙臂疊起，竟然用手臂硬生生擋住鏈鋸，鏈鋸陷入人類手臂中，初時還像刀子滑入奶油裡，多順暢，但很快便遭遇手臂骨骼彷彿堅硬的地層擋住了她，魏明蒂一愣，人的身體是多麼堅硬，恐怖片裡演得那麼輕易，砍瓜切菜，殭屍片裡武器首選，但現實到底是第一次使用電鋸切人體啊，於是她也僵住了。

而手外有手，紅唇少佐以人類手臂擋住了電鋸，緊接著，屬於「艾立恩」的手爪猛然從人類的軀體旁掙出。相撲推手一般向前隨意一送，電鋸脫手，少女像是扔垃圾似沿著拋物線往後飛去。

「艾立恩」站起來了。范少佐肉身在此時完全褪去，他新生的軀體站立在投影機光束下，無數微塵半空打轉，金屬質感的肌膚同時有一種緊實的肉感，與其說是硬，不如說該有多強壯，尤其腿幹的部分，修長又結實，好像繼承田徑社優良傳統。而「艾立恩」似乎也正摸索這副身體的力量，像男孩在夜裡摸索自己，牠困惑的抖抖身體，鬆鬆手。紅唇呼嚕呼嚕響。

緊接著，紅唇少佐猛然往上一跳，地板都受力一震，這時就該用漫畫網點線條表現牠的力道，你的視線來不及跟上，「艾立恩」已經抓住天花板上方管線，順手便擰下天花板上縱橫迂迴鐵管其中一截。

鐵管成了標槍。紅唇少佐落地，就射擊位置，助跑，脫手。動作一氣呵成。來了，田徑社男子標槍紀錄保持人重出江湖。

早在動作之前，許靜就預料到了嗎？她的聲音甚至跟那截金屬管同步推出唇腔。「注意了。」她說，但你不知道她是跟你說話，或是跟魏明蒂，或是「俊雄」？

注意了，魏明蒂，標槍射過去了。而你知道，許靜也知道，俊雄將要冒出，轉瞬擋住那根鐵條。

然後呢？然後就會輪到魏明蒂會發動攻勢，她會試著重新舉起電鋸做二度攻擊嗎？還是動動她那聰明的腦袋（「問對問題，就能得到答案。」你想像她會說：「你就是那個問題。」），或者啟動「夢回榆樹街」的能力，啟動這個撞擊那個，發動A好擊打B，試著產生C，讓天花板塌下或讓什麼起化學反應透過時間差與神走位在他的夢之眼遇見一切的同時打倒「艾立恩」。

夢的能力比較強？還是外星人？還是猛鬼？

這也是一輪恐怖片大對決。
如果「艾立恩」殺死魏明蒂，或魏明蒂殺死「艾立恩」，那詛咒影片的規則便會被破壞，「俊雄」是否會因為法則被破壞而跟著被殺死？
如果他們都不會死，這對決是不是會繼續？
「這才是真正的恐怖片！」許靜說。
這才是完美的「MEMORY 計畫」。殺死俊雄。
但在那一刻，在鐵管如長槍如飛矢朝魏明蒂射去的一刻，魏明蒂還有時間轉過頭。
她看著你，或是，看著你身旁的許靜，她說：「嘿，我有東西要你看。」
下一秒，你和許靜，你們看到了超出你們預料的一幕。
魏明蒂竟然做到——

◇◇◇

只見魏明蒂雙臂張開。
只見她閉上眼睛。
下一秒，完全超出你們預料的，
鐵管像原子筆穿過一張薄紙般，直直穿過魏明蒂的身體。
那鐵條去勢多猛，貫穿魏明蒂的肩膀，甚至把少女嬌小的身軀往後拖，直到魏明蒂像木板上的標本蝴蝶掛在牆壁上。

咦？

你愣住了。你猜許靜也是。

彷彿在夢中。

你第一時間想，不，這不會發生的。除非是在夢中。

而進入夢中不是魏明蒂的能力嗎？所以，現在是在魏明蒂的夢中嗎？

「不……這是……這是現實喔。」魏明蒂反而笑了，血正從肩膀上擴散，像朵花，那很痛吧，但魏明蒂咬著牙，她的臉在顫抖了，但她努力維持一種清醒，想把話說完，她甚至笑了。

哈哈。哈哈哈哈。

「在夢中啊，什麼都可以重來。但正因為是現實，只有一次，所以很珍貴啊。」魏明蒂說。

「這就是我想給你看的。」

嘘だ。

騙你的。

「或是，這就是我想給你看的。」魏明蒂說，以鐵管斷面作直線延伸，在少女面前，「俊雄」緩緩飄浮半空，也正從高處凝視著她。

但是，不可能啊，你想，你知道許靜也在想。魏明蒂明明看過詛咒影片了啊。證據就是，每次他們遇到致命的危險，「俊雄」都會出現。

「你……」這會兒你們的校園女王不知道該憤怒或該困惑，但在她說話之前，魏明蒂把手攀上鐵管，她踮起腳，單手用力，朝前一拉，一瞬間，半空拉出無數血花。

魏明蒂像受傷的鳥一般摔落地面。那時，紅唇在前，俊雄在上，少女肩頭不停滲出血來，聲音與汩汩湧出的鮮血成逆反，那麼細，並且斷續。「但其實，我沒有看過詛咒影片喔。」魏明蒂說。這就是唯一的真實。

噓だ。

騙你的。

MEMORY 是獵殺計畫。

但獵殺的只有一個人。就是魏明蒂自己。

但怎麼可能?許靜脫出口的聲音也正是你腦中迴盪的困惑。那麼,每一次遇到危險時「俊雄」不是有出來拯救嗎?

不,這樣想起來,軍方在宿舍前開槍,俊雄出現是因為你把鏡子往前推。魏明蒂可沒出現在那裡。這樣想起來,夢中重複那麼多次,下水道瓦斯氣爆,俊雄會出現,是因為靜學姊在你們身邊。這樣想起來,在宿舍中庭,俊雄抓著電線跳入水中,也是因為靜學姊在你們身邊。

「我們看過詛咒影片」是魏明蒂替你們植入的印象。她隨口提起。她把這件事情當成基礎。好像一開始就是如此,沒什麼好懷疑的。

噓だ。

騙你的。

「對,都是我不好。怪我就好了。」少女像看透你的心一樣,她說。

「我,魏明蒂,承認一切都是由我引起的。關於背叛、欺騙、猜疑,背對著背生存下來,那都因為我而造成。是我的過錯。」魏明蒂撐起了身體,這時的她,制服讓血染成紅色,她站得搖搖欲墜,她的聲音細如燭火,你無法從她臉上分辨出表情,但卻奇怪感受到她的平靜。

她在跟誰說話?莫非,還有人在看。

你回頭的那一刻,宿舍監視器鏡頭也看著你。

「以我開始的，以我為終結吧。」魏明蒂的眼鏡破裂。在她面前，「俊雄」的臉隨著碎片變得模糊，如果看不清楚，就好像回到當時那個少年。

「不要恨了。」她說。

「現在，我跟你一樣了。我碰到和你一樣的事情了。」被背叛。欺騙別人也被人欺騙。去死。

「我把這一切還給你。」

那麼，別恨了吧。我們扯平了吧。

你覺得少女在笑，你聽到少女對著半空飄浮的「俊雄」說：「看吧。曾經，在一個夢裡，我說過，會還你一拳的。那就是現在。」

夢中曾經許諾的，夢醒了，也就是償還了。

◊◊◊

而紅唇早已蓄勢待發。紅唇少佐對空低吼，一個虎躍，就朝魏明蒂撲過去。

「該死的。」你喊：「救她！」

而「俊雄」只是凝視。

而「俊雄」只是飄浮。

而「俊雄」只是任紅唇少佐掠過他身邊。

是啊，因為魏明蒂沒看過錄影帶，那「俊雄」為何要保護她？你已經理解這件事情了。

於是，這是你第一次聽到「俊雄」的笑聲。

虛空裡裂開裂縫。耳朵濕濕的。
「俊雄」也會笑。
而笑聲是那樣的無動於衷。
像夏日天空的煙雲。淡得了無痕跡。近乎舒爽。
所以那樣悅耳。
所以便恐怖了。

◇◇◇

那就是「俊雄」的回答。
看著人們越扭曲，「俊雄」便越快樂。
「俊雄」樂在其中。

◇◇◇

「看看我們製造了怎樣的怪物？」

◇◇◇

這時候，許靜學姊會怎麼做？

會第一個落跑？還是會拋開成見衝上去搶救同伴？

或者想出另外的方法，成為在場上對峙的兩方之外亂入的第三者。

你一回頭，卻發現靜學姊在笑。

少女笑靨如花。

她先是憋著。努力用手遮住嘴。乃至第一時間人們會以為她是因為憤怒或恐懼而顫抖著，但後來，併起的手指都攔不住傾瀉的笑意。

笑得讓新生「艾立恩」都停下來。張開的紅唇微微發出困惑的氣音。

「抱歉，我實在忍不住。」靜學姊拍拍你的肩，揮手卻跟大家示意道：「我讓你們繼續，別被我打斷！」

「我說，學妹啊，我親愛的魏明蒂，其實，你很享受吧。」

魏明蒂身子晃搖搖的，她一手撐著牆，愣愣望向學姊。而你跟魏明蒂一樣困惑，不，比她更困惑。靜學姊到底在說什麼？

「是啊，我知道『他』看著這一切。『俊雄』在享受。『俊雄』要我們受苦。明蒂啊，我們所有以為的懺悔，所有以為的拯救，都是無用的。」

「但老實說，其實，你也很享受這一切吧。」靜學姊說。

魏明蒂？享受？你幾乎以為自己看見魏明蒂瞳孔裡的光燄慢慢熄滅，但你仍然不明白許靜在說什麼。

「你享受贖罪的感覺不是嗎？」

「當然，你可以否認。雖然我知道你現在的狀態也無法做出多激烈的辯駁了。」靜學姊那張臉有多美麗，就有多殘酷，她說：「但，其實，我呢，很享受這一切喔。」

「你瞧，到最後，我們都變成『他』，我們這一路上變成了『俊雄』，像我們曾經對『俊雄』做的，我們也被背叛，甚至被綁著，我們也被推去死。這一路上，火燒，水淹，被子彈貫穿，被怪物追。我們沒有死，我們在受苦，我們感受『他』感受到的一切。」

「但說穿了，其實我很享受喔。」這一刻，你覺得靜學姊多放鬆，原本那個到處逃命又努力扛起選擇後果的第一女配角消失了，在你面前的，與其說是沉穩的女主角，不如說是導演，在加長版DVD裡豁出去了，對每一幕設計娓娓道來：「我愛死這一切了。快要死掉的感覺。被背叛。想必你也是吧。這一切受苦都令我們覺得好極了。」

「因為這個過程，就是你說的，在贖罪啊。」許靜說：「越付出，越沒有回報，越不能改變『俊雄』，這樣的我們很傻，這樣的我們很可憐吧。」

但這樣的傻，很安慰吧。這樣的可憐，可痛快呢。

「因為，因為只要是這樣，我們就成了受害者。」

靜學姊說：「我在想啊，我是真的受害者，還是，只是想要受苦而已？然後在無止境的受苦中，在根本沒有回報的奉獻裡，覺得自己是無辜的，覺得自己是有付出的。覺得自己償還了一切。」

「『俊雄』因為報復而成為怪物，我們在受難的痛苦中覺得償還了罪，但這樣的一廂情願，這樣的理直氣壯，就是被允許的嗎？這樣的我們，就不是怪物嗎？」

已經分不出誰是加害者，誰是受害者了。

「怪物會製造怪物。」

◇◇◇

「他」懸浮半空。「俊雄」彷彿不受地心引力吸引。

「俊雄」像從另一個維度看著地面上的你們。

連「俊雄」都表現出困惑的模樣。

「所以，不要停啊。滿足她吧。成全她吧。讓她贖罪吧。讓我親愛的學妹魏明蒂成為她希望成為的，十字架上的聖母。讓她覺得還清自己的罪而安慰死去。」

靜學姊這樣說著，反而是紅唇少佐遲疑了。照理說，牠應該聽不懂學姊說什麼才對。但也許是學姊過分的歡快反而讓牠起了戒心，這裡頭是不是有詐呢？

「許靜，你……」那一刻，你覺得魏明蒂變得更虛弱了。不只是因為身上的傷或是失血，而是她有某種確信，某種堅持，從眼鏡後方消失了。

真正貫穿魏明蒂的，也許不是「艾立恩」射出的鐵管。而是學姊的言語。

「怎麼，別看著我啊。人交給你們了，時間也很充裕，你們想做什麼，就做啊。」學姊轉過頭來，看著你，以及你身後也因為眼前局面而一時不知道該做什麼的陶子、齊子然和蘇輸。「你們不是想出去嗎？去吧。」

學姊甚至幫你們推開了交誼廳的大門。

「想去『台北之心』嗎？需要我告訴你們路徑嗎？沒問題。」

靜學姊說：「你以為我是什麼好學生嗎？我可是許靜啊。絕教高校都無法限制我，何況是『尖叫連線』。什麼台灣人的生命？你們想要，想把他們變成你們，儘管去啊。」

「還有你，」靜學姊仰頭看著懸浮於上方的俊雄，「還剩下三天，不，兩天吧。很快，你就會來殺我了吧。我很期待喔。」

「等我變成鬼，我們就一樣了吧。到時看我怎麼殺爆你！」

那就是你的靜學姊。絕對的美麗，絕對的自信。那麼無畏，有時只是無所謂。但你無法繞過她。她總是要你下個決定。

就算是殺死她。

◇◇◇

「那我們現在——」

有那麼一刻，你望向陶子，望著齊子然和蘇轍，忽然不知道該怎麼做比較好？

在這等死，或是出去死？

繼續尋找拯救自己的方法，或者安然接受命運？

◇◇◇

但在那樣的動搖中，你再次感受到某種不協和音的存在。

（有什麼不對勁。）

不，是全部都不對勁。

你看了詛咒影片，反而加速你的死亡。你體內的生物卻不會死。

而有人努力要殺死鬼，只是要讓鬼殺死。

有人努力要贖罪，其實只是想滿足自己。

這一切都不對勁。

但最不對勁是什麼？

你凝視著學姊。她正敞開大門，那時，窗外的日照透入，不遠處城市被金屬窗框罩著，像一幅畫。

——為什麼學姊前一刻還不想讓你們安全通過下水道，等你進入女生宿舍後，又主動帶你去看詛咒影片？

——為什麼學姊一開始只表示想要找人，她甚至放走「俊雄」，但現在你知道學姊根本全盤理解魏明蒂的自毀贖罪計畫，那不是自相矛盾嗎？

那一切都不對勁。

但一切又對勁了。除非——

你眼神很自然飄向辦公室另一頭。

除非——

你瞳孔如準星，聚焦在辦公室的「那個」上。

只有那個可能了。

除非——

◇◇◇

「除非……」

在你有更多動作之前，陶子已經拉著齊子然跑起來了。

你看到他們推開通往辦公室的門。你的視線貼著她的視線，你腦內那台小小的攝影機已經預先知道他們的路徑，還能有哪？不就是那只掃除工具櫃。

總是這樣。恐怖片配角的選擇。人多那條還是人少？人少。

總是這樣。恐怖片配角的選擇。大家在一起還是各自分開？分開。

總是這樣，恐怖片配角的選擇。再撐一會兒還是現在放棄？現在放棄。

但你現在沒想這些，你想的只是，糟糕，那裡其實不是絕路。

但他們一走進去，就成了死路。

「不行啊，那裡……」

你想嚷。但你知道自己不能表現出來。你知道自己不能表現，一旦講出來，一切就白費了。

可反而是學姊露餡了。

「幹什麼！」學姊下意識扯住了陶子的手臂。阻止他們繼續往前。「別去。」

辦公室為什麼不可以進去？

其實沒有人問，但有那麼一秒鐘，你幾乎想答了，除非——

◇◇◇

笨蛋，別進去。

笨蛋，別阻止他們。

你不知道哪個念頭先起的，你不知道哪個笨蛋比較笨。許靜在這時也察覺到自己的不自然了吧。

她立刻鬆了手。

但也許這個動作更不該，顯得更笨了。

那一刻，你察覺「俊雄」嘴角微微一勾，目光正朝辦公室望去。

他是否也察覺了。

察覺你的察覺。

（有什麼不對勁。）

◊◊◊

接下來的動作在短瞬間完成。到底是什麼先的呢？也許只有高速攝影機能捕捉。

你的目光忍不住落在辦公室的「那個」上。

（有什麼不對勁。）

許靜的眼睛則刻意避開「那個」。

（這一切不合理，靜學姊種種矛盾，只有那個可能了。）

（除非——）

「嘿，我說……」許靜才張開口，下一秒，只見「俊雄」手一抬，許靜像被一輛卡車攔腰撞擊，猛然往斜後方飛去。

（除非，靜學姊只是做了別人一直以來以為她在做的事情。）

噪音刮磨，辦公室那頭工具櫃猛然倒下，沒有人推它，但櫃身卻像地板傾斜了似，忽然朝你們這頭滑過來。

說到底，靜學姊根本不在意這一切。她壓根不在意要不要放走「俊雄」，也不在意魏明蒂要不要去死。她根本不在意你們的生死。她壓根不在意你們會不會安全穿過下水道，又能不能看到詛咒影片。

（那她在意的是——）

「別動那個——」靜學姊的聲音中，「那個」——掃除工具櫃橫斜交誼廳中央。地上拉出深深刮痕。

◇◇◇

那只有一個答案。因為，靜學姊從一開始，就只是想讓一切更混亂。

因為這樣，你們就不會注意，真正該注意的東西。

因為，學姊真正在意的，從來都是別的東西。

◇◇◇

——「我會剝奪你最重要的東西。」

那聲音仍迴盪在你們耳邊。

◊◊◊

這時，「他」降臨了。

你看見「俊雄」足尖輕點，纖瘦的身子立於平躺的櫃子上。

靜學姊表情彷彿受到重壓。

你看著眼前的掃除工具箱。在男生宿舍，學姊把魏明蒂塞進去。那麼，誰知道學姊又把什麼塞進女生宿舍的掃除櫃裡呢？她甚至不讓你打開，她寧願讓你去看詛咒影片，就算會犧牲你，會催生「艾立恩」，她也要保住櫃子。

（問題要反過來思考，因為『俊雄』會剝奪你們最重要的東西。所以，學姊刻意表現不在意的東西是什麼？）

（她根本不讓你們提的東西是什麼？）

要亂。要引開所有人注意。花了那麼多力氣。要你們當餌。目睹朋友們死掉了，許靜就是為了「那個」嗎？

你想起許靜不讓你們說出來的名字。

工具櫃裡藏著靜學姊的心。

◊◊◊

「俊雄」也不急，他腳尖緩緩的踢著櫃門，讓瀏海遮住大半的臉微微偏斜，饒有興味似的，你知道，「他」在看著。

你知道，「他」在享受這一刻。

發現別人的心。

然後踐踏他。

只見俊雄手一揮，工具櫃門把上用童軍繩綁起的繩結脫落。膠帶嗶的撕開。櫃門翻書一樣左右朝兩邊盛大的打開。

「不准你——」許靜大喊著，一個箭步就要衝上去。

◊◊◊

心要袒露出來了。

◊◊◊

導演說，攝影機拉近。

導演說，讓我們看看工具櫃裡頭有什麼。

蘇轍帶你去挑菜，今天要吃什麼菜呢？

◊◊◊

這時，有個人從旁殺出，他趴伏在那又像棺材又像藏寶箱的箱體上方。身形這麼瘦弱，乃至面對因為超自然力量而朝兩旁掀開的櫃身，只好用背抵著，而一雙眼是那麼倔強的，當然還帶著一點恐懼，一些豁出去了的覺悟，正面對著「俊雄」。

◊◊◊

那個人，就是你欸。

◊◊◊

觀眾跑進銀幕裡了。

你真正演出恐怖片了。

◊◊◊

連你都不懂為什麼。

可是，你也好想做些什麼喔。一次也好。就那一次。你想要試試看。畢竟，他們都那麼努力啊，那些男孩與女孩，戴大眼鏡的，漂亮的平凡的，太多愛的或者欠缺愛的，胖的，孤獨的，有慾望的，有祕密的。只有幾句台詞的。

那麼多人，所有恐怖片裡的廢物和配角。

為什麼他們願意？

◊◊◊

這一次，你不想再旁觀了。

胸膛有一種刺痛感，好像泥土破裂而有芽要從裡頭萌生的那種緊實。

（就是現在了。你知道了。）

（舞蹈般小跳。漫長的舞曲到了終點。音樂盒上的芭蕾伶娜緩自停下。）

但你只是深呼吸。你凝視著面前的黑影（而身後櫃子打開了），你甚至主動伸出手，你要擁抱他。

同一時間，你張開嘴。

你開始尖叫。

◊◊◊

——一抓髮，二抓臉，三 drama。蘇轍，你看到了嗎？那不完美。但你很投入。

害怕吧。瑟瑟發抖吧。在黑暗裡蜷起身子吧。用手指塞住耳朵吧。拿起書包遮住眼睛吧。

然後，尖叫吧。

發出你所有的聲音。

那就是恐怖片的真諦。

你正擁抱著「俊雄」。他是鬼欸，那麼瘦弱，那不是冰冷，而幾近於虛無。因為什麼都沒有，於是就什麼都可以。變成這樣的形體，所以就由進出的框架決定他的大小吧。想通的同時，並不感到害怕喔，怎麼說呢？甚至，你覺得有些悲哀。

此時你喉嚨逼緊如燒沸的鐵壺逼響，你胸如滾水沸，你持續尖叫，你繼續釋放聲音。某一刻，你感覺逼近臨界點的壓力會從胸部湧洩而出。

原來這就是跟人擁抱的感覺

好痛好痛喔。你想跟誰說。

可是，好溫暖好溫暖。

如果這時真有一個導演，真有一台攝影機，可以從側面拍嗎？

那時，鏡頭中會顯現，少年彷彿擁抱著，如此親密。而在你胸前，爆散的血花多涼，那其中會探出怎樣兇猛的頭顱，筆直如劍，堅硬如你的意志，接著，把與你摟抱的鬼一起刺穿。

◊◊◊

那一刻，所有聲音往上衝，聲音原來是液體。是水。那麼燙，只好閉起眼了，以為是某種發出，其實是沉入，然後可以散開，擴散到所有地方。

但那也只是很短的時間。緊接著，你覺得自己成了破爛的抹布，身體在半空拉出流線，直到撞到誰，碰撞的感受，骨頭與骨頭的撞擊，身體裡液體晃動與潑灑，然後，痛覺才回到你身上。

（抱歉，這次也失敗了。）

（沒有幫學姊拖到時間。）

你動了動眼球，也只剩下這裡可以移動了——現在的自己真的好像攝影機喔——發現自己一頭撞在朝你奔來的學姊身上。

你想說些什麼，「噓——」但耳邊仍傳來「俊雄」的聲音。

「不准你們幸福。」你以為自己應該聽不見，但那聲音像刀刃，有殼就撬開，有東西包覆就貫穿。他想讓你聽到。他不是訴說。那是詛咒的聲音。

「看到你們笑我就痛苦。你們笑我就嫉妒，憑什麼，憑什麼只有我受苦？」

為什麼只有我？

「俊雄」說出你一直想說的話。

也許你心中也有一個「俊雄」。

「現在，我要剝奪你們重要的東西。我要你們活著，卻無比痛苦。恨自己為什麼活著！」那聲音在你腦中說。

你殘餘的視角還能看到，俊雄手臂平舉，是你們看過許多次的那個動作，手腕、手肘與肩膀呈一直線，指尖伸出，彷彿指控，又似乎指引，而現在，則是毀壞。

半空有無數玻璃碎片凝止於空氣之間。

而隨著「俊雄」手指向工具櫃——

◊◊◊

靜學姊最在意的到底是什麼呢？

你想起那個名字。想起那個人。她提到不止一次。如果學姊是校園的女王，那麼那個人就是校園的國王。

——是靳飛宇。

◊◊◊

只見「俊雄」手一揮，玻璃碎片在半空拉出晶亮的軌跡，直直往敞開的櫃子裡擲去。

「再見了，技安。」俊雄說。

◊◊◊

技安？

你感覺意識逐漸散離，唇邊吐出血泡，但連漣漪裡擴散的，都是不解。

為什麼「俊雄」要喊這個名字呢？但掃除工具櫃裡躺的，並不是靳飛宇。分明是一名頭大身胖的男學生啊。

等等，你發現自己知道這人的名字。他不就是電影社的社長嗎？

「笨蛋，那……那是，那是歪豬啊。」而靜學姊嚷道。

◊◊◊

「那裡頭是你殘留，和人類世界最重要的連繫。那是你的心啊。」靜學姊說。

那麼胖，那麼醜，根本沒有人在意，但卻是他，一直陪著國青。

半空玻璃碎片都旋止。窗外綠葉皆倒飛。雲朵逆懸。

少年愣住了。

連你都愣住了。所以，許靜最重要的東西，並不是你們以為的靳飛宇，不是技安。

而你困惑的是，讓自己這麼驚愕的，是竟然不是。還是，她竟讓你們以為是。
許靜做到了的，是極致。她不只不在意。甚至故意在意其他。
因為不知道，所以無法奪走。
就算奪走，也不是真正重要的。
也有這樣的少女心。

◊◊◊

「他還有救。」許靜應該是被你壓著吧。在離你很近的地方，持續響著校園女王的聲音，就算此刻，圖窮匕現，她仍試圖動搖面前的少年。
「歪豬還能救。」許靜說。
喀噠。
而半空中玻璃碎片清脆的敲擊著，像透明的牙齒，是「俊雄」的意志，他也在猶豫嗎？
「但是，」
喀噠喀噠。
「但是，政府也不願意救他。他們認為，你要成為完全的『俊雄』，就要失去全部，可是，我知道，我知道他是你的……」
喀噠喀噠喀噠喀噠。
「我知道他是你的……」

你內心真正珍惜的事物。

「但我想做出選擇，我知道就是會碰到沒有辦法修補的事情。世界很糟的，他背叛你，他踢你一腳，他不是好東西。我們都不是好東西。世界很壞，我很壞。可我努力想要變好。我想要，我想要……」許靜說：「但我想做出選擇。」

「但如果你殺死他，你就永遠失去自己了。」魏明蒂說。

而半空中飛旋的碎片只是靜止不動。

而背負著詛咒的少年只是靜默。

那「俊雄」會怎麼選擇？

然後，玻璃碎片急馳而下。雖然你身體功能逐漸停止，能感覺到的只是逐漸掩上的涼意，而半空玻璃多脆，下墜的速度多快，多狠，你仍能聽到玻璃尖端貫穿櫃身木頭的聲響。

你努力移動眼珠。

其實你看不到。

但你知道。

玻璃碎片連櫃身都貫穿了，卻沒有一片，有觸擊櫃子裡體積龐大的人類軀體。

這時少年才張大了嘴，對著空蕩蕩的世界發出尖叫。

那聲音仍然如此嘹亮。

那一刻，少年張開嘴對著黑色的甬道發出尖叫。

那一刻，「俊雄」在乍然掀開桌巾的桌子下發出吶喊。

那一刻，貞子在陰暗的井中發出吶喊。

那一刻，無數的怪物。無數夜裡存在的幽魂。

所有曾經出現在恐怖片裡不被理解不被寶愛，也不該存在的存在，他們在同一刻發出尖叫。他的，他們的尖叫幾乎響徹整間宿舍。那一刻，沒有人聽到。整座城市都在震動。

「我是這樣的怪物。」而少年說：「我也想成為怪物啊。」

「可我連成為怪物都做不到。」

◊◊◊

這就是我們的失敗。

◊◊◊

少年的頭髮彷彿焚燒，白，白到了底，就透明了。其實是成為灰燼。

少年猛然抬起頭，空中髮絲飛散，是鮮明的黑色。

「欸，讓我們重新開始吧。」

你聽見少年的，或者說，國青的聲音。微微的，卻堅定的。

◊◊◊

但也就到這裡了。

◊◊◊

就在國青起身那一刻，你看見蘇輸朝你們飛奔而來。

不會吧。他會在這時候蛻變嗎？

但下一秒，蘇輸便消失在你們面前。

但那不是消失。

他只是浮起。

你感到身體猛然一震，媽啊是誰把地毯抽起來？周旁鋼筋土石簌簌崩落，就在你前方，地板破裂，嘩啦嘩啦噴泉一樣的物體正從地底湧出，牠撒歡似頂開地板，牠高高往上竄，牠一頭便把蘇輸胖大的身軀頂起，像是誰在地底埋了煙花，像誰家不小心弄破了水管。

但那不是什麼地底噴泉啊，只見一具大身體從地板竄出，半空歪歪扭扭，牠的手腳縮得很小，分不出頭顱和身體的區分線在哪，少了脖子，身體延伸，那如果不是吃了歐羅肥還是威而鋼自體變異還變色的蚯蚓，那就是你這段時間看過，體積最龐大的一隻「艾立恩」的頭顱了。

很蚯蚓喔，也很秋喔！

當然，當然會有這樣體型的「艾立恩」了。你沒看過異形嗎？都會有一隻皇后存在的。恐怖片定理第25條：怪物都比你有組織概念。殺人魔比你有家族概念。

更多碎石打在臉上擦出血花，而你只是緊緊盯著面前這超巨大勃起。

光滑的頭部呈球體，那標誌性的紅色嘴唇還在，但似乎是誘敵性的，或是某種擬態。你注意到的時候，彷彿花苞迸裂，本來毫無接縫，半橢圓的頂端忽然多出幾道黑線，那不是像蛋糕下刀對切，而呈現不規則的螺旋形沿頭顱旋開，很像削鉛筆，要到完全打開了，你才發現，那他媽的就是一張嘴啊。邊緣帶著利齒，像沿著無止境的樓梯螺旋朝下一般逐漸往體內延伸，光只是張大，便好像把你們的聲音都吞下去了。

便好像連時間都吞下去了。

蘇轍第一時間消失在黑洞中。

「俊雄」——不，還是該稱他國青，只來得及一伸手，一股無形的力量把你和魏明蒂、許靜往旁推開。

起秋「艾立恩」那螺絲起子一樣的頭顱一扭，一叼，工具櫃便被高高拋起，牠只需直起身，櫃子像石頭投入井中一般，直直落入體腔深處。

◇◇◇

就這樣了。

◇◇◇

別——

不要——

你以為聽見魏明蒂或是靜學姊的聲音，但耳邊覆蓋的，是國青那彷彿從胸腔，或連結電視還是某處深邃黑暗的共鳴腔所發出的巨大吼聲。

啊啊啊啊啊啊啊——

國青的頭髮一瞬轉白。只見他縱身跳起，那一刻，宿舍殘餘玻璃全像被打了巴掌似啪啪震動，緊接著因為介面承受不住密集的音波震盪而裂成碎片。

如果這時能有攝影鏡頭——導演說，給我一個慢動作，給我一個特寫。有那麼幾秒，地心引力法則並不適用，碎片彷彿飄浮在半空，玻璃結晶銳片彼此折光，那幾秒，半空懸浮的碎玻璃便彷彿土星環，氣體圍繞塵埃懸浮，中間有無數晶體閃爍。

如果這時能有攝影鏡頭——導演說，給我一個慢動作，給我一個特寫。在每一個碎片中，都可以看到少年的身影，少年正往前急馳，他在無數碎裂的玻璃中輕巧的探入又穿出，像有一千萬個他在移動，一個他穿過一塊碎片進入下一個，自己重疊自己，自己成為自己。

他在聚集。

他在靠近。

他就要來了。

他已經來了。

然後，所有的身影疊上。所有的光影交疊。一切都在推動著他。

他猛然一蹬，彷彿集千萬人力，猛然往「艾立恩」正緊閉的大嘴衝入。

「國青——」魏明蒂喊。靜學姊也喊著。

但聲速也追不上他。聲音傳導到他耳邊之前，那像玫瑰花一樣呈現不規則的螺旋口器忽然縮緊。拉鍊快速拉上那樣從後端朝前逐一合攏。只留下一道蜿蜒的黑線。然後，就連黑線都不留。

表面仍是那樣光滑一如鏡面。

但那樣的平衡，或是表面的寧靜也僅僅只是一瞬，猛然，起秋「艾立恩」那帶金屬質感卻又十足柔軟的體軀表面波濤洶湧，像有什麼在裡頭膨脹著。

然後，半空開出一朵花來。

但那若是花，也是血之花。起秋「艾立恩」瞬間爆散，半空有無數液體和血肉散落，驅使你們尋找遮蔽。塵埃尚未落定，周旁一切都起白煙，萬事萬物皆被腐蝕。

◊◊◊

在燒灼的煙氣與不住從身體四面八方掉落的土石灰塵之中，如果有人能不受干擾，他是不是能看見，在爆炸原點，國青正跪坐地上。

「沒關係，我們能到達的。」少年的聲音清晰可聞：「只要再撐一下，我會帶你去台北之心。」

「歪豬，再一下下就好了。」

「你看，沒問題的。這一次，我們一定可以沒事的。」你聽見國青說。但你分明看見，在跪倒少年面前攤開的，只有一具殘破的身體。

◇◇◇

「這，就是終結。」

而有聲音說。從宿舍殘破的廣播傳來。

少年猛地抬頭，那朝四面八方射去的眼神像有實體，彷彿連眼球都會射出，有一瞬間你只想退後。

「葉錮錮！」少年從牙尖一個字咬出一個字。

◇◇◇

「結束了。」少女的聲音說，被國青稱為葉錮錮的聲音說。

你努力移動眼球想尋找聲音的來源，你覺得耳鳴震盪，那時漸弱的心跳如雨夜中的湖泊，波紋迴盪，此去彼來，沒有個止。但葉錮錮又是誰？

「不，我要去台北之心。只要去那裡的話，他們，他們可以救他，一定有人可以救他……」國青說。

「這裡就是台北之心。」少女的聲音回答他。「因為你們永遠到不了台北之心。所以這裡就是台北之心。」

少女說：「真正的台北之心並不存在。那是騙人的。」

騙人的騙人的騙人的。

聲音迴盪在你耳道之中。

騙你的。

只有空氣中瀰漫的焦味，還有身體上的痛是真實的。

少女的聲音緩緩傳來：「台北之心就是台北中心。」

「但就算你們真的抵達那裡，到台北中心，你們只會發現一座公園，只會發現公園裡一塊地磚，標示台北中心就在附近。」

騙人的。

整棟宿舍搖搖欲墜，更上方有幾束光打進，似乎在那更上方，會有希望。

根本不存在什麼希望。

「事實上，真正的台北之心偏離標示牌三百公尺。那裡是一家印刷工廠。」少女的聲音傳來，如在耳邊，但想要捕捉她，卻又覺得在無比遙遠處。

她是說，台北的中心，在一家印刷工廠裡？那就是你們想去的地方？城市的中心，國家所謂的避難點？一座印刷工廠？

怎麼可能？

被騙了。

一開始就被誤導了。

「但這，就是台北的心啊。台北是多年輕的城市。它想像一切，它複製一切，它以為它擁有一切。但台北不知道的是，從地名、街道設計、語言，我們像影印機一樣，日復一日，夜復一夜，光影穿梭，我們把東西吃下去，我們不停拷貝，我們一直在複製一切。」

你們像錄影帶。

你們的存在本身就是詛咒影片。

「而在某一個時刻，以為是完美的複製，如果出現歪斜的話……」少女說：「只要一點點差錯，就會不停的錯開……」

「這，就是台北之心啊。」

此刻，你們就在台北心中。

在所有的謊言、錯誤、隱瞞、欺凌、曖昧、錯身與悔恨之中。

在你們自己心中。

「你知道你做了什麼嗎？」而此刻國青的聲音在殘破的空間裡傳開，用人的聲音，連你都聽得見，也以人的悲愴，連你都能感受到。

「為什麼，為什麼，要這麼做？一次又一次，的騙我！」

從那時，到現在。

每一次。

又一次。

「我也會累啊。我也有感情。我也會感受到疼痛，也會覺得被背叛，也會哭的。」

「我知道。」少女一次回應：「但這是必須的。」

少女說：「為了拯救。」

「拯救誰？」你不自禁的問。

「拯救，你。」

有一瞬間，你忽然在想，少女說的你，是指國青，還是指，你？

（我？）

「你。」

「如果這一切是一部恐怖片，你覺得最奇怪的部分是什麼？」少女問。是問你嗎？這樣說來，這一切如果是一部恐怖片，最奇怪的事情是，為什麼一部恐怖片裡又有喪屍，又有鬼，又有外星人？太不合裡了。

你並沒有開口，你也沒那力氣回應了。但僅僅是閃過念頭而已，少女卻回答了你：「是的，最大的問題是，按照恐怖片結構，為何要在結尾的時候冒出新的敵人？已經夠多怪物了，喪屍、死掉的疾病、被詛咒的影片、電視機裡的鬼，那為何又要多出外星人？這根本不合理啊。所以，最可能的答案是，那是因為他們是需要。是必須的。」

好像是這樣沒錯。照道理說，單一的恐怖是恐怖，那麼多恐怖，只是混亂而已。

「那只有一個原因，他們是彼此的解答。」

——「問題就是解答。」你忽然想起魏明蒂的名言。

「問題就是解答。」而少女同時開口說。

怎麼可能？名為葉錮錮的少女為何可以讀你的心？

那答案是什麼？

◊◊◊

「因為不想要愧疚。」

◇◇◇

我們真的害怕傷害別人嗎？

不，你只是害怕愧疚。

害怕傷害別人後，自己心裡有愧。

「能夠消除七天死亡詛咒的方法是什麼？」女孩問。

把詛咒影片讓別人看。

「然後呢？」

「再讓別人看。」

「一直看。但總有一個人會死對吧。」鈿鈿說：「而這座島有兩千一百萬人啊。兩千一百萬的愧疚。兩千一百萬次讓下一個別人看詛咒影片。然後再有下一個兩千一百萬。愧疚會誕生愧疚。罪會誕生罪，我們可以生存下來，怎麼不可以呢？這座島上的人多堅韌，怎樣都不會死，怎樣都會活下去，歷史就可以證明。而這一回，依然如此。我們永遠可以存活下來的。」

「但不一樣的是，這一次，我們內心會懷抱愧疚。因為，我們明確的知道，為了讓自己活下來，必須讓下一個人看詛咒影片。必須讓下一個人承受詛咒。」

少女說：「那就是愧疚，從那天以後，我們都將懷抱著愧疚。我們將成為罪的初代人。」

從此以後，活著就是一種原罪。

台灣人將抱著愧疚活下去。一代又一代。

「所以政府想出一個方法。」葉鈿鈿說：「只要讓外星人來攻擊我們不就好了。」

——只要創造加害者不就好了。

「你是說，『艾立恩』逃竄，也是政府計畫好的？」你可以聽到靜學姊問。

「這才是MEMORY計畫的真實原貌。」

——導演說，插入監視器片段，

「電影《異形》原始名稱正是叫做《MEMORY》。這個計畫本來就是政府要讓外星人散布在台北所啟動的計畫。」

「只要犧牲台北就可以了。」葉鈿鈿說：「台北作為全台灣監視器最密集的地方，鏡頭會拍下一切。」

導演說，不演了不演了。

導演說，給我進廣告。

導演說，靠，這樣我不就曝光了。

導演說，卡。給我卡。

「你們真的在演恐怖片啊，只是這次的舞台是真實的台灣。只要透過監視器，透過直播，透過各種隱藏攝影機，只要讓全台灣人都看到，外星人『艾立恩』如何殘害地球人，如何入侵台北，這樣的話，大家就會恨外星人。那讓外星人看詛咒影片就很正當了。」

「只要犧牲你們就可以了。」

「只要犧牲台北就可以了。」

（就像當時，只要犧牲國青一個人就可以拯救所有台灣人了。）

「當人們發現台北被外星人攻陷。發現台北人被屠殺，成為孵育外星生物的卵。發現台北之心便是黑暗之心。那時，台灣人成為受害者，就理所當然可以對外星人展開報復。」葉鈿鈿說。

台灣人就可以名正言順播放詛咒影片給外星生物看，而不會覺得愧疚了。

「唯一消除愧疚感的方法，就是復仇。」

——這是未來的趨勢。成為受害者。

「我們要消除罪惡感。就是成為受害者。」

「我們要傷害一個人，就是成為受害者。」

「我們要加害一個人，就是成為受害者。我們不想成為受害者，就要先成為受害者。大家都想成為受害者。」

只有一種電影裡，受害者是合理而且大量的存在，那是什麼？

——恐怖片。

不是因為這是恐怖片，我們才成為受害者。而是因為我們想成為受害者，所以這成為恐怖片。

「MEMORY 計畫的真實面貌是，讓『艾立恩』逃出，吸引外星人母船降落。讓外星人屠殺台北人，然後透過直播的方式讓大家看——是啊，還有什麼比這更能吸引全民收看？監視器、行車記錄器、偷拍，貨真價實的殺戮，貨真價實的被傷害。於是，全台灣人民激憤，要對外星人報仇，這時候，就該是用詛咒影片殺死牠們的時候了。」鈿鈿說。

只要成為受害者就好了。

恐怖片的最佳角色：受害者。

「可我，可我才是……」國青喃喃的說。沒有一點報仇的血脈沸騰，沒有一點真相大白揭露一切的痛快。

我才是受害者。他是不是想說？

那一刻，你看著少年。好像看透了他，好像能看見他的心，空空的，又重新躲回桌下，退回到櫥櫃門後，衣不蔽體，身體赤裸，成為那麼小，那麼瘦弱的，俊雄。

為什麼要這樣對我？

為什麼總是我？

那就是大人。他們永遠想得出這樣的方法。讓一名少年承擔整座島嶼的死亡。或是，讓一顆星球的種族承擔整座島的罪。

「要變成那樣，才能成為大人嗎？」

俊雄，不，少年問。玻璃碎片中所有的少年齊聲詢問。

因為拒絕，所以你才會永遠是個少年。

俊雄笑了。國青笑了。像是最開始那樣。明明應該很難過啊。但為什麼會一直笑呢？也許是這個世界逼我們笑。

◊◊◊

你也笑了。

那一刻，你終於明白葉鈿鈿的聲音從何而來。為何她總能知道你在想什麼。

因為這一切該死的聲音，就是從你嘴巴裡發出的啊。

「不，我不明白。」國青說。

但你明白了。你說。你想說。胸口噗通噗通的跳著。

「你看過《異形》吧？外星人寄生人類體內伺機孵化，牠會結合被附身者的ＤＮＡ，變成更強的生物。」你說，或者體內那個控制你聲音的喉腔說。
「作為第一批『艾立恩』的培養皿，我們在那一天就死去了。」
死在那個地方。在夢醒時分的體育館。
葉鈿鈿是零號感染者。
甚至可以說，所有的「艾立恩」，都是從葉鈿鈿身上培養並散播的。
按照外星恐怖片，異星生物總在進化，牠奪取宿主的一切。「我進入所有人的身體裡。我們在體內展開鬥爭，但為何不說是『融合』？我們吸收彼此，而這一切是為了變成更茁壯的我？」
「我是鈿鈿。」你說，或你體內的少女說：「但我也是貞子啊。」
「異形的『艾立恩』DNA試圖融合我的一部分。但很奇怪，我也影響了牠，該怎麼說呢？這也許是我的能力吧，可以說是意志嗎？」
貞子的意志改變了「艾立恩」的DNA。就跟原始版本一樣。在——嗶——裡，超能力者山村貞子的意志改變了天花的病毒編碼，在度假村的地底下，在深深的井底，她將致病的病毒變成致死的詛咒。那是改變恐怖片史的一瞬間。

◊◊◊

嚴格說來，這些人，不是變成「艾立恩」。
而是變成了葉鈿鈿。
所有的怪物，其實都該叫做葉鈿鈿。

◇◇◇

你是雷普利。你是觀眾。你是那個選邊站的人。你是廁所最後一間隔間裡那位。你是班上分組總是落單那個。

但你也是葉鈿鈿。

或該說，葉鈿鈿也是你。

你經歷過的這些，葉鈿鈿都經歷過。

躲藏。旁觀。只是看著。

然後，有一天，被欺負了。

被討厭了。

桌上被寫字了。

成為全班的公敵了。

但撲向掃除櫃的那一刻。一定有什麼改變了DNA編碼，一定有什麼啟動了潛藏在基因裡，在生命基本構成粒子的內部，關鍵的決定要素。

「於是，我被喚醒了。」

你們分享同一個命運。你是過去的葉鈿鈿。她是可能版本的雷普利。

◇◇◇

在那樣漫長的，像是物種演化的過程，從人類變成另一種生命，其實也就是，長大的過程吧。
濕答答，脫離了原本的形體，從膜裡張開濕潤的惺忪的眼睛。
「本來，應該會更好的。」錮錮的聲音就是你的聲音：「我們應該可以變得更好的。」
可是，不知道哪裡錯了。你說，你明白的。
你總是旁觀，但你想要加入。
你加入了，你開始後悔。你又想離開。
你心裡嫉恨，你總是憤怒著，你被傷害，你想要所有人受苦，你的血逐漸變酸，並具有高度腐蝕性。
你想要自己變得好看，但你又害怕自己的臉。你無時無刻不想齧咬那些傷害我的人。那些嘲笑的嘴，那些伸出來的指頭。你在黑暗中低語。你最好了你最美了，最後只剩下嘴巴。
你以為遇到了某人，你想要為他變得更好。但總是到了最後，他傷害了你，而你也傷害了他。為什麼事情總不能停留在最好的時候呢？
你想跟誰說，也許是自己吧，這一切的進化都是有意義的。「喔，原來，這就是異形的誕生。」
「不，那是愛人的誕生。」
愛人才是異形。
愛是這樣痛苦。愛讓一切突變。
胸口好痛，夏天一樣的熱度，喉頭有未熟果子一樣的酸甜。原來是這種感覺嗎？你的心，也許才是，台北之心呢。
你用盡最後的力氣低下頭，第一次正視傷口，而有一顆頭顱，正從你的胸口凝視著你。
這時地面上潰散的蚯蚓殘軀冒出無數「艾立恩」幼體。牠們有的還沒有成形。有的找出觸手，有的身體翻轉。牠們喊出少年的名字。

國青。

國青國青國青國青國青國青國青國青國青國青國青國青國青國青國青……

◊◊◊

異形女王誕生了。

你誕生了。

葉鈿鈿誕生了。

◊◊◊

那不是你。

但那才是你真正的模樣。

結局（或開始）

在那一刻，

我死了，我又死了一次。

然後我又會活過來。

在這樣漫長的故事中，我重新取回說話的權利。

我是國青。我是俊雄。我是受害者。但什麼時候，我只想成為一名受害者就好了。那樣我就有理由傷害別人。

我是國青。我能夠做到世界上任何事情。我能去任何地方。我能殺死任何人。但現在，我唯一想做，我唯一能做的，只是仰起頭。

我只想要暢快的，不受打擾的，好好的尖叫。

這個世界不讓我愛。

這個世界不讓我去恨。

這個世界甚至不讓我寬容，或是復仇。

這個世界什麼都不讓我做。

它只需要受害者。

這時候，我只能尖叫。

◊◊◊

這時，巨大的尖叫從滾動的喉道隆隆傳出，整座城市都起回聲，地面崩解，雲朵騰動，天空出現巨大的零。

——「必須是電視才行。」

我腦中浮現的，是魏明蒂的聲音。

——手機螢幕太小了，電影銀幕太大了。但電視剛剛好，它既是窗戶，能讓電影裡的貞子，或是你們實際製造出的「俊雄」透過螢幕窺探，它的長寬高又那麼適合一個成年人爬出。它不是門，但能讓人進入。它提供通道，並延伸到各個角落。

我腦中浮現的是，如果「MEMORY 計畫」是透過縮小的螢幕限制我的形體，那把它反過來的話呢？

全世界最大的電視螢幕是什麼？

就是一〇一大樓的玻璃帷幕吧。

那一刻，錐狀大樓四壁忽然亮起，彷彿盆地裡倒插入一根爆竹。

大樓表面代替電視屏幕，最初始，全黑的屏幕上拉出一絲銀線，中心光點乍暗還亮。

（電視就是我的心。心在這時凝聚。）

接著，像雪花又彷似冰晶的雜訊閃閃滅滅。

然後是擾動的線段縱橫交錯，從線構成面。黑暗中有光成形。

一〇一大樓的玻璃帷幕上，將出現殘破的校園宿舍。

畫面跳動，鏡頭拉近。

——少年站在破敗的宿舍前方，身後是燃燒的校舍，是空蕩蕩的操場，是歪倒的棋桿。

——接著，少年身體貼地，手指攀抓著地表，他雙腿曲膝而以腳趾尖點地，他的背脊凹陷一如爬蟲，只有他的頭顱，以不可思議的拗折角度往前方看著。瀏海遮蓋住他的臉了但你知道，他在看。

——下一秒，他瞬間加速，他以高速爬行。
——他靠近你了。
——他從螢幕那端而來。
——他從無止境的虛空處而來。
——他越來越大，
——他越來越近，
——他為你而來。
——他的頭顱貼近一〇一大樓玻璃帷幕。
——他靠近，
——他更靠近。
——直到眼睛變成一顆巨大的黑球，直直占據整個一〇一大樓。
——他在看著你啊。
——他從現世與另一個世界的細縫，往你這邊看啊。

然後，是巨大的手探出螢幕，僅僅是一根手指頭，便占滿了大樓前整條信義路。手肘撐地騰挪而出，大樓廣場前方，電線桿啦停車場俱被掃倒。

緊接著是身體，實在是大樓本身都無法承載，那像是分娩的痛苦，無數血水跟著從大樓帷幕的後方噴湧而出，將汽車和成排 YouBike 掃往前方，任何人都可以聽到那不知道是因為擠壓造成的痛苦，或是因為將要降臨這個世界而產生的孤獨嗚泣。

然後，是頭顱。

巨大的俊雄降生台北。

我到來了。
我站起身。
我立身盆地中央。
黑色的宇宙成為我的頭髮。
這顆藍色星球就是我對宇宙睜開的眼睛。
我微微吐息，山搖樹動，周旁所有大樓的玻璃外牆俱破碎。
我睜大眼睛。那一刻，整個島，整顆星球在眼裡旋轉。
而散落在這個城市，是無數呼喚我的聲音，
他們喊，
國青國青國青國青——
附身在我身上吧。吞食我吧。與我在一起。或與我一起消失。
我真正明白的，只要是存在著，就一定會傷害誰。
於是，站在這個那麼大，那麼空曠，又那麼狹小的盆地裡，就像貞子在井中，我仰起頭，對著天，那樣無助，卻又暢快，發出第一聲尖叫。

◊◊◊

我這才真正醒來。
（Open your eyes.）

那聲音在我耳邊說。

（Open your eyes.）

「這樣你知道，再來會發生什麼事情吧？」

我知道，我知道這是誰的聲音。

（是魏明蒂。）

我知道，她做了什麼。

（剛剛一切，都是「夢回榆樹街」。）

但我還不打算睜開眼睛來。

（所以那些，都還沒發生。）

（但曾經發生的，必將會發生。）

「我不知道怎麼選擇。我不知道什麼是正確的。」

「不管我做什麼，都會傷害到別人。」我想說，並忍住哭泣的衝動。我知道會發生什麼，我知道接下來會發生什麼，但到底要做什麼，才會比較好呢？

「不管我做什麼，都會被別人傷害。」我試圖告訴少女。

可我什麼都沒有說。

但如果什麼都不做。什麼都沒有發生。也就什麼都不會改變。

於是，我緩緩睜開眼睛。

在那一刻，我知道，新的可能誕生了。

◇◇◇

或者你討厭這個結局。所有的恐怖片裡，你最討厭那種夢的結局了。

那這樣會比較好嗎？

◇◇◇

你這才真的醒來。

魏明蒂這才真的醒來。

許靜這才真的醒來。

宿舍仍在焚燒，殘破的城市被框在燒穿了剩下鋼梁的牆柱之後，很遙遠，但正逐漸拉近。

天正曚曚亮，漫地呼喊的「艾立恩」們消失了。

巨大的俊雄消失了。

魏明蒂扶起許靜，或者，許靜撐起魏明蒂。少女們的手相握著，站在殘破的校園裡。

「距離倒數時間，還剩兩天。」其中一名女孩望望天色，又低頭看看手錶。

「你應該說，竟然還有兩天呢。」

「是啊，還大有可為呢。」她們拗拗手指，聲音多麼清亮。

而你從某處觀看著這一切。

當他們不想再只是當一名受害者的時候，會發生什麼事情呢？
你覺得一切仍然大有可為。
最後的時間，越來越長了。

後記

我一直記得很久很久以前的某個四月，那是我人生第一次變成怪物的時候。

很久很久以前那個四月，那是我第一次參加電影《洛基恐怖秀》扮裝的日子。黑絲襪、火紅假髮、女僕裝。那是我人生第一次變成別人。

那一天，是我生命裡小小的星期日。我甚至為此訂了間西門町的小旅館，分明家住台北，卻為了一場電影，大陣仗慎重其事像要出國。拖著行李箱進去，電梯開門關門，走出來另一個自己。

人造人、暴露狂、扮裝皇后、清朝格格、女伯爵、蒸氣龐克風蘿莉、怪博士……我一直記得，那一個夜裡，大家都來了。世界上所有的怪物們。

但我真正忘不掉的，是戲散了要回去的時候。

那真是好晚好晚了，路邊攤販車都散了，路燈一盞一盞的熄掉，早春的風好涼好涼，毛細孔像要都開了，瞳孔比平時大，卻又覺得心縮起來，像貓的眼，什麼都被放大，都銳利許多，足以讓一切隱沒在暗暗的鈍角裡。我走在深夜的西門町徒步區上，我把高跟鞋踩得扣扣響，我走得裙襬飛揚。那時候，我覺得自己和夜是溶在一起的，黑暗反而讓我安心。有那麼一刻，我真的好愛好愛這座城市。我深信這個世界也寶愛著我。

但愛也是一下子。徒步區走到盡頭，喇叭聲遠遠近近，我看到別人，我看到別人正看著我，於是我重新意識到自己。我重新看到自己。

（脫落的口紅。）

（斷掉半截的高跟鞋。扯破的絲襪。）

（假髮歪斜露出一截髮網。）

（玻璃窗裡一張疲倦的浮腫的臉。）

走進旅館的時候，我有點遲疑，想說是不是要摘掉假髮，或是先把高跟鞋拎著。但後來我只是緊握手上的水瓶，希望那是掩體把我藏起來。我把臉壓得很低很低，低到埋進假髮裡，從旅館大門到電梯這一段路那麼短，便就是我長長一生的縮影：變成鬼。希望沒有人看到我。

礦泉水瓶裡水平面傾斜。頭上日光燈大亮，人們的眼光又比日光燈明亮。腳下陰影縮短。我裙子多膨大，卻無處容身。星期日過去了，魔法在這時候消失了。

我知道，我就要變回我自己。

我一直記得，走到電梯口時，坐櫃檯的阿姨忽然叫住我。

怯生生回過頭去，我忽然意識到，糟糕，那我要怎麼證明自己是登記的房客？他媽這根本兩張臉。糟糕，阿姨該不會是想說些什麼話，她是不是要訓訓我，現在這個世道夠你們年輕人……

結果櫃檯阿姨只是遞給我一根吸管。

我愣愣看著她。

她伸長了手，又把吸管推近一點。

「喝水不要那麼急。」她說。

啊？

「喝水不要直接瓶子對口喝啦，要用吸管，否則口紅會掉捏。」

她理所當然的跟我說。話家常一樣，好像我就應該這樣。好像我本來就是這樣。

「當我年輕時，戲院在午夜場播放這部戲，那並不是為了藝術，而是為了讓無家可歸的人，讓那些沒有歸宿的人，在這麼晚的夜裡，有可以去的地方。」我少年時代好喜歡的影集《GLEE》裡，合唱團老師對演出《洛基恐怖秀》的孩子這樣說。

我真的好喜歡《洛基恐怖秀》喔。我好喜歡這座城市。喜歡那些喜歡我，或是不喜歡我，卻願意接受我的人。

我一直記得。我記得陌生人的寬容。他們的善意。記得人們接受我的樣子。

嘿，親愛的，我知道你今天也過不好。你也變成某幾秒鐘的鬼了嗎？有一百把尖刀和斧頭想對世界猛力戳擊，心跳像炸彈倒數，有異形正要從喉頭蹦出來。但怎樣血管脹大，任血絲瀰漫雙眼，最後也只是嗚嗚把自己縮回陰影裡，貞子拖著白衣長襬爬回井中。

其實，我也很害怕。我害怕這個世界。我以為我可以躲在另外一個世界裡，文字，或是文學裡。但有一天，我最好的朋友跟我說。欸，其實他看不懂我寫什麼。那時候，我忽然想，文學多安全。在這裡我過得挺愜意的。

但只是這樣就可以了嗎？

於是，我想寫這本小說。我做了一些嘗試，我放棄經營文字，那曾是我最擅長，能讓我盡情表演，也能使我遮蔽的魔術。但我知道，要讓一些東西變簡單，才能讓另一些東西變複雜。我想讓故事主導一切，我研究類型的規則，試著接受其中一些，然後顛覆一些。我要老實說，這對我很難，好想握著你的手說，很多事情，這也是我的第一次啊。但是，你知道嗎？我想去更遙遠的地方。就算那個遙遠，其實是離我們很近的，我們名之為世界的地方。

來，快把假髮扶正。睫毛梳高點。妝哭花了就不好看囉。肩要沉胸要挺，還有，「喝水不要直接瓶子對口喝，要用吸管，否則口紅會掉捏。」你要記得，你是那麼值得被珍愛的，你很不一樣，在那麼多人裡面你總是被挑出來，但請你不要停止做你自己。夜還很長，如果你沒有地方可以去，你可以來到我的故事裡。你看，我也沒有放棄喔，我也很怕啊。但是，我啊，好想，好想說故事。我想為你歌唱，我仍想讓世界聽到我們的聲音。我想為我自己，為你記得我們的樣子。

「我想要你記得，世界上所有的怪物都祝福著你……」

謝辭

感謝黃崇凱、翟翱、呂尚燁、朱亞君、陳雪、顏訥、陳又津、王品涵願意閱讀字數驚人的初稿，並提供意見裨益修改。是他們打磨了這本小說。

感謝文化部陳怡君女士，她是所有申請政府補助的創作者之友，不厭其煩協助我完成所有行政事宜。

感謝蔡佩均女士為本書奔走。

感謝陳明德先生，所有沒其他觀眾的午夜場恐怖片，因為他，我才有勇氣坐到最後。

國家圖書館預行編目資料

尖叫連線 / 陳栢青著. -- 初版. -- 臺北市 :
寶瓶文化, 2020.06
面 ; 公分. -- (Island ; 299)
ISBN 978-986-406-192-1(平裝)

863.57 109007181

Island 299

尖叫連線

作者／陳栢青

發行人／張寶琴
社長兼總編輯／朱亞君
副總編輯／張純玲
資深編輯／丁慧瑋
編輯／林婕伃
美術主編／林慧雯
校對／林婕伃・陳佩伶・林俶萍・陳栢青
營銷部主任／林歆婕　業務專員／林裕翔　企劃專員／李祉萱
財務主任／歐素琪
出版者／寶瓶文化事業股份有限公司
地址／台北市110信義區基隆路一段180號8樓
電話／(02) 27494988　傳真／(02) 27495072
郵政劃撥／19446403　寶瓶文化事業股份有限公司
印刷廠／世和印製企業有限公司
總經銷／大和書報圖書股份有限公司　電話／(02) 89902588
地址／新北市五股工業區五工五路2號　傳真／(02) 22997900
E-mail／aquarius@udngroup.com
版權所有・翻印必究
法律顧問／理律法律事務所陳長文律師、蔣大中律師
如有破損或裝訂錯誤，請寄回本公司更換
著作完成日期／二〇二〇年四月
初版一刷+日期／二〇二〇年六月十日
ISBN／ 978-986-406-192-1
定價／三八〇元
Copyright © 2020 by Chen Po Ching
Published by Aquarius Publishing Co., Ltd.
All Rights Reserved.
Printed in Taiwan.
獲文化部贊助創作。

AQUARIUS 寶瓶 文化事業

愛書人卡

感謝您熱心的為我們填寫，
對您的意見，我們會認真的加以參考，
希望寶瓶文化推出的每一本書，都能得到您的肯定與永遠的支持。

系列：Island 299　書名：尖叫連線

1. 姓名：__________　性別：☐男　☐女
2. 生日：____年____月____日
3. 教育程度：☐大學以上　☐大學　☐專科　☐高中、高職　☐高中職以下
4. 職業：__________
5. 聯絡地址：______________________________
   聯絡電話：__________　手機：__________
6. E-mail信箱：______________________
   ☐同意　☐不同意　免費獲得寶瓶文化叢書訊息
7. 購買日期：____ 年 ____ 月 ____日
8. 您得知本書的管道：☐報紙／雜誌　☐電視／電台　☐親友介紹　☐逛書店　☐網路　☐傳單／海報　☐廣告　☐其他
9. 您在哪裡買到本書：☐書店，店名________　☐劃撥　☐現場活動　☐贈書　☐網路購書，網站名稱：__________　☐其他________
10. 對本書的建議：（請填代號　1.滿意　2.尚可　3.再改進，請提供意見）
    內容：__________
    封面：__________
    編排：__________
    其他：__________
    綜合意見：______________________________
11. 希望我們未來出版哪一類的書籍：______________________

讓文字與書寫的聲音大鳴大放

寶瓶文化事業股份有限公司

（請沿此虛線剪下）

廣　告　回　函
北區郵政管理局登記
證北台字15345號
免貼郵票

寶瓶文化事業股份有限公司　收

110台北市信義區基隆路一段180號8樓

8F,180 KEELUNG RD.,SEC.1,

TAIPEI.(110)TAIWAN R.O.C.

（請沿虛線對折後寄回，或傳真至02-27495072。謝謝）